*»Ihr habt einen Weg ausgesucht, der kein Weg ist. Nicht umsonst
nennt man ihn den Pfad der Nachdenklichkeit.«*

Zum erstenmal dünkte mich die Stille der Wüste unerträglich.
Sie war wie eine Mauer, die einzustürzen drohte.

»Was anderswo gut sein mag, ist hier schlecht«,
belehrte mich Tjang. »Die Ansicht, man könne überall
das Gleiche tun, widerspricht der Vernunft.«

»Es ist aber eine lange Geschichte«, gab Tjang zu bedenken. »Um so besser«, sagte Pantje, »man hört nicht jeden Tag, was in der Welt vorgeht.«

Fritz Mühlenweg
Fremde
auf dem Pfad
der Nachdenklichkeit

Libelle

Erstes Kapitel
von dem Mongolen Pantje, von dem Chinesen Tjang und von mir

»Was treibst du da?« fragte ich Pantje, obgleich ich das gar nicht wissen wollte. Ich sah ja, was er machte. Aber man kann nicht mit der Tür ins Haus fallen, auch bei den Mongolen nicht.

Pantje antwortete: »Ich flicke das Küchenzelt.«

»Du solltest es lieber zerschneiden«, sagte ich, und damit kam ich meinem Anliegen ein ziemliches Stück näher. Doch Pantje merkte das nicht.

»Zerschneiden?« fragte er vorwurfsvoll. »Es ist zerrissen, seit der große Sturm es umwarf, aber man kann es flicken.«

»Vielleicht sollte man es kleiner machen«, schlug ich vor, »so etwa, daß es gerade für drei Männer reicht oder für vier. Mein Zelt muß ich nämlich hier lassen.«

»Willst du fort?« fragte Pantje, und er stach die Nadel mit dem Zwirn in seine Fellhose. Dort blieb sie stecken. Ich hielt das für ein gutes Zeichen. Pantje beschäftigte sich mit meinem Wohlergehen und mit dem, was ich allenfalls vorhatte. Er blickte mich an.

»Morgen abend verlasse ich euch«, sagte ich obenhin. Ich tat, als ob gar nichts dabei wäre, mitten in der Wüste Gobi von einer Karawane wegzugehen, wo man sein Essen und sein Zuhause im Zelt hat und wo man immer in Gesellschaft ist, damit man über das Wetter reden kann und über den nächsten Lagerplatz.

»So!« sagte Pantje, »so ist das!« Er nahm die Nadel aus der Hose und fuhr mit Nähen fort. Er wollte mir zeigen, daß auch er nichts dabei finde, wenn ich fortging.

»Wer geht, kommt wieder«, sagte er abschließend.

Das war herzlos. Wahrscheinlich wollte er mir andeuten, daß ich allein nicht weit käme. Ich merkte das, und ich wurde verdrießlich.

Ich blickte von dem Bachrand, an dem wir saßen, in die Wüste hinaus. Sie war gelb. Ein trockener Wind fuhr über sie hin, denn es war Mittag, aber warm war es deshalb nicht sehr. Gegen Ende November ist es in der Wüste Gobi kalt, und während der Nacht sinkt das Thermometer, wenn es gerade will, unter dreißig oder vierzig Grad. Im Sonnenschein allerdings, und noch dazu mittags an einem Bachrand, in dem richtiges klares Wasser floß, konnte man es aushalten. Das Eis am Bachrand war dünn. Man sah wie durch eine Fensterscheibe die Steine, die am Grund lagen. Steine gab es hier überall; Steine, Felsen und Sand. Die ganze Wüste war voll davon. Aber in der kleinen Oase am Ichen-Gol, wo wir lagerten, standen ein paar Mehlbeerbäumchen und drei sturmgebeugte, in ihrem Wuchs behinderte Schwarzpappeln. Sie hatten nicht genug von dem, was zum Leben gehört. Außerdem gab es Gestrüpp und bleiches, ausgedörrtes Steppengras.

Seit dem Edsin-Gol, den wir vor einem Monat verlassen hatten, war das der erste Ort, wo Pflanzen wuchsen. Eine zerfallene Lehmhütte war auch da, und hinter der Hütte gab es einen Platz, dem man ansah, daß er früher einmal ein Acker gewesen war. Also hatte hier einer gewohnt. Wer das gewesen sein mochte, wußte der Himmel.

»Höre«, sagte ich zu Pantje, »ich muß dich etwas fragen.«

»Ich höre«, antwortete Pantje, aber er nähte weiter, als ob ich nichts von dem Küchenzelt gesagt hätte, und daß es kleiner werden müsse.

»Du weißt«, begann ich, »daß wir nicht mehr viel zu essen haben. Es reicht noch für knappe zwei Wochen, aber was sind zwei Wochen? Wir sind sechsundzwanzig Männer, und unsere Kamele sind schwach. Da gehen sie statt fünfzig nur noch dreißig Li am Tage.«

14

»Das kommt, weil sie nichts zu fressen haben«, sagte Pantje trocken.

»Man muß an vieles denken«, erwiderte ich so sanft wie möglich, »also auch daran, wie man diese Sache ändern kann. Der Nojen Hedin hat sich das alles überlegt, und dann hat er mich gerufen, und deshalb reite ich morgen abend fort.«

»Was hat der Nojen gesagt?« erkundigte sich Pantje. Endlich steckte er die Nadel wieder in die Hose.

»Das ist es eben«, seufzte ich bekümmert.

Ich bot Pantje eine Zigarette, und dann rauchten wir erst einmal. Schließlich holte ich zu dem Schlag aus, den ich Pantje versetzen wollte. Dabei zielte ich genau auf sein Ehrgefühl. Ich sagte: »Du weißt, Pantje, der Nojen hat ein großes Geländebild, auf dem die Wüste Gobi geschrieben steht und noch viel mehr. Fast die ganze Welt. Er hat es mir gezeigt, und er sagte, man könne mit guten Kamelen in zehn Tagen in Hami sein.«

»Wir haben nur noch schlechte Kamele«, gab Pantje zu bedenken.

»Man muß von den schlechten die besten nehmen«, sagte ich. »Man kommt auch mit schlechten Kamelen nach Hami, und dort gibt es alles zu kaufen, was wir nicht mehr haben: Mehl zum Essen und kräftige Kamele zum Tragen der Säcke. So weit ist diese Sache gut.«

»Nicht besonders«, bemerkte Pantje.

»Wenn sie ausgezeichnet wäre, würde ich nicht mit dir reden. Man braucht«, sagte ich, »herzhabende Männer, um die Kamele mitsamt dem Mehl zu holen und der hungernden Karawane entgegenzubringen. Allein kann ich das nicht tun. Deshalb hat mir der Nojen erlaubt, drei tüchtige Männer mitzunehmen, und ich solle sie mir selbst aussuchen. Da frage ich dich nun, ob du vielleicht einen weißt.«

»Ich weiß einen«, gab Pantje zu.

Weil ich sah, wie sehr er sich freute, sagte ich bloß: »Also dann morgen abend?«

15

»Bolna«, erwiderte Pantje, und das hieß soviel wie abgemacht.

»Überlege dir, wer mit uns beiden gehen soll«, sagte ich, »ich habe keine Zeit, darüber nachzudenken.«

»Bolna«, sagte Pantje noch einmal, und damit war meine Sache in den besten Händen; genau so, wie ich mir das gewünscht hatte.

Am Abend, als wir am Lagerfeuer saßen und Sven Hedin mir eine Abschiedsrede hielt, sah ich, daß vier Mongolen dabei waren, das zerrissene Küchenzelt kleiner zu machen. Sie nähten eifrig, und sie zwinkerten mir zu.

»Meine Herrn« sagte Sven Hedin, »Sie wissen, daß die Vorräte erschöpft sind und daß unsere Kamele nicht mehr recht marschieren können. Die Stadt Hami ist unser nächstes Ziel, aber bis dahin sind es runde 450 Kilometer. An sich ist das nicht viel; allein für eine Karawane, die nur noch zehn Kilometer täglich zurücklegen kann, ist es eine gewaltige Strecke. Zudem kennt niemand von uns und auch keiner der Mongolen den Weg und die Wasserstellen. Wir werden daher nur langsam vorankommen. So habe ich mich entschlossen, unsern Freund Mühlenweg nach Hami vorauszusenden. Er wirt dort Mehl kaufen, und er wird es uns mit einer neuen Karawane von kräftigen, frischen Kamelen entgegenbringen. Wir ziehen langsam weiter, denn seine Straße wird auch die unsere sein. Ich vermute jedoch, daß er gar nicht bis Hami zu reiten braucht. Der Führer der großen Handelskarawane, die uns vor zwei Tagen überholt hat, berichtete mir von einem Ort Daschito, der am Fuß des Karlyk-tag-Gebirges liegen soll. In Daschito lebt ein Kaufmann, der Mehl und auch Kamele verkauft, und Daschito liegt gute hundert Kilometer näher als Hami. So wünschen wir ihm eine glückhafte Reise nach Daschito, und wir hoffen, ihn in zwanzig Tagen oder auch früher wieder bei uns zu sehen.«

Als Sven Hedin so gesprochen hatte, riefen alle »Bravo!«

und dann stießen wir mit den Teetassen an, die aus emailliertem Blech waren. Solche Tassen gehen bei dem täglichen Auf- und Abladen nicht so leicht entzwei wie andere, die aus Porzellan gemacht sind. Dafür sind sie auch nicht so schön, und sie haben auch keinen Goldrand, sondern höchstens einen, der blau ist und den umgebogenen Blechrand verdeckt.

Auch die Mongolen riefen: »Bravo!« Das hatten sie bei uns gelernt.

Nachher stellte ich Sven Hedin meine Begleiter vor. Da war erst einmal Pantje, der eigentlich Pan-diriktschi hieß, und Pantje hatte für mich einen andern Mongolen ausgesucht. Er hieß Singue, und er war mit Pantje verwandt. Das war auch der Grund, weshalb ich Pantje die Wahl überlassen hatte. Man muß das tun, denn sonst gibt es bloß Unzufriedenheit, und man hat Verdruß, wenn einer dem andern nicht folgen will. Singue aber war jünger als Pantje, und darum mußte er tun, was Pantje haben wollte. Als dritter war ein Chinese ausgewählt, der Mongolisch sprach. Er sollte uns als Dolmetscher behilflich sein, denn Chinesisch konnte keiner von uns. Dieser Mann hieß Tjang.

Als das Feuer heruntergebrannt war, ging jeder in das Zelt, in das er gehörte, und weil ich meines mit unserem alten Karawanenführer Larson teilte, gab er mir vor dem Einschlafen noch gute Ratschläge.

Er sagte: »Hör zu. Wenn du so marschierst, wie Hedin das haben will, mußt du dich gewaltig anstrengen.«

»Das werde ich tun«, versprach ich.

»Ich meine damit«, sagte Larson, »daß die Kamele, die ich dir mitgebe, die besten sind, die wir haben. Aber viel sind sie trotzdem nicht mehr wert. Darum müßt ihr die Hälfte des Weges zu Fuß gehen. Das heißt, ihr sollt abwechselnd eine Stunde reiten und eine Stunde gehen. Bei fünfzig Kilometern macht das sechs Stunden Fußmarsch und sechs Stunden Reiten. Ihr werdet aber statt fünfzig besser bloß vierzig Kilometer täglich machen. Das genügt, und mehr geht nicht. Nein«, sagte Larson, »widersprich mir nicht, mehr könnt ihr nicht machen.«

»Kann sein«, sagte ich, aber ich nahm mir vor, lieber fünfzig Kilometer zu machen, wie Sven Hedin es haben wollte.

»Verlaß dich darauf«, sagte Larson, »du wirst manchmal mit dreißig Kilometern zufrieden sein. Das Schwierigste«, sagte er, »sind die Brunnen. Wenn du nachts an einen Brunnen kommst, mußt du den Kompaß zur Hand nehmen oder nach den Sternen schauen, damit du den Weg wiederfindest. Um eine Wasserstelle ist alles weit herum zerstampft, und man muß den Karawanenweg suchen. Wenn du ihn nicht findest, so warte lieber den Morgen ab, bevor du dich verläufst. Hörst du?«

»Ich höre.«

»Mit Hören allein ist es nicht getan. Du mußt auch folgen, denn für einen Marsch querbeet durch die Wüste taugen die Kamele nicht mehr, und dir könnte es schlecht bekommen.«

Ich nickte gehorsam, obgleich es dunkel war und Larson das nicht sehen konnte. Er lag in seinem Schlafsack und ich in meinem, und er fuhr fort: »Du kennst doch den Nordstern?«

Ich sagte: »Ich kenne den Nordstern.«

»Dann ist es gut. Im übrigen wissen die Mongolen am Sternenhimmel viel besser Bescheid als wir. Du kannst dich da auf Pantje verlassen. Und nun noch etwas. Sollten dir unterwegs Leute begegnen, die auf Kamelen sitzen, so sind das friedliche Kollegen, die nichts Arges vorhaben. Wenn du aber Kerlen begegnest, die auf Pferden reiten, so sei vorsichtig. Nimm deine Büchse aus dem Karabinerschuh, und wenn die Burschen Gewehre haben, kannst du gleich mit Schießen anfangen. Dann sind es nämlich Räuber.«

Larson schwieg, und weil mir seine Worte Eindruck machten, sagte ich eine Weile lang nichts. Schließlich aber fragte ich doch: »Was hat Räubersein mit Pferden zu tun?«

»Du lieber Augustin!« seufzte Larson. Das war das einzige,

was er zusammenhängend deutsch sagen konnte. Sonst sprach er englisch oder mongolisch mit mir; denn Larson war ein Schwede. »Du solltest nachdenken«, tadelte Larson, »bevor du Dinge fragst, die auf der Hand liegen.« Er sagte »between the fingers«, weil er englisch sprach, wie es ihm paßte. Das tat er mit jeder Sprache.

Ich erwiderte, daß zwischen den Fingern manche Gegenstände durchfallen, besonders, wenn sie klein sind. Aber Larson ließ das nicht gelten.

»Ein Pferd«, brummte er, »ist kein kleines Ding, und in der Wüste Gobi kann sich niemand ein Pferd halten, der nicht geheime Wasser- und Futterplätze kennt. Karawanen«, sagte Larson, »gehen die jahrhundertealten Pfade entlang. Diese Pfade verbinden die Handelsplätze auf dem kürzesten Weg. Was abseits liegt, weiß kein Mensch, das heißt kein ordentlicher. Aber es gibt verschiedene Sorten Menschen, und die, die in der Wüste Gobi auf Pferden reiten, sind eben Räuber.«

Ich sagte: »Aha!« und ich sagte, daß ich es mir merken wolle.

Damit war Larson zufrieden. Er wünschte mir eine gute Nacht, und weil ihm noch etwas einfiel, fügte er hinzu: »Sleep well in your Bettgestell.«

Wir hatten zwar keines, denn wir lagen auf der Erde, aber das kümmerte Larson nicht. Er brachte seine Sprüche an den Mann, wo sich eine Gelegenheit bot. Dabei war er ein mongolischer Herzog, und das ist weit mehr als ein Indianerhäuptling. Als ich Old-Larson kennenlernte, lebte er schon vierzig Jahre in der Mongolei, und Herzog ist er geworden, weil er ein Freund der Mongolen war und weil er einmal einen Krieg zwischen Mongolen und Chinesen beendete, bevor er richtig anfing. Leider hat man vergessen, ihm dafür den Friedens-Nobel-Preis zu geben. Er hätte ihn verdient.

Ich war also, was gute Ratschläge betraf, aus erster Quelle versorgt, und ich schlief ruhig ein.

Am andern Morgen gab es noch vielerlei zu besorgen. Ich nahm achthundert blanke Silberdollars mit, um für meine Einkäufe bares Geld zu haben. Diese Dollars sind etwa so groß wie ein altes Fünfmarkstück und achthundert davon ergeben ein ordentliches Gewicht. Außer dem Geld nahmen wir Lebensmittel für zehn Tage mit, und das war wenig genug. Dann war da noch das Zelt, der Kochtopf, mein Schlafsack, Felle für die Mongolen und ein Wasserfaß. Zum Schluß waren wir mit allem ausgerüstet, was man braucht. Die Rechnung war knapp. Wir würden wohl immer ein wenig Hunger haben, wir würden wahrscheinlich ein wenig frieren, und wir würden uns streng an die zehn Tage halten müssen, denn ›Unvorhergesehenes‹ oder ›Aufenthalte‹ standen nicht in dem Plan.

Nach dem Mittagessen brachen wir auf. Die Mongolen riefen: »Sä jabonah!« was soviel heißt wie: »Gut gehen!« oder »Gute Reise!« und die schwedischen, chinesischen und deutschen Expeditionskameraden riefen durcheinander: »Auf Wiedersehen!«

»Verhöffentlich nicht so bald!« rief Larson, der abergläubisch war oder so tat.

Ein paar Schritte weit begleitete er uns auf dem schmalen Grasband, dann kamen einige Büsche, die längst kein Laub mehr hatten, und zuletzt sah ich die Ruinen der Lehmhütte mit dem eingestürzten Dach. Tür war keine mehr da. Ein offenes Loch gähnte in der Hauswand, und dorthin wies Larson.

»Aufpassen!« rief er mir nach. »Vergiß nicht, was ich dir gesagt habe!«

»Ich denke daran!« rief ich zurück, und dann zogen wir in den Frieden der Wüste hinaus.

Es war der 25. November 1927, und die Uhr in der Blechkapsel zeigte Zwei. Zuerst war die Wüste Gobi, wie ich sie kannte. Kiesflächen, auf denen verkümmerte Tamariskenstrünke standen, wechselten mit weichem Sandboden. Hin und wieder waren Felsblöcke dazwischengestreut, als ob die Riesen der Vorzeit sich hier mit Steinewerfen vergnügt hätten. Das ging so vier Stunden lang. Zweimal waren wir schon abgestiegen und zu Fuß gegangen, wie Larson geraten hatte. Dann stieg der Pfad langsam bergan. Eine Zeitlang sah man ihn wie ein dünnes weißes Band einem fernen Gebirgszug entgegeneilen, und dann sah man ihn nicht mehr. Die Gegend wurde so wild, wie ich sie bisher in der Gobi noch nicht gesehen hatte. Rote Felsen erhoben sich, und ohne daß ich es recht merkte, waren wir auf einmal vor dem Eingang einer Schlucht, die in scharfen Windungen einem unbekannten Paß zustrebte. Auf dem letzten freien Fleck lagen viele weiße Steinchen. Vom Kamel aus konnte ich wahrnehmen, daß sie sich zu Schriftzeichen zusammenfügten. Im ganzen waren es drei. Auch Tjang hatte sie bemerkt. Er ritt voraus und zog das Lastkamel hinter sich drein. Nachher kamen Pantje, Singue und ich. Tjang hielt sein Kamel an, und da wir ihm die Kenntnis einfacher Schriftzeichen zutrauten, warteten wir gespannt, was es da zu lesen gab. Tjang studierte mit gerunzelter Stirn.

»Was steht da geschrieben?« fragte ich ihn ungeduldig, »kannst du lesen?«

»Ich kann lesen«, behauptete Tjang, und dann verzog er das Gesicht, als ob ihm was wehtäte. »Es ist keine gute Nachricht«, sagte er düster.

»Du sollst uns vorlesen«, beharrte ich, »auch wenn von was Schlechtem die Rede ist.«

»Also dann«, sagte Tjang, und dabei warf er einen scheuen Blick in das dunkle Felsental, »es steht geschrieben, daß man obachtgeben muß, weil es hier viele Räuber gibt.«

»Wenn weiter nichts ist«, sagte ich leichthin, und ich versuchte, mir ein entschlossenes Aussehen zu geben. Ich trieb mein Kamel an, und ich sagte, daß ich jetzt vorausreiten wolle. Pantje befahl ich, am Schluß des Zuges zu bleiben. Was Singue tun sollte, hatte ich nicht bestimmt, aber ich merkte, daß es ihm nicht geheuer war. Es wurde sehr rasch dunkel. Der Mond war im Anfang des neuen Viertels und ging gar nicht erst auf. Obgleich ich seit dem letzten Fußmarsch kaum eine halbe Stunde im Sattel saß, stieg ich ab. Ich wollte das Kamel schonen, denn es ging stark bergauf. Wenn man etwas vornübergebeugt sitzt und immer wieder die Seiten wechselt, macht das zwar nicht viel aus, aber ich dachte auch ein wenig an die Räuber. Aus dem Sattel könnten sie mich leichter schießen, überlegte ich. Hinter mir stiegen Tjang und Pantje ebenfalls ab. Bloß Singue blieb oben hocken. Er hätte wunde Füße, jammerte er.

»Wir Mongolen«, erklärte er laut, »sind nicht für das ›Mit-den-Füßen-Gehen‹ eingerichtet.«

Ich erwiderte, daß ich das wohl wüßte, aber jetzt sei nicht die richtige Zeit für Seufzen.

Allmählich wurde ich mit der Gegend vertrauter. Nach einer Stunde sah ich die Felsen besser, und ich stolperte weniger. Vor allem vergaß ich, daß hinter jedem Stein ein Räuber im Anschlag liegen könne. Ich dachte, daß es vielleicht einige Zeit her sei, am Ende waren es sogar Jahre, seit der unbekannte Warner die Steinchen da unten zusammengetragen hatte. Plötzlich mußte ich lachen. Hätten die Räuber, denen schließlich auch an ihrem Broterwerb lag, nicht längst die Schriftzeichen zerstört, wenn es sich um sie handelte? Ich rief Pantje nach vorn, und ich erklärte ihm leise, was ich von den Schriftzeichen und von der Lesekunst Tjangs hielt.

»Was sollen die Zeichen aber sonst bedeuten?« fragte Pantje dagegen.

Das wußte ich allerdings nicht.

»Mir kommt vor«, sagte ich, »als ob ich diese Schriftzeichen schon einige Male gesehen hätte.«

Ich ahnte nicht, wie nah ich den Sachverhalt traf. Aber so ist der Europäer. Alle Neger sehen für ihn gleich aus, weil sie schwarz sind, und der Reichtum der chinesischen Schriftzeichen ist für ihn so verwirrend, daß er sich die einfachsten Bilder nicht merken kann. Vielleicht kommt

22

das, weil sie ebenfalls schwarz sind. Da ich das chinesische Neujahrsfest in Peking verbracht hatte, wäre es ein leichtes gewesen, mir die stets wiederkehrenden drei Zeichen für ›Glück, Reichtum und Langes Leben‹ einzuprägen. An jeder Haustür waren sie angeschrieben, und im Grund der Schlucht lagen sie aus zusammengetragenen Steinchen. Doch das erfuhr ich erst zwei Monate später, als mich unsere chinesischen Studenten lächelnd belehrten.

Und Tjang? Er mußte die Zeichen kennen, aber wahrscheinlich wollte er uns bange machen. Es gelang ihm auch, wenigstens was Singue betraf. Das stellte sich schon zwei Stunden später heraus.

Vorläufig wanderten wir schweigend durch die Schlucht. Sie wollte kein Ende nehmen. Manchmal schien mir, die Felsen würden niedriger und der Himmel würde freier werden, aber dann war es bloß eine etwas breitere Stelle gewesen, und ich mußte von neuem aufpassen, mit den Knien nicht an Steine zu stoßen, die im Dunkel überall herumlagen. Man sah sehr wenig oder fast nichts. Dafür hörte ich die Kamele schnauben und weit hinten das leise Wimmern von Singue. Er ritt jetzt als letzter. Plötzlich, als es wieder einmal ganz finster war und oben nur zwei oder drei Sterne blinkten, tat Singue einen gräßlichen Schrei.

Dann folgte Gepolter, und ein Kamel schrie auch. Nachher war es still. Hinter mir stand Pantje, und hinter Pantje stand sein Kamel, und dann kam wahrscheinlich Tjang, den ich nicht mehr sehen konnte. Ich konnte auch nicht umkehren. Dazu war kein Platz.

»Was ist los?« rief ich aufgeregt.

»Bist du gestorben?« erkundigte sich Pantje, der die Sache von der leichten Seite nahm. Ich sah, wie er Feuer schlug, um sich ein Pfeifchen anzuzünden.

»Hu-Uh!« stöhnte Singue.

»Nur keine Eile«, mahnte Pantje, »in der Eile sind Fehler. Manche Menschen sterben leicht. Es geht ganz geschwind.«

Ich sah, wie der Zunder glimmte, und dann roch ich den würzigen Gestank, den der mongolische Tabak verbreitet. ›Pantje hat recht‹, dachte ich, aber dann fiel mir ein, daß ich für alle, also auch für Singue verantwortlich war, und ich schob mein Kamel gegen die Felswand. »Nimm es am Strick«, sagte ich zu Pantje, »und laß mich vorbei.«

»Du bist unser Dandjat«, bemerkte Pantje, »also tu, was du willst. Ich rate dir ab.«

»Weshalb?« fragte ich.

Wir standen eng aneinandergepreßt, denn ich wollte an ihm vorüber. »Weil«, erwiderte Pantje, doch da ging ihm die Luft aus. Sein Kamel war unruhig geworden und drückte uns an die Wand. Unsere Köpfe schlugen gegeneinander und nachher an den Fels. Zum Glück hatten wir Fellmützen auf.

»Siehst du«, sagte Pantje, »deswegen.«

Dann rieben wir uns die Stirn.

»Es ist nichts«, rief Tjang von hinten, »Singue ist vom Kamel gefallen, und da hat es ihn getreten.«

»Also weiter!« sagte Pantje seelenruhig.

Ich wunderte mich über seine Härte. Schließlich war Singue sein Vetter oder sein Neffe. So genau wußte ich das nicht. Ich sagte es aber, als die Schlucht nicht mehr so eng war und wir nebeneinander gehen konnten. Allein Pantje blieb unnachgiebig.

»Ich weiß«, behauptete er, »wie man mit solchen Menschen umgehen muß. Sie geben doch nichts darauf, wenn man was zu ihnen sagt. Sie denken nur bei sich... nun, du weißt ja, was sie denken. Ich wette«, sagte Pantje, »daß Singue nicht mehr da ist.«

Dabei ging er ruhig weiter, und seine Stiefel schlurften über das Geröll. Ich blieb entsetzt stehen, und Pantje wartete mir zu Gefallen ebenfalls. Zuerst kam Tjang, der sein Reitkamel führte; und dann kam das Lastkamel, das er mit dem Nasenstrick am Sattel festgebunden hatte. Dann kam niemand mehr.

»Siehst du«, sagte Pantje.

Ich begann zu rufen, aber Singue antwortete nicht. Ich wollte zurücklaufen, aber daran hinderte mich Pantje.

»Jabonah – Gehen wir«, sagte er so gleichgültig, als habe er statt eines Menschen eine Fahrkarte der Elektrischen für zwanzig Pfennige verloren. Über uns glänzte der Sternenhimmel, und Tjang war schon weit voraus. Er schien über den Umgang mit Verwandten gleicher Meinung mit Pantje zu sein.

»Jabonah« wiederholte Pantje hartnäckig. Da fügte ich mich. In längstens einer halben Stunde beschloß ich Lager zu machen, und dann nach Singue zu suchen. Ich war wütend auf ihn, aber was half das? Vom Kamel fallen und, wenn man unten liegt, getreten werden ist nichts, worüber man sich aufregen muß. Es kann jedem passieren, und ich hatte schon öfters zugesehen, wie das vor sich geht. Im Sommer kann man das harmlose Vergnügen mehrmals haben, im Winter seltener, denn die Kälte hält wach. Ich habe herausgefunden, daß Köche besonders anfällig sind. Vielleicht ist ihr Beruf daran schuld. Sie müssen früh aufstehen und haben überhaupt die meiste Arbeit. Wenn nach dem Essen aufgebrochen wird, sitzen sie auf ihrem Kamel, und der schaukelnde Gang, den die Natur diesen Tieren vorschreibt, macht die Reiter schläfrig. Man sieht gleich, wenn einer nicht mehr bei der Sache ist. Der Oberkörper gerät ins Schwanken, und wenn man, wie es meine Aufgabe war, am Schluß der Karawane reitet, sieht man den Zeitpunkt genau voraus, wann die Beine folgen werden. In der Sandwüste ist das nicht schlimm. Jeder fällt weich, und es geschieht keinem etwas, weil das Kamel die richtige Höhe zum Herunterfallen hat.

Die Mongolen belehrten mich darüber. Sie sagten mir ein Sprichwort, das es bei ihnen gibt, aber sie warnten mich, es auszuprobieren. Es heißt: »Vom Kamel fallen schadet nicht, vom Pferd fallen ist schlimm, vom Esel fallen ist ein Unglück.« Dabei kann man sich nämlich das Genick brechen, denn die Esel haben genau die Höhe, die man dazu braucht.

Singue war also mit dem Leben davongekommen. Aber vielleicht hatte er sich verletzt, und wir waren herzlos weitergegangen. Je mehr ich darüber nachdachte, um so rücksichtsloser kam ich mir vor. Am Ende lag Singue irgendwo in seinem Blut, und ein Räuber war gekommen, nahm ihm, was er am Leibe trug, und stieß ihm dann einen Dolch zwischen die Rippen, weil er das Gewimmer nicht länger hören wollte. Die Nacht begünstigte solche Vorstellungen.

Ich war daher froh, als die Schlucht auf einer Hochebene mündete. Oben war es kalt, und ein Luftzug wehte wie aus einem Eisschrank. Die Gesichtshaut strammte sich. Mir war vom Steigen warm geworden, aber jetzt spürte ich die Kälte.

»Boona! – Lagern!« befahl ich, und Tjang schaute sich gleich nach einem geeigneten Platz um.

Da es keine großen Steine gab, konnten sich die Kamele überall hinlegen. Wir stellten das Zelt dicht neben dem Kamelpfad auf. Während Tjang ablud und die Kamele an einem Pflock festband, suchten Pantje und ich nach etwas Brennbarem. Wir fanden aber nichts, und Tjang mußte das bißchen Holz, das wir vom Ichen-Gol mitgenommen hatten, opfern, damit wir einen Tee kochen konnten. Als das Wasser brodelte, kam Singue gemächlich geritten. Er ließ sich nicht vom Kamel gleiten, wie die Mongolen das machen; er stieg nicht einmal ab. Er legte sich ein wenig hintenüber und rief: »Zuck! Zuck!« Da ging das Kamel gehorsam in die Knie, und dann knickte es hinten ein. Als es lag, hob Singue seufzend das Bein über den Höcker. Er humpelte auf uns zu. Wir saßen am offenen Zelteingang, das Feuer brannte, und der Schein hüpfte über unsere Gesichter und über alles, was es in der Nähe gab.

»Hu-Uh!« sagte Singue.

Da wir nicht darauf eingingen, trank er schweigend mit uns

den Tee, und ich sah, daß er nirgends eine Beule oder eine aufgeschürfte Stelle hatte. Wir streuten Hirse auf den heißen Tee, und während wir die Hirse kauten, wiederholte Singue, daß er für das ›Mit-den-Füßen-Gehen‹ nicht eingerichtet sei.

»Der Dandjat«, unterrichtete ihn Pantje, »hat das schon lange gemerkt.«

Singue blickte mich fragend an, und ich gab meine Zustimmung zu erkennen.

Das machte Pantje Mut.

»Der Dandjat«, sagte er, »hat beschlossen, daß du morgen nach Ichen-Gol zurückreitest. Das kommt, weil du nicht mit den Füßen gehen kannst, und solche Leute braucht der Dandjat nicht. Er will auch keine haben, die schlafen und dann ein großes Geschrei machen, wenn sie vom Kamel fallen.«

»So ist es«, bestätigte ich gemessen. Ich bewunderte Pantjes Eigenmächtigkeit, aber ein wenig gekränkt war ich doch. Er hätte mich ruhig vorher fragen können; ich hätte schon ja gesagt.

Auch Singue war gekränkt. Er hatte seine Entlassung so wenig erwartet wie ich. Wahrscheinlich dachte er jetzt darüber nach, wie er den übrigen Mongolen, die bei der Karawane Sven Hedins verblieben waren, die plötzliche Rückkehr erklären solle. Er lief Gefahr, sein Ansehen einzubüßen, und das ist das Schlimmste, was einem Mongolen passieren kann. Von so einem sagt man dann, er habe sein Gesicht verloren. Singue war sehr betrübt.

Ich holte einige Knoblauchzehen aus der Tasche, und ich gab jedem eine. »Singue«, sagte ich, »du mußt dem Großen Nojen eine wichtige Botschaft bringen.«

Singues Gesicht hellte sich augenblicklich auf. »Einen Brief?« fragte er.

»Ja, einen Brief«, sagte ich. »Ich werde ihn jetzt schreiben, und du reitest morgen früh gleich bei Tagesanbruch zurück, weil es so pressiert.«

»Ich werde sehr schnell reiten«, versicherte Singue.

Er war glücklich. Nun hatte er eine Ausrede, die seine Rückkunft rechtfertigte. Er blickte Pantje triumphierend an, und jetzt war Pantje verdrossen. Vermutlich hätte er dem schlappen Singue eine Niederlage gegönnt.

»Der Dandjat meint es gut mit dir«, sagte er scharf, »an seiner Stelle wäre ich dir mit dem Stiefel ins Gesicht getreten.«

Da bedankte sich Singue mit einer stummen Verbeugung bei mir, und ich schrieb an Sven Hedin:

Sehr verehrter, lieber Herr Doktor,
ich schicke Ihnen Singue zurück. Er hat Angst gekriegt, weil unterwegs drei chinesische Zeichen mit weißen Steinchen am Boden ausgelegt waren. Tjang sagte, sie bedeuten, daß es hier viele Räuber gebe. Wir haben aber keine gesehen. Trotzdem ist Singue vom Kamel gefallen, weil er geschlafen hat. Aber vielleicht wollte er uns bloß was vormachen. Deshalb schicke ich ihn zurück. Wir werden ohne ihn schneller vorankommen. Bitte haben Sie die Güte, ihn nichts merken zu lassen, damit er sein Gesicht nicht verliert. Mit den besten Wünschen für Sie und für die Kameraden grüßt Sie
Ihr treu ergebener F. M.

Als ich das geschrieben hatte, war das Feuer heruntergebrannt. Wir zogen die Kleider aus, wenn man die Mäntel, Röcke und Hosen, die alle aus Schaffell gemacht waren, so nennen kann. Die Mongolen und Tjang behielten die Hosen an und deckten sich mit dem übrigen zu. Außerdem hatten sie Filzdecken. Ich kroch in den Schlafsack, der auch aus Schaffell war, und dann schliefen wir erst einmal.

Am andern Morgen tranken wir Tee mit Hirse, und nachher ritt Singue fort. Ich blickte ihm nach, bis er in der Schlucht verschwand.

Es war eine merkwürdige Gegend, in die wir geraten waren. Unser Zelt stand auf einem Kiesrücken, der nach Norden und Süden langsam abfiel. Das ging so sanft, daß man es nur an der Fernsicht merkte. Weit weg im Süden gab es Sanddünen, die gelb waren, und ich freute mich, daß ich mit ihnen nichts zu schaffen hatte. Sand in großen Mengen ist etwas Unheimliches. Man reitet in den Dünentälern und weiß nie, ob man wieder herauskommt. Im Norden lagen friedliche Steinberge, und nach Westen lief der Kiesrücken weiter, als ob er nicht aufhören wolle. Der Kamelpfad auf ihm war wie ein dünner weißer Strich. Im Osten, da, wo wir herkamen, war Singue soeben in der Schlucht verschwunden, als ob da eine Versenkung wäre, in der die überflüssig gewordenen Mitspieler abtreten. Pantje schien ähnliches zu empfinden.

»So!« sagte er zufrieden, »jetzt haben wir für zwei Tage mehr zu essen.«

Daran hatte ich nicht gedacht. Vielleicht hätte ich Singue seinen Teil mitgeben sollen.

»Wir können es gebrauchen«, sagte Pantje ernst.

Da widersprach ich nicht. Pantje hatte recht, und wenn wir von jetzt an tüchtig marschierten, war uns eine kleine Aufbesserung zu gönnen. Auch Tjang teilte diese Ansicht. Als die Sonne im Mittag stand, hatte er ein reichliches Mahl bereitet. Es gab das Übliche: Nudeln und gekochtes Schaffleisch, und übrig blieb nichts.

Gegen drei Uhr brachen wir auf. Vorher schrieb ich in mein Tagebuch, daß es der 26. November wäre und daß ich Singue fortgeschickt hätte, weil er unbrauchbar sei. Davon, daß Pantje ihn entlassen hatte, schrieb ich nichts.

»Dandjat«, sagte Pantje, »es wäre besser, wenn wir die Lasten gleichmäßig auf alle Kamele verteilten. Tjang und ich gehen von jetzt an mit den Füßen.«

»Ich auch«, sagte ich, »das ist ein nützlicher Gedanke, und wir wollen ihn ausführen.«

Pantje machte sich sofort daran. Während er über den Sattel meines Reitkamels den Schlafsack hing und obendrauf das blaue Reisezelt packte, schrieb ich in mein Tagebuch, ich hätte soeben angeordnet, daß von heute an zur Schonung der Kamele alle Mann zu Fuß gingen. Das machte sich gut, und die Sache bewährte sich auch. Das Lastkamel, das bisher die meiste Arbeit gehabt hatte, fühlte sich erleichtert, als es die gerechte Verteilung bemerkte. Wir banden die vier Kamele jetzt hintereinander, und Tjang schritt voraus. Er war das so gewohnt. Bei chinesischen Karawanen bekommen die Kameltreiber kein Reittier, und Tjang war ein alter Mann vom Fach. Er hatte die Strecke Kalgan-Urumtschi und zurück sechsmal durchwandert. Das sind vierundzwanzigtausend Kilometer ohne das Hin und Her im Lager und auf der Weide. Allerdings war Tjang den Nordpfad, dem wir folgten, nie gegangen. Seine Karawanen hatten stets den mittleren Weg der Baumwollkarawanen benützt. So war ihm die Strecke unbekannt, und Ichen-Gol hatte er vorher nie gesehen. Pantje und ich gingen am Schluß. Solange es Tag war, unterhielten wir uns.

»Ich möchte wissen«, sagte ich, »wer in Ichen-Gol in dem Haus gewohnt hat. Man baut doch kein Haus an einen Ort, wo ringsherum Wüste ist.«

»Manche Leute tun das«, gab Pantje zu bedenken.

»Du meinst?« fragte ich gedehnt.

»Daß der Mensch, der dort wohnte, ein Räuber war«, sagte Pantje mit Überzeugung.

»Vielleicht lebt er noch!«

»Dann möchte ich ihm nicht begegnen.«

»Wir wollen«, schlug ich vor, »die Leute der großen Handelskarawane fragen, sobald wir sie einholen. Am Ende wissen die was.«

»Kann sein«, erwiderte Pantje, »ich bin aber nicht neugierig.«

Dann sprachen wir noch vom Wetter, und Pantje sagte, daß es um diese Zeit Schneestürme gebe. Das sei eine natürliche Sache, und man müsse nicht gleich ans Schlimmste denken; aber zehn Tage für den Weg nach Hami wären zu wenig.

»Vielleicht müssen wir gar nicht nach Hami«, sagte ich, und

ich erzählte Pantje von dem Ort Daschito und daß dort ein Kaufmann wohne, der alles habe, was wir brauchten: Mehl und Kamele zum Kaufen oder zum Ausleihen. Allein Pantje hatte noch nie etwas von Daschito gehört. Er meinte, es wäre besser, die Leute von der großen Karawane zu fragen, ob sie nicht selbst Mehl zu verkaufen hätten.

»Werden wir sie bald einholen?« fragte ich.

»Das werden wir heute abend erfahren«, sagte Pantje, und dann schauten wir zu, wie die Schatten wuchsen, und wie der schmale Kamelpfad für kurze Zeit dunkel wurde. Als die Sonne unterging, wurde er wieder blaß. Der Himmel vor uns war rotglühend, weiter oben verfärbte er sich grün, und hinter uns her kam die Dunkelheit. Sie würde uns bald einholen. Das wußten wir, und deshalb schauten wir uns gar nicht erst um.

Nach einer Viertelstunde war es Nacht. Im Westen versank die dünne Mondsichel hinter fernen Bergen. Bis dahin waren wir auf dem ebenen Kiesrücken mühelos geradeaus gewandert. Tjang hatte sogar gesungen. Jetzt fing es an wie im Theater, wenn es plötzlich dunkel wird, damit man das Verschieben der Versatzstücke nicht sieht. Nachher befinden sich die Helden auf einmal in einer ausweglosen Gegend, wo sie sich zurechtfinden sollen. Das dauert dann eine Weile.

»Obachtgeben!« rief Tjang von vorne, und dann sahen wir ihn nicht mehr. Die Kamele verschwanden auch, und wir hörten Gepolter von Steinen. Pantje stolperte und fiel der Länge nach hin.

»Was ist los?« erkundigte ich mich, aber ich merkte es gleich, als ich auf ihn fiel. Wir lagen übereinander auf dem Zelt, das mein Kamel verloren hatte. Trotzdem war Pantje unzufrieden.

»Halt!« schrie er laut, und »Halt« kam es aus der Schlucht zurück.

»Es gibt keine Hilfe«, tröstete Tjang, doch seine Stimme kam von ganz unten.

Er war den Abhang hinabgerutscht und behauptete nun, daß es da, wo er sei, Bäume gäbe. Das war immerhin eine Aussicht. Zum Glück waren die Kamele stehengeblieben. Wir führten sie je zwei und zwei auf dem schmalen Pfad in Spitzkehren zu Tal. Tjang kam uns entgegen. Da kehrte ich um und holte das Zelt. Zum erstenmal geriet die alte Erfahrung ins Wanken, daß es da, wo Bäume wachsen, auch Wasser gibt. Wir suchten überall und länger als eine halbe Stunde nach einem Brunnen, und dann hörten wir auf damit.

»Wenn es hier Wasser gäbe«, bemerkte Pantje abschließend, »müßten wir auch Lagerspuren sehen, aber es sind keine da.«

Also packten wir das Zelt wieder auf, und wir begannen von neuem zu suchen. Diesmal nach dem Weg. Die Senke war steinig, zwei oder drei Bäume standen darin, die ihre kahlen Äste in den Nachthimmel reckten, und zwischen den Steinen wuchsen vereinzelte Büschel von dem harten hohen Gras, das die Mongolen Derres nennen. Pantje und Tjang tappten im Finstern herum und knurrten abwechselnd, daß es keine Hilfe gebe. Da kroch ich über Felsbrocken den jenseitigen Hang hinauf, und als ich den Weg fand, ging ich auf ihm wieder abwärts. Er mündete am Ausgang des Tals, wo ihn kein Mensch vermutet hätte. Pantje lobte mich deswegen, und ich war ordentlich stolz, das Richtige getan zu haben.

»Unser Dandjat«, sagte Pantje, »ist einer, der den Menschen und den Kamelen sagen kann: ›Geh dahin und geh dorthin.‹ Er versteht diese Sache.«

Das war ein hohes Lob. Pantje mochte drei oder vier Jahre älter sein als ich, aber wir waren beide jung, und da streicht man sich gegenseitig nicht ohne Grund heraus. Vielleicht wollte er mir seine Dankbarkeit zeigen, weil ich ihn im Fall Singue hatte gewähren lassen.

Bald gerieten wir in einen Felsengang wie am Abend vorher, doch da wir jetzt alle zu Fuß gingen, konnte keiner vom

Kamel fallen und ein Geschrei machen. Tjang ging in seinen Bastschuhen unbeirrbar voraus, die Kamele schritten ruhig hinterdrein, und am Schluß folgten Pantje und ich. Schon nach einer halben Stunde erreichten wir die Höhe. Das erste, was wir sahen, war ein großes glühendes Auge. Es lag am Boden, starrte den Nachthimmel an und wollte uns fürchten machen. Beim Näherkommen war es ein verlöschendes Lagerfeuer. Daneben lagen die Dunghaufen der Kamele in langen Reihen. Pantje bückte sich und zerdrückte einen der kleinen Bälle. Er war noch ganz weich.

»Morgen werden wir die große Karawane einholen«, verkündete er mit Kennermiene, »vor vier Stunden ist sie abmarschiert.«

Wir suchten auch hier nach Wasser, und das Unwahrscheinliche ereignete sich. Auf dem Bergrücken gab es einen Brunnen. Beinahe wäre Pantje hineingefallen, denn der Brunnen war nicht zugedeckt wie anderswo. Durch die grimmige Kälte war das Wasser schon wieder gefroren, und ich konnte Pantje gerade noch fassen, als er mit einem Stiefel das Eis durchtrat. Seitlich quoll ein Rinnsal unter der Eisdecke hervor, lief ein paar Meter weit und versickerte wieder. Da wurden wir fröhlich. Tjang lud, ohne zu fragen, das eiserne Dreibein ab, setzte den Teekessel darauf und entfachte die Glut zu neuem Leben. Pantje suchte trockenen Kamelmist, und ich nahm das Schanzzeug. Ich vertiefte das Rinnsal zu einem Graben, aus dem die Kamele saufen konnten, soviel sie wollten. Sie taten es langsam, aber ausgiebig. Derweil tranken wir Tee und wärmten uns die Hände. Tjang erging sich in lästerlichen Voraussagen, was er für uns kochen wolle, sobald wir die große Karawane eingeholt hätten. Von vornherein stand für ihn fest, daß wir alles einhandeln könnten, feinstes Mehl, Bohnennudeln und vor allem Gewürze. Sogar Zucker vermutete Tjang in irgendeinem Sack, den er als Zuckersack an der Aufschrift erkannt haben wollte. Vierundzwanzig verschiedene Gerichte wolle er bereiten, sagte Tjang, und er zählte sie uns auf. Pantje und ich hörten solchen Reden gerne zu, und dann marschierten wir weiter, gestärkt von der Aussicht auf herrliche Speisen. Bald stellte sich heraus, daß Pantje nicht mehr gehen konnte. Die schweren mongolischen Stiefel taugen nun einmal nicht für Wanderungen. Ich bat Pantje, eine Strecke zu reiten, und Tjang redete ihm verständnisvoll zu. Da ließ er sich erweichen und setzte sich oben auf das Zelt.

»Weil du es so haben willst«, sagte er zu mir.

Nun kamen wir rasch vorwärts. Es schien, als ob Tjang im Sinn habe, noch heute Nacht die Karawane zu erreichen. Mitternacht ging vorüber, es wurde ein Uhr, und Tjang lief wie ein Uhrwerk. Um zwei befahl ich Halt.

»Schade«, sagte Tjang, »in einer Stunde hätten wir sie gekriegt. Es ist eine Karawane mit wertvollem Gepäck, und vornehme Leute begleiten sie.«

Das war mir neu. Aber Tjang, der so vieles wußte, war seiner Sache sicher.

Als wir beim flackernden Feuer saßen und noch einmal Tee tranken, bevor wir uns schlafen legten, holte er einen Porzellanscherben aus dem Gürtel. Er hatte ihn beim letzten Brunnen neben dem verglimmenden Lagerfeuer gefunden.

»Wer aus solchen Tassen trinkt«, behauptete Tjang, »ist kein gewöhnlicher Mensch. Noch dazu unterwegs in der Wüste«, sagte Tjang.

»Es ist ein Elend«, bemerkte Pantje, der gegen jede Art von Verschwendung war.

Zusammen betrachteten wir den Scherben. Es war ein wundervoll bemaltes Exemplar. Zwei Damen saßen da auf einer Terrasse, und hinter ihnen stand ein Diener, des Befehls gewärtig. Man sah gleich, daß der Diener nicht viel zu tun hatte, denn er blickte gelangweilt einem herrlichen Vogel nach, der... aber da war der Scherben zu Ende, und man erfuhr nicht, wohin der Vogel flog. Die Damen, der Diener und der Vogel waren himmelblau, himbeerrot und grün angemalt, und ein bißchen Gold war überall. Zum Beispiel in den Haarbändern.

»Es ist ein Elend«, wiederholte Pantje, »wir leben in einer würdelosen Zeit. Die Menschen achten die kostbarsten Dinge gering, gerade recht zum Zerschmeißen. Beim Auf- und Abladen gehen sie entzwei, und niemand verliert ein Wort des Bedauerns.«

»Sie haben eine Dame bei sich«, teilte Tjang mit, »die kann doch nicht aus einem Holznapf trinken.«

Pantje und ich waren sprachlos. Was dieser Tjang alles wußte! Schließlich hatten wir die Karawane auch gesehen, und eine Dame wäre uns aufgefallen. Allein Tjang lachte bloß, als ob er manches wisse, wovon wir keine Ahnung hatten.

»Ihr werdet schon sehen«, sagte er vielversprechend, und mehr war aus ihm nicht herauszukriegen. Da taten Pantje und ich, als ob wir uns aus einer chinesischen Dame, die eine Porzellanschale zum Teetrinken braucht, nichts machten. Wir gähnten laut und schliefen sofort ein.

Am andern Morgen schrieb ich in mein Tagebuch, daß der 27. November sei. Dann beschrieb ich die Gegend, an der nichts Besonderes war, und zum Schluß bemerkte ich: ›Tjang sagt, daß wir heute einer chinesischen Dame begegnen werden, die nur aus Porzellanschalen Tee trinken kann. Das muß ein seltener Vogel sein.‹

Niemals würde ich so eine Bemerkung gemacht haben, wenn ich auch nur einen Schimmer gehabt hätte, wie diese Begegnung verlaufen würde. Am nächsten Vormittag, als ich den 28. November eintrug, wünschte ich, den Radier-gummi zu haben, den ich als überflüssig in meinem Gepäck am Ichen-Gol zurückgelassen hatte. So blieb mir nichts übrig, als mit dem Ausruf zu beginnen: ›Welch ein Tag! Welch eine Überraschung! Ich bereue zutiefst die obige Bemerkung...‹ Doch ich will nicht vorgreifen. Der 27. November hatte ja kaum begonnen.

Neben mir saß Tjang und wallte den Nudelteig aus. Pantje

war gegangen, um die Kamele zu beaufsichtigen, und ich klappte das Tagebuch zu und steckte es in die Satteltasche. Dann schnitt ich Knoblauch klein und warf die Flinsel in das kochende Wasser zu den Fleischbrocken.

»Du bist früh dran«, sagte ich zu Tjang, und ich zeigte ihm die Uhr von weitem.

»Man muß die Zeit nicht wichtig nehmen«, erwiderte er weise.

Allein ich wußte schon, warum er die Mahlzeit so früh ansetzte. Handelskarawanen brechen gewöhnlich zwischen drei und vier Uhr nachmittags auf, ziehen bis gegen Mitternacht und schlagen dann Lager. Wenn wir eine Stunde eher abmarschierten, hatten wir Aussicht, sie einzuholen, und da wir den gleichen Weg zogen, rechnete Tjang mit einem ausgiebigen Schwatz.

»In der Eile sind Fehler«, warnte ich.

»Zögern oder Hast«, antwortete Tjang, »was soll das? Beides ist unwichtig.«

Er war von seinem Vorsatz nicht abzubringen, und trotzdem ich ihm keine Auskunft über die Uhrzeit gab, standen die Kamele kurz nach zwei Uhr fertig gepackt. Wir hatten gegessen, und also zogen wir los.

Der Weg führte sanft und stetig bergab. Vom Sturm verwehter Sand lag im Windschatten der Tamarisken. Anfänglich waren es elende Strünke, dann nahmen sie an Größe zu, und schließlich sahen sie aus wie gerupfte kleine Weiden, nur nicht so dick. Plötzlich hörten sie auf. Überall lag Sand. Man spürte zwar beim Drauftreten den festen Untergrund, doch konnte man ihm nicht mehr trauen.

Die Dünen rückten vom Süden näher.

Über dem Rand einer Böschung erblickte man weit hinaus nichts als Sand. Was es im Norden gab, verdeckte eine Berglehne.

»Ei ja! Ei ja!« rief Tjang, als er die Böschung erreichte.

Er hielt, die Kamele blieben stehen, und Pantje ging mit mir nach vorn. Unter uns bot sich ein erfreulicher Anblick. Da war ein Talkessel, der nach Süden offen lag, doch der Sand konnte nicht hineindringen, weil ihm eine Hügelbarriere den Weg versperrte. Viel Platz gab es nicht darin, gerade genug für eine große Karawane zum Lagern. Aber überall wuchs Derresgras. Bis hinauf an die Hänge im Norden wogten die gelben Büschel. Über diese Hänge zog der Vortrab der großen Karawane mit ungefähr dreihundert Kamelen. Der Rest wurde gerade beladen. Ein großes blaues Zelt stand noch. Vermutlich war es das, in dem die vornehmen Leute wohnten, von denen Tjang gesprochen hatte. Ringsum war alles im Aufbruch begriffen.

»Wir müssen uns eilen«, sagte Tjang.

»Wenn du einen Tee kriegen willst«, sagte Pantje, »mußt du selbst den Kochtopf aufstellen.«

»Ich entbiete dir den tibetischen Gruß«, erwiderte Tjang, und er streckte die Zunge heraus.

Dann gingen wir die Böschung hinunter und geradewegs vor das schöne neue Zelt.

»Du bist unser Dandjat«, flüsterte Pantje, »dir gebührt der Vortritt.«

»Wenn du mich anmeldest«, sagte ich leise, »ich glaube das gehört sich so.«

»Schon recht«, knurrte Pantje, aber er brauchte lange, um seine Fellmütze zurechtzurücken.

Tjang stand nebendran. Zum Glück kam gerade einer aus dem Zelt. Es war der Karawanenführer. Als er mich sah, riß er die Zeltwand auf und rief etwas Chinesisches, was ich nicht verstand. Ich hielt es für eine Einladung, aber es war keine. Das merkte ich, als eine Gestalt, die rechts gesessen hatte, aufsprang, den langen Seidenärmel ihres Gewands vor das Gesicht hielt und aus dem Zelt flüchtete. Ich verneigte mich artig vor den beiden übriggebliebenen Männern, die im Hintergrund saßen und die Augenbrauen zusammenschoben. Einer legte die Eßstäbchen gleich weg. Vielleicht war ich gar nicht sehr willkommen. Ich schielte nach Pantje, während ich die Fäuste zum Gruß vor die

Stirn hob. Aber Pantje war verschwunden. In meiner Bedrängnis fiel mir der einzige chinesische Gruß ein, den ich kannte. Ich war dem Himmel aufrichtig dankbar, und so sagte ich schnell: »Hast du schon Essen gegessen?«

Das konnte jeder auf sich beziehen. Die Wirkung meiner Worte war günstig. Beide Herren erhoben sich und kamen mir entgegen. Sie nötigten mich sogar auf den Ehrenplatz zur Linken und sagten mir eine Menge Artigkeiten, die ich mongolisch beantwortete. Als die Herren das merkten, riefen sie nach dem Karawanenführer. Er konnte Mongolisch, und er brachte Pantje mit ins Zelt, denn er hatte ihn draußen herumstehen sehen. Pantje wußte, was er mir schuldig war. Er beharrte darauf, rechts zu sitzen, wo die weniger angesehenen Personen und die Frauen ihren Platz haben. Sogleich lief alles von selber. Wir bekamen das gleiche zu essen wie die Herren, die wir offenbar beim Frühstück gestört hatten. Es gab Zamba, den man mit heißem Tee anrühren muß, bis ein dicker Brei daraus wird, der süß schmeckt und schon deshalb gut ist. Der Karawanenführer nickte ermunternd, und die Herren freuten sich, daß es uns schmeckte. Als nachher Tee gereicht wurde, erhob ich mich nach dem ersten Schluck, weil ich die gute Form wahren wollte.

»Nein, nein«, hieß es, »wir sind hier nicht in Peking am Kaiserhof.«

Also trank ich die Schale leer, doch dann ließ ich mich nicht länger beschwatzen. Ich wollte als ein gesitteter Herr gelten, der die Grenzen des Anstandsbesuchs achtet. Aber auch meine Gastgeber waren um ihr Gesicht besorgt. Sie stürzten als erste aus dem Zelt, und sie erwarteten Pantje und mich draußen mit einer tiefen Verbeugung. Wir versuchten, es ihnen gleichzutun, und der Karawanenführer ließ derweil das Zelt abbrechen. Es war eine lange und herzliche Verabschiedung. Tjang, der bei den Kamelen geblieben war, hatte auch eine Schale Zamba bekommen, und freundschaftliche Zurufe ertönten von allen Seiten.

Tjang erwiderte sie gemessen, und dann zogen wir weiter. Jetzt hatte Tjang keine Eile mehr; er ging ausgesprochen langsam, und er zündete sich eine Pfeife an. Der Weg führte über viele Hügel, die einen Damm gegen das Sandmeer im Süden bildeten. Bald kamen die Dünen völlig außer Sicht. Dafür erblickten wir, sobald wir die höchste Hügelkuppe erreichten, den vorausgegangenen Teil der großen Karawane. Wir kamen ihm jedoch nicht näher. Der Zug entfernte sich mehr und mehr, und bald läuteten hinter uns die Glocken der Nachzügler.

»Da sind sie«, sagte Tjang und blieb stehen. »Es wäre unhöflich, vor ihnen in Tschagan-Burgussun zu sein.«

»Ist das der nächste Lagerplatz?« fragte ich.

Tjang, der Alleswissende, nickte. Er hatte es von dem Karawanenführer erfahren. Wie sich gleich herausstellte, kannte Tjangs Höflichkeit allerdings Grenzen, sobald er was vorhatte. Statt auf die Nordseite des Kamelpfades zu treten, um niemandem in der Sonne zu stehen, wartete er auf der Südseite und ließ die Karawane so vorüberziehen. Das war unaufmerksam, aber bei gutem Willen ließ es sich mit Gedankenlosigkeit entschuldigen.

»Du mußt auf das erste Kamel achtgeben«, sagte Tjang, und dann grüßte er kollegial den Treiber, der es führte. An dem Kamel war nichts Auffälliges, außer daß es kräftig war und sehr ruhig ging. Seine Last bestand auf der Seite, die wir sehen konnten, aus einem großen Käfig aus Rohrgeflecht. Oben war ein Fensterchen eingelassen, das mit einem grünen Seidentuch verhangen war. Das Tuch bewegte sich ein wenig. Ich sah ein dunkles Auge, und dann fiel der Vorhang wieder.

»Hast du die Dame gesehen?« fragte Tjang. »Ich habe dich an die Sonnenseite geführt, damit du sie anschauen kannst. Auf der andern Seite hängt der Sack mit dem Zucker. Ist sie nicht schön?«

»Ich habe sie nicht gesehen«, erwiderte ich der Wahrheit gemäß.

39

Tjang schüttelte den Kopf. »Du bist unmäßig«, tadelte er, »sie hat ein strahlendes Auge. Was verlangst du mehr?«

»Sie sitzt sicher sehr unbequem«, lenkte ich ab.

»Sie wird entsetzlich frieren«, sagte Pantje.

»Unser Schatten hat ihr nur für einen Augenblick die Sonne entzogen«, machte Tjang aufmerksam. Er hatte also doch ein schlechtes Gewissen.

»Ich meine während der Nacht«, bemerkte Pantje.

»Da gibt es keine Hilfe«, gab Tjang zu, und er schupfte die Achseln.

Dann betrachteten wir die übrigen Kamele, die Strang um Strang an uns vorüberzogen. Manche trugen Lasten, deren Inhalt man erraten konnte, besonders wenn er angeschrieben stand. Die meisten aber trugen Ballen, von denen niemand wußte, was darin war. Tjang vermutete japanische Stoffe, und weil er die Japaner nicht leiden konnte, verfluchte er die Ballen insgesamt. So weit brachte ihn die politische Leidenschaft. Am Schluß ritten unsere beiden Gastgeber. Sie kannten Tjangs Gesinnung nicht, und deshalb grüßten sie freundlich. Hinterher kam der Karawanenführer auf einem Pferd. Tjang gesellte sich ihm bei, und der Karawanenführer stieg ab. Er begleitete Tjang zu Fuß, weil er ihn von einer früheren Reise her kannte. Leider sprachen sie die ganze Zeit chinesisch und so schnell, daß Pantje nichts verstand, obgleich er für den Hausgebrauch über genügend Wörter verfügte. Pantje konnte fragen, ob das Teewasser kochte, und er wußte fast alle Zahlen, aber wenn sich das Gespräch Damen oder bemalten Porzellanscherben zuwandte, kam er nicht mehr mit. Wir waren daher auf Tjangs Erläuterungen und auf deren Glaubwürdigkeit angewiesen.

Nach einer halben Stunde etwa stieg der Karawanenführer aufs Pferd und ritt zu einer Inspektion nach vorn; er mußte nachsehen, ob keine Lasten verrutscht waren, und vielleicht fragte er die Dame nach ihrem Wohlbefinden.

Tjangs Bericht begann mit dem geschäftlichen Teil. Er sagte: »Die da haben kein Mehl zu verkaufen, sondern sie brauchen selber welches. Das kommt, weil sie so viele Stoffe transportieren. Ich weiß aber, was das für Stoffe sind. Der Himmel wird diese Menschen strafen.«

»Ich vermute eher, daß sie ein gutes Geschäft machen«, sagte ich.

Tjang schwieg verdrossen. Er war ein chinesischer Patriot, von denen es damals erst wenige gab. Die Weisheit der Alten war auf Weltbürgertum und auf allgemeine Harmonie gerichtet, aber Tjang hielt davon nichts. Er hing der neuen Richtung an.

Es ging einen größeren Hügel hinauf. Während wir stiegen, dachte jeder sein Teil, und Pantje, der sich von der japanischen Politik die Unabhängigkeit der Mongolei versprach, knuffte mich grinsend in die Seite.

Als es abwärts ging, sagte Tjang: »Mehl haben sie keines, das habe ich schon gesagt, aber sie haben sich vor einem halben Jahr mit einer andern Karawane verabredet. Heute wollen die beiden Karawanen in Tschagan-Burgussun zusammentreffen. Die Stoffhändler ziehen nach Kutschen-Se, die Mehlhändler kommen aus Sutschou und ziehen nach Uljaßutai. So stehen die Dinge.«

»Wie ist das möglich?« rief ich erstaunt.

»Das macht man so«, erwiderte Tjang stolz, »Karawanen verabreden Tag und Stunde, und wo sie sich in der Wüste treffen wollen, über tausendmal tausend Li hinweg.«

»Meine Hochachtung!« sagte ich, um ihn für die Kränkung von vorhin zu entschädigen.

»Da ist nichts Besonderes dabei«, tat Tjang bescheiden, »viel verwunderlicher ist, daß die Stoffhändler diesen Weg ziehen, der gar kein Karawanenweg, sondern ein ›Pfad der Nachdenklichkeit‹ ist. Sie tun es auch bloß der Dame zulieb, weil sie die Schwiegertochter des vermögenden Herrn ist, dem dieses alles gehört.« Dabei deutete Tjang verächtlich nach vorn auf die fünfhundert Kamele mit den tausend Lasten.

»Und wo steckt der Sohn des Herrn?« fragte ich.

»Ich habe mir das haarklein erzählen lassen«, sagte Tjang, »möchtest du es wissen?«

»Der Dandjat möchte es wissen und ich auch. Also sprich schon!« rief Pantje.

»Es ist aber eine lange Geschichte«, gab Tjang zu bedenken.

»Um so besser«, sagte Pantje, »man hört nicht jeden Tag, was in der Welt vorgeht.«

Da begann Tjang in seinem holprigen Mongolisch. Er sagte: »Die Dame, die ihr gesehen habt... «

»Wir haben sie nicht gesehen«, widersprach Pantje.

»Die Dame, die ihr gesehen habt«, wiederholte Tjang unnachgiebig, »ist mit dem Sohn des alten Kaufherrn da vorn verheiratet. Aber ihr Mann, nämlich der Sohn des Kaufherrn da vorn, ist nicht hier. Er wartet auf die Dame in Kutschen-Se schon länger als zwei Jahre Tage haben. So lange brauchte diese Dame nämlich, um eine fremde Sprache zu lernen. Jetzt kann sie diese Sprache sprechen und schreiben, und nun will ihr Mann bloß noch mit der Küste Handel treiben, weil er dabei mehr verdient. Er hat Felle zu verkaufen, und die Leute in Tientsin und Peking, bei denen die Dame war, sollen ihm die Felle abnehmen. So ist diese Sache.«

»Ist das alles?« fragte Pantje enttäuscht.

»Es ist alles«, sagte Tjang, »bis auf den Onkel.«

»Gibt es auch einen Onkel?« fragte ich teilnehmend.

»Es gibt einen«, sagte Tjang mit düsterer Schadenfreude. Zweifellos handelte es sich um eine Familientragödie.

»Erzähle uns auch von dem Onkel«, bat Pantje.

»Von diesem Onkel spricht man besser nicht«, sagte Tjang taktvoll. »Er hat nämlich einen Neffen, der auch nicht viel taugt, und beide zusammen sind ein Familiengeheimnis, weil ich weiß, daß es was gegeben hat, was besser unterblieben wäre.«

»Was ist unterblieben?« forschte Pantje.

»Es ist was geschehen«, erklärte Tjang streng, »das ist es

42

eben. Ich habe schon früher von diesem Menschen gehört. Damals wußte ich nicht, daß er ein Onkel ist und noch dazu von dieser Dame, die eine fremde Sprache spricht.« Tjang spuckte aus.

»Man erfährt manches erst hinterher«, sagte Tjang.

»Das ist meistens so«, gab ich zu. »Was für eine fremde Sprache spricht die Dame?«

»Du mußt sie selber fragen, ich kann mir nicht alles merken. Es ist zuviel auf einmal, besonders wenn man bedenkt, daß dieser Onkel früher einmal am Ichen-Gol gewohnt hat.«

»In dem zerfallenen Haus?« rief Pantje.

»Vorher war es ganz«, erwiderte Tjang.

»Was hat er da gemacht?« fragte ich.

Tjang schwieg. Jetzt, da wir ihn endlich so weit hatten, daß es interessant wurde, begann er zu kneifen.

»Ich habe dem Karawanenführer versprochen, daß es unter uns bleibt«, sagte er schließlich.

»Damit sind auch wir gemeint«, versicherte Pantje.

Tjang wich aus. »Noch nicht«, sagte er.

»Also morgen?«

»Nein, erst übermorgen, wenn wir wieder allein sind.«

»Bolna!« sagte Pantje, »man muß nicht immer alles gleich wissen. Wozu gäbe es sonst Geheimnisse! Aber übermorgen sollst du reden.«

»Ich werde euch nichts verschweigen«, versprach Tjang, »es ist sehr interessant.«

»Otschin interesna«, wiederholte Tjang, denn er meisterte auch ein paar Brocken Russisch.

Mehr war nicht aus ihm herauszukriegen. Wahrscheinlich hatte er Angst, daß wir uns verplapperten, wenn er schon jetzt den Mund aufgemacht hätte. Er war sehr stolz auf seine Verschwiegenheit und marschierte weiter als einer, der eine Menge weiß. Er trug den Kopf hoch, er war fröhlich und sang.

Pantje und ich gingen von da an hinterdrein, damit wir auflesen konnten, falls etwas verlorenging. Das in der

Nacht heruntergefallene Zelt war uns noch in frischer Er-
innerung. So wanderten wir etwa zwei Stunden. Zwei
Stunden sind bestenfalls acht oder neun Kilometer, und ich
wollte doch fünfzig machen. Tags zuvor war es uns das
erstemal gelungen.
Die Sonne stand zwei Handbreit über dem Horizont, als
der Weg sich senkte. Es ging einen sanften Abhang hinab.
Von oben überblickte ich ein weites, schönes Tal. Es war
voll mit Derresgras, und dazwischen standen Schwarzpappeln. Es waren gradgewachsene Bäume mit ausladendem
Geäst. Ein winziger Bach, der im Sommer verborgen durch
die Derreswiese rinnen mochte, war in seiner ganzen Länge
von saufenden Kamelen besetzt. Das Eis hatten sie durch-
getreten. Die erste Abteilung der Handelskarawane hatte
bereits abgeladen, die Zelte standen eins neben dem andern, und die Kamele mit dem kurz um den Hals geschlun-
genen Nasenstrick liefen zum Wasser, wenn sie nicht schon
da waren. Sie prusteten vor Behagen. Man hörte es bis zu
uns herauf. Wenn sie so weitermachten, würden sie den
Bach aussaufen.
Einen Augenblick lang war ich unschlüssig, was ich tun
sollte. Doch da wies Tjang nach Süden in die Ferne. Auf
seinem Gesicht war zu lesen, wie stolz er auf seine Landsleute war, auf China und auf sich selber. Durch das gelbe
Dünenmeer bewegte sich ein Heerwurm von etwa dreihundert Kamelen. Das war die Mehlkarawane aus Sutschou.
»Wir bleiben hier«, sagte ich entschlossen.
Pantje nickte Zustimmung, und Tjang, der nichts anderes
erwartet hatte, begann den Abstieg. Ich war voll Bewunderung. In Europa ist nicht viel dabei, seine Bekannten mit
einem Telegramm an die Bahnsperre zu bestellen. Hier aber
wurde eine Abmachung eingehalten, die ein halbes Jahr
zuvor geschlossen war. Sie lautete:
»Am 27. November treffen wir uns bei Sonnenuntergang
in Tschagan-Burgussun.« Tschagan-Burgussun aber war

nicht einmal ein Ort. Es war eine Oase in der Wüste, und beide Parteien hatten mehr als tausend Kilometer zurückgelegt. Sie hatten Stürme hinter sich, die das Vorwärtskommen um Tage verzögerten, und trotzdem hielt jeder sein Wort.

Als ich die letzten vorsichtigen Schritte über den Schotter ins Tal machte und Pantje schon vorauseilte, um Tjang beim Aussuchen des Lagerplatzes und beim Abladen zu helfen, sah ich ein Ding zwischen den Steinen liegen, das nicht dahin gehörte. Es war ein Haarpfeil. Ich hob ihn auf, weil man einen Wertgegenstand nicht liegen lassen soll und weil mir die Dame einfiel, die einen Onkel hatte, von dem nicht gesprochen werden durfte. Vorläufig fehlte mir die Zeit, den Fund zu betrachten. Ich schob ihn in die Tasche, und dann schlugen wir unser geflicktes Zelt ein wenig abseits auf. Es machte einen ärmlichen Eindruck, und unsere vier Kamele sahen auch nicht besser aus. Unter den vielen hundert andern konnte man sie mühelos an den eingefallenen Bäuchen erkennen.

Zweites Kapitel
*von dem reichen Kaufherrn, von der Dame
und von ihrem Onkel*

Wir saßen im Zelt, und wir hatten ein hübsches Feuer. In Tschagan-Burgussun gab es Fallholz, und weil Karawanen selten durch das Tal zogen, brauchte man nur auflesen, was die Stürme abgebrochen hatten. Draußen stand ein klarer Sternenhimmel. Die Kamele lagen angepflockt und käuten wieder. Man hörte das mahlende Geräusch der Kiefer und das Gurgeln, mit dem sie eine neue Portion aus dem Vormagen holten. Endlich hatten sie etwas zu fressen gefunden, auch wenn es nur das dürre Derresgras vom Vorjahr war.

Unser Zelt stand am Bachrand, weit weg von den Zelten der beiden Karawanen, die sich zusammengetan hatten, um das gegenseitige Besuchen zu erleichtern. Aus der Ferne hörte man sie reden und lachen.

Wir warteten eine lange Zeit, etwa zwei Stunden, dann schickte ich Tjang mit meiner Visitenkarte auf Erkundung. Nach einer weiteren Stunde kam er mit der Meldung, daß mein Besuch erwartet würde.

»Die Herren sehnen sich danach, deine Bekanntschaft zu machen«, sagte Tjang.

Ob ihm aufgetragen war, so oder anders zu sprechen, war ohne Belang. Chinesische Diener fühlen sich vor allen Dingen zur Höflichkeit verpflichtet; sie ist lohnender als die Wahrheit. Ich nahm Tjang als Dolmetscher mit und Pantje als meinen Begleiter. Unterwegs eröffnete mir Tjang vorsichtig, daß der Preis für Mehl beträchtlich gestiegen sei. Er hatte also schon geschwatzt.

»Mehr als fünfzehn darfst du nicht bezahlen«, flüsterte Pantje, »du mußt drücken.«

Während Tjang vorausmarschierte, um meine Ankunft zu melden, wiederholte Pantje, daß ich hart bleiben müsse. Der Mehlpreis stünde auf dreizehn, er wisse das. Ein Mehrgewinn von zwei Dollars sei gerade noch zulässig, wenn man bedenke, daß Tjang als Mittelsmann auch etwas davon bekommen müsse.

»Also keinesfalls mehr als fünfzehn Silberbatzen«, beschwor mich Pantje, und dann standen wir im hellen Licht eines Feuers. Tjang hatte die Zeltwand zurückgeschlagen, die Kaufleute und unter ihnen die beiden Bekannten von heute nachmittag eilten uns entgegen. Wir tauschten Höflichkeiten aus, und Tjang bekam Arbeit. Ich bat ihn, zu fragen, ob die Herren sehr unter der Kälte litten, ob sie nicht müde wären, wie es mit der werten Gesundheit stünde und ob sie noch einen weiten Weg vor sich hätten. Das zielte bereits auf den Mehlhandel. Ich wollte durchblicken lassen, daß sie einen Teil ihrer Ware hier absetzen könnten, ohne ihn weiter durch die Wüste schleppen zu müssen. Allein die Herren blieben ungerührt. Sie gaben mir zu verstehen, daß sie in Uljaßutai ungeduldig erwartet würden und daher morgen sehr früh weiterreisen müßten. Sie würden zwar meine Gesellschaft schmerzlich vermissen, um so mehr, als sie erfahren hätten, daß ich ein weitgereister Mann sei und imstande wäre, ihnen ein strahlendes Licht über die gegenwärtigen Welthändel aufzustecken. Das war auch sehr höflich. Obendrein erfuhr ich, daß Tjang, in dem Bestreben, mir ein großes Gesicht zu verleihen, nicht untätig geblieben war. Leider hatte er auch aus der Schule geplaudert. Wir wurden nämlich zum Essen eingeladen mit dem Bemerken, wie schrecklich es sein müsse, Hunger zu haben. Ich ließ durch Tjang antworten: »Unter dieser Krankheit leiden wir nicht.« Um es zu beweisen, nahm ich nur ein paar Bissen, obwohl mir die guten Fleischtaschen leid taten, mit denen Pantje und ich allein fertig geworden wären. Auch Pantje, die treue Seele, tat zimperlich und legte sich große Zurückhaltung auf.

Beiläufig, aber doch nicht geschickt genug, kam ich dann auf den Handel zu sprechen, den ich vorhatte. Da wir nun einmal hier beisammensäßen, gab ich durch Tjang bekannt, würde ich mich für den derzeitigen Preis von etwa zwanzig Säcken Mehl interessieren. Die Händler aus Sutschou ließen sofort die Kinnlade fallen. Ihre Kunden in Uljaßutai, sagten sie sorgenvoll, würden unzufrieden sein, wenn sie in ihrem Teil geschmälert würden. Nun legten sich unsere Bekannten ins Mittel. Besonders der ältere der beiden Kaufherren redete lange, und wie ich von Tjang erfuhr, verzichtete er zu unsern Gunsten auf die von ihm bestellten zehn Säcke. Ich lächelte ihm dankbar zu. Schon wollte ich in die Tasche greifen und ihm den gefundenen Haarpfeil seiner Schwiegertochter überreichen, als unvermutet rasch das Angebot erfolgte. Für achtzehn Dollars die hundert Catties, hieß es, könnte ich morgen früh zwanzig Säcke Mehl haben.

Das war ein Wort. Ich freute mich, als ob ich sie geschenkt erhielte. Die lange Reise nach Daschito mit unsicherem Ausgang schrumpfte mit einem Schlag auf drei oder vier Tage Wartezeit in einem schönen Tal zusammen, wo es Gras und Wasser in Fülle gab. Wenn dann Sven Hedin mit der Karawane kam, würde er sich wundern, und Larson würde rufen: »O du lieber Augustin!«

Ich aber würde so bescheiden tun, wie erfolgreiche Leute sich das leisten können. »Herr Doktor!« würde ich sagen, »ich bin hier, und das Mehl ist auch hier.«

Während ich mir das in der Geschwindigkeit ausmalte, fiel mein Blick auf Pantje. Er sagte nichts, aber seine Augen forderten das verabredete Gegenangebot von fünfzehn Dollars und Unnachgiebigkeit. Im Zelt wurde es still. Man hörte das Feuer knistern.

»Meine Herren!« sagte ich mit fester Stimme, »ich danke Ihnen, und ich nehme das Angebot an.«

Tjang übersetzte sofort.

Ein anerkennendes Gemurmel stärkte mich in dem Bewußtsein, das Richtige getan zu haben. Es wurde Tee gereicht, aber es war der gewöhnliche gesalzene Tee, den man in allen Zelten trinkt. Ich nahm einen Schluck, und dann stand ich augenblicklich auf. So viel ›Gute Form‹ hatte man von einem Europäer nicht erwartet. Wieder lief ein beifälliges Gemurmel durch den Kreis der Händler, und sofort beeilten sie sich, als erste draußen zu sein. Ich ließ ihnen Zeit dazu. Während sie den Ausgang verstopften und im Dunkeln über die Zeltpflöcke stolperten, fing ich einen strafenden Blick von Pantje auf. Er war sehr unzufrieden mit mir. Ich gab aber nichts darauf. Sein übertriebener Hang zur Sparsamkeit ging mir auf die Nerven. Ich verabschiedete mich von den Mehlhändlern mit dem Gefühl, meinen Auftrag aufs beste erfüllt zu haben. In ihren Augen würde ich obendrein als nobler Herr dastehen, der das übliche Feilschen nicht mitmachte. Zuversichtlich und ein wenig stolz ging ich über die nächtliche Derreswiese, und ich mußte aufpassen, daß ich nicht über Gegenstände oder herumliegende Kamele stolperte.

In unserem Zelt am Bachrand war das Feuer ausgegangen. Ich fröstelte, und deshalb steckte ich die Hände in die Rocktaschen. Außer Bindfaden, Nägeln und einer zerbrochenen Streichholzschachtel war der Haarpfeil darin. Ich befühlte ihn, ob er noch ganz sei.

»Es ist kalt«, sagte ich zu Tjang.

»Nicht mehr lange«, antwortete er trocken.

Er war schon dabei, Feuer zu machen.

Nun hätte ich gerne über den glücklich abgeschlossenen Handel gesprochen, und ich hätte nichts dagegen gehabt, ein paar anerkennende Worte zu hören. Wenigstens Tjang hätte etwas sagen können. Doch Tjang stocherte schweigend in der Glut, und dann fing er heftig zu blasen an. Die Asche flog herum. Pantje saß wie ein Eisklotz da. Wir waren auf einmal feindliche Brüder geworden oder solche, denen nicht paßt, was der andere tut. Als das Feuer brannte, zog ich den Haarpfeil aus der Tasche. Es war ein hübscher Pfeil mit drei Zinken aus Schildpatt, und oben hatte er eine goldgefaßte Kante mit drei Türkisen. Ich drehte das wertvolle Ding in den Händen und betrachtete es von allen Seiten. Pantje schaute unbeteiligt zu, und Tjang setzte Teewasser auf. Keiner von beiden sagte: »Was ist das?« oder »Wie kommst du dazu?« oder sonst etwas Passendes.

»Ich habe da einen Haarpfeil gefunden«, bemerkte ich, »und er gehört der Schwiegertochter des Kaufmanns.«

»Welches Kaufmanns?« fragte Pantje. Ich war ihm dankbar, daß er den Mund aufmachte.

»Des vermögenden Herrn Meng«, erklärte Tjang, und ich war ihm ebenfalls dankbar.

»Das ist der«, fuhr Tjang abscheulich lächelnd fort, »der mit japanischer Konterbande handelt und eine Schwiegertochter besitzt, die einen Onkel hat und eine fremde Sprache spricht.«

»Was für eine Sprache? Hast du das jetzt erfahren?«

»Englisch«, sagte Tjang streng.

Da nahm ich eine Visitenkarte, und ich schrieb auf die Rückseite: »Diesen verlorenen Gegenstand gibt Ihnen mit geziemender Hochachtung zurück Ihr ganz gehorsamer...« und darunter schrieb ich meinen Namen.

»Ich habe zwei sehr passende Worte Englisch«, sagte ich zu Tjang, »nimm sie und bringe sie dem vermögenden Herrn Meng zusammen mit diesem Ding da.«

»Es gibt keine Hilfe«, antwortete Tjang und seufzte. Aber er nahm den Haarpfeil und die Visitenkarte, und er ging.

Pantje paßte auf, bis man seine Schritte nicht mehr hören konnte. Dann sagte er ernst: »Dandjat, ich habe dich gebeten, mit diesen Händlern zu handeln und bei fünfzehn Silberstücken fest zu bleiben. Du hast nicht gehandelt, und du bist nicht fest geblieben. Du wirst das Mehl nicht bekommen.«

»Wie«, rief ich entsetzt, »nicht bekommen, sagst du?«

»Schrei nicht so«, mahnte Pantje, »schreien nützt nicht.«

»Wieso nützt es nicht?« erkundigte ich mich, »ich habe mit Händlern einen Vertrag abgeschlossen. Morgen früh bezahle ich, und dann kriege ich das Mehl.«

»Hast du einen schriftlichen Kontrakt darüber?«

»Du warst dabei, also ist ein Kaufbrief nicht notwendig.«

»Ach Dandjat«, seufzte Pantje, »es ist anders, als du denkst. Ich will dir sagen, wie diese Sache ist.«

»Beeile dich«, sagte ich kalt, »sonst kommt Tjang zurück, und mir scheint, daß du vor ihm nicht reden willst.«

»Tjang denkt zuviel an Geld, er ist ein Spitzbube. Es freut mich«, sagte Pantje, »daß du das auch gemerkt hast.«

Ich schüttelte den Kopf. »Daran habe ich nicht gedacht.«

»Dann wirst du es bald merken«, versprach Pantje.

»Du hast«, begann er, »Tjang zu dem Zelt der Händler geschickt, damit er ausrichtet, daß du ihnen die Ehre deines Besuches erweisen willst.«

»Ich habe die werten Herren bitten lassen, mich zu empfangen. Das ist ein Unterschied.«

Pantje lächelte. »Wie du willst«, sagte er nachgiebig. »Jedenfalls hat Tjang zu diesem Unterschied eine ganze Stunde benötigt. Merkst du jetzt was?«

»Ich merke, daß du schlechte Gedanken hast«, sagte ich.

Allein Pantje ließ sich nicht beirren. »Tjang«, fuhr er fort »brauchte bloß eine Verbeugung machen und zwei Worte sagen. Das dauert so lange, wie einmal Luftholen dauert. Die übrige Zeit hat Tjang benützt, um den Händlern zu sagen, daß du Mehl kaufen willst, und daß er der Vermittler ist und deshalb seinen Teil bekommen muß. Darauf sind die Händler nicht gleich eingegangen, aber Tjang hat ihnen gesagt, daß sie ruhig einen großen Preis fordern dürfen und daß es ganz einfach geht, weil du das Mehl notwendig brauchst. Da haben die Händler gesagt, daß sie gespannt sind, was jetzt kommt, und Tjang hat ihnen gesagt, sie müssen bloß so tun, als ob sie dir nichts verkaufen wollten, und sie sollen ein bißchen herumreden wie um eine Sache, die man nicht tun kann. Nachher würdest du glücklich sein, wenn sie dir gnädig zwanzig Säcke für eine Unmenge Geld verkaufen. Darauf hat dieser vermögende Herr Meng gesagt, daß er mitmacht, wenn sie ihm auch seinen Teil geben, und so haben sie dich hineingelegt. Jetzt lachen sie, und du hast dein Gesicht verloren, denn sie werden überall erzählen, daß es ganz leicht geht, dich zu betrügen. ›Das Gehirn dieses Ausländers‹, werden sie sagen, ›ist mit Lehm verschmiert; vielleicht hat er auch einen Holzkopf, aber das wissen wir nicht, denn wir haben nicht daran geklopft.‹«

Pantje schwieg, und ich sah, daß er schwere Bedenken wegen meines verlorenen Ansehens hatte. Da warf ich mich in die Brust. »Was diese Menschen denken«, sagte ich hochmütig, »ist mir gleich.«

Aber Pantje schüttelte den Kopf. »Es ist noch nicht alles«, gab er zu bedenken, »morgen früh, bevor es ans Bezahlen geht, werden sie auf einmal sagen, daß sie noch mehr Geld haben müssen, und du wirst es ihnen geben.«

»Niemals«, rief ich entschlossen.

Das schien Pantje zu freuen. »Versprichst du mir das?« fragte er schnell, »bedenke, es geht um dein Gesicht.«

»Ich verspreche es dir«, sagte ich, und dann hörten wir die Schritte von Tjang, und wie er über den Bach sprang. Als er ins Zelt trat, blickte er sich um wie einer, der nicht sicher ist, ob sich in seiner Abwesenheit etwas Unangenehmes ereignet hat oder nicht. Mit einem Wort: Tjang war argwöhnisch geworden.

»Ob es gut ist oder nicht gut ist, wer weiß das?« sagte er langsam. Damit gab er mir eine Visitenkarte und setzte sich ans Feuer. Er wärmte die Hände und goß sich eine Schale voll Tee.

Vorn auf der Visitenkarte stand ein chinesischer Name, den ich nicht lesen konnte. Hinten war zierlich und englisch mit Bleistift geschrieben:

Vielen großen Dank! Bitte besuchen Sie mich morgen nach dem Frühstück. Frau Yü.

Wahrscheinlich war das der Familienname der Dame aus dem Käfig.

»Hat sie dir das gegeben, oder war es wer anderer?« fragte ich.

»Die Dame hat es geschrieben«, antwortete Tjang, »und ihr Herr Schwiegervater hat es mir dann gegeben. Er sagte, du seist ein glücklicher Mensch, weil du solche Sachen findest, aber er sei auch glücklich, weil seine Schwiegertochter sie wieder bekommen hat.«

»Es ist gut«, sagte ich, »morgen wollen wir die Zeltpflöcke fester in den Boden schlagen, denn wir werden hier bleiben, bis der Nojen Hedin kommt. Er wird sich freuen, daß wir das Mehl schon hier kaufen konnten, und er wird jedem von uns eine dicke Belohnung geben.«

Das sagte ich, um zu sehen, was Tjang für ein Gesicht machen würde. Im stillen hoffte ich, daß er heimlich die Mehlhändler überreden möchte, von einer Nachforderung abzustehen. Aber Tjang blieb undurchsichtig. Er trank seinen Tee, und dann legten wir uns schlafen. Eine Weile lang blieb ich wach. Ich überdachte den voreiligen Handel, und ob es besser gewesen wäre, ich hätte nach Pantjes Anweisung versucht, den Preis zu drücken.

Pantje lag neben mir, und als ich mich umdrehte, flüsterte er mir zu: »Vorhin hast du gut gesprochen. Am Ende kriegst du noch das Mehl.«

Da schlief ich getröstet ein.

Tjang stand frühzeitig auf. Trotzdem es eigentlich Pantjes Obliegenheit war, die Kamele freizulassen, war Tjang schon draußen, als wir aufwachten. Mit der Ausrede, er müsse sich etwas Salz ausborgen, denn unseres sei feucht geworden, ging er zu den Zelten der Mehlhändler.

Pantje grinste, und mit ein paar Worten verständigten wir uns, daß die schlechte Sache bedeutend besser stünde. Während Pantje Feuer machte und ich meinen Schlafsack einrollte, kam Tjang zurück. Er war weder fröhlich noch mißmutig. Er war wie immer, und als ich nach dem Frühstück die Satteltaschen umhing, in denen das Geld war, sagte er: »Du hast teures Mehl gekauft, Dandjat. Diese Kaufleute werden sich über das gute Geschäft freuen.«

Ich nahm das für ein gutes Zeichen und winkte Pantje, mich zu begleiten.

»Komm auch mit«, sagte ich zu Tjang, »wenn es Schwierigkeiten gibt, brauche ich dich.«

Aber Tjang wollte nicht. »Es handelt sich nur um das Bezahlen«, sagte er, »wo sollen da Schwierigkeiten sein?«

»Es ist mir lieber, du bist dabei«, beharrte ich.

Da ging er widerwillig mit. Er trottete hinter uns drein, und Pantje schien plötzlich noch verdrossener als am Abend vorher.

Die Mehlhändler waren schon dabei, ihre Zelte abzubrechen. Sie begrüßten uns freundlich, und als sie die schweren Ledertaschen bemerkten, wurden sie sehr zutraulich. Sie luden uns zum Tee am offenen Lagerfeuer ein, und dann eröffneten sie mir, sie hätten bis in die Nacht hinein gerechnet und dabei herausgefunden, daß das Mehl unmöglich für achtzehn Dollars verkauft werden könne. Sie hätten sich geirrt, und ich möge ihnen diesen Irrtum verzeihen.

Man brauchte kein Chinesisch verstehen, um zu merken, was sie vorhatten.

»Tjang«, sagte ich laut, »berichte mir, was diese Herren sagen.«

Wohl oder übel mußte Tjang ihre Rede mongolisch wiederholen.

»Dieser Irrtum bedarf keiner Entschuldigung«, ließ ich durch Tjang wissen, »vermutlich haben die Herren herausgefunden, daß der Preis zu hoch war, und sie wollen jetzt weniger Geld haben.«

Die Herren waren gar nicht beleidigt, als sie das hörten. Einer schob das Rechenbrett, das dalag, beiseite, als ob man es nicht mehr brauchte. Sie lächelten, und ich erfuhr, daß diesmal der Irrtum auf meiner Seite war, denn das Mehl koste zweiundzwanzig Dollars. Das hatten sie in der Nacht herausgerechnet.

Ich weiß nicht, ob Tjang übersetzte, was ich ihm auftrug.

»Ich bedaure«, sagte ich, »daß der nächste Yamen so weit weg ist; aber sobald ich nach Hami komme, will ich den Kreisrichter fragen, was er über solche Irrtümer denkt, wie sie uns hier passiert sind.«

Damit stand ich auf, und Pantje stand auch auf. Er war nicht mehr verdrossen. Wir verbeugten uns, und wir gingen miteinander, um nach den Kamelen zu sehen, die sich mit andern angefreundet hatten. Tjang kam uns nach.

»So eine Unverfrorenheit«, schimpfte er. »Diese Leute haben vergessen, daß man besser einen Becher in der Hand hält als die zehntausend Dinge, die nicht hineingehen. Diese Menschen sind keine Menschen, sie sind Rotbärte, und man sollte ihnen den Kopf abschlagen.«

»Du hast recht«, sagte ich.

Ich wollte den Frieden wiederherstellen, denn jetzt hatten wir eine lange gemeinsame Reise vor uns statt des gemütlichen Wartelagers in Tschagan-Burgussun. Auch Pantje fand sich zum Frieden bereit. Er war glücklich, daß ich böse Reden geführt hatte, mit denen seiner Meinung nach die vorübergehende Verfinsterung von meinem Gesicht gewichen war. Jetzt konnte ich ohne Beschämung der Dame gegenübertreten.

Als die Mehlhändler abzogen, rasierte ich mich, und Pantje beobachtete unterdessen, daß eine Verabschiedung von seiten des vermögenden Herrn Meng unterblieb. Er zeigte damit offen, daß auch ihm die Geschäftsgebarung der Davonziehenden nicht gefiel. Herr Meng war ein feiner Mann.

»Dein Besuch im Zelt der Dame wird eine wünschenswerte Sache sein«, sagte sogar Tjang, als ich ging.

»Vergiß nicht, nach dem Weg zu fragen«, rief mir Pantje nach, »vielleicht wissen die, wie es von hier aus weitergeht.«

Ich sagte: »Bolna«, und dann schritt ich gemessen durch die Derreswiese wie einer, der Zeit hat. Es war immerhin möglich, daß ich beobachtet wurde. Vor dem Zelt, das Tjang mir von weitem gezeigt hatte, blieb ich unschlüssig stehen. Der Unterschied, wie man ein mongolisches und wie man ein chinesisches Zelt betritt, hat mir immer zu schaffen gemacht. In ein mongolisches Zelt stapft man hinein, wenn nicht gerade das Krankenseil vor dem Eingang hängt, und man ist des Willkommgrußes sicher. Was man aber beim Eintritt in ein chinesisches Zelt tut oder besser unterläßt, richtet sich nach vielen Voraussetzungen. Sicherheit habe ich darin nie erlangt. So stand ich vor dem Zelt der Dame, und weil ich nicht anklopfen konnte, scharrte ich mit den Füßen.

»Step in!« rief eine sanfte Stimme.

Ich wollte die Zeltwand zurückschlagen, aber da kam schon Herr Meng heraus und begrüßte mich, als ob ich zur Familie gehörte. Er war reizend. Statt daß wir uns in der vorgeschriebenen Weise um die Plätze stritten, drückte er mich wie einen uralten Freund auf den Platz, wo ich hingehörte, und radebrechte mongolisch: »Du sehr alter schlechter Mensch spät kommen.«

»Vater«, antwortete ich ihm, »dein Kind weint heftig über gerechten Tadel.«

Dabei lachten wir uns an, und seine Augen strahlten, als er die Dame vorstellte, wegen der ich gekommen war. »Vielmals entschuldigen«, sagte er, »Schwiegertochter, weiter nicht beachten.«

Ich sagte: »How do you do?« und ich verneigte mich ernst. Sie sagte auch: »How do you do?« und dabei lächelte sie ein bißchen.

Soweit war alles gut. Die Dame Yü war geradezu schön. Wenn sie sprach, bewegte sie den Mund kaum, damit an ihrer kunstvollen Aufmachung nichts in Unordnung geriet. Das Gesicht war mit einem sanften weißen Email übergossen, in dem die rosafarbenen Wangen nur eben angedeutet waren. Dafür hoben sich die Augenbrauen kohlschwarz und mit dem kühnen Schwung der Mondsichel nach oben. Der rote Mund war scharf in das maskenhafte Antlitz gezeichnet. In dem streng frisierten Haar steckte als einziger Schmuck der wiedergefundene Pfeil. Sie trug ein hochgeschlossenes, enganliegendes Reisegewand aus schwarzer Seide, und sie begann sofort zu reden. »Ich bin glücklich, Sie zu sehen«, sagte sie. »Mit Ausnahme einiger Worte, die das Essen betreffen, versteht mein Schwiegervater kein Englisch. Da wir nicht viel Zeit haben, will ich gleich mit dem beginnen, was ich sagen möchte. Reden Sie von Zeit zu Zeit, was Ihnen gerade einfällt, aber es muß sich auf das Essen beziehen, damit mein Schwiegervater weiß, wovon wir reden.«

»Allright«, sagte ich, »haben Sie angenehm gefrühstück?«

»Ich nehme an«, sagte sie, »daß Sie wissen, wohin wir ziehen.«

Ich nickte. »Gewiß, ich weiß es. Leider gibt es hier nirgends Eier. Das ist ein fühlbarer Mangel.«

»Unsere Wege trennen sich nach einer Tagereise«, fuhr sie fort, »Sie reiten nach Westen oder Südwesten und damit in eine Gegend, die ich nicht kenne. Darf ich Sie nach Ihrem vorläufigen Reiseziel fragen?«

»Man sagt«, antwortete ich, »daß es in Hami die süßesten Melonen und in Turfan die besten Trauben gebe.«

Der alte Meng lächelte und schnalzte zustimmend mit der Zunge. Er sagte auch etwas.

»Mein Schwiegervater sagt, daß wir ursprünglich über Hami reisen wollten, aber auf meinen Wunsch wurde der Weg geändert. Ich bin nämlich ein Waisenkind, das von den Hausleuten, bei denen ich in Peking wohnte, großgezogen wurde. Nun ist es in China nicht gut, ein Waisenkind zu sein, zumal wenn man ein Mädchen ist. Zum Glück lernte ich einen Mann kennen, der mit den Ausländern Handel treibt. Wer das tut, verliert an Ansehen, aber ein Waisenkind fragt nach solchen Dingen nicht.

Ich war glücklich, und wir heirateten. Mein Mann wollte, daß ich die englische Sprache studierte, und ich tat es gern; so werde ich ihm nützlich sein können. Ich sagte schon, daß es nicht gut ist, wenn man keine Familie hat. Es ist aber viel schlechter, wenn man plötzlich eine bekommt. Eines Tages erschien nämlich ein Mann, der mich ausfindig gemacht hatte, und er sagte: ›Teure Cousine, ich bin dein Vetter.‹ So war es denn auch. Ich freute mich, und ich stellte ihn voll Stolz der Familie meines Mannes vor. Jetzt hatte auch ich einen Verwandten. Zudem war er ein weitgereister Mann, und er sah gut aus.«

Da Frau Yü eine Pause machte, warf ich rasch ein: »Ich hörte schon immer, daß die Peking-Ente an Wohlgeschmack unübertroffen ist.«

»Peking-Ente!« rief der vermögende Herr Meng erfreut. Und er schlug mir auf die Schulter. »Peking-Ente sehr gut!« Und er hob den Daumen.

»Mein Vetter heißt Glück«, fuhr die Dame unbeirrt fort, »und er hat eine gute Stelle als Kraftwagenführer in Urumtschi.«

Der alte Meng horchte auf, und ich sagte geschwind, ich hätte vernommen, daß es in Urumtschi keine Spezialität der Küche gebe.

»Ein trauriger Ort«, ließ mich Herr Meng wissen, und die Kinnlade fiel ihm herunter. »Mein Sohn, ich muß dir meinen großen Unwillen eröffnen, daß du eine so minderwertige Stadt besuchen willst.«

»Es gibt keine Hilfe«, tröstete ich ihn.

»Du meine Güte«, sagte die Dame Yü, »wir wollen von jetzt an Ortsnamen tunlichst vermeiden. Ich war gerade verheiratet, und also sind es zwei Jahre her, seit mich mein Vetter besuchte und mir mitteilte, daß die letzten Mitglieder meiner Familie auf eine schlimme Weise aus dem Leben schieden. Nur ein alter Onkel ist übrig geblieben. Erschrecken Sie nicht über das, was ich Ihnen jetzt sagen muß. Lächeln Sie ein wenig. Ja, so ist es recht. Mein armer Onkel ging nämlich unter die Räuber, und er wohnte lange Jahre als ein Spion des größten Räuberhauptmanns der Wüste Gobi in der Hütte, die Sie vor drei Tagen gesehen haben. Er wollte sich an dem Mörder seiner Familie rächen. Das gelang ihm zwar nicht, denn dieser Mensch ging an seinen eigenen Untaten zugrunde. Als mein Onkel das erfuhr, kehrte er in das Leben zurück. Er betrieb eine Gastwirtschaft an der Grenze des Landes Sinkiang, wo ihn niemand kannte. Lange Zeit lebte er dort, aber als Vetter Glück ihn besuchen wollte, war er verschollen.«

»Gastwirtschaft in Sinkiang?« unterbrach Herr Meng erschrocken, »mein Sohn, mein Kind, sehr schlechte Gastwirtschaften das, sehr schlechte.«

Dann redete er erregt, und die Dame Yü sagte: »Mein Schwiegervater rät Ihnen, in Sinkiang keine Gastwirtschaft zu betreten. Die meisten Wirtschaften werden von Mohammedanern geführt, und bei denen gibt es bloß Hammelfleisch.«

»Sehr traurig«, pflichtete Herr Meng bei, »nicht einmal Schischlik machen gut Hui-Hui, sehr schlechten Schischlik, ohne Speck. Nicht essen können so was Mensch ohne Bedauern.«

»Nun suche ich meinen Onkel«, sagte die Dame Yü, »ich hoffte, in der verlassenen Hütte ihn selbst oder einen Hinweis zu finden, allein es war vergeblich. Jetzt will mein Schwiegervater nichts mehr von dieser Sache wissen, denn er glaubt dem Karawanenführer, der schlecht von meinem Onkel spricht und der von meinem Vetter auch nichts Gutes sagt.«

Die Dame Yü seufzte. »Zum Glück«, sagte sie, »habe ich einen Mann, der mir Briefe schreibt, in denen steht, daß er von solchen Kleinigkeiten nichts hält. ›Dein Vetter‹, schrieb er mir, ›ist ein prächtiger Verwandter, und er macht für mich Transporte mit dem Lastwagen, wenn ich welche brauche. Nebenbei hat er mich mit dem Oberst der Grenzsoldaten bekannt gemacht, der Kao-Scheng heißt, und weil der Herr Oberst sein Freund ist, habe ich lange nicht mehr so viele Scherereien wie früher. Der Herr Oberst kennt deinen Onkel auch, und er hat gesagt, wie großen Kummer man haben muß, weil er ein achtbarer Herr ist, vor dem sich sogar der Herr Oberst verneigt. Er will Befehl geben, daß alle Grenzsoldaten ihn suchen müssen.‹«

»Ach, mein Herr«, sagte Frau Yü, »wie sollten die Soldaten ihn denn finden. Sie haben selbst gesehen, wie es in Ichen-Gol aussah, und die Grenzsoldaten wollen gewiß lieber Schnaps trinken als meinen Onkel suchen. Erlauben Sie, daß ich Ihnen jetzt ein unscheinbares Gegengeschenk für den wieder gefundenen Haarpfeil gebe. Zwischen dem Boden der Schachtel und dem Einlagepapier liegt ein Brief, der Sie über meinen Onkel näher unterrichtet. Sollten Sie unterwegs etwas über ihn in Erfahrung bringen oder ihm gar begegnen, bitte ich um Ihre Nachricht. Ich wäre Ihnen bis an mein Lebensende dankbar.«

Bei diesen Worten langte die Dame nach einem in rotes Glückspapier eingewickelten Kästchen und überreichte es mir. Sie sagte: »Mögen Sie tausend Jahre leben.«

Das sagte sie chinesisch, damit Herr Meng begriff, daß unsere Unterhaltung über Nahrungsmittel zu Ende war. Er lächelte gewinnend und rief sofort nach Tee. Frau Yü reichte mir eine Tasse, und die Tasse war aus Porzellan. Sie war ebenso bemalt wie der Scherben, den Tjang gefunden hatte. Auf der Terrasse saßen die beiden Damen, der Diener stand hinter ihnen, und jetzt sah ich auch, wohin der bunte Vogel flog. Ein Blütenzweig mit rosafarbenen Blüten neigte sich ihm entgegen.

»Vielmals entschuldigen«, sagte Herr Meng, und er ließ mir mitteilen, daß es leider eine ganz geringe Sorte Tee und ein Elend sei, und er bitte um weitherzige Vergebung, wenn er wage, mir so etwas anzubieten.

Dabei war es Blattspitzentee, der hereingebracht wurde, und in den feinen Porzellanschalen schimmerte er grünlichgelb und duftete. Zum erstenmal bedauerte ich aufrichtig, daß man bei einem formellen Besuch auch in der Wüste Gobi nach dem ersten Schluck aufstehen und gehen muß, wenn man nicht als ein ungehobelter Mensch gelten will. Ich schob den Abschied um ein paar Minuten hinaus, indem ich um Auskunft über den Pfad der Nachdenklichkeit bat. Sogleich ließ Herr Meng den Karawanenführer rufen, und als er kam, wurde ich gründlich unterrichtet. Der Mann sprach mongolisch. »Hier sind wir in Tschagan-Burgussun«, begann er, und als ich das aufgeschrieben hatte, erfuhr ich, daß der nächste Brunnen ›Überfluß‹ heiße und nur fünfzig Li entfernt sei. Dort gebe es gutes Wasser und Schilf. Von ›Überfluß‹ bis ›Zurückhaltung‹ wären es achtzig Li, und ›Zurückhaltung‹ sei ein Brunnen, in dem wir ebenfalls gutes Wasser und rund herum Derresgras finden würden. Dann beginne die Reise beschwerlicher zu werden, nur ein bißchen, sagte der Karawanenführer, und die Brunnen, die er mir nannte, hatten Namen wie:› Rotfließendes Bitterwasser‹ und ›Betrübliches Brackwasser‹. Auch lagen sie weit auseinander. Die Zwischenräume wurden mit 120 bis 140 Li angegeben, was in Kilometer umgerechnet 60 bis 70 Kilometer heißt, aber deshalb nicht weniger ist. Ich muß wohl enttäuscht dreingeschaut haben, denn der Karawanenführer zögerte, mir den nächsten Brunnen zu nennen. Er hieß: ›Hin und wieder kleines Gestankwasser‹. Diesen Brunnen würden wir nach einer völlig wasserlosen Strecke von 200 Li oder mehr erreichen. Sollte aber, wie aus dem Namen hervorging, ›Hin und wieder kleines Gestankwasser‹ trocken sein – jetzt im Winter wäre das eine natürliche Sache – dann sollten wir guten Mutes weitermarschieren, denn nun sei Daschito nahe.

»Nur noch fünfzig Li oder eine Winzigkeit mehr«, tröstete der Karawanenführer.

Er sagte auch: »Ihr habt einen Weg ausgesucht, der kein Weg ist. Nicht umsonst nennt man ihn den Pfad der Nachdenklichkeit. Darüber ließe sich viel sagen, aber vielleicht trefft ihr unterwegs Pilger. Was uns anlangt, biegen wir schon bei ›Überfluß‹ ab. Verlauft euch nicht. Nein«, sagte der Karawanenführer, »bloß keine Besorgnis deswegen. Diese Sache ist leicht zu ordnen. Haltet euch stets nach Westen, nicht nach Norden und nicht nach Süden; es ist nicht schwer.«

Als ich das aufgeschrieben hatte, sagte ich: »Tausendmal tausend Dank«, und dann trank ich die Teeschale auf einmal aus. Ich verneigte mich vor der Dame Yü, während Herr Meng und der Karawanenführer hinauseilten.

»Leben Sie wohl«, sagte ich, »und ich danke für Ihr Vertrauen. Sollte ich etwas von Ihrem Onkel hören, werden Sie es sofort erfahren.«

Sie lächelte, und sie senkte den Kopf.

Draußen verabschiedete ich mich von Herrn Meng und von dem Karawanenführer. Sie wünschten mir zahlreiche Glückssterne, und dann kehrte ich in unser Zelt am Bachrand zurück. Ich war nachdenklich geworden, und ich ging langsam und bedrückt. Es war klar, daß ich viel besser getan hätte, das Mehl für 22 Dollar zu kaufen; doch davon durfte ich Pantje nichts sagen. Er hätte mich für ehrlos und ängstlich gehalten. Wir marschierten nach Daschito oder, falls wir dort kein Mehl bekamen, nach Hami. So lautete der Auftrag, und was war da weiter dabei?

»Ich bin wieder hier«, sagte ich zu Tjang und Pantje, und ich weiß alles, was man über den Weg wissen muß. Es ist kein sehr guter Weg.«

»Da ist keine Hilfe«, bemerkte Tjang und rührte im Kochtopf.

»Keine Besorgnis deswegen«, sagte Pantje munter.

Ich setzte mich auf meinen Platz, und ich legte das Geschenkkästchen im roten Glückwunschpapier vor mich auf den Boden. Ich behandelte es ehrerbietig.

»Dein Besuch bei der Dame war eine wünschenswerte Sache«, behauptete Tjang, »habe ich dir das nicht vorher gesagt?«

»Du hast es gesagt«, gab ich zu.

Dann löste ich das rote Seidenband, ich entfaltete das rote Glückwunschpapier, und das Kästchen kam zum Vorschein. Es war aus dünnem Holz gemacht, und es hatte einen Schiebedeckel. Zwei Drachen, die mit aufgerissenen Mäulern und mit schlagenden Tatzen um eine Perle kämpften, waren darauf gemalt. Es sah furchterregend aus, aber Tjang belehrte mich, daß das eine sehr gute Sache sei.

Dann schob ich den Deckel zurück. Kleine runde Mohnkuchen lagen schön geschichtet in dem Kästchen, und Tjang sagte, daß man trotz mancher Einwände eine große Achtung vor der Dame haben müsse, denn sie habe richtig gewählt. Mohnkuchen seien ein schickliches Geschenk für diesen besonderen Anlaß. Wir aßen sofort alle auf. Sie zerfielen auf der Zunge, wie man es von guten Mohnkuchen verlangen kann, und sie schmeckten unaufdringlich süß. Unter dem Papier, mit dem das Kästchen ausgekleidet war, spürte ich ein Briefblatt und ein Kärtchen. Ich nahm beides heimlich heraus, als Tjang ging, um die Kamele zu holen. Unterwegs auf dem Marsch wollte ich dann lesen, was es mit dem Onkel der Dame Yü auf sich hatte.

Tjang war an diesem Vormittag besonders eifrig. Es zeigte sich, daß auch er von dem Karawanenführer über den Weg unterrichtet war und mehr davon wußte als ich. Schon zu Mittag war das Essen fertig.

»Ich denke«, sagte Tjang, während wir die Eßschalen sauberleckten, »es verhält sich so, daß wir am besten gleich aufbrechen. Die Kamele sind ausgeruht, die Menschen haben geschlafen; und wenn es dem Dandjat recht ist, gehen wir bis zum Brunnen ›Zurückhaltung‹. Das sind 130 Li, aber was sind 130 Li? Wir brauchen uns nur einbilden, wir hätten einen Feind im Rücken, dann geht es leicht.«

Pantje stieß mich in die Rippen und blinzelte. Er sagte: »Tjang hat darin Erfahrung.«

Ich sagte: »Bolna!« und: »dieser dein Vorschlag ist gut.«

Dann stand ich auf, um die Zeltpflöcke aus der Erde zu ziehen. Pantje sattelte die Kamele, und Tjang packte ein.

Nach zehn Minuten waren wir abmarschbereit. Pantje löschte die Glut mit einem halben Kübel Wasser aus dem Bach. Ich zog die Uhr. Es war eins, und Tjang nickte zufrieden.

Wir durchquerten das Tal, und wir kamen an den Zelten der Karawane des Herrn Meng vorüber. Niemand war zu sehen. Sie aßen wohl gerade, und sie ließen sich Zeit dazu, denn sie hatten es nicht so pressant wie wir. Sie wollten heute nur bis ›Überfluß‹.

Die Talwand im Westen war eine steile, mit Felsenklippen durchsetzte Geröllhalde. Die Kamele machten die Hälse lang und schnaubten, als sie hinaufgingen. Tjang marschierte voraus, und er redete ihnen gut zu.

»Keine Angst, meine Lieben«, sagte er, wenn sie rutschten. »Was die Steine anlangt«, sagte er, »braucht ihr euch nicht zu fürchten. Sie tun euch nichts.«

»Seht ihr!« rief er, als wir oben ankamen, »ihr müßt nur eurem älteren Bruder vertrauen.«

Von der Höhe blickte ich ein letztes Mal nach Tschagan-Burgussen zurück. Das weite Tal war zusammengeschrumpft, und die große Karawane des Herrn Meng war klein. Die fünfhundert Kamele, nicht größer als Antilopen, grasten in dem engen Geviert, das der Bach bewässerte. Manche standen bewegungslos, als ob sie nachdächten. Die blauen Zelte lagen am Boden wie ängstliche Vögel, die ihre Flügel ausbreiten, weil sie das bißchen Sicherheit nicht aufgeben wollen, das von allen Seiten durch die Wüste bedroht wird. Es war ein friedliches Bild, und es war dumm von mir, etwas anderes zu denken. Aber ich hatte ein ungutes Gefühl. Die Zuversicht vom Abend vorher war weit weg. Achtzig Silbertaler mehr, und ich hätte hier bleiben können bei frischem Wasser und Derresgras, bei einem wärmenden Lagerfeuer und bei beliebig großen Nudelportionen. Ich begriff mich selber nicht. Mit schlechtem Gewissen ging ich zu dem Obo, das man auf der höchsten Felsenkuppe gleich neben dem Weg errichtet hatte. Es war ein regelmäßig geschichteter Steinhaufen, der an dieser Stelle mehr als Wegweiser diente denn als Opferstätte. Trotzdem hatte ich, wie jeder fromme Wanderer, der von ferne ein Obo erblickt, im Tal einen Stein aufgehoben und in die Hosentasche gesteckt. Jetzt legte ich ihn zur Ehrung der Ortsgeister auf dem Steinhaufen nieder, und darunter schob ich, wie wir das verabredet hatten, einen Brief an Sven Hedin und die Zurückgebliebenen. Darin schilderte ich, wie es mir ergangen war, allerdings mit einer leichten Färbung zu meinen Gunsten.

Die Mehlhändler wurden von mir als raubgierige Gangster bezeichnet, und ihre Forderung nannte ich ein unannehmbares Ultimatum. Gerne hätte ich auch das Datum geändert, denn alles in allem hatten wir in den drei vergangenen Marschtagen knappe hundert Kilometer zurückgelegt. Das war wenig, wenn ich an die von Sven Hedin geforderten fünfzig Kilometer täglich dachte. Larson würde lächeln und »O du lieber Augustin« sagen.

In solcher Lage faßt man gute Vorsätze. Ich tat es, und Pantje stand mir darin nicht nach.

Er sagte: »Heute nacht erreichen wir ›Zurückhaltung‹, und morgen marschieren wir bis ›Rotfließendes Bitterwasser‹. Dann kommt ›Betrübliches Brackwasser‹, und nachher ist es nicht mehr weit.«

Von ›Hin und wieder kleines Gestankwasser‹ sprach Pantje nicht. Das hatte ja noch Zeit.

Wir überschritten niedere Berge, und wenn auch der Weg öfters stark nach Norden abbog, so kehrte er immer wieder in die westliche Richtung zurück. Vor Dunkelwerden langten wir in ›Überfluß‹ an. Der Karawanenführer hatte nicht gelogen. Es gab gelbes Schilf, das raschelte, wenn ein Luftzug darüber hinstrich, und es gab frisches Wasser in einem Graben. Solange es hell war, schickte ich Pantje, den weiteren Weg zu erkunden. Man sah ihn aber auch so, denn das Schilffeld von Überfluß war schmal. Jenseits lief der Karawanenweg über eine schräge Kiesfläche, und auf dem gleichmäßigen Grau war der Pfad wie ein Kreidestrich gezeichnet. Bevor er die gradlinige Höhe erreichte, bog er scharf nach Norden ab. Was zurückblieb und nach Westen weiterlief, war nur mehr ein Haarstrich. Das aber war unser Weg. Pantje bestätigte es, als er zurückkehrte.

»Wir müssen aufpassen«, sagte Pantje.

Ich schrieb seine Mahnung als letzte Anmerkung unter dem 28. November in das Tagebuch. Dann marschierten wir weiter. Die Dämmerung brach herein, als wir die Weggabelung überschritten.

»Nicht hier, meine Guten«, sagte Tjang zu den Kamelen, die dem gewohnten Trampelpfad folgen wollten, »kommt mit mir, meine Lieben. Habt ihr nicht gehört, daß wir nach Daschito gehen und nicht nach Kutschen-Se? Oder habt ihr schlecht aufgepaßt?«

Da gingen die Kamele, wohin Tjang sie führte, und Pantje und ich gingen hinterdrein. Es mußte schon lange her sein, seit hier jemand anderer gegangen war. Frische Spuren gab es keine, und obendrein wurde es dunkel. Tjang schien nichts dabei zu finden. Er schritt in gewohntem Gleichmaß voran, und wenn es eine vom Flugsand überwehte Senke gab, fand er mit nachtwandlerischer Sicherheit den Weg am andern Ende wieder.

Tjang war ein alter Mann vom Fach.

Er konnte fürchterliche Strecken marschieren, aber wer nach einem besonders anstrengenden Marsch dachte: ›Jetzt ist Tjang müde‹, oder: ›Jetzt ist er auch einmal erledigt‹, der mußte sehen, wie Tjang den Kamelen nachlief, wie er in wenigen Augenblicken Feuer machte und wie munter er war, wenn andere schamlos gähnten.

Pantje war anders. Er konnte zu Fuß keine langen Strecken durchhalten, doch das lag an den schweren Stiefeln, die nur zum Reiten taugten. Nach einiger Zeit mußte er aufsitzen, und das wiederholte sich alle paar Stunden.

Kurz vor Mitternacht, als Pantje wieder ein Stück ritt und als ich schon ausrechnete, daß ›Zurückhaltung‹ nicht mehr weit sein könne, hörte Tjang plötzlich mit Gehen auf. Er stand da und machte ein unglückliches Gesicht. Dabei waren wir in einem sandigen Tal, das eben war wie ein Brett, und nirgends gab es Schwierigkeiten.

Ich fragte freundlich, was los wäre.

»Vor einer halben Stunde«, bekannte Tjang, »verschwand der Weg im Sand und vergaß das Wiederkommen. Er verweilt sehr lange.«

»Ei ja!« rief ich, »deine Rede ist nicht gut zu hören.«

Pantje kletterte vom Kamel und schrie: »Willst du sagen, daß du schon eine halbe Stunde ohne Weg tappst?«

»Das muß man tun«, verteidigte sich Tjang, »wie sollte man ihn sonst wiederfinden? Ich habe seinetwegen viel Mühe verschwendet.«

Ich sagte nicht viel mehr als: »Dein Mittel taugt nicht«, aber Pantje schrie, diese Gegend sei so gemacht, daß man über sie reden müsse, sobald der Weg in Verlust gerate, und was das anlange, dürfte es überhaupt nicht vorkommen.

Da geriet auch Tjang in Zorn. Beide beschimpften sich, aber schließlich sagte ich, daß es keine Hilfe gebe, und so einigten wir uns. Pantje und ich befreiten unsere Reitkamele von den Lasten, und dann ritten wir nach Süden und Norden auseinander. Tjang blieb rauchend zurück.

»Ich bin in großer Erwartung«, sagte er, »ob ihr mich wieder finden werdet.«

Es war sehr dunkel. Nur wenige Sterne leuchteten, denn der Himmel hatte sich bezogen, und ein bißchen Wind wehte. Absichtlich überließ ich Pantje die Südseite des Tales, weil ich dort den Weg vermutete, und weil ich Pantje für findiger hielt. Bevor wir uns trennten, gab ich ihm meine Pistole. Ich belehrte ihn, wie man den Sicherungshebel herunterdrücken mußte, und wir verabredeten, einen Schuß abzugeben, sobald einer von uns den Pfad finden würde. Ich selbst hatte das Gewehr am Sattel hängen.

Nach Norden reiten war nicht schwer. Der Nordstern war frei, und also brauchte ich bloß dem ›Sitz des Höchsten

Himmelsherrn‹ zu folgen. Weniger gut machte sich die hohe Horizontlinie, die das Tal in dieser Richtung abschloß. Als ich nach zehn Minuten hinkam, war es richtig eine Felswand. Ich stieg ab, und weil ich nichts Passendes fand, nahm ich einen mittleren Stein, an dem ich den Nasenstrick meines Kamels befestigte. Weit würde es damit nicht laufen. Es machte auch gar keine Anstalt dazu. Schon als ich nach einer Möglichkeit für einen Aufstieg zu suchen begann, legte es sich nieder, und als ich eine Rinne fand, die nach oben führte, sah ich, daß es den Hals am Boden ausstreckte. Das arme Tier wollte schlafen.

Zuerst glaubte ich, daß ich durch die Rinne ganz bequem auf den oberen Talrand gelangen würde, aber dann glaubte ich es nicht mehr. Die Steine, auf die ich trat, gerieten ins Rollen, und endlich blieb ich stehen, um zu verschnaufen. Da war ich aber erst in der Mitte des Hohlwegs und merkte, daß es mit Stehenbleiben auch nicht besser wurde. Zwischen den Steinen lag Sand, und das Rutschen ging weiter, ich brauchte mich nicht einmal bewegen. Da nahm ich das Gewehr von der Schulter, hing es über den Rücken, und wenn ich vorher gefroren hatte, wurde mir jetzt schön warm. Ich strampelte wie auf einer Rolltreppe, die verkehrt herum geht. Als nichts mehr nützen wollte, kroch ich auf allen vieren, und so kam ich oben an, wo es zu meiner Verwunderung ein kleines Obo aus wenigen flachen Steinen gab. Aus Gewohnheit und Aberglauben legte ich einen dazu.

Erst jetzt kam ich durch Nachdenken darauf, daß ich mich vergeblich angestrengt hatte. Hier oben konnte der Weg nicht gut sein. Man führt keine Kamele am Rand eines Steilabfalls entlang, wenn man ein bequemes Tal dazu hat. Trotzdem ging ich ein paar Schritte weit und nachher noch ein paar, und da ich scharf aufpaßte, entdeckte ich den Weg. Es war kaum zu glauben, aber er war da.

Ich nahm das Gewehr vom Rücken, riß den Sicherungsflügel herum und feuerte einen Freudenschuß in die Nacht hinaus. Von irgendwoher grollte der Widerhall, und als er verklungen war, ging ich dorthin, woher ich gekommen war. Ich setzte mich auf den zweifach ledernen Hosenboden und wollte die Rinne hinunter ins Tal rutschen, als vom Süden her ein schwacher Knall ertönte und gleich darauf noch einer. Das konnte nur Pantje sein. Aber warum schoß Pantje, und warum schoß er zweimal? Ich war sogleich überzeugt, daß der Unglückliche sich oder sein Kamel aus reinem Unverstand erschossen hatte. Wahrscheinlich waren beide tot.

So schnell es ging, kollerte ich das Steinkar hinunter. Ich half mit Händen und Füßen nach, und ich machte mir entsetzliche Vorwürfe, denn ich hatte Pantje bloß über das Zurückschlagen des Sicherungshebels belehrt. Daß er das Ding gleich nach dem Schuß wieder nach vorn schieben müsse, hatte ich nicht erwähnt. Entweder war ihm die Pistole im Gürtel oder im Stiefelschaft losgegangen, als er sie an einem dieser beiden Aufbewahrungsorte versorgte. Am Ende war schon vorher was passiert, als Pantje in den Lauf guckte, warum es da so rauchte. Es hatte ja so rasch hintereinander geknallt. Auf jeden Fall war das Resultat traurig.

Sobald ich unten anlangte, rannte ich an den Platz, wo mein Kamel lag und schlief. Als ich hinkam, war es aber aufgestanden. An den aufgewühlten Spuren konnte ich das wilde Entsetzen ablesen, das es hochgetrieben hatte, als mein Schuß fiel. Dann war es davongaloppiert, und den Stein, auch das konnte ich sehen, hatte es eine Strecke weit mitgeschleift. Ich fand ihn bald an dem abgerissenen Strick. Von da an lagen die Spuren noch weiter auseinander, und ich gab es auf, ihnen zu folgen.

Erschreckte Kamele laufen oft viele Kilometer, bevor sie zu sich kommen und merken, daß nichts passiert ist. Um sie wieder zu finden, braucht man einen oder mehrere Tage, und manchmal ist es umsonst, und man verschwendet bloß seine Zeit. Ich machte den Weberknoten auf, steckte den abgerissenen Strick in die Hosentasche und warf erzürnt den Stein zu den übrigen.

Mittlerweile war es stockdunkel geworden. Der Nordstern tauchte in die Wolkendecke, und der Wind schlief ein. Ich begann nach Tjang zu rufen, aber die Antwort blieb aus. Ich hatte auch gar keine erwartet. Tjang war viel zu weit weg. Wahrscheinlich saß er seelenruhig im Sand und rauchte, während Pantje sich totschoß und mir das Kamel mitsamt den Satteltaschen davonlief. In diesen Taschen steckten die achthundert Silbertaler, mit denen ich Mehl kaufen sollte. Sie waren in Rollen zu je fünfundzwanzig Stück sorgfältig in Zeitungspapier gewickelt; aber was half das.

Beinah alles, was ohne Dazutun verloren werden konnte, war dahin, und es dämmerte mir, daß eine Unglücksnacht erster Ordnung im Anzug war. Ich erkannte nämlich, daß ich in längstens einer halben Stunde bei Tjang sein mußte, damit wir das Zelt aufstellten, bevor der Sturm losbrach. Vielleicht würde es bloß ein Schneesturm sein, der sich durch die Windstille ankündigte, vielleicht auch ein Gewitter oder beides. In dieser Nacht hielt ich alles für möglich. Ich schrie noch einmal nach Tjang, und dann ging ich auf gut Glück in die Richtung, wo ich ihn vermutete.

Im stillen verwünschte ich ihn.

Schon nach den ersten Schritten verlor ich die Spur, die mein Kamel beim Herreiten im Sand hinterlassen hatte. Es ging über eine ausgedehnte Kiesfläche, an die ich mich nicht erinnern konnte, weil ich immerzu nach dem Polarstern geschaut hatte. Als der Kies zu Ende war, suchte ich vergeblich im Sand. Fast eine Viertelstunde mochte vergangen sein, als ich die Spur wiederentdeckte. Von da an ging ich gebückt, um sie nicht mehr zu verlieren.

Doch die Mühe lohnte sich schlecht.

Zwar kamen mir die Abdrücke von daruntergemengten Stiefelsohlen gleich verdächtig vor, aber es dauerte eine Weile, bis der Verdacht zur Gewißheit wurde. Das geschah, als ich die bekannte Felswand vor mir und die Rinne daneben wahrnahm. Ich war im Kreis gegangen. Zuerst wollte ich mich setzen und überhaupt nicht mehr aufstehen. Ich hatte keine Lust, weiter in einer Welt mitzutun, die mir bloß Schikanen bereitete. Die Verluste an Vieh und beweglichem Eigentum, namentlich an Silbergeld, rechnete ich dabei gering, und an mein Gesicht wagte ich nicht zu denken. Es war in der vergangenen Stunde schwarz geworden wie die Nacht und wie die Felsen vor mir. Ich starrte sie an, und ich dachte, daß es Leute gibt, die einen ermahnen, nicht gegen das Schicksal zu meutern. Das ist immer schwierig; aber es geht leichter, wenn man keine Felsenrinne vor Augen hat, die man ängstlich und in großer Eile heruntergerutscht ist, weil sich ein Pistolenunglück ereignet hat; und wenn man keinen leeren Platz sehen muß, auf dem das eigene Reittier friedlich schlief, aber jetzt ist es mit achthundert Silberbatzen davongerannt. Dafür stand ein Schneesturm in Aussicht, und nirgends gab es einen Bernhardinerhund, der einen nachher vor dem Erfrieren rettet und gleich ein Fläschchen Rotwein am Halsband mitbringt.

Ich war auf dem besten Wege, weinerlich zu werden. So weit wollte ich es lieber nicht kommen lassen. Also stampfte ich mit den kalten Füßen, und dazu schrie ich: »Uah! Uah!« ganz laut. Ich hörte aber auf, als plötzlich ein dünner Feuerschein über eine Felskante huschte. ›Also doch ein Gewitter‹, dachte ich, und ich wartete auf das Donnergrollen. Als es ausblieb, drehte ich mich um. In diesem Augenblick flog weit weg ein bißchen Feuer in die Luft; es machte eine kleine Flamme, die dann verlöschend zu Boden flatterte.

Jetzt gab es kein Halten mehr. Ich lief dahin, wo ich das Feuer gesehen hatte, und bald kam es wieder. Jedesmal flatterte es besser und heller, und als ich einige Minuten gerannt war, erblickte ich eine rote Glut am Boden.

»Tjang!« schrie ich laut.

»Dandjat!« antwortete es aus der Nacht, als ob einer flüsterte. Trotzdem erkannte ich die Stimme Pantjes. Nun lief ich noch schneller. Bald sah ich ihn mir entgegenkommen, und dann lagen wir uns in den Armen. Vor Freude, und weil wir uns wiederhatten, weinten wir beide ein wenig; aber es war ja Nacht. Bevor wir zu Tjang ans Feuer traten, wischten wir mit dem Mantelärmel über das Gesicht, und Pantje sagte: »Rechts und links, nirgends gibt es ein Ding, das Besorgnis macht.«

Auf einmal war ich schrecklich müde. Ich stand da, und ich sah verwundert, daß alles in Ordnung war. Die Kamele lagen angepflockt, und sie waren mit Filzen zugedeckt. Ich zählte bis vier, mehr hatten wir nicht gehabt. Das Zelt war aufgerichtet, und da, wo es den Boden berührte, hatte Tjang die Lasten, die zur Beschwerung dienen konnten, so verteilt, daß der Sturm nicht unter das Tuch fassen konnte. Außerdem hatte Tjang Sand darauf geschaufelt. Er dachte an alles. Das Feuer brannte weiter drinnen im Zelt als üblich, und nur die Nordseite war offen gelassen, damit ich die Glut sehen konnte. Pantje schloß das Zelt.

»Komm Tee trinken!« sagte Tjang.

»Setz dich«, sagte Pantje. Er räumte zerknüllte Zeitungsblätter beiseite, die neben dem Feuer lagen. Sie raschelten, und Silbergeld klirrte.

»Es gab keinen Ausweg«, entschuldigte sich Pantje, »ich mußte die Silberbatzen auswickeln, damit ich das Papier anzünden und in die Luft werfen konnte.«

»Was das anlangt«, sagte ich, »brauchst du keine Worte zu verlieren. Ohne das fliegende Feuer hätte ich euch nicht gefunden.« Der heiße Tee belebte mich. Ich legte das Gewehr weg, und ich wärmte die Hände. »Ich staune«, sagte ich zu Pantje, »daß du lebend davongekommen bist. Ich wollte dir alles sagen, und doch habe ich vergessen, dich über die Heimtücke einer Pistole zu belehren.«

»Zur Hälfte war ich tot«, gab Pantje zu, »aber dann merkte ich, daß es bloß der Schreck und die Stiefelspitze war. Es ist die rechte.«

»Zeig her!« rief ich erschrocken.

»Keine Besorgnis deswegen«, beruhigte mich Pantje, »der Fuß ist heil geblieben.«

Ich betrachtete die Einschußstelle, die knapp neben der großen Zehe lag. Das Oberleder, die Filzstrümpfe, der Fußlappen und sämtliche drei Sohlen waren durchbohrt.

»Dein kleines Gewehr ging von selber zum zweitenmal los«, entschuldigte sich Pantje, »als ich den Weg fand, wollte ich bloß einen Schuß loslassen.«

»Du hast den Weg gefunden?« rief ich.

Pantje sagte: »Er ist nicht sehr weit von hier, zwei Li oder weniger.«

»Man kann sich täuschen«, gab ich zu bedenken, »auch ich... «, aber ich konnte meinen Satz nicht zu Ende bringen. Ein schreckliches Gebrüll brach über uns herein, die Zeltstangen hüpften auf und nieder, und Tjang warf mit vollen Händen Sand über das Feuer. Da saßen wir im Dunkeln.

»Es ist«, schrie Tjang, »für den Fall...«

»Schon gut!« schrie ich zurück.

»Schlafen! Gut schlafen!« brüllte Pantje, »es dauert nicht lange.«

Ich wußte nicht, ob er damit den Sturm oder die Nachtruhe meinte. Es war auch gleichgültig. Im Finstern kroch ich an meinen gewohnten Platz. Da lag der Schlafsack, die Klappe war offen, und eine Decke war darüber gebreitet. Ich zog nicht einmal die Stiefel aus. Ich wollte für den Fall, den Tjang angedeutet hatte, gerüstet sein. Draußen prasselte der Sand gegen die Zeltwand. Sie wölbte sich wie ein pralles Segel nach innen, und ich fürchtete für die Nähte. Immerhin war es ein geflicktes Zelt. Ich lauschte ängstlich, aber ein so feines Geräusch wie Nähteplatzen hätte ich doch nicht gehört. Also zog ich die Fellmütze über die Ohren. Ich tröstete mich mit dem chinesischen: ›Es gibt keine Hilfe‹, und mit dem mongolischen: ›Hammaguä‹, was so viel heißt wie: ›Keine Besorgnis deswegen‹. Dann schlief ich ein.

Drittes Kapitel
von dem Khan aller Khane
und mit weiterer Nachricht von dem Onkel

Es war ein herrlicher Morgen. Die Luft stand still wie an einem hohen Feiertag, die Sonne schien ins Zelt, und die Kamele schauten aus großen Augen in die Schneelandschaft. Tjang sang etwas Chinesisches, das auf die Melodie »Wer will unter die Soldaten« ging, und Pantje klimperte mit Silbergeld. Er packte ein, was er in der Nacht ausgepackt hatte, und dabei zählte er jedesmal laut auf fünfundzwanzig. Davon wurde ich allmählich wach.

»Hast du gut geschlafen?« fragte Pantje.

»Ich habe gut geschlafen«, sagte ich, und weil ich alles anhatte, kroch ich aus dem Schlafsack und setzte mich ans Feuer, wie ich war. Durch den offenen Zeltausgang sah ich unsere vier Kamele und eine große weiße Ebene. Dahinter gab es einen dunklen Strich als Abschluß. Das war die Felswand, aber ich hatte keine Lust, sie anzuschauen.

»Du hast recht behalten«, wandte ich mich an Pantje, »der Sturm ging schnell vorüber. Was für ein schöner Tag!«

»Im Winter ist das meistens so«, erklärte Pantje bescheiden.

»Habe ich dir schon gesagt, daß wir gleich aufbrechen müssen?«

»Weswegen?« fragte ich erstaunt.

Pantje zeigte mit dem Finger auf Tjang, und Tjang hörte auf zu singen.

Er sagte: »Dafür gibt es viele Gründe, von denen man keinen außer acht lassen darf. Erstens einmal haben wir den Weg gefunden.«

»Wir haben zwei Wege gefunden«, warf ich ein.

»Trotzdem ist es bloß einer«, behauptete Tjang, »der Karawanenführer hat es mir gesagt, und ich weiß jetzt genau, wo wir sind.«

»Hättest du das nicht schon heute nacht wissen können?«

»Da war es dunkel«, verteidigte sich Tjang. Er schwieg beleidigt, und ich wartete, bis er damit aufhören würde. Als der Tee kochte, war es so weit.

»Die Sache ist so«, begann Tjang, »daß ich den Weg verlor, weil keiner mehr da war. Die Leute, die dem Pfad der Nachdenklichkeit folgen, verlassen ihn nämlich, sobald sie dieses Tal erblicken, in das wir geraten sind. Es heißt das ›Tal der zehntausend Knochen‹ und es ist ein schlimmes Tal. Darum müssen wir sofort aufbrechen.«

»Das mag sein«, sagte ich, »aber der Name gefällt mir.«

»Spotte nicht«, warnte Tjang, »ich habe dir bloß einen Hinweis gegeben. Den richtigen Namen dieses Tals werde ich dir morgen sagen, wenn wir weit fort sind und die bösen Geister uns nicht mehr schaden können. Es gibt hier haufenweise. Du wirst erschrecken.«

Ich versicherte Tjang, daß ich bestimmt erschrecken würde, und er fuhr fort: »Sobald jemand dieses Tal erblickt, muß er sofort den Weg verlassen. Dann hört der Weg natürlich auf, und niemand kann ihn sehen. Manche Leute gehen dann über die Hügel im Süden, wo Pantje einen Pfad gefunden hat. Es gibt auch andere, die lieber am Nordrand entlang über die Felsen gehen, damit sie sich grausen können, wenn sie das Obo sehen. Am Tage ist das ein angenehmes Gefühl. Wo das Tal zu Ende geht, kommen die Pfade wieder zusammen, und dann ist man gleich in ›Zurückhaltung‹. Das alles hat mir der Karawanenführer erzählt, und du wirst begreifen, daß wir nicht länger in einem Tal bleiben dürfen, wo der Mensch nichts zu suchen hat.«

»Mir scheint«, sagte ich, »in diesem Tal ist was passiert. Ist es schon lange her?«

»Weißt du, wer Dschingis-Khan war?« fragte Tjang dagegen.

»Was Dschingis-Khan anlangt«, behauptete Pantje, »von dem weiß der Dandjat viel.«

»Weißt du auch von der Sache, die im ›Tal der zehntausend Knochen‹ – ich will es einmal so nennen – «, sagte Tjang, »passiert ist?«

»Sprich«, antwortete ich ihm, »diese Sache kenne ich nicht.«

»Es ist nicht gestern und auch nicht vorgestern passiert«, machte Tjang aufmerksam, »es ist lange her, und damals sandte Dschingis-Khan einen Boten zu dem Volk der Hui-Hui, das dort wohnte, wo es heute noch wohnt.«

»In Hami?« fragte ich.

»Ja, auch in Hami«, antwortete Tjang, »der Bote mußte den Hui-Hui was ausrichten. Er sprach zu ihnen: ›Unser Herrscher Dschingis-Khan hat in seiner Gnade beschlossen, auch euer Kaiser zu werden. Wollt ihr das, ist es gut, wollt ihr was anderes, muß er euch deswegen bestrafen.‹ Da lachten die Hui-Hui. Sie klatschten sich auf die Schenkel, und es entstand eine allgemeine Heiterkeit. Dann schlugen sie dem Boten des Khans aller Khane den Kopf ab, steckten ihn auf eine Lanze und brachten sie mitsamt dem Kopf in dieses Tal, damit die Mongolen nicht ohne Nachricht blieben. Sie stießen die Lanze da in den Boden, wo jetzt unser Zelt steht, und der Kopf oben wackelte.«

»Genau hier?« fragte ich.

Tjang sagte: »Ja, hier.«

Und er deutete auf die vordere Zeltstange, wo sie den Boden berührte. Er zog aber schnell den Finger zurück, als ob es dort heiß wäre, und Pantje, der lächeln wollte, ließ es bleiben.

»Hier steckte die Lanze mit dem Kopf«, sagte Tjang ernst, »und als die Mongolen sie fanden, machten sie ein schreckliches Gebrüll, und dann ritten sie geschwind nach Hami. Als sie dort alle Leute totgeschlagen hatten, zogen sie über das Gebirge nach Barkul, und dort taten sie das gleiche. Da merkten die Hui-Hui, daß es ernst gemeint war, und sie taten sich zu einem großen Heer zusammen. Auf den Sümpfen bei Turfan schwimmt heute noch das Blut und das Leichenfett von der Schlacht, die die Hui-Hui verloren. Die Übriggebliebenen sandten einen Boten zu Dschingis-Khan und ließen wissen, daß sie ihn jetzt als Kaiser haben wollten; er solle sie bloß am Leben lassen. Da kniff Dschingis-Khan die Augen zusammen, bis sie ganz klein wurden. ›Bolna‹, sagte er, ›ich will euer gnädiger Kaiser sein, aber eure Fürsten und Befehlshaber und sämtliche Unteroffiziere müssen kommen und mir huldigen.‹ Darüber waren die Hui-Hui sehr froh.

Alle, die was zu sagen hatten, versammelten sich und beugten das Knie vor dem Khan aller Khane. ›Steht auf‹, rief Dschingis-Khan, ›und setzt euch auf eure Pferde‹. Das taten die Hui-Hui gern.

Als sie aber fortreiten wollten, jeder wo er hingehörte, sagte Dschingis-Khan: ›Kommt einmal mit.‹

Also mußten sie mit ihm reiten, und bald merkten sie, daß sie Gefangene waren, weil tausendmal tausend Krieger sie begleiteten. Sie ritten scharf nach Osten, und kaum war ein halber Mond vergangen, langten sie in diesem Tal an. Da steckte noch immer die Lanze im Boden, und der Kopf war ausgedörrt von der Hitze.

›Kennt ihr diese Lanze und diesen Kopf?‹ fragte Dschingis-Khan. Er wartete aber nicht ab, ob die Hui-Hui ja oder nein antworteten. Sie mußten sich in einer langen Reihe aufstellen, und jeder zweite kriegte ein Schwert in die Hand. Damit mußte er seinem Vordermann den Kopf abschlagen, und diese Sache wurde solange wiederholt, bis nur einer übrigblieb. Der stand da und zitterte. Von dem krummen Richtschwert tropfte das Blut in den Sand, die Sonne schien, und es entstand eine schreckliche Stille. Bloß die Pferde scharrten mit den Hufen, und sie schlugen mit den Schweifen.

Plötzlich schrie Dschingis-Khan unmenschlich wild. Seine Stimme fegte über das Tal, und die ältesten Krieger bebten im Sattel. Er schrie: ›Kopf! Hast du genug von dem Blut deiner Mörder gesehen?‹ Er schrie: ›Antworte mir, Kopf!‹ Da fiel der Kopf von der Lanze dahin, wo jetzt unser Feuer brennt.«

»Du meinst in den Teekessel«, sagte ich.

»Wir müssen schleunigst fort von hier«, mahnte Tjang unwirsch.

»Nicht eher, als bis du erzählt hast, was mit dem letzten lebenden Hui-Hui geschah.«

»Das kann man mit zwei Worten berichten«, sagte Tjang streng. »Diese Worte sind überliefert, und niemand braucht dabei an einen Teekessel zu denken. Als nämlich der Kopf am Boden lag, sprang Dschingis-Khan aus dem Sattel, und alle Mongolen taten wie er. Dann gaben sie dem Hui-Hui eine Nadel und ein paar Mähnenhaare, die der Khan aller Khane mit eigener Hand seinem Hengst Bosafabo ausriß. Damit mußte der Mann den dürren Kopf auf dem Körper des zuletzt Erschlagenen festnähen, und so bekam der mongolische Bote wieder, was er zum Totsein notwendig brauchte. Als er ganz war, legten sie ihn in die Mitte von allen denen, die keinen Kopf mehr hatten, und es waren mehr als bloß ein paar hundert. Das wollten die Mongolen so haben. Nachher stiegen sie aufs Pferd. Sie bildeten einen großen Halbkreis, und sie schrien: ›Lauf, du Hund von einem Hui-Hui.‹

Da sah der Mann, daß es keine Hilfe gab, denn nirgends konnte er ausbrechen. Im Westen, im Süden und im Osten waren mongolische Reiter, und im Norden standen die Felsen. Also lief er dahin, und er fand die einzige Rinne, die es in der langen Felswand gibt. Die Reiter folgten ihm, und sie warfen mit Steinen, aber Dschingis-Khan rief, daß sie es bleiben lassen müßten. Da kam der gehetzte Hui-Hui lebend auf die Felsen. Die Mongolen erhoben ein großes Geschrei, aber der Khan aller Khane gebot Ruhe. Er sandte dem Mann ein Pferd zum Reiten, und Fleisch und Hirse zum Essen, und so erreichte der letzte Hui-Hui seine Heimat. Er war ein Fürst, und die Schreibkundigen des Landes schrieben seine Geschichte auf, und die, die nicht schreiben konnten, erzählten sie ihren Söhnen und Enkeln, und von denen habe ich diese Sache erfahren.

Dschingis-Khan aber befahl seinen Mongolen, am oberen Ende der Felsenrinne ein Obo zu errichten und dieses Tal im Leben nicht mehr zu betreten. Seither ist es für sich allein, bloß wir..., aber es geschah aus Unkenntnis, und weil es so finster war.«

Tjang schwieg, und Pantje stand auf, um die Zeltpflöcke loszumachen.

»Gibt es noch einen Grund, weshalb wir so eilig aufbrechen müssen?« fragte ich.

»Unsere Kamele finden nichts zu fressen«, sagte Pantje.

Da stand auch ich auf und half beim Einpacken. Nach zehn Minuten waren wir soweit. Wir verließen den Platz und das Tal, das weiß war vom Schnee und rund wie eine mächtige Schießscheibe. In der Mitte, wo unser Zelt gestanden hatte, war ein dunkler Platz, das Zentrum.

Wie immer ging Tjang voraus.

»Sage mir«, bat ich Pantje leise, »wie kommt es, daß du mein Reitkamel in der Nacht gefunden hast?«

»Ich habe es nicht gefunden«, sagte Pantje, »es war schon da, als ich zu Tjang zurückkehrte und ihm das Zelt aufbauen half. Kamele sind klug«, sagte Pantje, »deines roch den Sturm, und da ist es lieber zu den andern gelaufen, als allein in die Wüste zu rennen. Du hattest vergessen, ihm eine Fußfessel anzulegen. Das muß man tun, bevor man schießt.«

Ich sagte: »Ich habe keinen Strick gehabt.«

Pantje gab mir einen, er hatte immer welche in der Gürteltasche. »Für das nächste Mal«, sagte er.

Ich fragte: »Wo hast du meine Pistole?«

»Sie liegt in der Satteltasche. Ich habe sie mit Silberbatzen beschwert, da kann sie nicht losgehen, auch wenn sie möchte.«

»Ich werde dir zeigen, wie man damit umgeht. Für das nächste Mal«, sagte ich.

Dann blickten wir in das Tal zurück, denn wir waren am Rand des Kessels angelangt. Hier gab es eine niedere Bodenwelle, und nachher sah man schon das Derresfeld von ›Zurückhaltung‹ in einer Senke liegen. Das war gut, weil der Pfad der Nachdenklichkeit vom Schnee zugeweht war. Tjang behauptete zwar, ihn zu erkennen, und ich glaubte es ihm auch. Der bläuliche Schatten, der sich bei zunehmender Wärme vertiefte, konnte nichts anderes sein.

In ›Zurückhaltung‹ ließen wir die Kamele frei, bevor wir das Zelt errichteten. Wir wollten bis zum späten Nachmittag bleiben. Während Tjang den Nudelteig knetete, flocht Pantje einen besonders festen Strick, den er mir als Spezial-Fußfessel für mein Kamel verehren wollte. Er begann sogar zwei kunstvolle Schleifen zu flechten, an jedes Ende eine. Ich zog derweil den Brief von Frau Yü aus der Tasche. Mit Bedacht hatte ich ihn bis jetzt aufgespart, denn in der Wüste kriegt man nicht jeden Tag einen Brief. Als ich das Blatt entfaltete, fiel eine Visitenkarte heraus, wie ich schon eine hatte. Es waren aber chinesische Zeichen darauf gemalt; und ich merkte, daß diese Mitteilung für wen anderen bestimmt war. Der Brief dagegen war englisch geschrieben. Ich las:

Werter Herr!

Jedes Wasser hat einen Quell, und die Bäume haben Wurzeln; aber das armselige Leben meines Onkels kann niemand begreifen. Der Unglückliche heißt mit dem Familiennamen Glück. Er besaß eine schöne Gastwirtschaft in Anshi, und sie hieß: ›Zu den hundert Abschnitten der Wahrheit‹. Durch einen Verbrecher verlor er, was er besaß: seine Herberge, seine Familie und alle Zehen, die er an den Füßen hatte. Der Scharfrichter schlug sie ihm ab, weil der Verbrecher sagte, mein Onkel habe einen Menschen getötet. Das war aber eine Lüge.

Verzweifelt über eine Welt, in der so viel Unrecht geschehen konnte, ging mein Onkel unter die Räuber. Ich weiß, es ist eine Schande, und die Familie meines Mannes weiß es leider auch. Seither glaubt keiner, daß mein Onkel ein ehrlicher Mensch sei. Er ist aber einer. Er diente dem sehr ehrenwerten Räuberfürsten Dampignak, der einmal eine Familie besaß, die er liebhatte. Der gleiche Verbrecher hat auch diese schätzbare Familie umgebracht. Darum war Dampignak hinter ihm her, und mein Onkel half dabei, so gut er konnte. Viele Jahre verbrachte er einsam in der Wüste am Ichen-Gol, und die Leute hielten ihn für einen Weisen auf dem Weg zur Unsterblichkeit. Aber er bewachte bloß den Pfad der Nachdenklichkeit, damit ihm der Mörder nicht entginge, falls er des Weges kommen sollte.

Dieser böse Mensch war nämlich ein Kaufmann geworden und trieb Handel auf den Karawanenstraßen. Er dachte, es könne ihm nichts passieren, aber dann passierte ihm doch was. Seit vier Jahren ist er tot, und der sehr ehrenwerte Räuberhauptmann Dampignak lebt auch nicht mehr. Nur mein Onkel lebt.

Er betrieb wieder eine Gastwirtschaft, die er in Hsing-Hsing-Hsia im Lande Sinkiang eröffnete, und alle Leute sagten: ›Dieses ist ein Gasthaus erster Ordnung!‹ Eines Tages kamen Männer aus Anshi, und sie erkannten meinen Onkel. Sie taten freundlich, und sie sagten ihm ihre Wiedersehensfreude. ›Es ist kein Zufall‹, sagten sie, ›sondern es ist ein Verdienst, wenn sich deine armseligen Tage in glückliche gewandelt haben.‹ Da merkte mein Onkel, daß der Neid aus diesen Menschen sprach, und als sie fort waren, sagte er zu seinen beiden Dienern: ›Die Leute aus Anshi können nicht ertragen, daß einer, der dem Schwert in Kansu entronnen ist, ihnen im Lande Sinkiang Herberge bietet. Sie sind nun einmal so geartet, und sie werden mich auf den Richtplatz schleppen.‹

Der erste Diener hieß Ungemach, und er antwortete: ›In Kansu haben sie die besten Mittel, um vom Leben zum Tode zu gelangen. Auf so was habe ich die ganze Zeit gewartet.‹

Der zweite Diener hieß Kasim, und er sagte: ›Das vermögen die Leute aus Anshi nicht. Wir sind hier in Sinkiang und nicht in Kansu. Auch bist du ein Freund des Obersten der Grenzsolda-

ten. Da werden sich die aus Kansu hüten, dir Übles zu tun.‹ Allein, mein Onkel blieb bei seiner Meinung.

Er war durch viele Wasser gegangen, und er kannte den Unterschied zwischen Bächen und reißenden Strömen. ›Sie werden des Nachts kommen‹, sagte er, ›und nicht am Tage. Deshalb schenke ich euch mein Gasthaus, und alles, was dazu gehört, und hier ist der Schenkungsbrief.‹ Dann gingen sie zum Yamen, und der Bürgermeister setzte das Amtssiegel auf die Schrift. Die beiden Diener weinten, aber mein Onkel tröstete sie: ›Es gibt keine Hilfe‹, sagte er. Da hörten sie mit Weinen auf, und sie begleiteten ihn bis vor das Tor.

Er ritt auf einem Esel fort, und niemand weiß, wohin. Kein Mensch hat ihn mehr gesehen, obgleich er humpelt und jeder merken konnte: ›Hier geht Onkel Ohnezehen.‹ Denn so nannten ihn die Menschen, der eigentlich Glück heißt. Und mein Vetter, der den gleichen Namen trägt, hat mir diese Geschichte erzählt, und mehr wußte er nicht.

Da es nun einmal so ist, frage ich, was da zu tun bleibt, und ich finde kein anderes Mittel, als ehrlichen Menschen zu vertrauen und sie zu bitten, in diesem Lande Augen und Ohren zu öffnen. Sollten Sie, werter Herr, von einem gewissen Jemand hören, der auf den Fersen geht, dann forschen Sie ihm nach; sollten Sie ihm gar begegnen, so geben Sie ihm das beiliegende Kärtchen. Haben Sie zehntausendfachen Dank von

Frau Yü.

P. S. Ich vergaß, zu sagen, daß drei Wochen nach meines Onkels Abreise zehn verkleidete Büttel aus Anshi nach Hsing-Hsing-Hsia kamen. Sie überfielen in der Nacht das Gasthaus, und weil sie Onkel Ohnezehen nicht erwischten, schlugen sie alles entzwei, was ganz war. Das ist traurig. Als Oberst Kao-Scheng, der die Grenzsoldaten befehligt, mit Heeresmacht anrückte, war es zu spät. Das ist auch traurig. Die Hälfte der Büttel war über die Grenze geflohen, die andere Hälfte lag tot am Boden, und niemand weiß wieso. Man sagt, sie haben Selbstmord begangen, trotzdem sie keine Pistolen mehr hatten. Das ist merkwürdig.

Ich faltete das Briefblatt zusammen, und ich steckte es in die Leinenklappe, die hinten in meinem Tagebuch an der Innenseite festgeklebt war. Auch die Visitenkarte versorgte ich dort.

Tjang sah zu, aber er sagte nichts. Es konnte ihm nicht entgangen sein, daß ich chinesisch Geschriebenes verbarg, ohne ihn das Lesen probieren zu lassen. Obendrein wußte er, woher die Karte kam. Ich ließ ihn aber gerne zappeln. Um so eher würde er selber mit Reden beginnen.

Inzwischen schrieb ich in mein Tagebuch, daß heute der 29. November sei und daß wir die Nacht im ›Tal der zehntausend Knochen‹ verbracht hätten. Ich schrieb die Geschichte von Dschingis-Khan auf, und als ich sie beendet hatte, war auch Pantje mit der Fußfessel fertig. Er gab sie mir.

»Großen Dank«, sagte ich, »es ist alles zum besten gediehen.«

Allein, Pantje wollte keinen Dank haben, er wollte etwas ganz anderes. »Ich muß dich etwas fragen«, sagte er, »und du sollst mir Antwort darauf geben.«

Ich erwiderte: »Wenn es eine Sache ist, die ich weiß, will ich sie dir sagen.«

»Du weißt diese Sache, denn du bist heute nacht durch die Rinne gegangen, die der letzte Hui-Hui vor vielen hundert Jahren im Angesicht des Khans aller Khane hinaufgekrochen ist.«

»Ich bin gekrochen wie er, von Gehen kann nicht gesprochen werden.«

»Hammaguä!« rief Pantje, »du bist oben gewesen. Wie das vor sich ging, ist gleich. Hast du das Obo gesehen?«

»Es war dunkel, aber ich habe es gesehen, obschon es ein kleines Obo ist. Und ich habe einen Stein daraufgelegt, damit es höher wird und damit die Geister uns wohlwollen. Hätte ich gewußt, was ich jetzt weiß, würde ich einen größeren Stein gesucht haben oder zwei.«

»Es ist gut«, sagte Pantje, »nun haben wir nichts mehr zu befürchten, oder nicht viel. Ich war in großer Besorgnis.«

»Wegen des Steins?«

»Ja, wegen des Steins. Ich fürchtete, du hättest ihn vergessen.«

Tjang lächelte nachsichtig.

Trotzdem sagte er: »Du hast gut daran getan, Dandjat. Man kann nie wissen.«

Er rührte das Essen durcheinander, weil es schäumte, und damit die Fleischbrocken nach oben kamen

»Noch nicht!« sagte er zu Pantje, der probieren wollte. »Warte zwei Augenblicke. Ich will derweil erzählen, wonach ich nicht gefragt wurde. Nur weil ich es euch versprochen habe.«

»Von dem Geheimnis der Dame?« rief Pantje erfreut.

»Davon spreche ich«, sagte Tjang, und er streifte mich mit einem schiefen Blick.

»Erzähle!«, bat ich unschuldig, »es ist immer gut, etwas zu erfahren, wovon man nichts weiß.«

Tjang maß mich von oben bis unten. Anscheinend hatte er mich keiner Lüge fähig gehalten, wenigstens keiner solchen, die man mit Händen greifen konnte.

»Manche Damen«, sagte er streng, »schreiben zuckersüße Briefe, weil sie denken, daß niemand weiß, was für eine Verwandtschaft sie haben. Sie glauben, ein Ausländer ist unwissend, und er hat keine treuen Diener, die ihn aufklären. Dabei haben solche Damen einen Onkel, der ein Räuber war, und einen Vetter, von dem man es bloß nicht herausgekriegt hat. Der Onkel aber diente dem Räuberhauptmann Dampignak.«

Tjang machte eine Pause, um seine Worte wirken zu lassen, und Pantje fiel sofort darauf herein.

»Wie?« rief er, »er hatte die Ehre, dem Fürsten Dampignak zu dienen?«

»Er hatte diese Ehre«, sagte Tjang trocken.

Ich wollte nicht unbeteiligt bleiben. »Es scheint«, bemerkte ich, »daß über diesen Mann die Meinungen auseinandergehen.«

»Nein«, widersprach Tjang, »Dampignak war ein Räuber, mehr ist über ihn nicht zu berichten.«

»Er war ein Fürst und ein großer Krieger«, sagte Pantje.

»Er wollte ein Kriegsherr werden wie die andern«, tadelte Tjang, »das war schlecht von ihm, und es war sein Untergang. Er wäre besser ein Räuber geblieben.

Aber er warf einen Ziegel nach einem Edelstein,
da schlug ihm der Ziegel das Schädeldach ein.«

»Auch Räubersein ist ein ehrenwertes Handwerk«, gab ich zu bedenken.

Tjang sagte: »Wenn man einen oder am Ende sogar zwei in der Verwandtschaft hat, sieht diese Sache anders aus. Die Dame, von der die Rede ist...«

»Sie heißt Yü«, warf ich ein.

»Die Dame Yü also«, fuhr Tjang fort, »sagt zu jedem, der es hören will: ›Solche Verwandte habe ich nicht. Mein Onkel ist ein Ehrenmann, und ich suche ihn überall, damit er meine Worte beweist und das Gerede von einem Verbrecher Lügen straft.‹ Aber sie ist froh, daß niemand den Onkel finden kann. So ist diese Sache.«

»Wie heißt der Onkel?« fragte Pantje.

Nun probierte es Tjang mit Hinterhältigkeit. Er sagte: »Vielleicht weiß das der Dandjat?«

Ich gab bereitwillig Auskunft: »Er heißt Glück, die Dame hat es mir geschrieben.«

»Glück?« rief Tjang triumphierend, »ich weiß von nichts anderem, als daß man ihn Ohnezehen nennt. Und er geht auf den Fersen, weil man ihm in Kansu die Zehen abschnitt als einem Verbrecher, der einen Menschen ums Leben brachte. Der Himmel weiß, warum man ihm den Kopf gelassen hat.«

»Hat er dir was getan?« fragte Pantje sachlich.

Tjang hob den Deckel vom Kochtopf, aus dem der Schaum quoll und überlief.

»Ohnezehen hat mir nichts getan. Wenn ich ihm begegnete, würde ich ihn grüßen als einen, dem Leid geschah. Ob er ein Unrecht begangen hat, ist nicht meine Sache. Aber es gibt Leute, die goldene Haarpfeile tragen und darüber vergessen, woher sie sind. Diese haben dann einen Schwiegervater, der mit japanischen Stoffen handelt.«

Tjang schwieg, und Pantje wollte kein politisches Streitgespräch aufkommen lassen. Also sagte er auch nichts.

»Da gibt es keine Hilfe«, gab ich zu bedenken.

Tjang aber sagte: »Doch! Man müßte solchen Schwiegervätern den Kopf abschlagen.«

Tjang war nun einmal ein Patriot. Wahrscheinlich hätte er noch herrlicher gedonnert, wenn ich ihn weiter gereizt hätte. Ich ließ es aber bleiben, und Tjang verteilte das Fleisch. Er gab mir das größte Stück.

»Weil du die Felsenwand hinaufgestiegen bist«, bemerkte er lächelnd, »das hat seit den Zeiten Dschingis-Khans keiner mehr gewagt.«

»Ich tat es aus Unwissenheit.«

»Das macht keinen Unterschied«, sagte Tjang gönnerhaft, und dann aßen wir in Frieden.

Am Nachmittag war aller Schnee geschmolzen. Die eingesickerte Feuchtigkeit ließ den Boden und selbst die Steine wie neugemacht erscheinen. Der Boden war ockergelb geworden, und die Steine waren schön grau. Einige glänzten sogar. Wo die Schatten hinfielen, lagen sie schwarz und scharf wie Scherenschnitte vor einem Leuchtschirm. Wir packten auf. Jeder Handgriff ging leicht. Die Sonne schien strahlend aus dem wolkenlosen Blau, und sie wärmte die Finger.

Als sie sank, waren wir schon weit von ›Zurückhaltung‹ und von dem ›Tal der zehntausend Knochen.‹ Wir sprachen wenig. Wir hatten genug damit zu tun, die Ereignisse der letzten beiden Tage und Nächte zu überdenken. Obendrein mußten wir gehörig auf den Weg aufpassen, der sich selten eindeutig zu erkennen gab. Es schien, als ob die Leute, die vor uns hier gezogen waren, je nach Laune Abkürzungen oder auch Umwege gemacht hatten und aus ebenso unbegreiflichen Gründen wieder in die alte Richtung eingeschwenkt waren. Das war, wie Pantje mich belehrte, sowohl ein Kennzeichen für werdende als auch für alte Karawanenwege, die bald nicht mehr gebraucht wurden.

Überall lag Kies, der wie kleingehackte Schottersteine aussah, und dazwischen war Flugsand gestreut. Sonst gab es gar nichts, nicht einmal Tamarisken. Das einzige, was Abwechslung bot, war eine Unmenge Hügel. In der Nacht war das ohne Belang, aber während der letzten Abendstunden hätte ich mir gewünscht, ein fernes Ziel zu sehen, einen hohen Berg etwa, an dem man am nächsten Morgen die erreichte Annäherung hätte ablesen können. So ging der Marsch ins Ungewisse, und der nächste Brunnen hieß: ›Rotfließendes Bitterwasser‹.

Heute nacht würden wir ihn kaum erreichen. Zwar hatten wir gutes Wasser von ›Zurückhaltung‹ mitgenommen, aber das tröstete wenig. Den Kamelen konnten wir davon nichts abgeben, und für die Menschen würde es knapp zwei Tage reichen.

Um Mitternacht ging ich nach vorne zu Tjang. Ich hatte noch Zigaretten, und ich bot ihm eine an.

»Es sind keine japanischen«, sagte ich, »sie sind aus Amerika.«

Tjang lächelte, und dann rauchten wir. »Du mußt nicht denken«, sagte er zwischen zwei Zügen, »daß ich einer bin, der die Fremden haßt, bloß weil sie Fremde sind.«

»Das denke ich nicht«, sagte ich, »sonst wärst du kaum mit uns gezogen. Ich müßte ja Angst vor dir haben.«

Tjang lachte. »Ich bin mit euch gezogen, weil ich Geld brauche. Ich habe mir das eine ganze Nacht lang überlegt. In Kalgan gab es nämlich welche, die sagten, ihr gehört heimlich zur Armee des Generals Feng-Yu-Shiang.«

»Wie?« rief ich. – »Was«, fragte ich, »sagst du da? – Wer hat gesagt, daß wir zur Armee des Generals Feng gehören?«

Tjang schaute mich von der Seite an.

»Viele Leute haben das gesagt. Sie haben eure Gewehre gesehen, und sie sahen die dicken Stahlrohre mit den dikken Verschlüssen. Sie flüsterten, daß das Bomben wären. Aber Larson sagte mir, daß bloß dünne Luft darin ist, mit der man die hohlen Bälle füllt, die dann fortfliegen. So bin ich zu euch gekommen, denn jedermann in Kalgan weiß, daß Larson keine Lügen losläßt. Er lachte über meine Angst, aber ich wollte kein zweites Mal Soldat werden.«

»Du warst Soldat?« rief ich erstaunt.

»Sie haben mich dazu gezwungen«, sagte Tjang bitter, »aber nach ein paar Jahren bin ich mit Glück davongekommen. Viele hundert meiner Kameraden hatten kein Glück. Sie lagen auf dem Bahnhofsplatz in Kalgan, und sie waren tot, oder sie starben, als die Sonne aufging. Nicht von jedem Schuß ist man sofort tot. Einige schrien noch, als es Tag war.«

»Mitternacht ist vorüber«, sagte ich, »für die Stunde der Ratte mag man Gespräche dieser Art gelten lassen.«

Tjang sagte: »Man kann auch am Tag davon reden.«

»Erzähle!« bat ich ihn.

Über uns glänzten die Sterne in großer Nähe, und keiner funkelte unruhig. Bei ihrem Schein konnte man den schmalen Pfad der Nachdenklichkeit ohne Anstrengung verfolgen. Es war eine kalte und ganz stille Nacht.

»Ich war zwei Jahre Soldat«, begann Tjang, »als ich erfuhr, daß meine Frau daheim gestorben war. Vielleicht ist sie verhungert, wer weiß das? Wir hatten gerade Peking erobert, und es ging uns gut. Der General sagte, es wird uns noch besser gehen. Allein es kam anders, und Feng wurde geschlagen. Einige Zeit hielten wir uns noch in Kalgan, aber dann ging es nicht mehr, und der General beschloß den Rückzug. Dazu benutzten wir die Bahn nach Paotow, und täglich fuhren viele Züge. Selten aber kamen die leeren Wagen wieder zurück, und immer fehlten welche. Als keine mehr da waren, stand der Feind vor den Toren. Es blieb uns nur die letzte Nacht zum Entkommen, und wir zählten tausend Mann. Als es dunkelte, befahl man uns, auf dem Bahnhofsplatz anzutreten, und dann kam ein Zug. Wir hörten ihn einfahren, aber weil es Nacht war, sahen wir ihn nicht, und der Bahnhof stand auch im Weg. Ich dachte mir: ›Das kann kein großer Zug sein. Am Ende hat er bloß ein paar Wagen, und wir müssen auf den Dächern sitzen.‹ Da ich im letzten Glied stand, schlich ich weg, denn ich wollte einer der ersten beim Einsteigen sein.«

»Du hast also Glück gehabt«, sagte ich, »du bist davongekommen. «

»Nicht so, wie du denkst. Als ich um das Bahnhofsgebäude bog, krachten auf einmal Maschinengewehrsalven, und es erhob sich ein großes Geschrei. Ein paar Flüchtende rannten an mir vorbei, und sie brüllten: ›Verrat!‹ Ich drückte mich gegen die Bahnhofsmauer, und die Maschinengewehre hörten nicht mit Feuern auf, bis das Geschrei zu Ende ging. Als ich nur noch Stöhnen und Gewimmer hörte, fuhr der Zug davon. Er hatte bloß einen Wagen. Darin saß die Maschinengewehrmannschaft, und darin saßen die Offiziere, und die nicht einmal alle. Der General Feng ist eben ein Verräter. Er läßt seine eigenen Soldaten totschießen.«

Ich war entsetzt. Ich fluchte ein wenig mongolisch, um Tjang mein Mitgefühl und dem General Feng meinen Abscheu zu bekunden. Ich sagte:»Das ist gräßlich. Warum tat er das?«

»Diese Sache ist einfach«, erklärte Tjang. »Du mußt verstehen; am andern Morgen hätten wir einfach die Armbinden gewechselt. Das wollte der General nicht dulden.«

»Du meinst, ihr wärt zum Feind übergelaufen?«

»Man kann es auch so nennen«, sagte Tjang. »Wir sind ein unglückliches Volk. Sind in deiner Heimat die Leute glücklich?«

»Sie sind nicht so arm wie bei euch.«

»Ich rede nicht von Kleinigkeiten«, sagte Tjang. »In jedem Jahr verhungern bei uns tausendmal tausend Menschen. Ich rede davon, daß sie sich jetzt gegenseitig totschießen,

und das ohne Grund. Ich rede vom Bürgerkrieg, Dandjat.«
»So hört auf damit«, sagte ich. Ich wußte keine bessere
Antwort.

Wir gingen schweigend ein Stück hügelauf und dann wieder ein Stück abwärts. Es gab keine Abwechslung. Diese Gegend war fürchterlich. »Habt ihr nicht auch einen Krieg gehabt?« erkundigte sich Tjang.

»Wir haben ihn verloren.«

»Die Deutschen sind schlau«, sagte Tjang, »sie verlieren den Krieg, und dann verkaufen sie uns die alten Gewehre, damit wir uns totschießen. Ich habe so ein Gewehr gehabt. Es war eine Krone darauf.«

»Dieser Waffenhandel ist eine Schande«, gab ich zu, »aber wir sind nicht die einzigen, die so was tun.«

»Ja«, sagte Tjang, »alle Fremden tun das. Alle Fremden sind schlau.«

Um zwei Uhr bezogen wir ein notdürftiges Lager auf einer Hügelkuppe. Wir hatten ›Rotfließendes Bitterwasser‹ nicht erreicht. Die Kamele legten sich nieder, ohne daß man sie dazu nötigen mußte. Auch als sie abgeladen waren, machte keines den Versuch, wieder aufzustehen. Sie sahen gut, daß es hier nichts zu fressen gab.

Pantje hatte unterwegs jedes Stückchen Kamelmist aufgehoben und in ein Säckchen getan, das er unter dem Arm trug. Das meiste hatte er hinter ›Zurückhaltung‹ gefunden, wo wir an einem alten Rastplatz vorbeigekommen waren. Ich bewunderte seine Fürsorge, und ich nahm mir vor, es ihm von heute an gleichzutun. Auch Tjang hatte etwas Kamelmist aufgelesen. So reichte das Mitgebrachte zu einem Feuerchen, auf dem wir Tee kochten.

Als es erlosch, legten wir uns schlafen, und weil mir im Dunkeln etwas einfiel, sagte ich leise: »Tjang, ich muß dich nach einem Namen fragen, den ich nicht weiß. Sind wir weit genug fort, daß man davon sprechen kann?«

»Wir sind weit genug entfernt«, sagte Tjang, »das Tal heißt ›Ohne Wiederkehr‹.«

Viertes Kapitel
von dem Pilger, der fromm sein wollte
und daran gehindert wurde

»Dandjat«, sagte Pantje, »du tust mir leid, aber du mußt aufstehen.«

»Ist es sehr kalt?« fragte ich.

»Wir haben kein Feuer«, sagte Tjang, »und also haben wir keinen Tee.«

Ich gähnte, und ich knackte mit dem Unterkiefer. Frühmorgens und bei großer Kälte war das sehr eindrucksvoll. Tjang und Pantje konnten das nicht. Sie konnten auch nicht auf den Fingern pfeifen, so sehr ich mich bemühte, ihnen beides beizubringen.

»Du mußt aufstehen«, beharrte Pantje, und er schlug die Zeltwand zurück.

Über der Wuste schwebte rein und rotglühend die Sonne empor. Es war nicht viel anders als beim Sonnenaufgang daheim, wenn die Glaskugeln in einem Bauerngarten rot werden vor Freude. Bloß der Himmel machte nicht mit. Er war von einem durchsichtigen Grau, er war hell und groß und feierlich, aber er war grau. Gerade die untersten Ränder schimmerten rosenrot, doch es war nicht mehr als das Entgegenkommen einem alten Brauch zuliebe.

Im Westen jagte die dunkelblaue Nacht mit dem letzten Stern davon. Die Kamele hoben ihre Köpfe und bewegten sie bedächtig. Sie hatten weiße Schnauzbärte aus Rauhreif und Eis, die Ohren rührten sie lässig, aber sie stießen in zwei gewaltigen Strahlen den Dampf aus ihren Nüstern. Dann stieg er nach oben und löste sich auf. Es war entsetzlich kalt. Ich gab jedem von uns eine Zigarette als Soldatenfrühstück, und nachher packten wir den Kamelen die Lasten auf. Die Stricke, die am Boden lagen, waren hart gefroren.

»Meine Lieben«, sagte Tjang, »ihr seht, wir haben auch nichts zu essen, und ihr seht, wir haben auch nichts zu trinken. Kommt, meine Guten«, tröstete er, »wir wollen ein Stückchen gehen, da wird uns warm werden, und wenn ihr Hunger habt, so denkt daran, daß Mäßigkeit heiter macht.« So verließen wir diesen Lagerplatz, und wir schauten uns nicht nach ihm um, obwohl wir das besser getan hätten, denn dort blieb die Schöpfkelle liegen, die wir später oft vermißten. Schon nach zwei Stunden merkten wir, daß sie uns fehlte, aber da hatten wir ›Rotfließendes Bitterwasser‹ erreicht, und keiner wollte umkehren. Eine leere Konservenbüchse, in der wir Hammeltalg aufbewahrten, tat es auch.

Endlich waren die Hügel verschwunden. Ein kleiner Steilabsatz trennte uns von dem gebuckelten Hochland, das wir mühselig hinter uns gebracht hatten. Vor uns lag ein Tal mit einem sanften Ausgang nach Südwesten. An der tiefsten Stelle gab es einen weißen, runden Tupfen mit einem schwarzen Loch in der Mitte. Das war der Brunnen. Die Salzkruste, die ihn umrandete, kam von dem Wasser, das die Leute weggeschüttet hatten, wenn sie es nicht mehr haben wollten. Aber es gab ein paar Büschel Derresgras in dem Tal, und auf der Bodenwelle, die es gegen Norden abschloß, wucherte ein Kraut, das die Mongolen Göb nennen. Im Sommer hat es winzige Blättchen wie Heidekraut. Jetzt standen bloß die Stengel, zu winterharten Knollen vereint, in weiten Abständen voneinander, als ob sie Angst hätten.

Unsere Kamele ließen das Derresgras, wo es war. Sie fraßen auch die Stengel des Göbkrauts nicht ordentlich ab, wie sie es sonst in aller Ruhe machten. Sie rissen mit einem Ruck die ganze Pflanze aus dem lockeren Sandboden und verschlangen sie mitsamt den Wurzeln. Das Wasser soffen sie begierig aus dem vollen, unbedeckten Brunnen. Es war schwach sodahaltig. In Anbetracht des nächsten Brunnens, den uns der Karawanenführer des Herrn Meng als ›Betrübliches Brackwasser‹ bezeichnet hatte, füllten wir das Wasserfaß nach und erhielten so eine erträgliche Mischung.

Pantje stellte das Zelt auf, und Tjang und ich machten uns ans Argal-Sammeln. Es gab nur alte und wenig ergiebige Lagerplätze. Mehr als zehn Kamele hatten die Leute, die hier Rast gemacht hatten, nie gehabt. Der Kamelmist war ausgedörrt und zerbröselte zwischen den Fingern. Man mußte ihn vorsichtig anfassen.

Als das Feuer brannte, teilte Tjang mit: »Wir essen heute das letzte Stück Fleisch.«

»Hast du sonst eine gute Neuigkeit?« fragte Pantje.

»Das Mehl reicht für vier Tage«, sagte Tjang.

Diese beiden Mitteilungen schrieb ich in mein Tagebuch, und ich bemerkte dazu, daß es der dreißigste November sei und also ein Mittwoch.

Dann ging ich auf die Hügelwelle im Norden. Unsere Kamele machten ganze Arbeit. Überall gab es kleine Löcher im Boden, und es war abzusehen, wann das letzte Göbkraut vertilgt sein würde. Zum Glück wuchs auf dem Nordhang noch mehr davon. Das sah ich, als ich oben auf der Hügelwelle stand. Sie führte einen sanften Abhang hinunter, der auf einer Kiesebene mündete. Im Nordosten erhoben sich über unzähligen Hügeln Berge mit zackigen Felsgraten. In den Tälern lag ein fahler, gelblicher Schein. Das war Derresgras.

Plötzlich bewegte sich etwas, und dann sah ich, daß es ein schöner Antilopenbock war, der stehenblieb und mich ruhig betrachtete. Er war hinter einem der vielen Hügel hervorgekommen, und wahrscheinlich folgte ihm seine Herde. Ich wartete ihr Erscheinen aber nicht ab. Ich ging langsam über den Hügelkamm zurück, und als ich außer Sicht war, fing ich an zu laufen.

»Was rennst du so?« fragte Pantje.

»Gurrus!« sagte ich atemlos.

Da zog Pantje schleunig das Gewehr aus dem Karabiner-schuh und reichte es mir unter Segenswünschen. Tjang rannte und holte die Kamele zusammen, damit sie nicht gleich beim ersten Schuß das Weite suchten.

Das Gewehr, das ich beim Abmarsch in Ichen-Gol bekommen hatte, war eine englische Winchesterbüchse, und ich hatte noch nie einen Schuß aus ihr abgegeben, es sei denn im ›Tal ohne Wiederkehr‹, aber da war es Nacht gewesen. Ich lief den Hügel hinauf. Das letzte Stück kroch ich auf allen vieren. Oben blieb ich liegen und nahm die Büchse in Anschlag. Unterwegs hatte ich durchgeladen. Der Bock war inzwischen näher gekommen, gerade auf die richtige Schußweite. Er war aber ganz allein. Augenscheinlich hatte er keine Erfahrung mit Jägern, denn obwohl er mich bemerkt hatte, betrachtete er mich neugierig wie das erstemal. Er tat mir leid. Ich bat ihn um Verzeihung, schätzte die Entfernung auf zweihundert Meter und schob die Visier-klappe auf diese Zahl. Sie rastete ein. Der Bock stand immer noch. Jetzt brauchte ich bloß noch zielen. Ich tat es sorgfältig, und der Bock stand eisern. Dann drückte ich langsam durch, und es krachte. Auge auf! – Finger lang! – wie auf dem Schießstand. Da war der Bock in wilder Flucht davon-gerannt. Der Schuß oder das Herumspritzen von Steinsplit-tern mußte ihn verscheucht haben.

Pantje, der mir nachgeschlichen war, sah ihn ebenfalls lau-fen. »Du hast ihn erschreckt«, sagte Pantje nachsichtig.

»Diese Flinte taugt nicht!« sagte ich wütend.

»Keine Besorgnis deswegen«, meinte Pantje.

Da wurde ich erst recht zornig. Ich stand auf. Pantje stand auch auf, und wir gingen zusammen zum Zelt zurück. Tjang, der alte Soldat des Generals Feng, sah uns ohne den Bock kommen und lächelte. Er ließ die Kamele wieder laufen.

»Darf ich dein Gewehr sehen?« fragte er. »Ist es ein deut-sches?«

Ich sagte: »Nein, es ist ein englisches, und es taugt nicht.« Tjang setzte sich in die Hocke, und er betrachtete das Gewehr stumm und nur mit den Augen. Er hatte es vor sich auf den Knien liegen, und er rührte es nirgendwo an. Er begann beim Kolben, er verweilte beim Abzug, und dann eine lange Weile beim Schloß; er studierte den Gewehrriemen, und wie er festgemacht war. Als seine Augen weiterglitten, blieben sie an der Visierklappe haften; sie kamen nicht los davon. Schließlich schüttelte Tjang den Kopf.

»Verstehst du das?« fragte er mich, und er deutete auf die Visierleiste.

Da merkte ich, daß sie auf der einen Seite in Yards und auf der andern in Feet eingeteilt war und daß ich keine Ahnung hatte, wie man Yards und Feet in Meter umrechnet. Ich holte meinen Taschenkalender, aber es war einer, in dem die größten Städte der Welt und die längsten Ströme der Welt und die höchsten Berge standen, und es hieß, der Mount Everest wäre allen über. Eine Zusammenstellung von ausländischen Maßen und Gewichten fehlte.

»Dieses Buch taugt auch nicht«, sagte ich mürrisch.

Pantje und Tjang konnten nicht begreifen, weshalb ich dem Kalender die Schuld gab, und sie fragten mich deswegen.

Ich vertröstete sie auf nachher, und ich sagte: »Gib mir die Blechdose, Tjang, ich will schießen.«

»Wir haben bloß die eine«, gab Tjang zu bedenken, »und wir brauchen sie zum Wasserschöpfen.«

Das ließ ich nicht gelten. Ich nahm sie fort, wo sie lag, und ich ging in die Hügellandschaft genügend weit weg, so daß unsere Kamele nicht erschrecken konnten. Dort schoß ich so lange, bis ich die Entfernungen heraus hatte. Ich verbrauchte eine Anzahl Patronen, und dann kehrte ich zum Zelt zurück. Die Konservendose hatte zwei Löcher bekommen.

»Du mußt sie mit den Fingern zuhalten«, sagte ich zu Tjang, »es geht ganz leicht, aber ich weiß jetzt, wie man mit diesem Gewehr schießen muß.«

Tjang war nicht erfreut, aber er ließ sich nichts anmerken. Wir aßen, was er gekocht hatte, und ich dachte, daß es jetzt besser wäre, wenn wir Fleisch im Vorrat hätten. Tjang dachte Ähnliches. Er schüttelte den Sack aus, in dem das letzte Stück gewesen war, und er tat es recht auffällig.

»Es ist ein Sack, in den man was hineintun könnte«, sagte Tjang, und er drehte die Innenseite nach außen.

Ich legte mich knurrend auf den Schlafsack, die Sonne schien warm, und ich schlief ein.

Ich hatte nicht lange geschlafen, als Pantje mich weckte. Vielleicht waren es bloß ein paar Minuten gewesen, denn die Sonne stand noch immer im Mittag. Als ich die Augen aufschlug, sah ich Pantjes Gesicht über mir. Den Zeigefinger der rechten Hand hatte er über den Mund gelegt. Die linke Hand streckte er flach zur Zeltdecke empor, als ob da was wäre. Es war aber nichts. Immerhin gestattete mir Pantje, mich langsam aufzurichten.

»Gurrus«, flüsterte er.

Tjang grinste und zeigte zum offenen Zelt hinaus.

Dann wies er auf mein Gewehr. Der alte Soldat des Generals Feng hatte es schußgerecht über eine zusammengerollte Filzdecke gelegt, und wenn ich keine unbedachte Bewegung machte, brauchte ich bloß in Anschlag gehen und schießen.

Draußen in hundertfünfzig Metern Entfernung standen vier Antilopen und schauten zu, was wir machten. Jagen konnte man das schon nicht mehr nennen. Ich schob die Visierklappe in den richtigen Raster, den ich seitlich am Schaft mit dem Taschenmesser bezeichnet hatte, und weil kein Bock da war, schoß ich eine arme Geiß tot. Sie machte einen Luftsprung und blieb liegen.

War das eine Freude! Tjang nahm gleich das Messer mit und weidete sie an Ort und Stelle aus. Als er die Leber wegwerfen wollte, erhob ich Einspruch.

»Das ist keine Speise für Menschen«, tadelte Tjang.

»Du wirst krank werden, und du wirst sterben«, warnte

Pantje, »es geht ganz geschwind.« Ich behauptete aber, die Leber sei eine Lieblingsspeise der Deutschen, und sie wären von Jugend auf gewohnt, Derartiges zu essen.

Da baten mich Pantje und Tjang, keine lästerlichen Reden zu führen.

»Keine Besorgnis deswegen«, sagte ich beruhigend. Ich hob die Leber vom Boden auf, und ich wischte die Sandkörner ab.

Tjang murmelte, hier gebe es keine Hilfe, aber Pantje schlich mir nach.

»Dandjat!« bat er, »was sollen wir tun, wenn du stirbst?«

Ich sagte: »Verlieren.«

Da gab es Pantje auf. Er wußte, was ich meinte. In der Mongolei reitet man mit den Leichen fort und verliert sie irgendwo. Die Wölfe und die Geier besorgen dann das übrige.

»Höre!« sagte ich zu Pantje, als wir am Zelt angelangt waren, »du weißt, daß ich alles tue, was das mongolische Gesetz verlangt. Ich achte das Feuer, und ich grüße die lebenden Götter mit dem Fußfall der Verehrung. Niemals würde ich einen Vogel oder Hasen schießen. Auch bin ich bedacht, die Brunnengeister zu ehren und die Ortsdämonen nicht zu beleidigen.«

»Du lebst, wie ein Mongole leben soll«, gab Pantje zu.

»Dann sage mir, ob ich einen Frevel begehe, wenn ich Leber esse?«

»Du schädigst dich selber«, sagte Pantje.

»So geh!« bat ich ihn, »hole die Kamele und lasse dir Zeit dazu.«

Da ging Pantje betrübt fort.

Ich fachte das Feuer an, und da es hier auch Tamarisken gab, war der eiserne Kessel rasch heiß. Dann zerließ ich ein wenig Hammeltalg und schnitt die Leber hinein. Als Tjang mit dem Fleisch kam, setzte er sich neben mich. Er gab mir sogar etwas Knoblauch und Salz, ohne daß ich danach fragte, aber probieren wollte er nicht. Er sah nur zu, wie es

mir schmeckte. »Weshalb ißt du keine Leber?« fragte ich.
Tjang sagte: »Ich esse Leber.«

»Sagtest du nicht, sie sei keine Speise für Menschen?«

»Was anderswo gut sein mag, ist hier schlecht«, belehrte mich Tjang. »Die Ansicht, man könne überall das gleiche tun, widerspricht der Vernunft.«

»Jetzt ist es zu spät«, sagte ich, und ich schob den letzten Bissen in den Mund.

»Du hast Pantje gekränkt«, meinte Tjang.

Er machte sich sofort daran, den Kessel mit Sand zu reinigen. Er verwandte viele Mühe darauf, und er spülte ihn mit heißem Wasser nach, was er sonst nicht für notwendig hielt.

Als Pantje mit den Kamelen kam, ging ich ihm entgegen.

»Solange du fort warst«, sagte ich, »habe ich gelernt, daß es schlecht ist, Leber zu essen.«

»Meine Angst weicht«, sagte Pantje, »ich war sehr besorgt um dich.«

Eine Weile noch ließen wir die Kamele in der Nähe Derresgras fressen. Tjang füllte das Wasserfaß nach, und Pantje wendete den Fleischsack wieder um. Die Sonne schien, und die gute Laune kehrte wieder. Miteinander sammelten wir Kamelmist zum Mitnehmen.

Als wir ›Rotfließendes Bitterwasser‹ verließen, begann Tjang zu singen. Beim Talausgang hörte das Göbkraut auf, und die Steinwüste begann von neuem.

»Keine Angst«, sagte Tjang zu den Kamelen, »Herrliches steht euch bevor. Wir werden knappe zwölf Stunden marschieren, dann kriegt ihr schon wieder was zu fressen, vielleicht sogar Schilf.«

Ich widersprach: »›Betrübliches Brackwasser‹ ist ferner als Mitternacht.«

»Es ist näher«, behauptete Tjang, »der Karawanenführer des Herrn Meng hat dir Angst machen wollen. Ich habe mit Kameltreibern gesprochen, die diesen Weg kennen. In vier Tagen sind wir in Daschito.«

»Der Himmel weiß es«, rief Pantje von hinten. Er hatte zugehört, und weil es unzulässig ist, von einem Reiseziel so zu reden, als ob man es schon in der Tasche hätte, erhob er seine warnende Stimme.

Vorne sang Tjang:

> »Lange Zeit – kurze Zeit,
> Daschito ist nicht mehr weit.«

Er war stolz, daß er mongolische Reisereime erfinden und singen konnte. Er wollte Pantje ärgern, und er wiederholte den Singsang, aber Pantje schüttelte bloß den Kopf.

Wir waren etwa zwei Stunden unterwegs, als der Weg immer mehr nach Süden bog. Anfänglich war es eine unmerkliche Schwenkung, und ich beachtete sie nicht. Aber als die Sonne sich zum Untergang neigte und wir sie über dem offenen Feuertor des Himmels beinahe rechts von uns sahen, blieb ich stehen. Wir hielten einen kurzen Kriegsrat.

»Was diese Sache betrifft«, sagte Tjang, »magst du gelassen bleiben, Dandjat. Ich habe nirgends eine Abzweigung bemerkt, und ich passe auf.«

»Tjang hat recht«, bestätigte Pantje, »einen zweiten Weg gab es nicht. Ich, Pantje, passe auch auf.«

Da war ich beruhigt, und Tjang sagte zu den Kamelen, daß sie noch ein Stündchen oder zwei gehen sollten. »Nicht mehr weit, meine Grauschimmel«, sagte er, »vor Mitternacht sind wir dort.«

Es war aber kaum richtig dunkel geworden, als wir in einer flachen Senke Schilfgras vor uns sahen. Das Licht des zunehmenden Mondes fiel auf das niedere Röhricht und auf die zur Erde geneigten Blätter. Es sah aus, als habe man viele mattglänzende Sicheln in den Boden gesteckt.

»Wir sind da!« rief Tjang frohlockend, »Daschito ist nahe.« Ich ging zu dem offenen Brunnenloch.

Der Mond schwamm oben auf dem schwarzen Wasser wie eines der silbernen Schilfblätter, nur viel glänzender. Weiter unten schwammen die Sterne. Sie wollten nicht heraufkommen. Ich dachte an nichts Böses, aber trotzdem fiel mir ein, daß man das Wasser und die Sterne darin bald nicht mehr sehen würde. Ich sagte mir zwar, daß wir nun einmal auf einem wenig begangenen Weg wanderten, aber das tröstete schwach. Die Leute, wenn überhaupt welche kamen, hatten keine Bretter, um den Brunnen zu decken, und sie hatten auch keine Lust dazu. Also fiel der Flugsand hinein und drückte das Wasser hoch, solange welches im Brunnen war. Bald würde man nur noch eine Pfütze sehen und dann nichts mehr.

Hinter mir schrien die Kamele mißtönend und laut. Da steckte ich den Finger in das Wasser, aber ich vermutete gleich nichts Gutes, weil die Eisdecke fehlte. Das Wasser schmeckte bitterer als Hunyadi-Janos, und das will was heißen. Trotzdem gab es rund um das Brunnenloch statt einer ausgedehnten Salzkruste nur einen dünnen weißen Rand. Von diesem Wasser hatte seit langem weder Mensch noch Tier getrunken.

»Dieses ist nicht ›Betrübliches Brackwasser‹«, sagte ich zu Tjang, »das Wasser schmeckt frisch, aber es ist bitter.«

Tjang probierte, doch er wollte es nicht gelten lassen. »Wir sind da«, wiederholte er, »der Brunnen-Name ist ein Auskunftsmittel, so wie ich Tjang heiße. Weiter besagt er nichts.«

Pantje versuchte das Wasser ebenfalls; er behielt seine Meinung für sich. Erst als ich die Frage aufwarf, ob wir hier bleiben oder weitermarschieren sollten, fragte er nach der Zeit. Es war sieben Uhr abends.

»Was willst du, daß wir tun, Dandjat?«

Ich sagte: »Wir sind vier Stunden unterwegs, das sind dreißig Li.«

»Es ist wenig«, gab Pantje zu. Er setzte sich und zog die Pfeife aus dem Stiefelschaft. »Man muß nachdenken«, sagte er.

Die Kamele drängten zum Wasser, aber Tjang hielt sie zurück. Er hockte sich neben Pantje, und auch ich setzte mich dazu. Eine Weile rauchten wir schweigend.

Pantje sagte: »Das Betrachten von Mondschein im Wasser macht trübsinnig. «

»Wieso?« wollte Tjang wissen.

»Es ist so«, sagte ich, »laß Pantje reden.«

Pantje fragte: »Wie denkst du über Marschieren, Dandjat?«

»Wir bleiben hier«, sagte ich entschlossen.

Pantje widersprach nicht. Er sagte: »Bolna!« und dann luden wir ab. Wir schlugen das Zelt auf, wir machten Feuer, und wir führten die Kamele versuchsweise zum Wasser. Sie tranken aber nicht. Wir banden sie zur Nacht an die Leine, und es war wie an jedem Abend; gleichwohl war es anders. Bevor wir uns schlafen legten, sagte Pantje: »Tjang meint, daß wir am Brunnen ›Betrübliches Brackwasser‹ sind, ich weiß es nicht, und der Dandjat glaubt es nicht. Nur der Himmel kennt sich aus.«

Wir blieben die Nacht über und den ganzen folgenden Morgen an diesem Brunnen, aus dem die Kamele nicht saufen wollten. Früh, als Pantje sie losband, liefen sie wieder zum Wasser, aber sie zogen die Oberlippe über die Zähne und machten hochmütige Gesichter. Die armen Tiere hatten Durst. Sie hoben die Köpfe in die Morgenluft und prusteten das Wasser von den Lippen. Dann gingen sie still und begannen das Schilf zu fressen, das im Tageslicht nicht mehr silbern war, sondern braun und ganz ausgedörrt. Die Blätter zerfielen, wenn man sie anfaßte. Außer dem Schilf gab es Tamarisken, an denen die Kamele nagen konnten. Hin und wieder kehrte eines zum Brunnenloch zurück, sprühte ein wenig Wasser herum und lief wieder weg. Dann blickte ich jedesmal woanders hin.

Gegen zehn Uhr wurde es warm. Ich setzte mich vor das Zelt in die Sonne, und ich schrieb in mein Tagebuch:

»Heute ist der erste Dezember. Wir liegen an einem Brunnen, von dem Tjang sagt, er heiße ›Betrübliches Brackwasser‹, aber Pantje und ich glauben das nicht. Tjang glaubt es auch nicht, er behauptet es bloß, damit er weniger Angst zu haben braucht. Er kocht nämlich das ganze Antilopenfleisch. Dazu nimmt er das Bitterwasser des Brunnens, und das gute aus dem Faß verwendet er nur für den Tee. Er sagt, wir müssen sparen. Als ich ihn fragte, weshalb er das Fleisch kocht, sagte Tjang: Damit es nicht schlecht wird. Als ob bei der Kälte das Fleisch nicht frisch bleibt. Ich vermute, er kocht es für den Fall, daß wir in den nächsten Tagen kein Wasser finden und dann das Fleisch nicht roh essen müssen.«

Ich begann auch mit einem Brief an Sven Hedin, aber vorher suchte ich einen dicken weißen Stein, unter den ich das Briefblatt legen wollte. Pantje schüttelte den Kopf und sagte, Briefschreiben stehe nicht mehr dafür. Er wollte sich abwenden, doch da hielt ich ihn mit den Augen fest, und ich sagte: »Du glaubst also auch, daß der Nojen diesen Brief nicht mehr finden wird?«

»An diesem Brunnen nicht«, sagte Pantje.

Nach dem Essen sprachen wir ganz offen darüber. Sogar Tjang gab die Möglichkeit zu, daß wir den Pfad der Nachdenklichkeit verloren hatten und daß wir uns auf einem Weg befanden, der nach des Himmels Befehl woanders hinführte als nach Daschito. Wir redeten so lange, bis Pantje und Tjang anfingen, mutlos zu werden und zur Umkehr rieten.

»Auf, ihr Männer!« rief ich, »wir marschieren.«

»Vielleicht«, sagte ich, »hat der Karawanenführer des Herrn Meng diesen Bitterwasserbrunnen überhaupt nicht erwähnt, weil er doch zu nichts taugt, und wir finden ›Betrübliches Brackwasser‹ in wenigen Stunden.«

»Der Dandjat hat recht«, sagte Pantje.

»Es gibt keine Hilfe«, sagte Tjang.

Also brachen wir auf, statt bis zum Abend zu warten, wie ich anfänglich vorgehabt hatte. Die Kamele gähnten, als wir sie beluden, und Tjang ermahnte sie: »Ich bin betrübt«, rief er, »daß ihr zur Unzeit so was tut. Ich verbiete euch, meine Lieben, den Rachen am hellichten Tag aufzureißen.« Während er langsam vorausschritt, suchten Pantje und ich, ob es am Ende einen zweiten Weg gebe; allein wir fanden keinen. Es gab bloß einen Weg, und er führte nach Südwesten. Zuerst ging es über eine steinige Hochfläche, und als sie zu Ende war, gelangten wir in ein Tal, das ebenfalls voll mit Steinen war, die den Weg an vielen Stellen verdeckten. Pantje und ich gingen dann seitwärts auf den Hängen, damit wir ja keine Abzweigung verfehlten.

Bei solchen Gelegenheiten studierte ich das Blatt 69 aus Stielers Handatlas. Es war die einzige Karte, die ich besaß. Sie war im Maßstab von 1 : 7 500 000 gemacht, und sie war verläßlich. Aber was nützt das, wenn man seinen Standpunkt nicht kennt.

Als es dunkel wurde, steckte ich das Kartenblatt ein. Unsere Kamele gingen auffallend langsam. Ich begann zu fürchten, daß sie die üblichen vier Kilometer Stundengeschwindigkeit nicht mehr einhielten. Ich fragte Tjang deswegen, und er erwiderte: »Sie sind tapfer, diese Guten. Andere Kamele hätten sich längst mit Niederlegen und mit Nichtwiederaufstehen beschäftigt.«

Da ließ ich von weiteren Fragen ab. Der Mond leuchtete zaghaft in das Steintal; so kam es mir vor, aber dafür konnte er nichts. Er war ja noch nicht einmal halb, geschweige ein glorreicher Vollmond. Seit drei Stunden folgten wir dem Steintal. Da es dauernd abwärts ging, schloß ich, daß wir ein Gebirgsmassiv verließen, dessen Höhe ich nicht wahrgenommen hatte, weil in diesem Teil der Welt alles unmerklich vor sich geht. Auf der Karte hatte ich irgendwo im Norden Tsagan-Tologai gelesen, was soviel wie Weißes-Haupt bedeutet. Ich hatte nicht viel darauf gegeben. In blindem Optimismus hatte ich geglaubt, wir hätten Tsagan-Tologai längst hinter uns. Jetzt schraubte ich meine Erwartungen zurück. Wie, wenn wir Tsagan-Tologai eben erst in Südwestrichtung verließen, ohne es erreicht zu haben? Meine Hoffnung, nach ›Betrübliches Brackwasser‹ zu gelangen, brach gänzlich zusammen, als Tjang einen Freudenruf ausstieß und »Wasser!« schrie.

Ich zog die Uhr. Es war punkt acht.

Eigentlich hätte ich dankbar sein müssen, denn das Wasser, das Tjang seitab in einer Ausbuchtung des Steintals hatte glitzern sehen, war eine dicke Eisschicht. Mit Hilfe der Zeltpflöcke und des großen Vorschlaghammers schlugen wir das Eis in Stücke. Was hervorquoll, war gutes salzfreies Wasser.

»Kommt her, meine Lieben«, rief Tjang, »sauft, meine Guten! Ihr habt es verdient.«

Es war aber unnötig, daß Tjang so ein Geschrei machte. Seit dem ersten Hammerschlag standen die Kamele rings um die Wasserstelle, und Pantje hatte vollauf zu tun, sie wenigstens so lange fernzuhalten, bis Tjang und ich ein genügend großes Loch in das Eis getrieben hatten. Jetzt sogen sie in langen Zügen das kalte Wasser durch Maul und Nüstern. Wenn sie keine Luft kriegten, schnoben sie ärgerlich und schüttelten die Köpfe, bis das Wasser wieder aus der Nase troff und herumspritzte.

»Ist das etwa ›Betrübliches Brackwasser‹?« fragte Pantje angriffslustig.

»Pst!« beschwichtigte Tjang, und er legte den Finger auf den Mund, »der Himmel will uns wohl; dieses Wasser ist frisch.«

Aber Pantje fragte weiter: »Gibt es hier etwa einen Weg?«

»Ei ja! Ei ja!« rief Tjang, »der Mensch soll nicht undankbar sein. Auf des Himmels Befehl sind wir ganz ohne Weg hierher gelangt. Ist das nicht genug?«

Da machte sich Pantje wortlos daran, die Tamarisken, die es in der Nähe gab, auszureißen. Ich half ihm dabei, obgleich ich nicht wußte, warum er jetzt ein Feuer haben wollte. Schließlich fragte ich ihn.

Pantje schnaufte, und dann wies er in die stille vom Mond beschienene Gegend. Links zog die Steilwand, die das Tal bisher im Osten begleitet hatte. Sie wurde niedriger und verschwand in der Ferne. Rechts wich die Ausbuchtung, in der wir standen, weit zurück. Wir hatten eine Hochebene vor uns, die sich allmählich senkte. Am Tage mußte man hier eine ungeheure Fernsicht haben.

»Ich mache ein Feuer«, sagte Pantje, »damit es uns nicht so geht wie im ›Tal ohne Wiederkehr‹. Nachher reiten wir auseinander, du und ich, wie du es damals gewollt hast, und wer einen Weg findet, sagt es dem andern. Vielleicht lassen wir das Schießen dieses Mal bleiben.«

Ich sagte: »Bolna!« und »So sei es!«, und dann machten wir unsere Reitkamele fertig. Während wir sie von den Lasten befreiten, erklärte Pantje, was wir vorhatten, und er trug Tjang auf, das Feuer bis zu unserer Rückkehr zu unterhalten.

Dann trennten wir uns. Wieder ritt Pantje nach Süden und ich nach Norde. Heute hoffte ich, die größere Aussicht auf Erfolg zu haben. Ich ritt so weit dem Nordstern nach, bis ich das Feuer hinter mir nur noch als einen glimmenden Punkt sah. Dann begann ich den großen Bogen, in dessen Scheitelpunkt ich mit Pantje zusammentreffen wollte. Unausgesetzt betrachtete ich den Boden, aber ich brauchte mich nicht lange anzustrengen. Schon nach hundert Metern traf ich auf einen gut erkennbaren Pfad, der in gerader Richtung nach Norden führte. Ich wunderte mich, daß ich ihn nicht gleich beim Fortreiten bemerkt hatte. Jetzt beeilte ich mich.

Als ich nach einer Viertelstunde mit Pantje zusammentraf, rief er mir schon von weitem entgegen, daß er einen Weg habe.

»Ich habe auch einen«, rief ich zurück.

Wir schauten einander an, und wir waren nicht sehr glücklich. Jeder erinnerte sich an das Tal der zehntausend Knochen.

»Mein Weg«, sagte Pantje, »hat einen Nachteil. Er geht genau nach Süden.«

»Dann taugt er nicht«, sagte ich.

»Ich weiß das«, gab Pantje kleinlaut zu.

Dann ritten wir miteinander zu Tjang und zum Feuer

zurück. Als es schon so nahe war, daß ich die Tamarisken-reiser prasseln hörte, hielt ich mein Kamel an, und ich gestand Pantje, daß auch mein Weg nichts wert war.

»Wir wollen beide Wege betrachten«, schlug Pantje vor.

Tjang, der uns kommen sah, wunderte sich, weshalb wir ihn warten ließen.

»Beeilt euch!« rief er laut, »heute ist ein Glückstag erster Ordnung.«

»Wir sind nicht neugierig«, beruhigte ihn Pantje, während wir abstiegen und die Kamele noch einmal zum Wasser führten.

Aber Tjang ließ sich nicht abschrecken. Er habe, berichtete er, einen kleinen Rundgang zu Fuß gemacht. Nein, nicht weit, sagte Tjang boshaft, nur eben so, und ohne die Kamele unnütz anzustrengen. Dabei habe er gleich zwei Wege gefunden, und jetzt hätten wir die Auswahl.

»Es gibt keine zwei Wege«, erwiderte ich, »und also gibt es auch keine Auswahl. Es gibt bloß einen Weg, und er kommt aus dem Süden; er berührt diesen Brunnen, und er führt nach Norden weiter.«

»Der Dandjat hat recht«, sagte Pantje, »so ist diese Sache.«

Ich warf die letzten Tamarisken auf das Feuer, und ich zog die Karte aus der Tasche. Pantje und Tjang warteten geduldig. Da saßen wir in der großen Wüste mit dem kleinen Atlasblatt, auf dem viele Karawanenwege eingezeichnet waren. Aber so winzige Pfade, wie wir einen gefunden hatten, gab es nicht darauf. Das war selbstverständlich. Es gab die große unendliche Wüste, aber auf der Karte sind das weiße Flecke. Ich schaute zum Nachthimmel empor, und ich wußte, daß ich bald etwas sagen mußte.

Der Orion stand im Zenit. Seine sieben Sterne glänzten, und der Mond schwamm wie ein Silberschiff dem Horizont entgegen.

Ich sagte: »Auf, ihr Männer! Wir ziehen nach Süden!«

»Bolna!« riefen Pantje und Tjang.

Wir beluden die Reitkamele mit dem, was wir ihnen vorher

106

abgenommen hatten, und dann verließen wir den guten Brunnen. Tjang hatte vorsorglich das Wasserfaß geleert und neu gefüllt. Um solche Sachen brauchte ich mich nicht zu kümmern. Tjang dachte daran.

Unterwegs sagte Pantje: »Du hast den Weg bestimmt, wie ein Dandjat es tun soll. Gibt es einen Grund dafür, oder gibt es keinen?«

»Es gibt einen Grund«, sagte ich. »Auf meinem Geländebild sind viele Wege, aber im Norden gibt es nur welche nach Barkul und nach Uljaßutai. Im Süden sind ebenfalls Wege, und sie führen nach Hami. Da wir den Pfad der Nachdenklichkeit verloren haben, und weil er auf meinem Geländebild nicht eingezeichnet ist, habe ich die Ungewißheit mit der Gewißheit vertauscht. Wir gehen jetzt nach Hami, statt daß wir suchen, wo Daschito steckt.«

»Der Nojen wird unzufrieden mit uns sein.«

»Er wird uns deshalb nicht schelten. Er weiß, wie es einem in der Wüste gehen kann. Wo die guten Wege aufhören, fangen die schlechten an. Auch dem Nojen ist das schon passiert und öfter als andern Menschen. Er hat es mir selbst gesagt, und er hat Bücher darüber geschrieben.«

Pantje dachte nach, und dann fragte er: »Schreibt man bei euch so etwas in Bücher?«

»Der Nojen«, antwortete ich, »hat es getan. Da haben die Leute gemerkt, daß er sie nicht anschwindelt, und deshalb vertrauen sie ihm.«

Das tröstete Pantje. Er war immer darauf bedacht, daß das Ansehen Hedins durch uns keine Einbuße erlitt.

Die Kamele schritten besser aus als vorher, das war gut zu sehen. Als der Mond unterging, hatten wir die Hochfläche hinter uns gebracht. Es ging immer noch bergab, und wieder kamen wir in ein Steintal. Wenn ich nicht die Gewißheit gehabt hätte, irgendwo im Süden auf die Baumwollstraße nach Hami zu treffen, wäre mir der Mut gesunken. Der Weg ging nämlich in den Steinen verloren, und wir sahen ihn von da an nicht mehr. Ich bat deshalb Pantje voranzureiten

107

und, was auch sein würde, die Richtung nach Süden bei-
zubehalten.

Erst um zwei Uhr morgens schlugen wir das Zelt auf. Wir
froren erbärmlich. Da es nirgends etwas Brennbares gab,
mußten wir zu allem hin auf den Tee verzichten, wenn wir
am andern Tag etwas Warmes essen wollten.

In den letzten Nachtstunden bezog sich der Himmel. Als
wir aufwachten, wehte ein eisiger Nordwind, und ich hörte
Tjang mit den Zähnen klappern. Die Kamele fanden so gut
wie nichts zu fressen. Schon nach einer Stunde kehrten sie
ins Lager zurück. Sie standen mit hängenden Köpfen vor
dem Zelt oder beschnupperten die herumliegenden Sättel.
Pantje mußte sie fortjagen, als sie anfingen, daran zu knab-
bern.

Frühzeitig machte sich Tjang ans Essenkochen. In meinem
Tagebuch vermerkte ich nicht viel mehr als den zweiten
Dezember und das unfreundliche Wetter. Dann machte ich
einen Strich darunter. Wir wollten früh von hier weg. Da
ich sonst nichts zu tun hatte, nahm ich das Gewehr aus dem
Karabinerschuh und begann, es zu reinigen. Pantje sah mir
zu.

Als der Kessel dampfte, hörten wir plötzlich den dumpfen
Ton, den es gibt, wenn einer vom Kamel springt, der mongolische Stiefel an hat. Pantje stand sofort auf, und da
vernahm ich auch schon die schlurfenden Schritte und das
Klappern der Steine, die von den Stiefeln beiseite gescho-
ben wurden.

Der da kam, war ein Mann im gelben Gewand eines Lamas.
Um den Hals trug er einen gewöhnlichen Strick aus Kamel-
haar, an dem ein Silberkästchen hing. Es lag auf seiner Brust
wie ein großer Orden. Sonst hatte er nichts an sich, was an
einen frommen Mönch erinnerte. Auf dem Kopf trug er
eine Fuchsfellmütze, die Ohrenklappen waren herunterge-
lassen, und das wirre Haar hing in die Stirn. Hinter sich
drein zog er ein mageres Kamel. Ich stand noch halb im
Zelt, als Pantje ihm entgegenging und mit der Begrüßung

begann. Als sie die Schnupftabaksflaschen gewechselt hatten, ging auch ich dem Fremden entgegen. Er stutzte, als er mich kommen sah, aber ich verneigte mich schnell, und ich sagte mit so tiefer Stimme, als ich es eben fertigbrachte: »Hast du einen leichten und guten Weg gehabt?«

»Ich habe einen leichten und guten Weg gehabt«, orgelte der Lama in feierlichem Baß, »sitzest du hier leicht und gut?«

Ich versicherte ihm, daß dem so sei, und dann nahm die Begrüßung ihren Verlauf. Nachdem wir die Schnupftabaksflaschen gewechselt hatten und dadurch gute Freunde geworden waren, gingen wir zusammen ins Zelt.

Tjang begrüßte den Fremden ohne jede Förmlichkeit mit dem chinesischen Tagesgruß: »Hast du schon Essen gegessen?«

Das schien den Lama aber bloß zu freuen. Er grinste ein wenig, und er sagte in gutem Peking-Chinesisch: »Ich war so selbstsüchtig, dich nicht dazu einzuladen.«

Das war höflich. Es war die ganz korrekte Antwort, aber an dem eingefallenen Gesicht des Mannes konnte jeder sehen, daß seine Worte bitterste Ironie waren. Mich ärgerte, daß Tjang sich nicht besser benahm. Doch ich hatte keine Zeit, Betrachtungen über gutes oder schlechtes Benehmen anzustellen. Pantje knuffte mich verstohlen, damit ich meinen Verpflichtungen als Hausherr nachkam. So konnte ich auf gute Art einiges wieder wettmachen. Ich tat ganz unwissend, und ich bot dem Lama meinen Platz. Als er sich weigerte, so hoch zu sitzen, und als er beteuerte, der geringste unter allen Lamas zu sein, faßte ich ihn an den Schultern und drückte ihn auf meinen Schlafsack. Er sprang sofort wieder hoch, und der edle Wettstreit endete damit, daß er zu meiner Linken, also genau auf dem Ehrenplatz saß, der ihm gebührte. Es war ihm ein wenig warm geworden, und schon wollte er die Fellmütze aus der Stirn rücken, als er sich eines andern besann. Er drückte sie noch weiter nach vorn ins Gesicht.

»O-Chee!« knurrte er behaglich, und er hielt die Hände gegen die wärmende Glut.

Obgleich das eine Aufforderung zur Unterhaltung war, schwiegen wir. Der Lama sollte merken, daß wir Leute mit Kinderstube waren, auch wenn Tjang sich schlecht benommen hatte.

Der Lama wartete ein bißchen, dann machte er noch einmal: »O-Chee!« und dann fragte er mich: »Bist du ein Mongole?«

Pantje antwortete statt meiner: »Du siehst einen Fremden, aber deswegen ist er doch ein Mongole.«

Der Lama streifte mit dem Blick eines Fachmanns mein Gewehr, das am Zelteingang lehnte. »Aus England?« fragte er.

»Nein«, sagte Pantje, »dieser, mein Dandjat, ist aus Deutschland. Wo kommst du her?«

Der Lama deutete auf das Silberkästchen.

Pantje und ich verneigten uns davor, und wir erklärten, wie sehr wir uns freuten, einen Pilger unter uns zu haben, der die heilige Stadt Lhasa besucht habe.

»Ich war nicht an dem Ort, wo die Götter wohnen«, widersprach der Lama, »ich wollte die Stätte besuchen, aber es gibt Zufälle, und des Himmels Befehl lautete anders.«

»Erzähle«, bat Pantje.

»Essen, essen«, sagte Tjang.

Der Lama knurrte: »O-Chee!« und kramte seine Eßschale aus der Gürtelschärpe.

Wie es sich gehörte, legte ihm Tjang das größte Stück Fleisch darauf, und dann aßen wir. Wir hatten großen Hunger, aber der Lama hatte noch größeren. Es war eine Freude, diesen verhungerten Menschen essen zu sehen. Tjang wollte offensichtlich wieder gutmachen, was er an Ehrerbietung hatte fehlen lassen. Er lud dem Gast die Schale voll, sooft er sie zur Hälfte geleert hatte. Als im Kessel nichts mehr war und als wir die Schalen und die Eßstäbchen saubergeleckt hatten, stand der Lama auf und brachte ein paar Tamariskenstrünke, die er unterwegs ausgerissen hatte. Jetzt konnte Tjang Teewasser aufsetzen, und der Lama konnte uns sein Gastgeschenk, nämlich die Erzählung der Pilgerfahrt, nicht länger vorenthalten. Er zögerte auch nicht. Ein paarmal knurrte er: »O-Chee!« und dann begann er: »Ihr habt wohl gemerkt, daß ich kein Lama bin.«

»Nein«, sagte Pantje, »das haben wir nicht gemerkt.«

»Eija!« rief der Lama, der keiner war, »es ist aber so, und das ist nicht schwer zu begreifen. Der andere, der mich auf der Pilgerfahrt begleitete, war ein Lama, aber nun ist er tot, und ich trage sein Gewand, weil ich keines mehr hatte. Daran sind die Tibeter schuld.«

»Wie kann das sein?« fragte ich, »erzähle uns von den Wechselfällen des Lebens.«

»Sie begannen schon, als wir uns auf den Weg machten. Meine Heimat ist weit von hier, und die Heimat meines Freundes war auch dort.«

»Bist du ein Tschuun-Sunit?« fragte Pantje.

»Was fragst du?« knurrte der Mann, »das ist ohne Bedeutung. Ich zog mit meinem Freund den Pfad der Nachdenklichkeit bis zum ›Roten Bitterwasser‹ und dann den gleichen Weg, den ihr mich jetzt kommen seht.«

»Verzeih meine Unkenntnis«, unterbrach ich ihn, »wir alle drei bitten dich, uns dein Licht zu leihen über diesen Weg, auf dem wir uns befinden, und über den andern, der nach Daschito führt.«

Der Mann im Lamagewand nickte bereitwillig. Er sagte: »Die Wege trennen sich beim ›Roten Bitterwasser‹. Aber wenn früher der Weg nach Daschito gut zu sehen war, findet man ihn heute nur, wenn man ihn sucht. Die Pilger ziehen jetzt diesen Weg. Nach Daschito geht niemand mehr, seit der Kaufmann dort fortgezogen ist.«

Ich atmete erleichtert auf, und Pantje beglückwünschte mich.

»O-Chee!« knurrte der Fremde, »was ist los?«

»Dieser, unser Dandjat«, sagte Pantje, »hat heute nacht den

richtigen Weg eingeschlagen, als wir im Zweifel waren. Deshalb sage ich ihm meine Freude. Aber sprich weiter, wir werden dich nicht mehr unterbrechen.«

Der Mann hob die Hand und deutete nach Süden: »Wir zogen also diesen Weg, mein Freund und ich, und weil wir Zeit hatten und weil es bis zur Stadt der Götter weit ist, beschlossen wir, unterwegs einen alten Bekannten zu besuchen, der in Hsing-Hsing-Hsia eine Gastwirtschaft betrieb. Wir trafen ihn aber nicht. Es hieß, er sei auf einem Esel fortgeritten, und das war nach dem Ratschluß des Himmels unser erstes Unglück. Die Götter wollten uns in Hsing-Hsing-Hsia warnen, aber wir hörten nicht. In der Nacht, als wir ruhig schliefen, überfiel ein Haufen Soldaten aus Kansu die friedliche Herberge. Sie schrien, daß sie den Wirt verhaften müßten, und wir hatten eine schreckliche Arbeit, die Kerle zu beruhigen. Sie schlugen alles entzwei, und sie hörten erst auf damit, als die Hälfte von ihnen am Boden lag. Mein Freund, der fromme Lama, bekam bei dieser Gelegenheit einen Schuß durch das Bein, und von da an war er nicht mehr so munter wie früher.

Noch in der gleichen Nacht verließen wir Hsing-Hsing-Hsia, denn es ist besser, von solchen Ereignissen kein Aufhebens zu machen. Durch einen formlosen Abschied erspart man der Polizei eine Menge Arbeit. Deshalb ritten wir ziemlich scharf, und das Bein meines Freundes schwoll mächtig wie eine Tempelsäule. Als wir uns später ein paar Tage Ruhe gönnen konnten, heilte die Wunde zwar bald, allein mit dem Gehen blieb es schwierig. Mein armer Freund humpelte von da an.

Über ein Jahr und ein halbes waren wir unterwegs, ohne daß sich ein Zwischenfall ereignete. Alles gedieh zum besten. Statt der Kamele ritten wir jetzt prächtige Pferde. Das konnten wir tun, weil wir die Pistolen verkauften, die wir bei dem Überfall in Hsing-Hsing-Hsia erbeutet hatten. Wir sahen aus wie Fürsten, die ohne Gefolge reiten, weil sie auf Pilgerfahrt sind. So kamen wir in guter Laune an den See

Tengri-Nor. Er ist grenzenlos wie das Meer, und die Luft ist dort so dünn, daß man schnaufen muß und doch nicht genug davon kriegt, auch wenn ein Wind weht.

Dafür sitzen die Gedanken locker, und man hat sie ausgesprochen, bevor man sie loslassen möchte. Sie fallen einem nur so aus dem Mund, und das war unser Verderben. Vom Tengri-Nor sind es nur fünf oder sechs Tagereisen bis zur Burg der Götter, aber ich habe sie nie erblickt.

Ihr seht an meinem Gewand«, sagte der fremde Pilger traurig, »daß mein Freund zur gelben Bruderschaft gehörte, die den Pantschen-Lama hoch verehrt, weil er frömmer und gelehrter ist als selbst der Dalai-Lama. Die Tibeter, die wir trafen, waren vielfach anderer Ansicht, aber wir sagten nichts dazu. Sie sind ein wildes Volk, und wir waren friedliebende Pilger, die jedem seine Meinung ließen.

Am Tengri-Nor lagerte eine Menge Tibeter in Zelten, und weil sie aus Lhasa kamen, wo sie den Segen des Dalai-Lama erhalten hatten, waren sie fröhlich. Unter ihnen befanden sich auch einige Lamas im roten Gewand.

›Seht‹, sagten sie, ›da reitet ein Mönch der gelben Bruderschaft, und er hat ein Gewehr umhängen. Dieser da muß ein besonders frommer Mann von wohltuender Stille sein.‹ Mein Freund antwortete ihnen: ›In meiner Heimat braucht ein Lama kein Gewehr mit sich schleppen; in eurem Lande ist solches leider notwendig.‹

Auf diese Weise gerieten wir, ohne es zu wollen, in ein gelehrtes Streitgespräch über bewaffnete und unbewaffnete Mönche.

Als ich davon aufwachte, lag ich am Ufer des Sees Tengri-Nor. Es war Nacht, und ich fror, weil ich nichts mehr anhatte als meine Hose. Sie war alt und geflickt, aber jetzt hing sie in Fetzen. Mein Kopf war ganz durcheinander, und zu neun Zehnteln war ich nicht mehr am Leben. Mein armer Freund aber war ganz tot. Da er im Leben ein Lama gewesen war und weil die Kerle das gelbe Gewand nicht mochten, hatten sie es ihm gelassen. So zog ich es an, und ich schwor dabei, nicht nach Lhasa zu wallfahren. Die Lust war mir vergangen. Außer meinem Freund lagen noch drei andere herum, die bei dem gelehrten Disput zu Tode gekommen waren. Einer davon war auch ein Lama, aber er trug das rote Gewand. Als ich ihn umdrehte, hatte er ein Silberkästchen auf der Brust. Da nahm ich es als ein Andenken mit. Das Kästchen mit dem Bild Amitabhas darin war in Lhasa geweiht, und so brauchte ich mich nicht darum bemühen. Ich fürchtete aber, daß die Kerle zurückkehren und das Kästchen holen wollten, das jetzt mir gehörte. Deswegen ließ ich die Toten ruhen und machte mich ohne Verweilen auf.

Ich verließ die Straße nach Lhasa, und ich wanderte am Ufer des Sees Tengri-Nor. Als der Morgen heraufzog, war ich begierig zu erfahren, wie etwa mein Aussehen beschaffen sei. Ich ging zum Seeufer. Zuerst erkannte ich mich nicht. Nachher aber merkte ich, daß ich es war, weil ich mit einem Auge sehen konnte, daß das andere dick verschwollen und blau von Farbe war. Ich hatte mich sehr verändert. Ich sah elender aus, als ein Bettel-Lama je ausgesehen hat. Am meisten bedauerte ich, daß mir Gewehr und Pistole abhanden gekommen waren. Ich hatte auch kein Reittier mehr.

Die ersten Menschen, denen ich begegnete, waren zwei Hirten, und sie entsetzten sich. Sie liefen weg, als sie mich kommen sahen, und die Hunde liefen mit ihnen. Das war aber am Abend, und es war hohe Zeit, daß ich mich an ein Feuer setzen konnte und etwas zu essen kriegte. ›Fluchwürdige Räuber‹, rief ich den Hirten nach, ›haben mich, einen frommen Pilger, zuschanden geschlagen.‹ Da blieben die Hirten stehen. ›Mich nimmt wunder‹, sagte ich, ›daß sie mir das geweihte Bild gelassen haben. Seht es euch an. Der Segen des Dalai-Lama ruht sichtbar auf ihm und auf mir.‹ Die beiden Hirten sprachen untereinander, und dann nahmen sie mich mit in ihr Zelt. Als ich gegessen und getrunken hatte, unterhielten wir uns, und als ich erfuhr, daß keiner von ihnen je in Lhasa gewesen war, erzählte ich ihnen zum Dank ein wenig, wie es dort aussieht. Da freuten sich die guten Leute, und sie baten mich, zu bleiben und ihnen noch mehr von dem Wohnsitz der Götter zu berichten. Ich tat es gerne, und ich erholte mich von Mal zu Mal, und meine Schilderungen nahmen zu an Herrlichkeit und an Farbenpracht. Zum Abschied schenkten mir die Hirten ein paar alte Stiefel, und sie wiesen mir den Weg, der zu der Straße nach Taschi-Lumpo führt. War ich nicht in Lhasa gewesen, wollte ich wenigstens zum Wohnsitz des Pantschen-Lama, auch wenn er nicht zu Hause war. Mit der Zeit bekam ich ein Pferd, das unnütz herumstand, und ich schloß mich einer Karawane an, die ich auf dem Weg nach Taschi-Lumpo traf. Dort weihten fromme Lamas das silberne Bild Amitabha-Buddhas zum zweitenmal, und so konnte ich den Heimweg antreten. Unterwegs, als mein Pferd an Entkräftung starb, vertauschte ich es gegen ein Kamel, aber auch das mußte ich seither zweimal eintauschen. Es war eine anstrengende Reise.«

»Wie lange dauert sie schon?« fragte Pantje.

»Drei Jahre sind verflossen«, sagte der Pilger, »und ein halbes dazu.«

»Tee trinken«, sagte Tjang.

Der Pilger knurrte »O-Chee!« und dann bot ich Zigaretten an. Wir rauchten, und der Pilger qualmte.

Ich fragte: »Bist du auf dem Rückweg wieder in Hsing-Hsing-Hsia angekehrt?«

»Ich war dort«, antwortete der Pilger, »aber mein Freund, der Wirt, ist verschollen. Die Türen der Herberge sind wieder ganz, die Fenster sind neu mit Papier verklebt, und die Toten sind begraben. Es ist ein Gasthaus erster Ordnung. Willst du nach Hsing-Hsing-Hsia reisen?«

»Ich muß nach Hami«, sagte ich, »und leider habe ich es pressant. So kann ich keinen Umweg machen.«

»Schade!« knurrte der Pilger, »das ›Gasthaus zur Zufriedenen Heiterkeit‹ ist einen Umweg wert. Sogar der Oberst der

Grenzsoldaten kehrt dort ein, sobald er in die Gegend kommt. Er ist ein alter Freund von mir.«

»Du hast viele Freunde«, sagte Tjang, und es war das erstemal, daß er zu dem Pilger etwas sagte. Der Pilger blickte Tjang an, als ob der eine ungehörige Bemerkung gemacht habe, und vielleicht war das auch so. Es war aber nur für einen Augenblick.

»Wirst du einen Brief für mich besorgen?« fragte ich.

»Ich nehme die schwierigsten Aufträge entgegen«, versprach der Pilger freundlich.

Er war satt und guter Dinge, und er unterhielt sich mit Pantje und nachher sogar mit Tjang über den Weg nach Hami, während ich einen kurzen Brief an Sven Hedin schrieb.

Ich teilte ihm mit, daß wir jetzt nach Hami marschierten und daß es in Daschito keinen Kaufmann mehr gebe. Und ich empfahl ihm den Pilger als einen ehrenwerten Herrn, der viele und große Abenteuer bestanden habe.

Als ich fertig war, sagte ich: »Dies ist ein Brief an meinen Nojen. Er ist ein großer und berühmter Nojen. Er hat ein strahlendes Gesicht, und viele Leute kennen ihn.«

»Er hat Bücher geschrieben«, bemerkte Pantje, »und die Gelehrten der zehntausend Staaten verneigen sich vor ihm. Er heißt Sven Hedin.«

»Von diesem Nojen habe ich gehört, als ich in Taschi-Lumpo war«, sagte der Pilger. »Sein Ruhm erschallt bis zu den Wolken. Die Lamas haben mir von ihm erzählt. Sie sagten, er sei ein Freund des Pantschen-Lama.«

Ich sagte: »Das ist er, und er trägt einen Ring, den hat ihm der Pantschen-Lama geschenkt.«

Da nahm der Pilger den Brief ehrerbietig entgegen, er drückte ihn mit beiden Fäusten an die Stirn, und dabei verneigte er sich. »Der Nojen Hedin wird diesen Brief in wenigen Tagen erhalten, ich reite schnell.«

Ich warf einen Blick auf das magere Kamel, aber der Pilger lachte. »Keine Besorgnis deswegen«, sagte er.

Dann schlugen Pantje und ich das Zelt ab.

»Höre, Dandjat«, flüsterte Pantje, »ich muß dir etwas sagen. Du kennst das Mongol-Joss. Es ist das alte Gesetz Dschingis-Khans, und wir müssen es befolgen.«

Ich sagte: »Bolna! Was will das Mongol-Joss haben?«

»Es will«, erklärte Pantje leise, »daß wir mit diesem Pilger teilen, was wir zu essen haben. Du siehst, er besitzt nichts, aber wir haben Fleisch, und wir haben ein bißchen Mehl und etwas Tee. Du und Tjang und ich, wir sind drei; er ist der vierte, und so steht ihm der vierte Teil von dem zu, was wir besitzen. Es ist aber kein Geschenk, das wir ihm geben. Es ist sein Anteil nach dem Gesetz, und deshalb braucht er nicht danke zu sagen. Unter Mongolen ist das so.«

»Möge es so bleiben«, sagte ich, und dann machten wir vier hübsche Häufchen aus Fleisch und Mehl und Tee und Salz. Der Pilger schaute zu.

»Sieh hier dein Teil«, machte Pantje aufmerksam.

»O-Chee!« knurrte der Pilger, und ich gab ihm ein Säckchen, damit er das Mehl hineintun konnte. Das Salz wickelte er in einen Lappen, und den Tee steckte er in die Gürteltasche. Das Fleisch band er mit einem Strick am Sattel fest. Als er alles versorgt hatte, waren auch wir zum Aufbruch bereit. Pantje und Tjang verabschiedeten sich.

»Geht voraus«, sagte ich, »ich möchte dem Pilger mein Geländebild zeigen, damit auch ich den Weg nach Hami erfahre.«

Ich zog das Kartenblatt Innerasien aus der Tasche, und ich breitete es auf dem Boden aus.

»Setz dich«, bat ich ihn, »es dauert nur zwei Augenblicke.«

»Hammaguä!« erwiderte er fröhlich, »ich habe Zeit.«

Er band den Nasenstrick seines Kamels an einem Stein fest, und ich schaute zu. Ich mußte an meine Erfahrungen im ›Tal ohne Wiederkehr‹ denken, aber darüber sagte ich nichts.

»Hier ist der Baumwollweg nach Hami«, begann ich, und ich zeigte ihm die dünne Linie auf der Karte, »wie lange wird es dauern, bis wir diese Straße erreichen?« Der Pilger blickte dem davonziehenden Tjang nach. Offenbar schätzte er das Marschtempo unserer Kamele.

»Drei Tage«, sagte er.

»Und hier ist Hami«, fuhr ich fort, »wie viele Tagereisen sind es bis dahin?«

»Ich war nie in Hami.«

»Und hier im Süden liegt Hsing-Hsing-Hsia«, bemerkte ich beiläufig.

Die Aufmerksamkeit des Pilgers belebte sich. Er folgte der Bleistiftspitze, aber dann sagte er enttäuscht: »Diese Schrift kann ich nicht lesen.«

Ich setzte mich aufrecht, und ich schaute ihm ins Gesicht. Ich war ein wenig aufgeregt. Vielleicht merkte er das, denn er zog die Stirn kraus.

»Kannst du Chinesisch lesen?« fragte ich.

»Ich vermag es«, sagte der Pilger.

Da ließ ich die Visitenkarte der Dame Yü, die sie für ihren Onkel bestimmt hatte, auf das Kartenblatt Innerasien fallen. Ich hatte das Kärtchen schon vorher bereitgehalten. Der Pilger knurrte. Er blickte auf mich und dann auf die kleinwinzige Besuchskarte, die auf dem farbigen Innerasien wie eine Schneeflocke lag.

Schließlich griff er danach. Er las den Namen der Dame Yü, und er brummte: »O-Chee! Ein Frauenzimmer.« Dann wandte er kopfschüttelnd das Kärtchen um. Er las aber kaum die ersten Zeichen, als er den Kopf hob und mich anstarrte wie einen, der ihn bisher hintergangen hatte. Dabei plagte ihn anscheinend der Zweifel, ob es besser wäre, mich zu beschimpfen oder mir um den Hals zu fallen. Er tat keines von beiden; er rief: »Was für ein Mensch bist du?«

Ich sagte: »Ich bin einer, der die chinesische Schrift nicht zu lesen vermag.«

Wieder schüttelte der Pilger den Kopf. »So geht das nicht«, knurrte er.

Ich sah, wie seine Hand ein bißchen zitterte, und die Visitenkarte zitterte auch. Er fuhr mit dem Daumen darauf herum.

»Es soll Wahrheit sein zwischen dir und mir«, schlug er vor.

»Die Wahrheit ist einfach«, erwiderte ich. »Unterwegs begegnete ich einer Dame, die ihren Onkel sucht. Dieser Onkel heißt Glück, aber die Leute nennen ihn Ohnezehen. Die Dame suchte Onkel Ohnezehen am Ichen-Gol, aber sie fand ihn nicht; ein Vetter der Dame forschte in Hsing-Hsing-Hsia nach ihm, aber es wurde berichtet, der Onkel sei auf einem Esel fortgeritten. Darüber ist die Dame sehr betrübt. Sie gab mir diese Karte, damit ich sie Onkel Ohnezehen gebe, wenn mich der Zufall mit ihm zusammenführt.«

Der Pilger war nicht zufrieden. Er ließ mich merken, daß er von meiner Mitteilung nicht viel hielt. Er sagte: »Wir leben in einer würdelosen Zeit, in der des Himmels Befehl die Menschen auseinandertreibt statt zusammen. Wie soll da einer den andern finden?«

»Sage auch du die Wahrheit«, bat ich, »damit ich versuchen kann, was unmöglich scheint. Was steht auf der Karte geschrieben?«

»Das ist kein Geheimnis«, antwortete der Pilger, »hier steht, was du selber weißt.«

Er neigte den Kopf, und er las:

Meinem Onkel Glück, den die Menschen Ohnezehen nennen, sage ich große Freude. Ferner wird gesagt, daß wer sich draußen verletzt, der soll sich in seine Sippe zurückziehen. Dort ist er sicher. Darum wagt die gehorsame Nichte, ihren großen alten Onkel zu bitten, nach Kutschen-Se zu reisen, wo sie als erste Gattin im Hause des Kaufmanns Meng lebt.

Der Pilger gab mir die Karte zurück. Seine Hand zitterte nicht mehr. Ich verneigte mich dankend, und ich faltete das Kartenblatt zusammen, das als Vorwand nicht mehr nötig war. Wir saßen uns gegenüber, und jeder war bereit aufzustehen, sobald der andere den Anfang machte.

Er fragte: »Willst du noch etwas wissen?«

Ich antwortete: »Ein Kind hört gerne seinen Vater reden.«

»O-Chee!« knurrte der Pilger. »Du hast erfahren, daß Ohnezehen und ich Freunde sind. Aber du hast geschwiegen, und daraus sehe ich, daß deine beiden Begleiter nichts davon wissen.«

Ich nickte. »Vielleicht weiß der eine was«, sagte ich.

»Du meinst den Chinesen. Mir kommt vor, als hätte ich ihn schon irgendwo gesehen und er mich. Das mag sein, denn ich habe einen großen Bekanntenkreis. Wenn er dich aber fragt: ›Wie heißt dieser Mann?‹ dann sollst du sagen: ›Ich habe ihn nicht danach gefragt.‹ Und wenn er dich weiter fragt: ›Hast du nicht vielleicht eine Narbe an seiner Stirn bemerkt, groß wie eine Furche im Ackerland?‹ so antworte: ›Das hättest du wohl selber wahrgenommen.‹ Was ich damit sagen will, ist dieses: Du darfst nicht zugeben, daß du dem Räuber Mondschein begegnet bist. Das ist mein Name, und meine Freunde nennen mich Pfötchen. Leider hat mir der Säbel eines guten Bekannten die Gehirntasche aufgeklopft, und davon ist mir diese Narbe geblieben.«

Mondschein rückte die Fellmütze aus dem Gesicht. Ein blutroter Wulst lief kurz unter dem Haaransatz quer über die ganze Stirn. Er grinste verlegen. »Ich weiß«, sagte er, »es ist kein guter Anblick. Aber du hättest mich am Tengri-Nor sehen sollen. Da war diese Schramme wieder aufgeplatzt und einiges dazu. Doch das sind Kleinigkeiten. Leider kann ich dir, hilflos wie ich bin, in deiner Sache nicht beistehen. Auch weiß ich nicht, ob Ohnezehen noch am Leben ist. Er ist ein wackerer Mann und kein solcher wie ich oder mein Freund Donnerkeil, der am Tengri-Nor liegen blieb. Solltest du von Ohnezehen hören oder ihm gar begegnen, so laß ihn wissen, daß Mondschein lebt und in seine alte Heimat an der mandschurischen Grenze zurückkehrt. Sage ihm meine Freude, wenn es ihm gut geht, und meinen Unwillen, wenn er ein erbärmliches Leben führt. Du kannst«, sagte Mondschein, »nach eurem ersten Nachtlager unauffällig ein Auge auf meine Spur haben. Du wirst sie nur einmal sehen, denn von hier bis zur Baumwollstraße geht es immer über Steine bis auf ein Seitental, das von Sonnenaufgang kommt. Achte auf dieses Tal. Man bemerkt es kaum, weil es durch eine Sanddüne abgeriegelt ist. Dort gibt es Wasser und Gras, und dort wirst du die Spur meines Kamels im Sand sehen. Ich habe nämlich einen kleinen Umweg gemacht. Ich besuchte meine frühere Heimstatt, und du kannst Ohnezehen sagen: Die Burg Dampignaks steht unversehrt, aber es wohnen nur Füchse darin, und auf dem Turm gibt es einen Adlerhorst, seit die Treppe zerbrochen ist. Mehr ist darüber nicht zu berichten. Lebe wohl!« Mondschein stand auf und verneigte sich.

Ich stand auch auf, und ich fischte aus dem Gürtel einen blauen Seidenstreifen, den man Haddak nennt und den man braucht, wenn man einem ein Geschenk machen will. In der Satteltasche verwahrte ich seit langem ein kleines Päckchen guten Tee. Der Tee war in Silberpapier gepackt, mit einer Cellophanhaut umschlossen, und er hatte einen herrlichen langen Namen: Darjeeling-Flowery-Orange-Pekoe. Es war ein indischer Tee, und ich hatte ihn für eine besondere Gelegenheit aufgespart.

Ich sagte: »Wer einen älteren Freund gefunden hat, möchte ihn ehren.«

Dann kniete ich nieder, legte den Haddak auf die flach ausgestreckten Hände, und auf dem Haddak lag das Päckchen Tee.

»Nimm diese geringe Gabe«, bat ich Mondschein, »von einem, dem du Vertrauen schenkst, gleichwohl du ihn kaum kennst.«

Mondschein kniete ebenfalls nieder.

Er nahm mein Geschenk, und er zog einen andern Haddak aus dem Gürtel.

»Da du mein Freund sein willst, möchte ich auch der deine

sein; nimm mein ärmliches Geschenk und behalte mich lieb.«

Ich führte seinen Haddak zur Stirn, und dann umarmten wir uns.

»Möge dein Weg leicht und gut sein«, sagte Mondschein.

»Mögst du die Heimat bald erreichen«, sagte ich.

Wir trennten uns, und ich sah ihn davonreiten. Sein Kamel war mager. Unter dem Fell konnte man die Rippen zählen; es hatte einen langen, dünnen Hals, und es war hochbeinig. Aber es schritt dahin, als ob es seinen Reiter nicht spürte, es trug den Kopf wie ein Tier, das sich edler Abkunft bewußt ist, und die Ohren spielten im Wind.

Ich wandte mich um, ich versorgte das Kärtchen der Dame Yü in der einen und die Landkarte in der anderen Rocktasche. Dann ging ich durch das steinige Tal nach Süden. Ich machte es wie Tjang und Pantje. Ich hielt mich an der Westseite, wo die wenigen Steine lagen. Nach einer halben Stunde holte ich sie ein.

»Was hat er gesagt?« erkundigte sich Pantje.

»Er betrachtete unsere Kamele, und er sagte, wir brauchten drei Tage bis zur Baumwollstraße.«

»Das hat er auch uns gesagt«, rief Tjang von vorne, »aber er weiß nicht, daß Sonne und Mond nichts anderes für uns sind als Zeichen, die am Himmel wechseln. Ihretwegen hören wir nicht mit Wandern auf. Wir werden in zwei Tagen an der Baumwollstraße sein.«

»Kennst du die Baumwollstraße?« fragte ich, um dem Gespräch die richtige Wendung zu geben. Es schien mir, als ob Tjang nicht gut auf den Pilger zu sprechen war.

»Wie sollte ich sie nicht kennen?« rief Tjang. »Ich bin auf ihr gewandert, als der Räuber Dampignak noch in seiner Burg saß und die Karawanen nach seinem Willen besteuerte.«

»Man muß zugeben«, sagte Tjang, »es war eine gute Zeit, und der Handel blühte. Zahllos waren die Karawanen, und von einem Brunnen zum andern tönte ihr Geläut. Das kam, weil kein kleiner Räuber mehr am Leben war. Dampignak hatte alle getötet, oder die, die ihn brauchbar dünkten, waren in seine Bande aufgenommen worden.«

»Man muß«, sagte Tjang, »selbst einem Räuber Gerechtigkeit widerfahren lassen. Dampignak häufte Schätze in seiner Burg, aber die Kaufleute ließ er ruhig ziehen. Jeder Karawane gab er einige bewaffnete Räuber mit, die sie schützen mußten. Für diese Arbeit verlangte er einen Silberbatzen für jede Kamellast, gleich was darin war. Bloß Opium duldete er nicht. In dieser Sache war er unerbittlich und anders als die Bezirkshauptleute. Er tat Böses und Gutes in einem, und also war er ein Mensch, wie die meisten Menschen sind. Aber er kümmerte sich nicht um Kleinigkeiten, und das machte ihn groß. Seine Schandtaten sind jedem bekannt. Wer aber Gutes von ihm erfuhr, wußte nicht, woher es kam. Er kannte die Nachteile von Armut und von Reichtum, denn er hatte beides erfahren, und so hütete er sich vor beiden. Erst als er nach Macht strebte und ein Herrscher werden wollte, ging er zugrunde.«

»Wie das?« fragte ich.

»Einer seiner früheren Freunde hat ihn ermordet. Da hat sich die Bande in alle Winde zerstreut, und jetzt sind die Karawanenwege unsicher geworden wie vordem.«

»Manche seiner Räuber«, sagte Tjang, »haben das Gewand eines Lamas angezogen, einige hat man erwischt, und man hat ihnen den Kopf abgeschlagen. Es gibt aber auch welche«, sagte Tjang, »die um ihrer Sünden willen nach Lhasa gepilgert sind.«

Tjang hustete ein wenig, aber darauf ging ich nicht ein. Da wurde Tjang deutlicher. Er sagte: »Vielleicht pilgerten sie nicht wegen der vielen Sünden, sondern weil sie mit fremden Mönchen über gelehrte Fragen disputieren wollten.«

Dabei kniff Tjang ein Auge zu, und mit dem andern blinzelte er vertraulich. Er grinste sogar. Zur Strafe blickte ich ihm verständnislos ins Gesicht, und ich fragte, wo die Burg des Räubers Dampignak gelegen und ob sie zerstört sei.

»Sie kann nicht weit von hier sein«, meinte Tjang, »und soviel ich weiß, steht sie unversehrt. Sobald wir an die Baumwollstraße kommen, werde ich dir sagen, ob sie vor uns liegt, oder ob wir sie schon hinter uns haben. Am Ende stoßen wir geradewegs auf sie zu. Es sollte mich nicht wundern«, sagte Tjang, »jeder Vogel sucht sein altes Nest wieder auf.«

»Willst du damit sagen«, fragte Pantje gereizt, »daß dieser Pilger ein Krieger Dampignaks war?«

Tjang lachte niederträchtig wie ein Besserwisser. Er sagte: »Ich weiß, was ich weiß; ich habe nur noch keine Gewißheit erlangt.«

Der kalte Wind hielt an. Er blies uns in den Rücken, und wir marschierten durch das Tal nach Süden wie auf einer Landstraße, die kein Ende hat. Der Wind blies uns vorwärts, wir ließen uns treiben, und es wurde Nacht. Bevor es richtig dunkel wurde, fand der vorausreitende Pantje ein paar Tamarisken, die wir ausraufen und mitnehmen konnten.

In meinem Kalender stand, es sei Halbmond. Für Nachtwanderer, wie wir welche waren, ist das eine herrliche Zeit. Wenn es dunkel wird, steht der Mond im Zenit, und wenn er untergeht, ist es Mitternacht. Man kann die Uhr danach richten. Es ist hell, aber nicht so schreckhaft wie in manchen Vollmondnächten, wenn die Hunde vor lauter Angst heulen, daß das Himmelslicht bald wieder schwindet.

Die Nacht in dem Tal, das ohne Aufhören nach Süden weiterlief, enttäuschte uns alle drei, Tjang, Pantje und mich. Tjang sang kein einziges Mal, und Pantje ritt oder ging schweigend, je nachdem. Der Himmel war von einem Seidenpapier überzogen, und wenn es irgendwo einriß, schaute bloß ein Stern heraus, höchstens zwei. Sie trübten sich, kaum daß sie da waren; ein paar Wolkenfetzen jagten über sie hin, und dann war es wie vorher. Als das milchige Weiß grau wurde und schwarz zu werden drohte, mit andern Worten, als der Mond unterging, schlugen wir das

Zelt auf. Es war Mitternacht, und wir waren zwölf Stunden unterwegs. Wieder einmal hatten wir nicht genug Brennbares, um uns ein Feuer vor dem Schlafengehen zu leisten. Meine Strümpfe waren in den Stiefeln festgefroren. Ich ließ sie, wo sie waren, und als ich in den Schlafsack kroch, sagte Tjang: »Es ist ein Glück, daß deine Füße losgekommen sind, sonst ginge es dir wie den beiden Freunden von Wei.«
»Wie war es mit denen?« fragte ich.
Tjang sagte: »Ich will es dir erzählen, aber heute nacht ist es besser, wir rücken erst einmal zusammen, damit einer den andern wärmt.«
Das taten wir. Tjang legte die Persenning, die ich sonst über meinem Schlafsack liegen hatte und die am Morgen meist steif gefroren war, auf den Boden. Dann breitete er alles, was es an Filzen und Decken gab, über uns. Als Kopfpolster nahmen wir die Sättel. Bald spürte ich die Wärme Pantjes, der neben mir lag und es am besten hatte, weil er von zwei Seiten gewärmt wurde. Läuse hatten wir bloß wenige, und sie störten nicht. Wenn irgendwo eine krabbelte, erwischte ich sie gleich. Ich hielt sie dann mit ausgestrecktem Arm von mir weg und ließ sie in den Sand fallen. Das hatte ich von Pantje gelernt. Tjang war nicht so. Er knackte die Läuse erbarmungslos, aber er war ja auch kein Mongole.
Als wir ruhig lagen und als man nur noch den Wind hörte, wie er in kurzen Stößen das Tal entlangfegte, sagte Tjang: »Man erzählt sich die Geschichte der beiden Freunde von Wei, die arm waren. Als der Winter nahte, versuchten sie sich von Eicheln und von der Rinde der Bäume zu ernähren, aber das Ende war abzusehen.
Da sprach der eine: ›Laßt uns nach Wu wandern, dort leben die Menschen im Überfluß.‹
Der andere sagte: ›Wenn es an dem ist, wollen wir in einer Stunde aufbrechen. Was hindert uns?‹
Also machten sie sich auf. Die Freunde nahmen aber alles mit, was sie besaßen. Der eine hatte einen Mantel und der andere einen dünnen Rock; der andere hatte Strohsanda-

len, der eine aber bloß Strümpfe. Weil das so war, beschlossen sie täglich zu wechseln, damit jeder einmal in den Genuß dessen kam, was ihm mangelte.

Der Weg von Wei nach Wu führte über ein hohes Gebirge, das zu jeder Stunde dreisten Wagemut forderte. Aber die beiden Freunde fürchteten nichts, und die Reise ging gut vonstatten. Wenn sie in ihrem Äußeren den Anblick gräßlichen Hungers boten, so brauchte trotzdem niemand zu erschrecken, denn zur Winterszeit wagte kein Mensch über das Grenzgebirge von Wei nach Wu zu gehen aus Angst vor Kälte und Wölfen. Die beiden Freunde kannten keine Angst. Wenn es kalt war, liefen sie eifrig, und wenn Wölfe in der Nähe waren, klapperten sie mit den abgemagerten Armen. Da stürzten die Wölfe in großem Schrecken davon. So erreichten die Freunde das Land Wu, und sie hörten schon das Hundegebell des ersten Dorfes.

Da bat der eine Freund den andern: ›Laß mich den Rest der Nacht gegen diese Felswand lehnen, denn ich bin erschöpft und muß Kräfte sammeln.‹

Der andere sagte: ›Ich bleibe bei dir.‹

Da warf sich der eine vor dem andern auf die Knie und flehte ihn an, sich zu retten. ›Bringe mir‹, bat er, ›zu essen. Wenn du vor Sonnenaufgang mit Speise kommst, werden wir beide leben.‹

Also machte sich der andere auf, und damit er über die vielen Steine schneller laufen konnte, nahm er die Strohsandalen und zog seinem Freund dafür die Strümpfe an, obgleich es in dieser Nacht hätte umgekehrt sein sollen.

Er lief, und als er in das Dorf kam, schrie er laut: ›Nicht mich rettet, gute Leute. Kümmert euch um meinen Freund; er steht da und da gegen eine Felswand gelehnt, und er erwartet den Tod.‹

Die Leute von Wu gerieten außer sich, als sie diesen Menschen sahen und das Knirschen der Gelenke hörten, aus denen das letzte Fett gewichen war. Sie setzten ihn in eine Sänfte, sie nahmen Speise mit und stärkende Hühnerbrühe, die dampfte, und sie kamen oben bei den Felsen an, als das Tagesgestirn den Schnee glänzen machte. Da war der eine Freund gerade gestorben, und sein letzter Seufzer verwehte in der klaren, herrlichen Morgenluft. Der andere erhob ein Geschrei, so gut er es zuwege brachte. Aber die Leute von Wu trösteten ihn, und sie versprachen ihm einen prächtigen Sarg für den Freund, wenn er bloß zu schreien aufhörte. Sie machten sich auch gleich ans Werk, aber als sie die Leiche von dem Platz nehmen wollten, wo sie stand, ging das nicht. Der eine Freund war mitsamt den Strümpfen am Boden festgefroren, und sie hätten ihm die Füße abhacken müssen, um ihn loszukriegen.

Da klagte sich der andere der Treulosigkeit an und der schmählichsten Eigenliebe: ›Ich raubte ihm die Möglichkeit, auf eine anständige Weise tot zu sein und in einem Sarg zu liegen.‹

So schrie er, und er schleuderte die Strohsandalen weit von sich wie ekelerregende Dinge. Dann stellte er sich mit nackten Füßen neben seinen Freund, fror in wenigen Augenblicken am Boden fest und starb wie er.

Die Leute von Wu gingen verstört nach Hause.«

Fünftes Kapitel
von einem Glückstag erster Ordnung

In der Nacht sprang der Wind um. Wir merkten es erst, als unsere Füße wie Eiszapfen waren, und davon wachten wir fast gleichzeitig auf. Pantje jammerte im Halbschlaf, aber Tjang sagte laut: »Es gibt keine Hilfe.«

Damit meinte er, daß wir aufstehen müßten, wenn wir nicht teilweise erfrieren wollten. Pantje und ich verstanden gleich, was Tjang für notwendig hielt. Wir sprangen mit nackten Füßen und mit dem, was wir anhatten, auf und liefen aus dem Zelt. Nacheinander schoben wir die Seilschlaufen der Zeltwände über die Pflöcke, und als nur noch drei Schlaufen übrig waren, griff jeder nach einer. Ich befahl: »Los!« und dann hielten wir das schlingernde Zelt in den blaugefrorenen Händen. Handschuhe nützten da nichts. Ich drückte Tjang, der mit mir am Eingang stand, die zweite Schlaufe in die Hand, kroch unter dem flatternden Tuch durch und hob die beiden Zeltstangen hoch. Dann drehten wir das Zelt um 180 Grad, und ich kroch wieder nach draußen. Wir zerrten die Schlaufen über die eisernen Pflöcke, wo sie hingehörten, und wir arbeiteten schnell, weil die Haut am Eisen kleben bleiben wollte. Nicht in dem blutigen Ernst wie etwa im nördlichen Sibirien, wo man sie nicht wieder loskriegt; allein schon das Ziehen und der schnalzende Ton, wenn die Finger sich vom Eisen lösten, waren häßlich genug. Wir beendeten unser Werk in großer Eile und mit der Gründlichkeit, die man den Gewalten zum Trotz aufbietet.

Tjang und ich warfen noch ein paar Hände voll Sand auf das Zelttuch, und Pantje legte Steine darauf. Dann krochen wir schlotternd unter die Decken.

»Noch einmal«, sagte Pantje, »stehe ich nicht auf.«

Es war auch nicht notwendig. Der Wind blies jetzt stetig vom Süden her, doch deswegen wurde er nicht wärmer. Als die Sonne aufging, war der Himmel reingefegt, und ein gewaltiges Morgenrot setzte den Osten in Brand. Man weiß, was das bedeutet.

Die Kamele taten mir leid. Sie hatten sich in der Nacht ebenfalls eng aneinandergetan, sie waren müde, und sie wurden von Hunger und Durst geplagt. Trotzdem sprangen sie auf, als Pantje vors Zelt trat, um sie für kurze Zeit freizulassen.

Wir hatten weiter nichts vor, als einige Schalen Tee zu trinken und nachher auf gut Glück zu marschieren, bis wir das Wasser finden würden, von dem Mondschein gesprochen hatte. Auch Pantje und Tjang hatte er davon berichtet, und er hatte gesagt, wir würden es kurz nach Mittag erreichen.

»Wenn wir das Wasser finden«, sagte Pantje, »bleiben wir bis zum Abend dort. Nachher wandern wir, solange der Mond scheint.«

»Nein«, widersprach Tjang, »die Verfinsterung des Lichts ist zeitweilig, die Beharrlichkeit muß dauern. Wir marschieren bis zur Baumwollstraße, auch wenn sich Unerwartetes begeben sollte.«

Ich sagte: »Bolna! Es sei.«

»Bolna!« sagte auch Pantje, obgleich ihm so großartige Beschlüsse nicht gefielen. Sie dünkten ihn vermessen. Vor allem fürchtete er den berechtigten Unwillen der Dämonen, wenn sie so großsprecherische Reden zu hören bekamen.

Deshalb fügte er bescheiden hinzu: »Der Himmel weiß es.«

Als er so gesprochen hatte, stand er auf und ging hinaus, um die Kamele zu holen. Tjang zog geringschätzig die Schultern hoch, und dann hörten wir auf die Schritte Pantjes, die langsamer wurden und plötzlich verstummten.

»Diese Sache verstehe ich nicht!« hörten wir ihn rufen.

Da traten auch Tjang und ich vor das Zelt. Der Wind fuhr mir ins Gesicht, die Augen tränten, und als ich sie mit dem Ärmel trocken gewischt hatte, sah ich trotzdem keine Kamele. Das endlose Tal lag leer vor unsern Blicken. Dabei war kaum eine Viertelstunde vergangen, seit Pantje die Kamele freigelassen hatte.

»Bleibt hier«, sagte ich, »und packt zusammen. Ich gehe sie holen. Weit fort können sie nicht sein.«

Tjang wollte etwas einwenden, aber er kam nicht dazu. Ich war schon unterwegs. Ich ging nach Süden, und ich achtete überall, wo die Steine weniger dicht lagen, auf Spuren. Wenn es welche gab, mußte ich sie sehen. Es gab aber keine. Dafür war der Boden zu hart, und der Sand lag dünn darauf wie Streuzucker. Im Augenblick strich der Wind ihn wieder glatt.

Ich dachte mir gleich, daß die Kamele nur zu dem Wasser gelaufen sein konnten, von dem Mondschein gesprochen hatte. Er hatte uns zwar gesagt, daß wir es erst gegen Mittag erreichen würden, aber wir waren ja zwölf Stunden marschiert. Eine solche Leistung hatte uns Mondschein nicht zugetraut.

Gespannt verfolgte ich den Verlauf des östlichen Talrands, und schon nach wenigen Minuten fiel mir ein Einschnitt auf, den eine Sandverwehung zur Hälfte füllte. Ich überquerte das Steintal, und da erblickte ich auch schon die Spuren unserer Kamele. In dem festgepreßten Sand zeichneten sie sich scharf ab. Der Aufstieg auf den Dünenkamm war mühelos. Als ich oben anlangte, sah ich in einen kleinen runden Kessel, der auf der Südseite von einer flach ansteigenden Geröllhalde begrenzt wurde. Im Norden standen niedere Felsen mit darüber geschichteten Löß- und Kiesbändern. Nach Osten lief eine Rinne weiter, die aber kaum ein Tal genannt werden konnte. Unterhalb der Felsen standen die Lieben, die Guten, wie Tjang sie nannte, verzweifelt um einen verdeckten Brunnen. Sie hoben die Köpfe, als sie mich sahen, und sie ließen mich nicht aus den

Augen. Die Armen erwarteten eine Hilfe von mir, die ich ihnen ohne Eimer und Strick nicht leisten konnte. Man brauchte nicht viel von gegrabenen Brunnen verstehen, um zu wissen, daß das Wasser nicht bis zur Oberfläche kam. Rings um den Brunnen und an der Felswand entlang wuchs Derresgras. Weiter weg standen vereinzelte Tamarisken. Es war ein idealer Rastplatz.

Zunächst ging ich langsam auf die Kamele zu. Ich sprach sie freundlich an, und sie ließen sich gefallen, daß ich ihnen nacheinander den Nasenstrick vom Hals löste. Dann band ich alle viere zusammen. Auch das nahmen sie hin. Als ich sie aber vom Brunnen wegführen wollte, sträubten sie sich. Sie streckten die Hälse, sie blieben wie angewurzelt stehen und ließen sich lieber die Nase lang ziehen, statt einen Schritt zu weichen. Vergeblich versprach ich ihnen baldige Rückkehr und ein Wohlleben bei Derresgras und Tamariskenrinde. Es half nichts. Als ich einen Schritt näher trat, fingen sie an zu spucken.

»Ihr tut mir leid, meine Guten«, sagte ich, und ich griff in die Tasche, wo ich die Fußfessel verwahrte, die Pantje für einen andern Zweck hergestellt hatte. Ich ließ die zusammengebundenen Führungsstricke los. Als ich hinter die Kamele trat, schauten sie verwundert, bis ich den Arm hob und dem ersten einen Hieb versetzte. Es schlug sofort aus. Das zweite begann zu laufen und riß die andern mit.

Jetzt fing ein Jagen an wie in der Zirkusarena, wenn die Indianer die Postkutsche verfolgen. Einmal war ich hinten und einmal vorn; wir liefen drei-, viermal im Kreis, bis es mir endlich glückte, die Nasenstricke zu erhaschen. Da wir im Laufen waren, hörte ich nicht auf, und die Kamele liefen mit. Erst als wir oben auf der Sanddüne anlangten, kam ihnen zum Bewußtsein, wohin die Reise ging. Sie stemmten die Vorderbeine in den Sand, und sie machten es wie vorher. Da gab der Sand nach, der kleine Überhang brach durch, und wir gerieten in ein unfreiwilliges eiliges Rutschen.

Beim Abwärtsgleiten sah ich zwei Schritte seitwärts eine einzelne, schon halb verwehte Spur. Das war Mondschein, fiel mir ein, aber dann umhüllte uns die Sandwolke, die wir aufwirbelten, und gleich nachher landeten wir unten in den Steinen. Von ferne sah ich Pantje und Tjang mir entgegenkommen. Als wir uns trafen, sagte ich ihnen, daß das Wasser, von dem der Pilger gesprochen hatte, nahe sei, und daß es dort Derresgras und Tamarisken gebe.

»War der Brunnen zugedeckt?« erkundigte sich Tjang.

»Er ist es noch«, sagte ich.

»Dann«, meinte Tjang, und er zog die Brauen zusammen, »ist es einer der geheimen Brunnen, die der Räuber Dampignak in weitem Umkreis um seine Burg anlegte. Hast du eine Spur gesehen, ich meine eine einzelne?«

»Ich habe die Spur des Pilgers auf der Sanddüne bemerkt.«

»Ging sie nur abwärts«, fragte Tjang, »oder lief sie in beiden Richtungen?«

Ich sagte: »Darauf habe ich nicht geachtet.«

»Schade!« sagte Tjang.

Das Beladen und der Abmarsch verzögerten sich. Die Kamele waren störrisch. Immer wieder sprang eines auf, und Tjang riß die Geduld.

»Was soll das?« schrie er. »Meine Lieben, eure Begeisterung verblendet euch. Haltet den Rücken stille. Da, mein Gutes!« Und er klatschte einem, das aufsprang, den Lederriemen des Daschiors um die Beine. Davon wurde natürlich nichts besser, und wir brauchten das Doppelte der Zeit eines gewöhnlichen Aufbruchs.

Endlich war es so weit. Während wir die kurze Strecke bis zu dem östlichen Seitental zurücklegten, erzählte mir Tjang, daß Dampignak, als er den Bau seiner Burg an der Baumwollstraße beschloß, im Umkreis von mehr als hundert Kilometern alle Wasservorkommen feststellen ließ, die es gab. Wo immer seine Männer ein bißchen Graswuchs fanden, ließ er Brunnen graben. So konnte er einem Feind, falls je einer kommen sollte, von überallher mit Überfällen zusetzen und einen Guerillakrieg aus vielen unbekannten Stützpunkten eröffnen.

»Dieser Mensch«, sagte Tjang, »dachte an alles, nur nicht daran, daß er sterben würde.«

»Glaubst du denn«, fragte ich, »daß ihm so viel am Leben lag, einem Räuber, der er war?«

Tjang besann sich keinen Augenblick; die Antwort sprang ihm aus dem Mund: »Nein, am Leben lag ihm nichts. Wem liegt schon daran? Es ist was anderes«, sagte Tjang.

»Die Mongolen«, sagte er leise, »haben einen besondern Teufel im Leib.« Er blickte sich nach Pantje um, aber Pantje ging zwanzig Schritte hinterdrein.

Als wir über den eingebrochenen Dünenkamm in die Senke blickten, liefen die Augen Tjangs überall umher. Offenbar suchte er die Spuren Mondscheins. Seit meiner Jagd nach den Kamelen gab es aber eine Menge Spuren, und alle liefen durcheinander. Wir schlugen das Zelt zwischen den Tamarisken auf. Tjang machte Feuer, und Pantje und ich gingen mit den Kamelen zum Brunnen. Ein runder Deckel aus dichtgefügten Bohlen war darübergelegt und mit einem Stein beschwert. Der Wasserspiegel lag einige Meter tief; er war eisfrei. Als ich den ersten Kübel heraufzog, mußte Pantje die Kamele mit Gewalt zurückhalten. Eins nach dem andern soff einen Kübel leer.

Doch ich tue den Kamelen unrecht. Das Kamel säuft nicht, auch wenn es durstig ist. Die ersten Züge macht es ausgiebig und mit der natürlichen Gier nach langer Entbehrung. Dann hebt es den Kopf, der lange Hals schwingt ruhig nach oben, und wenn er nicht mehr länger werden kann, wendet das Kamel den Kopf von einer Seite träg zur andern und wieder zurück. Dann schüttelt es unwillig das Wasser aus den Nüstern, die Tropfen fliegen da und dorthin wie bei beginnendem Regenwetter, und die geteilten Lippen schlenkern gegen die Zähne. Die heftige Bewegung vergrößert die Ruhe, mit der das Kamel den Kopf von neuem dem Wasser zuneigt. Es ist immer noch durstig. Es saugt das

Wasser aus dem Kübel, in dem der Spiegel in wenigen Augenblicken sinkt. Dann hebt sich der Kopf wieder, immer ruhiger werden die Bewegungen, und immer gelassener wird die Haltung, die man den Hochmut der Kamele nennt. Es ist ein herrliches Tier.

Pantje, der sich überall genau umblickte, entdeckte nahe der Felswand einen ausgehöhlten Stein. Die Fürsorge des Räubers Dampignak hatte auch die Tiere nicht vergessen. Wir füllten den Trog mit Wasser, und dann brachten wir Tjang einen Kübel voll.

Nach dem Essen holten wir die versäumte Nachtruhe nach. Der kalte Wind blies unentwegt. Mochte er es tun. Wir hatten ein Feuer, wir hatten trockene Tamarisken die Fülle, und die Kamele konnten Derresgras fressen, soviel sie wollten. Die dürren Halme waren nicht gehaltvoller als Stroh, aber sie füllten die leeren Bäuche.

Als gegen Mittag die Sonne durchbrach, dachte keiner mehr an die Unbill der vergangenen Nacht. Eine Stunde bevor wir aufbrachen, machte Tjang einen Spaziergang, von dem er befriedigt zurückkehrte. Er war ein Stück weit der Rinne gefolgt, die nach Osten aus der Senke führte.

»Es ist so«, sagte er, als wir beim Tee saßen, »gestern sind wir dem Räuber Mondschein begegnet.«

»Wie kann das sein?« rief Pantje, »ich hörte sagen, daß über Mondscheins Stirn eine Narbe zieht, tief wie ein Riß im Lößboden. Ein Kind würde ihn erkennen.«

»Er trägt den Fellhut so, daß man die Narbe nicht sieht«, erklärte Tjang.

»Ich kenne das. Ich bin ihm einmal begegnet, da hat er es auch so gemacht. Ich möchte Reichtümer wetten«, sagte Tjang, »daß er es war.«

»Du besitzest keine Reichtümer«, machte ihn Pantje aufmerksam.

»Erzähle von Mondschein«, bat ich, »mag er jetzt ein Pilger geworden sein oder nicht.«

Tjang sagte: »Mondschein ist und bleibt ein Gauner.«

Er wartete, ob Pantje auffahren und ihm widersprechen würde, aber Pantje schwieg.

»Man muß wissen«, begann Tjang, »daß Mondschein der Unterführer der Bande und der Vertraute des Räuberhauptmanns war.«

»Sprich nicht so von Dampignak«, unterbrach ich Tjang, »weil Pantje sich sonst kränken muß.«

Tjang schwieg betroffen. Es war das erstemal, daß ich ihm so etwas sagte.

»Es ist Pantje bekannt, und ich weiß es auch«, fuhr ich fort, »daß Dampignak vierhundert Männer befehligte, die man mit Fug Räuber nennen darf. Diese Kenntnis genügt uns. Du brauchst ihr nicht durch Erinnern nachzuhelfen.«

Tjang widersprach. »Mondschein«, sagte er, »nannte sich selbst mit Stolz einen Räuber, als ich ihn traf. Was nun?«

»Erzähle«, bat Pantje friedfertig, »der Dandjat soll nachher entscheiden, wie diese Sache ist.«

»Bolna!« rief Tjang, »ich bin neugierig, was der Dandjat, der von jenseits der Meere zu uns gekommen ist, zu diesen Dingen sagen wird.« Er trank einen Schluck Tee, und er begann: »Vor acht Jahren zog ich mit einem Kaufmann von der Blauen Stadt nach Barkul. Kurz vor dem Edsin-Gol erwarteten uns die Männer Dampignaks – ich will sie einmal so nennen – «, sagte Tjang lächelnd. »Diese Männer hatten Gewehre über dem Rücken hängen, einen Säbel am Sattel und einen Dolch im Gürtel. Sie waren zu sechst, sie ritten kräftige Pferde, und sie hatten ein Packpferd bei sich mit richtigem, gutem Hafer.

Aber auch wir boten nicht den Anblick der Armut. Unsere Karawane war dreihundert Kamele stark, und die Ladung bestand aus kostbaren Waren. Allein die Hälfte der Kamele lief mit Seidenballen aus Schantung.

Nach einigen Tagereisen kamen wir an den Edsin-Gol, und wir überquerten alle Arme des Flusses ohne Aufenthalt, denn das Wasser stand niedrig. Am letzten Flußarm schlugen wir Lager. Da die Männer Dampignaks bei uns im Zelt aßen und schliefen und weil sie einen vorzüglichen Sänger bei sich hatten, verlebten wir einen fröhlichen Abend. Der Kaufherr selbst kam zu uns ins Zelt, und als er den Sänger hörte, spendete er uns Reiswein. Mitternacht war vorüber, als plötzlich die Hunde anschlugen, und gleich darauf trat ein Mann in das Zelt, der eine Pistole im Gürtel trug. Die Männer Dampignaks grüßten ihn ehrerbietig, und da merkten wir, daß er einer ihrer Anführer war. Unser Kaufherr lud ihn freundlich ein, bei uns zu sitzen, und der Fremde nahm das Anerbieten an. Er sang und trank mit uns, und keiner dachte was Böses.

Am andern Morgen trat er vor unsern Kaufherrn und sprach: ›Ich sehe, du hast eine kostbare Ladung geladen, und du bist kein Krämer, wie sie sonst des Weges ziehen. Mein Fürst verlangt einen Tribut von dir, der keineswegs dem Reichtum entspricht, den du mit dir führst. Wie denkst du über diese Sache?‹ Unser Herr besann sich eine Weile, aber der Fremde ließ ihm keine Zeit dazu.

›Ihr Kaufleute‹, sagte er, ›seid Spitzbuben von Grund aus. Nächstens werdet ihr Gold und Silber durch die Wüste schleppen und verlangen, daß wir euch weiterhin für einen Silberbatzen vor allem Ungemach bewahren. Wie denkst du darüber?‹

Da bedachte sich unser Kaufherr nicht länger. Triffst du Menschen, so rede Menschensprache; triffst du den Teufel, so rede Teufelssprache. Also griff er in seine Truhe und zählte dreihundert Silberbatzen auf.

›Sieh hier‹, sagte er, ›dein Anteil sei so groß wie der deines Fürsten.‹

›Ha!‹ schrie der Mann mit der Pistole, ›ich merke, woher der Wind weht. Du bist ein Schurke. Nur ein Schurke kann denken, mein Gesicht sei dick wie eine Festungsmauer. Ich werde dich lehren, was es heißt, mich beleidigen.‹ Er schrie: ›Schurke!‹ und ›Gerechtigkeit!‹ und ›Schuft!‹ alles durcheinander.

Der Lärm, den er machte, war so gewaltig, daß wir alle vor

dem Zelt zusammenströmten, und die sechs Männer seiner Brüderschaft langten die Gewehre vom Rücken.

Da riß der Fremde das Zelt auf und tat entsetzlich wild. ›Seht hier‹, schrie er, ›dieser da, euer Kaufherr, hat mich beleidigt. Jeder von euch kennt den Preis, den mein Fürst für gute Wegeleitung verlangt.‹

›Wieviel‹, rief er und stürzte auf den Nächstbesten zu, ›wieviel muß für eine Kamelladung entrichtet werden?‹

›Ein Silberbatzen‹, antwortete zitternd der Angeschriene.

›Gut, mein Sohn!‹ rief der Fremde, und dann riß er die Fellmütze vom Kopf. Da sahen wir die Narbe, und wir erschraken, denn sie war dick angelaufen und mehr blau als rot.

›Weißt du jetzt, wen du beleidigt hast?‹ fuhr er den Kaufherrn an. Der saß bleich auf seinem Teppich, und vor sich hatte er die aufgezählten Silberbatzen liegen.

›Du hast den Räuber Mondschein beleidigt!‹ schrie er, ›der zur Linken seines Fürsten sitzt. Ich habe dich auf die Probe gestellt, und du hast sie nicht bestanden. Du bist ein schlechter Schüler im Umgang mit Räubern. Wie kann dir einfallen, daß der geringste von uns auch nur einen Kupferling nehme und den Befehl des Fürsten mißachte? Hast du nie etwas von der Moral der Räuber gehört, die höher steht als alle Tugenden insgesamt? Soll ich dir den Kopf abschlagen?‹

Unser Kaufherr saß ruhig und blaß auf dem Teppich. Er sprach kein Wort. Wir, seine Kameltreiber, aber dachten daran, daß er uns ein gütiger Herr war, und so fielen wir auf die Knie und baten Mondschein um Gnade für ihn. Es wurde still wie um Mitternacht in der Wüste.

Mondscheins Brust hob und senkte sich, und plötzlich lachte er laut.

›Ha!‹ rief er, ›ich will Gerechtigkeit üben, und ihr sollt aufmerken, wie ein Räuber das macht. Wie viele Leute sind in deinem Dienst?‹

›Es sind einundzwanzig mit dem Karawanenführer.‹

›Diese Zahl ist schwierig‹, sagte Mondschein, ›gib mir dein Rechenbrett!‹

Unser Kaufherr gab es ihm, und Mondschein schob die Kugeln hin und her. ›Es geht nicht auf‹, sagte er, ›sechs Silberbatzen bleiben übrig. Was mache ich mit denen?‹

›Du kannst Reiswein dafür kaufen‹, sagte unser Herr lächelnd, denn er hatte schneller im Kopf gerechnet als Mondschein auf dem Brett, und er hatte erfaßt, was der Gauner vorhatte.

›Bolna!‹ rief Mondschein. ›Ich lade dich dazu ein‹, rief er vergnügt.

Dann überwachte er die Verteilung des Geldes, und unser Herr mußte jedem von uns Kameltreibern und dem Karawanenführer vierzehn Silberbatzen schenken. Die Räuber standen mit dem Gewehr dabei und grinsten. Nachher tranken wir für sechs Silberbatzen Reiswein, und Mondschein bot unserm Kaufherrn kniend den Freundschaftstrunk.

Als wir aufbrachen, ritt er lachend davon. Damit«, schloß Tjang, »ist diese Geschichte zu Ende. Sie ist vor acht Jahren geschehen, und jetzt soll der Dandjat sprechen.«

Ich sagte: »Der Mondschein, von dem du sprichst, ist ein Gauner, so viel ist gewiß.«

»Und ein Räuber dazu«, rief Tjang, »das hat er selbst gesagt.«

»Mondschein ist ein Räuber«, gab Pantje kleinlaut zu, »aber es fällt mir schwer, ihn zu verachten. Wie geht das zu?«

»Weil du ein Mongole bist«, sagte Tjang, »ihr Mongolen lebt in einer vergangenen Welt.«

Pantje stand auf, seufzte, und wir machten uns marschfertig. Wäre nicht mein Auftrag mahnend vor mir gestanden, ich würde einen Rasttag an diesem wundervoll verlassenen Platz eingeschaltet haben. Allein wir schrieben den dritten Dezember, und als ich das Tagebuch aufschlug, fiel mir ein, was Sven Hedin gesagt hatte: »In acht oder zehn Tagen werden Sie in Daschito sein.« Wo war Daschito?

Mochte es sein, wo es wollte; aber wo lag Hami? Auch das wußte ich nur ungefähr. Mit Sicherheit wußte ich bloß, daß acht Tage vergangen waren, und daß die Lebensmittel noch für zwei Tage reichten.

Es war vier Uhr, als wir die Sanddünen hinunterrutschten. Dann begann die alte Wanderung in dem nun schon gewohnten Steintal. Der Wind wurde von Stunde zu Stunde heftiger, und die hereinbrechende Nacht hielt, was das fürchterliche Morgenrot versprochen hatte. Mitternacht ging vorüber. Ich erkannte den Durchgang der Stunde mit Hilfe der Uhr und eines kurz aufflammenden Streichholzes, vor das Pantje seinen Mantel als Windschutz hing. Die Erde war unsichtbar, und der Himmel lag dicht über uns mit jagenden Wolken, die man auch nicht sehen konnte. Höchstwahrscheinlich streiften sie die Talwände, denn oben war alles schwarz.

Wir tappten auf gut Glück durch diese Finsternis. Wenn ich kleinmütig wurde, zog ich den Kompaß mit der Leuchtnadel und der Gradeinteilung, die verschwommen schimmerte, aus der Tasche. Dann sah ich, daß ich mir umsonst Sorgen machte. Pantje ritt oder schritt voraus, und der Kurs nach Süden schwankte um keinen Grad. Auch als das Steintal zu Ende ging und Tjang bei jedem Schritt hoffte, in die weiche Kuhle eines begangenen Pfades zu treten, hielt Pantje die Richtung.

Später flaute der Wind ab, es ging über eine Ebene, die ersten Sterne brachen durch, und nach wenigen Minuten war der Himmel klar.

Ich nahm das als ein Zeichen und befahl: »Halt!«

Wir hatten das Marschziel nicht erreicht, aber selbst der eiserne Tjang wandte nichts gegen Lagermachen ein. Wie in der vergangenen Nacht drängten sich die Menschen im Zelt und die Tiere draußen zusammen, und dann zog langsam der vierte Dezember herauf. Es war der kälteste Tag dieses Winters, aber er begann mit der freudigsten Überraschung.

Ich lag noch im Halbschlaf, als mich das Geschrei von Tjang und Pantje weckte.

»Bleib liegen, Dandjat!« rief Pantje, »du siehst es auch so.« Er schlug die Zeltwand zurück. Da lag in der Morgensonne die gelbe Wüste, unendlich groß und durch keine Talwände eingeengt, und mittendurch zog das helle Band einer Karawanenstraße. Sie war keine zweihundert Schritte entfernt.

Tjang triumphierte. Er rief: »Die Beharrlichkeit hatte Gelingen. Heute ist ein Glückstag erster Ordnung.«

»Nun ist alles leicht«, sagte selbst Pantje. Er strahlte.

Während Tjang Feuer machte und die mitgenommenen Tamarisken verschwenderisch in das Eisengestell warf, machten wir Pläne. Ich zog die Karte aus der Tasche, aber wo wir uns befanden, blieb unklar. Nur eines wußten wir jetzt: Wir lagerten an der mittleren Karawanenstraße nach Hami, die man auch die Baumwollstraße nennt.

Tjang trug einiges zur Aufhellung der Lage bei.

»Die Burg Dampignaks«, behauptete er, »befindet sich hinter uns. Der Pilger – ich will ihn einmal so nennen – «, sagte Tjang, »kam vom Osten her an den Brunnen, denn er war in der Burg. – Ich will das einmal bloß annehmen – «, sagte Tjang. »Wenn es aber so ist, lagern wir zwischen Dampignaks Burg und Möng-Schui. Sobald wir den nächsten Brunnen erreichen, kann ich dem Dandjat sagen, wo wir sind und wie weit es bis Möng-Schui sein wird.«

Ich sagte: »Ich weiß auch etwas.«

Pantje und Tjang schauten zu, wohin ich mit dem Bleistift zeigte, und nachdem ich »Hier ist Möng-Schui« und »Hier ist Hami« gesagt hatte, nahm ich den Bleistift quer und maß die Entfernung. Es kam aber eine böse Zahl heraus, und ich maß sie zweimal. An den dreihundert Kilometern änderte sich nichts. »Soviel ich sehe«, sagte ich, »brauchen wir bis Hami sechs Tage.«

»Wir werden zehn Tage brauchen oder zwölf«, meinte Tjang, »unsere Kamele sind nicht mehr sehr frisch.«

Als Tjang das gesagt hatte, schwiegen wir eine Weile, und ich sah leicht, daß jeder von uns mit Rechnen beschäftigt war. Aber das Ergebnis wollte keiner verkünden.

Schließlich sagte ich: »Wir haben für heute und für morgen zu essen. Wenn wir wenig essen, reicht es für vier Tage. Was machen wir dann?«

»Keine Besorgnis deswegen«, tröstete Tjang, »wir werden schon einem begegnen. Jetzt ist die Reisezeit der Karawanen.«

»Vielleicht treffen wir auf Antilopen«, meinte Pantje zaghaft.

»Antilopen gibt es nur in der Gegend bei Möng-Schui«, erklärte der erfahrene Tjang, »aber man sieht selten welche.«

»Was ist Möng-Schui?« fragte ich. »Auf meiner Karte steht, daß Möng-Schui eine Burg sei.«

Tjang war voller Bewunderung. »Du kommst von jenseits der Meere«, sagte er, »und du bringst ein Geländebild mit, auf dem geschrieben steht, was kein Mensch mehr beachtet. Möng-Schui war einmal eine Festung, aber heute stehen nur noch die Mauern, und Wasser gibt es dort auch keines mehr. Man muß am Steilhang-Brunnen rasten oder weiter zum Steinbachtal gehen. Dort gibt es Wasser.«

Ich fragte: »Ist es noch weit?« Auf einmal war ich voller Ungeduld. Tjang deutete mit einer großartig umfassenden Handbewegung in die Wüste.

»Dandjat«, sagte er, »wie könnte ich das wissen?«

Ich mußte Tjang recht geben. Die Wüste bot das Bild, das nur dem charakteristisch scheint, der es zum erstenmal sieht. Nachher wird dieses Bild zum Typus einer Landschaft. Wer hundert verschiedene Aufnahmen von ihr macht, blickt hundertmal in dasselbe Gesicht.

An diesem Morgen ließen wir die Kamele gar nicht erst frei. Wir tranken Tee, und ich schrieb in mein Tagebuch: »Es ist furchtbar kalt, aber vor uns liegt der Weg nach Hami. Es ist ein Glückstag erster Ordnung.«

Dann brachen wir sofort auf. Tjang schritt munter voran. Der weiche Pfad, den Tausende von Kamelen aufgelockert hatten, wurde jubelnd begrüßt.

»Meine Lieben!« rief Tjang, »seht ihr diesen Weg? Er ist das Bild des Vertrauens. Haltet euch daran und haltet euch dazu. Habt Geduld! Wenn es über Hügel geht, sollt ihr nicht murren, und wenn ihr über Berge steigen müßt, so denkt an das nächste Tal mit Derresgras und Wasser.«

Die Kamele schritten gleichmütig voran, aber Tjang begann zu singen. Noch am Vormittag schoben sich Hügel vom Süden her an die Karawanenstraße, der Pfad begann in Serpentinen zu steigen, und dann näherten wir uns Bergen, von denen man bisher nur die Umrisse gesehen hatte. Sie trugen schwarze Kuppen.

»Morgen früh werden wir Möng-Schui sehen!« rief Tjang, »in zwei Stunden werden wir am Steilhang-Brunnen sein.« Tjang kannte sich aus. Er war beinah übermütig. »Mich würde wundern«, sagte er, »wenn die andern nicht auch diesen Weg gezogen wären.«

Die ›Andern‹ waren eine Gruppe unserer Expedition, die einen Monat vor uns vom Edsin-Gol aufgebrochen war, um auf verschiedenem Weg das gleiche Ziel zu erreichen. In Hami, so war es ausgemacht, sollten sich alle vereinigen. Tjang behielt recht. Als die Sonne höher stieg, und als sich die ersten Zeichen der Ermattung einstellten, wurde uns ein seltener Fund zuteil. Längst hatte Tjang zu singen aufgehört. Wir waren müde und schläfrig, und Pantje kletterte auf sein Kamel, um ein Stück zu reiten, als er plötzlich einen Schrei tat und nach einem Hang hinüber deutete, wo Tamarisken wie dürre Stecken aus dem Boden ragten.

»Hier sind sie gegangen!« rief Pantje, »kein Mensch sonst braucht so etwas.«

Ich mußte lachen, und Pantje lachte auch. An einem der Stecken flatterte ein Fähnchen Klosettpapier. Das schöne Zeichen westlicher Zivilisation belebte unsere Kräfte. Vielleicht war der Lagerplatz am Steilhang-Brunnen nahe.

Tjang blickte sich aufmerksam um, und dann rief er: »Wir sind da! Siehst du den Brunnen, Dandjat? Siehst du die Tschorte? Siehst du das Dorf?«

Ich bemerkte nichts von alledem, und Tjang wartete auch auf keine Antwort. Er war nicht zu halten. Er lachte in einem fort, und er zog die Kamele hinter sich drein. Wahrhaftig, sie fingen an zu traben. Pantje hielt neben mir und schaute sich verwundert um.

»Siehst du was?« fragte ich ihn.

»Siehst du was?« fragte Pantje zurück.

»Da wir beide nichts sehen«, sagte ich, »ist Tjang nicht mehr bei Trost.«

Pantje sagte: »Auch das noch. Es ist ein Elend.«

Er stieg ab, und dann folgten wir bekümmert dem johlenden Tjang, der endlich vor einem ziemlich hohen Kieshang haltmachte. Dort trampelte er auf etwas herum, das am Boden lag. Er führte einen Tanz auf, glitt aber aus und stürzte. Als wir hinkamen, stand er eben mühsam auf und stöhnte über Knochenschmerzen im allgemeinen. Dann setzte er sich nieder, allerdings nicht aufrecht, sondern in der halb liegenden Stellung leidender Personen, denen es überall wehtut.

»Du solltest nicht auf Eis herumtrampeln«, belehrte ihn Pantje, »Eis ist glatt.«

»Es lag Sand darauf«, verteidigte sich Tjang, »wie geht das zu?« Er jammerte vor sich hin.

»Du hast den Sand weggefegt«, sagte Pantje hart, »auf Eis kann man nicht tanzen.«

Er führte die Kamele beiseite; wir begannen abzuladen und das Zelt aufzurichten.

»Der Brunnen ist da«, sagte ich leise, »vielleicht ist Tjangs Verstand bloß teilweise durcheinander.«

»Der Himmel weiß es«, erwiderte Pantje, »sein Geist ist hier und dort und überall. Ihn zusammensuchen bedeutet harte Arbeit.«

Zunächst bereiteten wir ein Lager für Tjang, und Pantje

befahl ihm streng, sich niederzulegen und alles übrige uns zu überlassen.

Tjang folgte, und wir deckten ihn zu. Dann nahmen wir, ohne uns vorerst um die Tschorte und um das eingebildete Dorf Tjangs zu kümmern, den Vorschlaghammer und einen Zeltpflock. Wir wollten das Eis aufbrechen, um zum Wasser zu gelangen. Das war weiter keine schlimme Arbeit. Wenigstens dachten wir das. Bei näherem Zusehen kriegten wir dann eine Ahnung von dem, was uns bevorstand.

»Dieser Brunnen ist eine Quelle«, sagte Pantje.

»Da werden wir vieles und gutes Wasser bekommen«, sagte ich.

Pantje blieb vor der runden Eisfläche stehen, die wie ein gefrorener Tümpel aussah. In der Mitte gab es eine Erhebung. Man hätte sie für einen kleinen Turm oder für den Hochzeitskuchen des Königs von England halten können, aber sie war aus Eis und nicht ganz so hoch.

»Vorsicht!« sagte ich, »wir müssen diese Sache langsam zurechtbringen.«

Ein paarmal rutschten wir aus, bevor wir uns entschlossen, viel Sand zu streuen und obendrein auf den Knien an den Fuß des Eiskegels zu kriechen. Dort schlug Pantje rund herum das Eis in Stücke, damit wir ungefährdet stehen konnten. Dann begann die eigentliche Arbeit. Wir gingen überlegt zu Werk, denn wir hörten das Gewimmer Tjangs bis hierher. Vielleicht hatte er einen oder gleich mehrere Knochen gebrochen; das Glimpflichste war wohl eine Gehirnerschütterung. Als ich mir das eindringlich vor Augen führte, holte ich der Sicherheit halber noch einige Hände voll Sand und streute sie auf das zerschlagene Eis.

»Hier war lange niemand«, sagte ich, »die Reisezeit der Karawanen scheint an Unterbrechungen zu leiden.«

»Seit Dampignaks Tod«, erklärte Pantje, »ziehen die meisten Karawanen auf der Seidenstraße. Die Straße hier ist unsicher geworden.«

Ich fragte: »Wegen Räubern?«

»Ja, wegen Räubern«, sagte Pantje.

Ein paar Minuten schlugen wir auf den Eishügel los. Die Spitze brach gleich ab, doch das Mittelstück dauerte länger. Als wir endlich statt der trüben, weißen Schicht eine dunkelgrüne sahen, die nicht mehr dick sein konnte, kam mir ein guter Gedanke.

Ich sagte: »Wir wollen den Zeltpflock jetzt lieber an einen Strick binden, sonst geht er verloren.«

Pantje war einverstanden. Er hatte immer einen Strick im Gürtel. Also banden wir den Pflock daran, und dann setzten wir ihn aufrecht in die Mitte der dunklen Stelle, und Pantje langte nach dem Vorschlaghammer. Wahrscheinlich wäre ein Hieb mit weniger Gewalt besser gewesen, aber nachher kann man das gut sagen. Pantje wollte die Arbeit beenden. Er schwang den Hammer zweimal hin und zweimal her, und dann tat er einen Hieb, von dem ein mittlerer Ochse umgefallen wäre.

Der Zeltpflock verschwand sofort und der Vorschlaghammer auch. Es verschwand überhaupt alles vor unsern Augen, denn aus dem Loch stieg eine Fontäne, die uns mit Wasser überschüttete. Es war eine starke Quelle. Ich machte einen Satz rückwärts, geriet auf das Glatteis und schlug der Länge nach hin. Pantje lag sowieso schon. Das kam von dem kräftigen Hammerschlag und weil das Eis nicht mehr dick, sondern dünn war. Aber jetzt war nicht die richtige Zeit, Pantje das zu erläutern. Wir ergriffen die Flucht auf den Knien, und das Wasser stürzte uns nach. Auch außerhalb des Springbrunnens strömte es weiter in unsere Stiefel und breitete sich rasch über den gefrorenen Tümpel. Erst als wir den Rand erreichten, trat Stillstand ein.

Wir erhoben uns, und wir boten keinen guten Anblick. So rasch es ging, zogen wir die Fellmäntel aus, bevor die Nässe Rock und Hemd durchdringen konnte. In den Stiefeln gluckerte es. Dann stapften wir, zuerst eine Wasserlache und nachher kleine Pfützen hinterlassend, auf das Zelt zu.

Die Pfützen gefroren in wenigen Augenblicken. Auch die Mäntel fingen an zu knistern.

Im Zelt hatte das Wimmern aufgehört, und als wir nur noch ein paar Schritte hatten, sahen wir Tjangs Kopf auftauchen. Er lachte über das ganze Gesicht, wie er uns so daherströmen sah.

»Habe ich dir nicht gesagt, du sollst liegen bleiben?« schrie Pantje erbost.

»Dieser Brunnen ist ein kühler Quell«, bemerkte Tjang, »ich vergaß, euch das zu sagen.«

»Wir sind es gewahr geworden«, schrie Pantje.

»Ich werde Abhilfe schaffen«, sagte Tjang.

Er ging mit kleinen Schritten und immer noch leidend zu den Kamelen, nahm das Feuergestell und brachte es. Dann holte er den Rest der Tamarisken und entfachte in kürzester Zeit ein Feuer.

Wir leerten derweil die Stiefel aus, und wir zogen sie wieder an, denn wir hatten keine andern. Außerdem ist es für Stiefel gut, wenn sie am Fuß trocknen. Pantje nahm den Kamelen die Traghölzer ab, und als ich merkte, was er vorhatte, half ich ihm ein Gestell errichten, an dem wir die Mäntel zum Trocknen aufhängen konnten. Das Leder außen war bocksteif gefroren. Nachher suchten wir Kamelmist. Es gab aber kaum welchen, und meine Vermutung, daß die ehemals vielbegangene Straße nur noch gelegentlich von Karawanen benutzt wurde, bestätigte sich neuerdings.

»Ach und Oh!« jammerte Tjang, »wir müssen ins Dorf gehen, vielleicht finden wir dort einen Balken oder einen halben.«

»Ich sehe«, sagte Pantje, »daß sein Verstand gelitten hat. Wenn sich die Wahrheit verringert, nimmt die Lüge zu.«

Ich fragte: »Wo ist hier ein Dorf?«

»Komm mit«, sagte Tjang.

Er stöhnte beim Aufstehen, und als ich ihn fragte, wo es ihm wehtäte, zeigte er auf den Hintern. Da war ich beru-

146

higt. Vielleicht hatte Tjang bloß das Steißbein gebrochen. Da mir der entsprechende Ausdruck mangelte, machte ich ihn erst gar nicht auf diese Möglichkeit aufmerksam. Soviel ich wußte, gibt es dagegen nichts als im Bett liegen bleiben, und ein Bett hatten wir nicht. Also machten wir uns langsam auf den Weg.

»Nimm den Hammer mit«, sagte Tjang schwach.

Ich sagte: »Er liegt im Brunnen.«

»Heute ist ein Glückstag erster Ordnung!« rief uns Pantje nach.

Wir gingen am Fuß des Steilhangs entlang, bis er eine sanftere Neigung bekam. Da begannen wir mit dem Aufstieg. Tjang blieb öfters stehen.

»Es pressiert nicht«, seufzte er, »wir sind gleich da.«

Oben führte er mich wieder zurück, und sobald wir das Zelt unter uns liegen sahen, behauptete er, nun müßten wir anfangen zu suchen.

»Siehst du sie jetzt?« fragte Tjang nach einer Weile.

Dabei wies er auf einen Haufen zusammengefallener Luftziegel, den ich von unten für ein verwahrlostes Stein-Obo gehalten hatte.

»Das ist die Tschorte«, belehrte mich Tjang, »und hier ist das Dorf.«

Er zeigte hügelabwärts nach Norden. Wir hatten den Steilhang und unser Zelt im Rücken, und vor uns lag eine graue Kieswüste mit flachen Bodenwellen. Zunächst konnte ich nichts erkennen, aber Tjang humpelte voran, und als er nach zweihundert Metern mit dem Fuß gegen ein Mäuerchen stieß, erkannte ich den Grundriß von zwei oder drei Hütten, die vor Zeiten hier gestanden hatten. Es gab Scherben wie auf jedem Ruinenfeld, aber kein Holz.

»Komm mit«, sagte Tjang.

Er führte mich nach der Nordseite der Anlage, wo der Hügel in eine glatte Senke auslief. Hier erhoben sich die Grundmauern einen halben Meter über den Erdboden. Leider waren die Eckpfosten längst von andern Leuten ausgerissen, die auch ein Feuer nötig gehabt hatten. Tjang versuchte, durch Beklopfen der stehengebliebenen Ziegelwand herauszufinden, wo ein Stück Holz verborgen sein mochte. Ich trat mit dem Stiefel dagegen, aber nicht einmal der Verputz blätterte ab.

»Ihr hättet den Hammer besser nicht in den Brunnen geworfen«, sagte Tjang vorwurfsvoll.

»Schweig!« rief ich lauter, als ich eigentlich wollte, »du warst nicht dabei, und also weißt du nicht, wie es zuging.«

»Ich war krank«, entschuldigte sich Tjang, »und ich bin es noch.«

»Paß auf!« sagte ich, »ich will dir zeigen, wie man das ohne Hammer macht.«

Ich schritt die Mauer vom einen Ende zum andern ab, und ich zählte die Schritte. Dann ging ich die Hälfte bis zur Mitte zurück.

»Wenn irgendwo Holz ist«, erklärte ich Tjang, »dann ist es hier.«

Ich begann den Schutt und den angewehten Sand von der Mauerkante zu fegen, und Tjang half mit. Das ging schnell, und wir entdeckten auch bald ein abgebrochenes Rundholz, das zur Stütze in die Mauer eingelassen war. Jetzt hätten wir eine Spitzhacke gebraucht. Mit Fußtritten war wenig auszurichten, und mit den Händen konnte man bei der Kälte kaum etwas erreichen. Man glaubt nicht, wie hart so ein Bauwerk ist. Als wir endlich ein paar Lehmziegel losgebrochen hatten, konnten wir den Prügel am oberen Ende fassen. Wir rüttelten ihn locker, und dann zogen wir aus Leibeskräften daran. Da brach er ab. Beinahe wäre Tjang ein zweites Mal hintenüber gefallen, er fing sich gerade noch

»Dein Dorf taugt nicht«, sagte ich, »und das Holz taugt auch nicht.«

Tjang sah das ein. Er nahm das Stückchen morschen Prügel, und wir gingen den gleichen Weg zurück, den wir gekommen waren. Von fern erblickten wir das Zelt, aber

Pantje rührte sich nicht. Zuerst vermutete ich, daß er mit den Kamelen am Brunnen war, um sie zu tränken, doch beim Näherkommen sah ich sie angebunden am alten Platz liegen. Aus dem Zelt und zwischen den aufgehängten Mänteln stieg ein dünner blauer Rauchfaden. Das Feuer mußte nahe am Erlöschen sein. Alles übrige konnte ich mir leicht vorstellen. Wir hatten eine Nacht ohne die wärmenden Mäntel vor uns, Tee gab es keinen, und auch das Essen fiel aus, weil das Feuer nicht brannte. Die ganze Bescherung sahen wir aber erst, als ich die Zeltwand zurückschlug. Das Feuer war heruntergebrannt, das aufgesetzte Teewasser war lauwarm, und Pantje war verschwunden. Die Mäntel, die so schön getropft hatten, hingen gefroren an den Stangen. Hinter mir seufzte Tjang aus Herzensgrund.

»Leg dich nieder«, sagte ich zu ihm, »ich gehe mit den Kamelen zur Tränke.«

»Es gibt keine Hilfe«, tröstete Tjang. Er stellte sich vor mir auf, er blickte mich an, und er sagte ernst: »Du hast das Dorf gesehen, und du hast die Tschorte gesehen. Jetzt weißt du, daß ich keiner bin, der am Mittag den Polarstern sieht.«

Als Tjang so gesprochen hatte, kroch er unter die Decken und fror.

»Laß die Zeltwand offen«, bat er, »so scheint mir die Sonne auf die Füße.«

Das erinnerte mich, nach der Zeit zu sehen. Es war zwei Uhr.

Bis zum Abend konnte sich noch viel ereignen. Über Pantjes Verschwinden machte ich mir vorerst keine Gedanken. Er wird schon einen Grund zum Fortgehen gehabt haben, dachte ich. Am Ende war dieser Grund sogar erfreulicher Art. Zumindest standen die Aussichten halb zu halb, denn es war nicht einzusehen, warum an einem Tag, der so schön begonnen hatte, nicht wieder etwas Gutes passieren sollte. Ich suchte den Handspaten, und als ich ihn fand, band ich die Kamele los und schlang ihnen die Nasenstricke locker

149

um den Hals. Sie gingen gesittet mit mir bis an den Rand des Tümpels. Dort war aber kein Wasser mehr.

Zum erstenmal hatten wir den alten Grundsatz mißachtet, daß bei jeder Art, mit Tieren zu reisen, der Mensch an zweiter Stelle steht. Das rächte sich jetzt. Als ich mit den Kamelen zum Brunnen kam, hatte sich das Wasser zwar gleichmäßig über das Eis ergossen, aber es war zu einer spiegelglatten Fläche gefroren, und neues Wasser strömte so wenig nach, daß es gerade noch die Ränder des Eisblocks in der Mitte überrieselte und den blanken Hügel unnötig erhöhte.

Einen Augenblick lang war ich böse auf Pantje, der bisher zuverlässig auf die Kamele geachtet hatte, bevor er an sich selber dachte. Einem Mongolen ist das Lebensgewohnheit. Dann überlegte ich; und ich fand mit Schrecken heraus, daß plötzlich etwas Wichtiges passiert sein mußte, wenn Pantje weggegangen war, ohne vorher für die Tiere gesorgt zu haben. Etwas Plötzliches ist aber selten etwas, an dem man Freude hat.

Doch zu langem Nachdenken blieb mir keine Zeit. Die durstigen Kamele versuchten auf eigene Faust, ans Wasser zu gelangen. Das erste, von den nachdrängenden gestoßen, glitt auf dem Eis aus und stürzte hart. Es blieb mit einem Klagelaut liegen. Das nächste hatte die Hinterbeine noch auf festem Grund, während es verzweifelt mit den Vorderbeinen auf dem Eis strampelte, sie schließlich von sich streckte und in dieser angespannten Stellung zitternd verharrte. Bevor die beiden übrigen ähnliche Dummheiten beginnen konnten, faßte ich sie an den Stricken, trieb sie ein paar Schritte zurück und zwang sie zum Niederlegen. Dann rief ich laut nach Tjang.

Er war schneller zur Stelle, als ich hoffen durfte. Er lief herbei, so gut er vermochte, und ich drückte ihm meine zwei Gefangenen in die Hand. Dann warf ich mit vollen Händen Sand auf das Eis und schob, selber rutschend, das zitternde Kamel zur Seite. Es fing wieder an zu strampeln.

Ich fiel aufs Knie, es fiel auf beide, wir sprangen miteinander wieder auf, aber da hatte es Grund gefaßt, und Tjang konnte es greifen. Während er die drei Kamele zusammenband, lag das vierte bewegungslos auf dem Eis. Es wiegte den langen Hals bedächtig hin und her und betrachtete mich unausgesetzt wie einen Feind.

»Es will dich anspucken«, warnte Tjang, »was sollen wir tun?«

»Wir werfen viel Sand«, schlug ich vor, »nachher mache ich den Nasenstrick los, und daran ziehst du, während ich es aufscheuche.«

»Es gibt keine Hilfe«, sagte Tjang bereitwillig, und dann hackte ich erst einmal mit der Spatenkante auf dem Eis herum, damit es nicht mehr so glatt war. Nachher schaufelte ich allen Sand, den ich in der Nähe kriegen konnte, an den Rand des Eistümpels. Tjang verteilte ihn rund um das liegende Kamel. Im Anfang schaute es bloß, aber sobald Tjang ihm nahe kam, sperrte es den Rachen auf und gurgelte. Der grüne Schaum troff von den Lefzen.

»Du mußt es an den Ohren packen«, riet Tjang, »sonst geht es schief.«

»Du mußt mitmachen«, sagte ich, »aber nimm dich in acht.«

Auf diese Weise gaben wir uns treffliche Ratschläge. Für alle Fälle führte Tjang die drei geretteten Kamele zum Lagerplatz zurück und band sie an die Leine. Ich folgte, denn es fiel mir ein, daß ich den Daschior brauchte. Ohne Schläge würde das Kamel kaum aufstehen.

»Komm«, sagte ich zu Tjang, »sonst friert es auf dem Eis fest.«

Tjang sagte ergeben: »Es gibt keinen Ausweg.«

Er wandte sich seufzend zum Gehen, aber da kam uns das Kamel schon entgegen. Wir hörten das harte Poltern, mit dem es beim Aufspringen noch einmal auf ein Knie fiel, doch dann ging es sehr rasch. Bevor wir uns Gedanken machen konnten, stand es neben seinen drei Kameraden.

»Mein Liebes!« rief Tjang, »hast du dich besonnen? Jetzt brauchen wir dir keine harten Gegenstände auf den Leib werfen, und der Dandjat kann den Daschior wieder weglegen. Alles hat sich zum besten gewendet.«

Und er band das Kamel an.

»Leg dich ins Zelt«, sagte ich zu ihm, »ich werde versuchen, eine Tränke zu graben.«

»Du wirst fallen und den Hals brechen«, jammerte Tjang, »Pantje ist fort, und wenn ihr vorher geglaubt habt, in meinen Gedanken wären die Himmelsrichtungen durcheinandergeraten, so kann das noch werden, wenn ich allein zurückbleibe, krank wie ich bin und dem Tode nahe.«

»Ich breche den Hals nicht«, versicherte ich, »aber die Kamele müssen Wasser kriegen.«

Tjang sah das ein. »So geh«, sagte er, »vor einer Krankheit träumt man gewöhnlich vom Essen. Ich habe nichts Derartiges geträumt.«

»Ich auch nicht«, sagte ich, »und am Ende ist deine Krankheit gar keine richtige Krankheit. Du hast bloß einen kleinen Knochen gebrochen, der wieder anwächst.«

Ich ließ ihn allein, und im Gehen machte ich einen Plan zurecht, wie ich an das Wasser gelangen könnte. Zuerst suchte ich die Stelle, die das meiste Gefäll zeigte, und als ich sie hatte, nahm ich den Spaten und hackte mit der Kante auf das Eis los, diesmal aber nicht wahllos; ich hatte ja einen Plan. Ich schlug schräg von beiden Seiten eine Rinne, die in gerader Linie zu dem Eiskogel führte. Ein wenig Wasser quoll über den offenen Rand. Bevor ich ein tüchtiges Loch schlug, das meinen Ablaufgraben mit Wasser füllen sollte, befreite ich den eingefrorenen Strick und zog den Zeltpflock heraus. Dann ging ich nochmals an den Rand des Tümpels und hob eine Grube aus. Nach dem Durchbruch sollte sie sich mit Wasser füllen. Ich war stolz auf meine Erfindung, streute noch etwas Sand vor mir her und ging daran, den Eisblock zu bearbeiten.

Das Wasser strömte etwas kräftiger, aber das kam meiner

Absicht entgegen. Als ich den Spaten hob und mich dabei umblickte, sah ich rückwärts in der Ferne Pantje auftauchen. Er kam über die Ebene klein und gebückt. Er ging langsam. Anscheinend trug er eine schwere Last. Gott mochte wissen, wo er sich herumgetrieben hatte. Ich beeilte mich mit der Arbeit, ich schlug auf das Eis, und es gelang mir, einen Abfluß zu schaffen, der das Wasser in die Rinne lenkte. Die Grube füllte sich allmählich. Hochbefriedigt kehrte ich an unsern kalten Lagerplatz zurück.

»Lebst du noch?« fragte Tjang. Er lag unter den Filzdecken und schlotterte.

»Pantje lebt auch«, sagte ich, »er wird bald da sein.«

Ich blickte über die flimmernde Wüste, aber Pantje war kaum größer geworden. Da er nicht vom Fleck kam, ging ich ihm entgegen. Er trug ein unförmiges Bündel auf dem Rücken, und bald sah ich, daß er Tamariskenknüppel schleppte, dick wie kleine Baumstämme. Da lief ich auf ihn zu.

Eigentlich hätte Pantje merken müssen, daß ich keinen Groll gegen ihn hegte. Er konnte mir am Gesicht ablesen, wie sehr ich mich über das Mitgebrachte freute. Allein Pantje blickte finster.

»Ist was passiert?« fragte er besorgt.

»Das Feuer ist aus«, sagte ich, »und die Kamele sind auf dem Glatteis gestürzt.«

»Sonst nichts?« fragte Pantje.

»Sie sind wieder aufgestanden«, berichtete ich.

Pantje blieb stehen. Er warf das Tamariskenbündel von sich, und er sagte: »Ich rede nicht von Kleinigkeiten. Sage mir, ob was passiert ist.«

»Es ist nichts geschehen, was einer Erwähnung wert wäre.«

Pantje schaute ungläubig, und ich tröstete ihn: »Bis zum Sonnenuntergang«, sagte ich, »bleiben mehr als drei Stunden, da kann noch vielerlei passieren. Warum fragst du?«

»Weil ich Räuber gesehen habe.«

»Waren es viele?«

»Zehn Stück«, sagte Pantje, »ich habe sie gezählt.«

»Eine ganze Menge«, gab ich zu, »ein Glück, daß du ihnen entronnen bist, noch dazu mit dieser Last auf dem Rücken.«

»Sie sind vor mir davongelaufen«, sagte Pantje schlicht.

Ich schaute ihn sorgfältig an. »Du siehst zwar schrecklich aus«, sagte ich anerkennend, »aber jetzt komm! Wir wollen die Kamele tränken, und Tjang soll Feuer machen. Dann essen wir etwas, und nachher wirst du erzählen, was dir begegnet ist.«

Pantje stellte sich vor mich hin, wie Tjang es auch getan hatte, und er sagte ebenso ernst: »Du brauchst nicht zu denken, daß ich einer bin, der am Mittag den Polarstern sieht. Ich kann Weiß von Schwarz unterscheiden. Es geht mir nicht wie Tjang.«

»Tjang ist ebenfalls gesund«, gab ich zu bedenken. »Ich habe das Dorf gesehen, aber es taugt nicht. Es sind Ruinen. Und ich habe die Tschorte gesehen, aber sie ist bloß ein Ziegelhaufen. Außerdem sagt man, daß wer eine Krankheit bekommt, vorher vom Essen träumt. So einen Traum hat Tjang nicht gehabt. Demnach sind wir alle gesund, und niemand ist verrückt.«

Ich bückte mich, und Pantje faßte von der andern Seite an. Zusammen trugen wir die kostbare Last vor das Zelt, und Tjang belebte sich, sowie er das Tamariskenholz sah. Er kroch unter den Decken hervor, und während wir die Kamele zum Wasser führten, lag er am Boden und blies die Glut wieder an. Für Pantje und mich gab es eine Menge Arbeit. Die Grube hatte sich mit gutem, klarem Wasser gefüllt. Also leerten wir zuerst das Wasserfaß und ließen die Kamele aus dem Kübel saufen. Nachher füllten wir das Faß aus der Grube, und die Kamele tranken den Rest. Aber zu fressen fanden sie hier nichts.

»An dem Platz, wo ich die Tamarisken fand, wächst Göb-Kraut«, bekannte Pantje, »aber dort sah ich die Räuber.«

»Es gibt keine Hilfe«, bedauerte ich, »die Kamele müssen

was zu fressen kriegen.« Pantje war einverstanden. Wie immer in diesen kalten Tagen, stellten wir das Wasserfaß in die Nähe des Feuers, und dann erklärte ich Tjang, daß wir die Kamele an einen Platz führen wollten, wo es für sie etwas Göb-Kraut gebe, und daß er das Essen erst nach Sonnenuntergang bereiten solle. Tjang wunderte sich, und sein Erstaunen wuchs, als er mich nach dem Gewehr greifen sah. Ich überließ es Pantje, ihm den Zusammenhang klar zu machen.

Aber Tjang lachte bloß.

»Du hast Grenzsoldaten gesehen«, sagte er, »wie viele waren es?«

»Zehn Mann mit Pferden und Gewehren.«

Da wurde auch Tjang nachdenklich. »Grenzsoldaten reiten gewöhnlich zu zweit oder zu dritt; einen solchen Haufen habe ich noch nie beisammen gesehen. Aber«, sagte Tjang, »es sind unruhige Zeiten, da mag solches geschehen.«

Er saß mit in den Schoß gelegten Händen da, und er blickte an uns vorbei ins Leere. Dadurch verloren seine Worte viel an Überzeugungskraft.

Ich sagte: »Für alle Fälle nehme ich das Gewehr mit.«

»Dandjat!« bat Tjang, »du magst es mitnehmen, aber schieße nicht, auch wenn es keine Soldaten sind.«

»Ich habe nichts von Schießen gesagt«, erwiderte ich, »ich weiß gut, daß man den Mund zum Reden hat und das Gewehr zum Spazierentragen.«

Da war Tjang beruhigt.

Weil es schon spät war, legten wir die Sättel auf, und wir ritten an den Platz, wo es Göb-Kraut gab. Er war nicht weit weg. Die Halde, an deren Ausläufern der Steilhang-Brunnen zutage trat, setzte sich in der gleichen Höhe nach Westen fort, bis sie an niedere Berge stieß, die sich wie Barrieren quer vor den Weg legten. Aber bis dahin mußten wir nicht reiten. Vom Norden her schnitt eine Furche in den Hang, und darin wuchsen verstreute Tamarisken und Göb-Kraut durcheinander. Wir ließen die Kamele frei und setzten uns oben auf die Halde, von wo wir die Gegend frei überblicken konnten. Ich legte das Gewehr neben mich.

»Erzähle«, bat ich Pantje, »damit ich erfahre, was ich nicht weiß.«

»Ihr wart kaum fortgegangen«, begann Pantje, »da fiel mir ein, daß ich die Kamele vergessen hatte. Das kalte Wasser und der Schreck waren schuld daran. Also ging ich dahin, wo sie lagen, denn ich wollte sie zum Tümpel führen, bevor das Wasser zu Eis wurde. Allein ich geriet in neue Verwirrung. Im Westen erblickte ich plötzlich zwei Reiter. Als sie mich bemerkten, zogen sie die Zügel. Sie waren weit weg, und mein Ruf erreichte sie nicht. Da ging ich ihnen entgegen, aber auf einmal kamen noch mehr dazu. Ich zählte zehn Reiter und ein Packpferd, und ich sah, daß die Männer Gewehre trugen. Im ersten Augenblick dachte ich an Fortlaufen, doch was nützte das? Ich war allein und zu Fuß, und sie waren beritten. ›Am Ende‹, dachte ich, ›sind es Mongolen von Dampignaks versprengten Haufen, und vor denen fürchtete ich mich nicht.‹ So ging ich weiter. Als ich auf Rufnähe kam, sah ich, daß es keine Mongolen waren. Sie trugen abgerissene Fellröcke, und sie hatten keine Stiefel bis auf einen, der schwarz gekleidet war. Trotzdem ging ich auf sie zu. Plötzlich warf der Vorderste sein Pferd herum, die übrigen folgten ihm, und sie verschwanden, als ob dort, wo sie gerade waren, ein Tor in die Erde ginge. Ich wollte sehen, wie sie das angestellt hatten, und so kam ich bis zu dieser Senke. Hier sind sie hinaufgeritten. Hast du ihre Spuren gesehen?«

»Ich sehe sie noch«, sagte ich, »sie sind geradewegs nach Norden geritten.«

»Da ich nun einmal hier war«, fuhr Pantje fort, »nahm ich einen Strick aus der Gürteltasche und sammelte Tamarisken. Mehr«, sagte Pantje, »gibt es nicht zu berichten.«

»Wahrscheinlich beobachten sie uns«, sagte ich.

Pantje nickte, und wir blickten scharf in die Runde. Was meinen Augen entgangen wäre, hätte Pantje wahrgenommen. Nach Norden stieg eine unendlich große Kiesfläche bis an die Horizontlinie. Das klare Licht der letzten Nachmittagsstunde lag auf jedem Steinchen. Selbst das kleinste warf einen Schatten. Von hier aus erkannte ich die von Tjang mit ›Dorf‹ bezeichnete Ruinenstätte besser als aus der Nähe. Im Südwesten, weit unter uns, dehnte sich eine gelbe, mit Flugsand gefüllte Ebene, und dort, wo sie an die niedere Bergkette stieß, lag ein Viereck, das mit gewaltigen Mauern umgrenzt war. Von uns aus gesehen, erschien es allerdings klein und so, wie Kinder eine Sandburg machen.

»Ist das die Festung Möng-Schui?« fragte ich.

»Ich war noch nie am Ende der Welt«, entschuldigte sich Pantje, »wir wollen Tjang fragen.«

Als die Sonne sank, trieben wir die Kamele zusammen. Sie hatten beinahe zwei Stunden Zeit zum Fressen gehabt, und die Weide war im Vergleich mit andern Futterplätzen gut gewesen. So endete dieser Tag für die Tiere besser, als er begonnen hatte.

Für uns aber brach die Nacht herein. Zum erstenmal dünkte mich die Stille der Wüste unerträglich. Sie war wie eine Mauer, die einzustürzen drohte.

Sechstes Kapitel
wie wir zehn Männern
mit Pferden und Gewehren begegneten

Am wärmenden Feuer war es um vieles besser. Tjang rührte mit einem Stecken im Kochkessel, und Pantje erzählte zum zweitenmal seine Geschichte. Er sprach gedämpft, aber das machte die Sache aufregender, und Tjang lachte nicht mehr. Als er von dem rätselhaften Verhalten der zehn bewaffneten Krieger hörte, langte er ein großes Stück Fleisch, das für morgen und übermorgen bestimmt war, aus dem Sack und legte es zu dem, was er schon gekocht hatte, in den Kessel.

Er sagte: »Den Räubern Wohltaten erweisen heißt sich selbst vernachlässigen.«

Ich widersprach nicht. Ich hatte Sparsamkeit angeordnet, aber im stillen gab ich Tjang recht. Pantje, den ich stets auf meiner Seite wußte, sagte auch nichts. So aßen wir reichlich, und an den morgigen Tag dachten wir als an etwas, das uns vielleicht nicht mehr bestimmt war zu erleben.

Richtig begann Tjang beim Tee von den üblen Gewohnheiten kleiner Räuberbanden zu erzählen, die die frühen Morgenstunden abwarten und dann das Zelt erst einmal aus dem Hinterhalt so lange beschießen, bis niemand mehr am Leben ist.

»Weil sie so feig sind, diese Hunde«, sagte Tjang, »stechen sie nachher mit Lanzen ins Zelt, und wer zu neun Zehntel tot ist, stirbt geschwind ganz.«

»Sie haben keine Lanzen«, verbesserte Pantje, »Lanzen wären mir nicht entgangen.«

»Vielleicht haben sie Bajonette«, meinte Tjang, »das kommt

auf das gleiche heraus.« Pantje wußte nicht, was Bajonette waren, aber Tjang erklärte es ihm bereitwillig.

Unterdessen beschäftigten mich näherliegende Dinge. Das Vernünftigste in unserer Lage wäre gewesen, eine Wache einzuteilen, und in Gedanken tat ich es auch. Sowie ich aber mit meinem Plan herausrückte, sagte Tjang: »Du denkst, wie alle Fremden denken. Es ist anders. Wir müssen überlegen, was diese Schurken tun wollen. Natürlich wissen sie längst, daß du, ein Fremder, bei uns bist. Also haben sie Angst vor deinem Gewehr. Sie haben auch Angst, daß wir wachen, weil alle Fremden das tun. Diese Furcht müssen wir uns zunutze machen, und darum wollen wir drei in Frieden schlafen, bis der Morgen naht. Da denken sie, daß wir vom Wachbleiben müde sind. Aber wir sind ausgeschlafen und munter wie Gazellen. Zur Stunde des Tigers wecke ich dich auf, und dann wachen wir miteinander und empfangen sie, wie sie es verdienen.«

»Das ist ein guter Plan«, sagte ich, »allein wer weiß, ob du zur Stunde des Tigers aufwachst!«

»Jeden Tag«, versicherte Tjang, »wache ich zu dieser Stunde auf, manchmal schon früher. Dann betrachte ich den Nachthimmel, und ich denke über Vergangenes nach.«

»Gut«, gab ich zu, »das mag sein. Doch zur Sicherheit werde ich wach bleiben.«

Das aber wollte Pantje nicht haben. Er erklärte sich bereit, die Wache bis Mitternacht zu übernehmen. Dann sollte ich an die Reihe kommen und Tjang nachher. Pantje versprach überdies, das Feuer zu unterhalten, damit unsere Mäntel, die noch feucht waren, gut trocknen würden.

»Bolna«, sagte ich, »so sei es.«

Im Zelt war es angenehm warm. Ich legte das geladene Gewehr neben mich, und die Pistole nahm ich zu mir in den Schlafsack. In dem freien Raum zwischen den aufgehängten Mänteln sah ich die Sterne ziehen. Die Kamele atmeten ruhig, und ich schlief ein.

Ich wachte auf, als Tjang mir eine Schale heißen Tee zu

trinken bot. Da war es aber Morgen, und Tjang lachte. »Dandjat!« sagte er verschmitzt, »wir haben deinen Schlaf behütet, wie es uns, deinen Dienern, ziemt.«

Ich wunderte mich, und ich schaute nach Pantje, aber Pantje war draußen und machte schon die Packsättel zurecht. Die Mäntel waren von den Stangen genommen, sie waren trocken, und sie lagen sorgsam über meinen Schlafsack gebreitet, damit ich schön warm hatte. Ich habe nie herausbekommen, ob Pantje eingeschlafen war, ob Tjang zur Stunde des Tigers aufwachte oder ob wir zu dritt friedlich schliefen. Ich fragte auch nicht danach. Ein heller Sonnentag war angebrochen, und die Räuber waren fast vergessen.

Tjang sagte: »Diese Schurken und Feiglinge haben unser Wachtfeuer gesehen und unsere Bereitschaft zum Kampf bemerkt. Jetzt scheren sie sich die Haare und weinen um ihr bißchen Mut, das sie verloren haben. Wir brauchen uns um diese zehn Stück fortlaufender Hunde nicht länger zu kümmern.«

»Es mag sein, wie du sagst«, erwiderte ich, »trotzdem wollen wir sogleich aufbrechen und uns möglichst weit von diesem Platz entfernen.«

»Der Dandjat hat recht«, stimmte Pantje bei.

Er kam ans Feuer und wärmte die Hände. Er hatte den Kamelen die Packsättel aufgelegt und am Wasserfaß die Stricke nachgezogen, die sich durch Naßwerden und Wiedertrocknen gelockert hatten. Er hatte auch die übriggebliebenen Tamarisken zu einem festen Bündel geschnürt. Bald saßen wir abmarschbereit um die verlöschende Glut. Ich schrieb den fünften Dezember in mein Tagebuch, aber ich hütete mich, ihn vorlaut als einen Glückstag zu preisen. Mit Stichworten vermerkte ich, was passiert war. Bloß von der Nachtwache schrieb ich nichts, sie war zu ungewiß verlaufen.

»Du sollst schreiben«, ermunterte Tjang, »daß die Strolche vor unserer Wachsamkeit geflohen sind und daß sie jetzt in ihren Höhlen sitzen und vor Angst schlottern, wir möchten hinkommen und ihnen das Gesicht zur Wand drehen.«

»Aha!« sagte ich, »du meinst, daß sie in der alten Feste Möng-Schui ihren Schlupfwinkel haben?«

»Nicht in Möng-Schui«, versicherte Tjang, »dort fließt kein Wasser mehr, und also wächst auch kein Gras, das die Pferde fressen könnten. Sie sitzen woanders, diese Söhne und Enkel von Müttern und Großmüttern, die es mit dem Teufel zu tun hatten. Es gibt«, sagte Tjang, »ein berüchtigtes Tal. Das liegt zwischen der Seidenstraße und dem Baumwollweg gerade in der Mitte, und es ist nicht sehr weit von hier. Dort stoßen die Felsen an den Himmel; aus einer Schlucht fließt ein Bach mit immerwährendem Wasser, Gras wächst zwischen den Felsbrocken, die herumliegen, und Bäume gibt es auch. Es gibt aber auch Höhlen in den Felswänden, die so tief sind, daß jeder ehrliche Mensch sich darin verirren muß. Nur Diebe und Räuber, denen nichts unbekannt bleibt, kennen sich in den Höhlen aus. Sooft man eine Bande dort ausgehoben hat, dauerte es bloß ein paar Tage, da saß eine neue darin. Ich bin sicher«, behauptete Tjang, »daß diese zehn Mann Lumpengesindel in den Felsenhöhlen hausen.«

»Und ich«, sagte Pantje, »ich merke, daß wir am Ende der Welt angelangt sind. Wie heißt der Platz, von dem du sprichst?«

»Man nennt ihn ›Fallende Wand‹.«

Tjang wartete einen Augenblick, ob keiner von uns »Aha!« sagen würde oder »Davon habe ich schon gehört«. Allein Pantje und ich schwiegen.

Wir hatten noch nie etwas von ›Fallende Wand‹ vernommen. Es mußte aber ein berühmtes Tal sein, denn Tjang rief: »Ich bin erstaunt!«

»Worüber?« fragte Pantje.

»Über den Dandjat«, sagte Tjang, und er wandte sich an mich.

»Wie kommt es«, fragte er, »daß du von kleinen Dingen

große Kenntnisse besitzest und von den wahrhaft großen Ereignissen der Weltgeschichte kein Wort weißt?«

»Mein Wissen ist mangelhaft«, gab ich zu, »und meine Kenntnisse sind keiner Erwähnung wert.«

»Dabei stand es sogar in der Zeitung!« rief Tjang, »ich habe es nicht selbst gelesen, aber deshalb weiß ich es doch. Eines Tages, es mögen vier Jahre her sein, ritt Dampignak nach ›Fallende Wand‹. Er wollte einen Feind bekämpfen, der auch ein Räuber war, doch da stürzten die Felsen ein und begruben den Widersacher Dampignaks. Da war er platt-gedrückt und tot. Es war aber ein Zeichen des Himmels, denn bald darauf ist Dampignak ermordet worden.

Der Pilger, dem wir begegneten – ich will ihn einmal so nennen – «, sagte Tjang boshaft, »hätte dir mehr von dieser Sache erzählen können, denn er war dabei.«

»Es ist schade«, bedauerte ich, »daß ›Fallende Wand‹ von Räuberbanden bewohnt wird. Du hast es als ein schönes Tal beschrieben. In der ganzen Wüste Gobi wird es kaum ein gleiches geben.«

»Man sagt, es sei ein schrecklicher Ort«, warnte Tjang, »niemand sollte begehren, ihn zu sehen.«

Gegen neun Uhr verließen wir den Steilhang-Brunnen. Er war in der Nacht wieder zugefroren, das Eis blinkte in der Sonne, und auf seinem Grund lag unser schöner Vorschlag-hammer. Er würde uns bei jedem Zeltaufschlagen fehlen. Wir folgten dem Weg, der uns zu der schon bekannten Senke führte, wo Pantje hintereinander Räuber, Tamaris-ken und Kamelfutter entdeckt hatte. Ich kletterte auf den Hang und blickte in die Runde. Nirgends gab es ein Lebens-zeichen. Ich schaute auch nach Möng-Schui hinüber, aber die vom Sand überfluteten Mauern lagen still in der Mor-gensonne.

Als ich Pantje und Tjang eingeholt hatte, war es bis zu der alten Festung nicht mehr weit. Je näher sie kam, um so sicherer unterlag ich dem Reiz, den Burgruinen auch in Asien auf ein romantisches Gemüt ausüben, noch dazu in der Wüste. Der alten Festung gegenüber ging auch der Steilhang zu Ende. Der Weg bog nach links in ein Seitental, und ich sagte: »Halt!«

Ich bat Tjang und Pantje zu warten, bis sie mich von der Burg wiederkehren sähen. Dann erst sollten sie langsam vorangehen. Tjang nickte zufrieden. Er setzte sich in die Sonne, aber Pantje fragte, ob er mich begleiten dürfe.

»Wenn sie aber doch in Möng-Schui sind?« gab Tjang zu bedenken. Auf einmal schien er unsicher zu sein.

»Sie sind nicht dort«, versicherte ich, »ich habe von oben in die Wälle gesehen. Es war niemand darin.«

»Man müßte Spuren sehen«, sagte Pantje.

»Der Himmel weiß es«, seufzte Tjang, »es gibt Beispiele, daß sich solches Lumpengesindel in die Luft erhebt. Verstehst du, Dandjat?«

»Nein!« sagte ich, und dann gingen wir.

Es waren bloß dreihundert Meter oder nicht viel darüber, und Pantje und ich achteten unterwegs auf alles. In der Nähe der Ruinen merkten wir bald, daß wir keine Angst zu haben brauchten. Der Sand lag tief, und nirgends gab es Spuren. Ich hatte die Pistole in die Manteltasche gesteckt, jetzt versenkte ich sie wieder in der Hosentasche, wo ich sie immer trug. Dem alten Brauch zufolge lag das Tor der Festung im Süden. Es gab auch eine Geistermauer, und als wir sie umgangen hatten, standen wir in dem quadratischen Burghof. Er war meterhoch mit Sand gefüllt. Gegen Osten erreichten die Sandverwehungen sogar die Mauerkrone. Man konnte ohne Leitern oder Treppen hinaufgehen. Von oben übersah man die Karawanenstraße bis zum Steilhang-Brunnen; der Blick in die westlichen Berge wurde frei, nach allen Seiten öffnete sich die Unendlichkeit Asiens, in der leicht einer verloren geht.

Unwillkürlich schaute ich nach Tjang, aber Tjang saß am Boden und rauchte, und unsere vier Kamele standen neben ihm. Eine Viertelstunde lang stapften Pantje und ich in den Ruinen umher, wir krochen ein Stück weit in das zusam-

163

mengefallene Wassertor, und wir suchten nach einem Brunnen. Es gab aber keinen. Er war verschüttet wie alles in diesem Fort, das aus der Ming-Zeit stammte, als die Kaiser die Karawanenwege nach Turkestan sichern wollten. Schließlich gingen wir, um alles gesehen zu haben, rund um die Burg. Auf der Ostseite lag wenig Sand, und der Platz war eben. Ab und zu schienen hier Karawanen zu lagern. Man sah die ausgerichteten Kameldunghäufchen, aber sie waren alt und zusammengesunken wie verlassene Maulwurfshügel.

»Komisch«, sagte Pantje, »es ist doch Reisezeit.«

»Ja, es ist merkwürdig«, gab ich zu.

»Wir müssen heute gut auf Spuren achten«, sagte Pantje.

Als Tjang uns kommen sah, stand er auf und ging langsam weiter. Er machte zwei Schritte statt drei, ganz so wie wir ausgemacht hatten. Wir sahen ihn in das Seitental einbiegen. Lange sahen wir ihn allerdings nicht, denn das Tal machte eine zweite Wendung. Tjang verschwand hinter einer niederen Felswand, das zweite, das dritte und das letzte Kamel verschwand ebenfalls. Da ging ich etwas rascher. Pantje, der nicht so schnell folgen konnte, blieb zurück.

»Keine Besorgnis deswegen!« rief er mir nach, und dann bog auch ich um die Ecke.

Ich prallte entsetzt zurück. Fürs erste hatte ich genug gesehen. In dem kleinen Seitental, von dem ich vor lauter Schreck nicht mehr wahrgenommen hatte, als daß es von Felsen und Geröllhalden umgeben war, stand Tjang mit den vier Kamelen. Sie waren ihm bereits von Männern aus der Hand gerissen, die Gewehre trugen. Ein Haufen Pferde stand gesattelt daneben und schlug mit den Schweifen.

Ich lief Pantje entgegen, und ich sah, wie er bleich wurde, als ich ihm sagte, was da vorne los war.

»Es gibt keine Hilfe«, sagte er tonlos, »wir sind verloren.«

»Man hat den Mund zum Reden«, tröstete ich, »komm!«

Ich lud meine Pistole durch und steckte sie wieder in die

Manteltasche. Ich legte den Finger auf den Mund, und weil es mir auf einmal wichtig vorkam, sagte ich: »Diese Kerle dürfen nicht wissen, daß ich eine Pistole habe.«

Pantje nickte bloß. »Dein Gewehr haben sie schon«, sagte er.

Dann betraten wir den Schauplatz unserer Niederlage. Wir wurden mit einem Freudengeheul empfangen, dem ein großes Schweigen folgte, als ich auf den Mann zuging, der das Leitseil unserer Kamele in der Hand hielt. Ich nahm es ihm einfach weg. Er trat verdutzt beiseite und mit ihm zwei andere, die vor mir standen. Ich blickte sie so böse an, wie ich eben konnte, und das half. Der Weg war frei.

»Komm«, sagte ich zu Tjang.

Ich hatte aber kaum drei Schritte vorwärts gemacht, als die Strolche zur Besinnung kamen. Sie brüllten ärger als vorher, und sie fuchtelten mit den Gewehren. Einige langten nach dem Abzug; es gab sogar zwei oder drei, die auf mich anlegten. Ich begriff, daß es sich um Anschauungsunterricht handelte, denn sie hätten ihre Mitbrüder vom Handwerk genau so gefährdet wie mich. Aber am Ende war ihnen auch das egal.

In diesem Augenblick trat ein Mann vor, den ich bisher nicht bemerkt hatte. Er war klein. Im Vergleich mit den wilden, schwarzbärtigen Männern, die noch besser nach Knoblauch rochen als wir selber, wirkte er wie ein milder, gütiger Herr. Er lächelte auch. Er trug einen fettigen schwarzen Rock mit Goldknöpfen, und er verneigte sich.

Ich verneigte mich auch, aber nicht so tief. Er sollte ruhig merken, daß mir wenig an seiner Gesellschaft lag. Das schien ihn aber nicht zu stören. Er sah lächelnd über meine Ungezogenheit weg, und er fragte mich höflich auf Chinesisch, woher ich käme.

»Nicht verstehen Reich-Mitte-Sprache«, antwortete ich patzig.

Tjang, der daneben stand, hustete ärgerlich. Er wußte, daß ich so einfache Sachen wie Woher und Wohin verstand.

165

Damit aber keine Unterbrechung eintrat, wiederholte er die Frage mongolisch.

»Aha!« sagte ich, als ob mir ein Licht aufginge. Dann deutete ich hinter mich. »Daher«, sagte ich.

Der freundliche Herr war nicht zu erschüttern. Frage auf Frage von seinen bartlosen Lippen.

»Wohin willst du?«

»Dahin.«

»Bist du ein Ausländer?«

Ich nickte zustimmend.

»Besitzest du einen Paß?«

»Hast du selbst einen?«

Die Umstehenden fingen an zu murren, aber der sanfte Herr zog eine Visitenkarte aus der Tasche und überreichte sie mir mit beiden Händen. Da gab ich es auf, unhöflich zu sein. Ich nahm die Karte auch mit beiden Händen und mit einer flüchtigen Verneigung entgegen. Als ich sie zur Stirn führte, erhob sich statt des Murrens ein Beifallsgemurmel. Dann gab ich ihm auch meine Karte zum Anschauen und zum Behalten.

Schließlich taten wir wie feine Leute, und wir setzten uns. Ich merkte gleich, daß er genau so wenig lesen konnte wie ich, sonst hätte er meinen Namen laut verkündet. Also verharrten wir während einer Anstandsfrist in gegenseitiger Hochachtung. Wir taten beide, als ob wir in die schönen gedruckten Schriftzeichen vertieft wären, und dabei bewegten wir die Lippen. Das machte Eindruck. Man hörte nur das Stampfen der Pferde und das Schlagen der Schweife. Alles das war sehr aufregend. Die wilden Männer mit den schwarzen Augen verfolgten jede meiner Bewegungen, und die, die hinten standen, stießen ihre Kameraden und die Rösser beiseite, um auch dabei zu sein. Als der gütige Herr bei seinem Studium zufällig einen Stoß in den Rücken kriegte, wurde er böse.

»Halunken!« schrie er. Aber das geschah im ersten Schreck. Nachher schimpfte er in einer Sprache, von der Tjang auch nicht viel verstand. »Der Herr redet türkisch«, flüsterte Tjang, »es ist die Sprache der Hui-Hui, und er verflucht sie, und die Pferde verflucht er auch.«

Die Männer traten daraufhin einen halben Schritt zurück, und der Herr im schwarzen Rock mit den goldenen Knöpfen sprach lange und sanft mit Tjang. Als er endete, hob er beide Hände zum Zeichen, daß jetzt alles gesagt sei und daß er auf meine Antwort warte.

Tjang seufzte und sprach: »Dandjat, du wirst nicht glauben wollen, was ich jetzt sage, aber es ist so. Dieser Herr und diese Männer sind Grenzsoldaten, denn hier betreten wir das Land Sinkiang. Sie haben uns gestern am Steilhang-Brunnen gesehen, aber da waren wir noch in der Provinz Kansu, und deswegen sind sie zurückgeritten. Sie müssen die Gesetze achten, und sie wollen mit dem Provinzstatthalter von Kansu in keine Streitigkeiten geraten bloß wegen der Befehlsgewalt. Jetzt aber sollst du den großen Paß zeigen und das Papier, auf dem steht, daß du ein Gewehr tragen darfst. Nachher magst du gehen, wohin du willst.«

»Wenn das so ist«, sagte ich erleichtert, »so wollen wir uns gegenseitig die großen Pässe zeigen.«

Leider stellte sich heraus, daß der Herr keinen Paß, sondern bloß die Visitenkarte besaß, und auch die gehörte nicht ihm. Er erbat sie sich zurück, denn, sagte er, sie gehöre seinem höchsten Vorgesetzten, der ein Oberst der Grenze sei.

»Wie heißt dieser dein Oberst?« ließ ich fragen.

»Du hast es gelesen, er heißt Kao-Scheng.«

»Ich bitte tausendmal um Nachsicht wegen Vergeßlichkeit.«

Tjang übersetzte, und ich errötete nicht einmal. Es war mir gleichgültig, was der Herr von mir dachte. Ein schwerer Stein rollte mir vom Herzen; jetzt war ich überzeugt, eine reguläre Truppe vor mir zu haben. In meiner Vorstellung sahen Grenzsoldaten zwar anders aus, aber Tjang behauptete, in Sinkiang gingen sie halb in Lumpen und halb in Fell gekleidet. Das wäre so. Auch der Mangel an Fußbekleidung dürfe mich nicht stören. Kurz, Tjang tat alles, um meinen Verdacht zu zerstreuen.

Als ich meinen Paß vorwies und der schwarze Herr ihn nachdenklich prüfte, stieß mich plötzlich Pantje in die Seite. Er stand neben mir. Ich sah ihn an, und seine Lippen formten stumm ein einziges Wort. Ich konnte es unschwer erkennen, es hieß: »Räuber.« Dann stand er wieder unbeteiligt neben uns.

»Werter Herr«, ließ sich der Grenzschutzmann vernehmen, »mir scheint, der Paß, den du hast, stammt aus Nanking.«

»Du siehst richtig; es ist ein ganz besonders kräftiger Regierungspaß für sämtliche Provinzen des Reichs.«

»Das mag sein, allein wir sind hier nicht in Nanking. Wir sind im Lande Sinkiang, und unser Tupan erlaubt nicht, daß du ein Gewehr hast. Du mußt es mir übergeben.«

Ich stand auf, und ich verneigte mich.

»Du wirst dein Gewehr in Hami wiederbekommen«, versicherte der Herr und lächelte sanft.

»In Kansu«, ließ ich durch Tjang übermitteln, »achtet man den Paß der Regierung. Wir gehen nach Kansu zurück.«

Ich gab Tjang das Leitseil in die Hand, und ich sagte: »Geh dahin, woher wir gekommen sind.«

Tjang, der für jede Art von Verhandlung viel übrig hatte, machte mit. Er ging voran, ich nahm mein Reitkamel selbst am Strick und führte es hinterdrein. Das tat ich, weil das Streitobjekt, nämlich die Winchesterbüchse, am Sattel hing. Pantje ging neben mir. Er schnaufte ein wenig, als ob ihn was bedrücke, aber er sagte nichts.

Der sanfte Herr blickte uns nach. Als wir um die Ecke bogen und die Feste Möng-Schui vor uns lag, hörten wir, daß hinter uns ein Meinungsstreit ausgebrochen war. Wir schauten uns aber nicht um. Wir marschierten, als ob für uns die Umkehr selbstverständlich und eine einfache Sache wäre. Dabei hatten wir für heute noch ein Stück Fleisch, und Pantje verwahrte ein altes Honigglas mit Hammeltalg.

Das war all unser Besitz.

Die Ebene lag vor uns, und Tjang machte die ersten Schritte die Halde entlang, da ertönte Hufschlag. Wir schauten uns nicht um. Nach ein paar weiteren Schritten ritt der sanfte Herr im schwarzen Rock neben mir, und seine Männer umringten uns.

»Wir begleiten euch«, sagte er freundlich.

»Hier ist Kansu«, sagte ich, »eure Befehlsgewalt ist zu Ende.«

»Wir wollen miteinander reden«, schlug er vor.

»Das können wir tun«, gab ich zu.

Wir setzten uns an den Rand der Karawanenstraße, und wir redeten lange.

Als wir aufstanden, hatten wir ein sogenanntes Kavaliersabkommen geschlossen. Er übergab mir gegen Bezahlung sofort zwanzig Pfund Mehl. Dafür händigte ich ihm meine Büchse aus mit der Bedingung, sie jederzeit zur Jagd benützen zu dürfen. Als Begründung für sein merkwürdiges Verlangen führte er an, daß in der Provinz Sinkiang der Ausnahmezustand verkündet worden sei. Der Tupan habe sogar die Armee mobilisiert. Für diese Maßnahme gebe es schwerwiegende Gründe, die mir Oberst Kao-Scheng persönlich klarmachen würde. Er selbst sei leider zum Schweigen verpflichtet. Diese Mitteilung führte zum zweiten Punkt unseres Abkommens.

»Hier ist Groß-Möng-Schui«, sagte er und wies auf die Festungsmauern.

»Ich sehe es.«

»Es gibt auch Klein-Möng-Schui.«

»Aha!« sagte ich, »ist es sehr klein?«

»Du wirst es kennenlernen. In Klein-Möng-Schui hat Oberst Kao-Scheng sein Hauptquartier. Um dorthin zu gelangen, müssen wir einen unbedeutenden Umweg machen, aber er wird sich lohnen. Ich höre, du willst Mehl kaufen und Kamele mieten. Das alles kann dir der Oberst Kao-Scheng mit einem Augenaufschlag verschaffen. So wirst du gar nicht erst nach Hami reiten müssen, und du wirst viele Tage, vielen Ärger und vieles Geld sparen.«

»Gut!« sagte ich, »führe mich zum Oberst Kao-Scheng. Wann werden wir bei ihm sein?«

»Vor Dunkelwerden.«

Ich sagte: »Abgemacht! Wir wollen aufbrechen.«

Alle waren einverstanden mit Ausnahme von Pantje. Er widersprach nicht, aber in seinem Gesicht las ich Enttäuschung, Widerspruch und auch Verzweiflung. Ich nahm mir vor, bald mit ihm allein zu reden, und die Gelegenheit ergab sich schon nach einer halben Stunde. Wir hatten den Brunnen im Steinbachtal passiert, ohne haltzumachen. Eine halbzerfallene Hütte stand dort, ein Steintrog lag umgekippt am Boden, und in der nahen Felswand waren Ringe eingelassen zum Anbinden der Pferde. Über dem glimmenden Lagerfeuer waberte die erwärmte Luft. ›Also hier‹, dachte ich, ›haben die Kerle die Nacht verbracht.‹

Der Weg führte zwischen Felsbrocken in Serpentinen aufwärts. Die Pferde trotteten voran, dann folgte Tjang mit den Kamelen, Pantje und ich gingen hinterdrein, und den Beschluß bildete in einigem Abstand der schwarze Herr mit einem seiner Leute. Meine Winchesterbüchse hatte er vor sich auf dem Sattel liegen.

»Was hältst du von diesen Grenzsoldaten?« fragte ich Pantje leise.

Pantje besann sich keinen Augenblick. Er sagte: »Von Soldaten kann nicht gesprochen werden. Das sind Räuber.«

»Ich bin nicht sicher«, gab ich zu, »ob sie Soldaten oder Räuber sind. Wir werden es aber bald erfahren. In Klein-Möng-Schui soll ein gewisser Oberst Kao-Scheng sein Hauptquartier haben. Ist er dort, dann ist es gut. Ich habe von ihm gehört, und er ist einer der Freunde des Pilgers.«

»Mit mir kannst du offen reden«, sagte Pantje, »vor dem Namen Mondschein erschrecke ich nicht.«

»Es ist besser«, warnte ich, »diesen Namen nicht zu erwähnen. Wenn also Kao-Scheng in Klein-Möng-Schui ist, hat es keine Not. Treffen wir ihn dort nicht, steht unsere Sache nicht sehr gut; ich gebe das zu.«

»Soll ich dir sagen, wie sie steht, Dandjat?«

»Sprich!« bat ich.

»Ich denke«, sagte Pantje, »daß diese Menschen Räuber sind. Sie lügen dir vor, sie seien Grenzsoldaten, und du glaubst ihnen. Nette Grenzsoldaten! Schau sie dir an, Dandjat! Und was sie vorhaben, ist das: Sie locken uns von der Karawanenstraße fort, und dann setzen sie uns gefangen. Für dich erpressen sie ein großes Lösegeld, aber mich armen Mongolen schlagen sie einfach tot. So ist diese Sache.«

Ich versprach Pantje, ihn nicht im Stich zu lassen, aber er lächelte traurig.

»Daran änderst du nichts«, sagte er.

»Und Tjang?« fragte ich.

Pantje lachte bitter. »Tjang hat mit diesen Leuten gemeinsame Sache gemacht. Merkst du das nicht, Dandjat? Er hat mit ihnen gesprochen, bevor du zu ihnen kamst, und er redete manchmal leise mit dem schwarzen Anführer, wenn du nicht achtgabst. Ich aber habe aufgepaßt.«

»Heute abend«, tröstete ich, »werden wir sehen, was zu tun ist. Oder weißt du einen andern Rat?«

»Wir sind verloren«, sagte Pantje.

Auf der Paßhöhe verließen die Reiter die Karawanenstraße. Sie bogen nach Süden, und die Steigung ließ nach. Trotzdem ging es nur langsam voran. Daran waren unsere Kamele schuld, die müde und hungrig waren. Unsern Begleitern paßte das nicht. Sie sprachen untereinander, und dann ritt einer an Tjang heran, nahm ihm das Leitseil aus der Hand und fing an, unsere braven Tiere erbärmlich hinter sich drein zu ziehen. Er schlug sie auch. Tjang stand hilflos daneben. Da lief ich nach vorn und entriß dem Reiter den Strick. Er hob den Arm mit der Peitsche, ließ ihn aber sinken, als ich in die Manteltasche griff. Von hinten kam der schwarze Herr im Galopp geritten. Er wetterte, daß es eine

Art hatte, und vielleicht fluchte er auch ein bißchen. Ob das den Reiter oder mich anging, war nicht ganz klar. Ich sagte mongolisch, was ich von der Sache dachte, und ich gab Tjang das Leitseil zurück. Der schwarze Herr lächelte entschuldigend, aber dabei schielte er nach meiner Manteltasche. Dann befahl er einem seiner Leute vorauszureiten, um, wie er mir sagen ließ, ausreichend Quartier zu machen. Statt einem ritten zwei Männer fort. Vielleicht war das bei Grenzsoldaten der Brauch.

Ich hielt mich eine Weile bei Tjang auf, und als keiner in der Nähe war, befahl ich ihm, von meiner Pistole kein Wort verlauten zu lassen. Auf Fragen solle er dreist behaupten, ich besäße so etwas nicht.

»Sie haben mich schon gefragt«, sagte Tjang.

»Was hast du ihnen geantwortet?«

»Ich habe sie gefragt, was das für ein Ding sei, eine Pistole. Da gaben sie sich zufrieden.«

»Sie werden wieder fragen«, sagte ich.

Mit der Zeit wurde unsere Marschordnung gelockert. Sieben der sogenannten Grenzsoldaten ritten mit dem Packpferd weit voraus, und nur der schwarze Herr blieb dicht hinter uns. Statt einem hatte er jetzt zwei seiner Männer als Begleiter bei sich. Als es dunkelte, befahl ich Tjang zu halten.

»Ist was passiert?« erkundigte sich der schwarze Herr höflich.

»Es ist weiter nichts geschehen«, ließ ich ihm antworten, »als daß unsere Kamele müde sind und wir nach deinen Worten in Klein-Möng-Schui sein müßten.«

»Klein-Möng-Schui liegt seit einer Stunde hinter uns«, wurde ich belehrt.

Meine Enttäuschung war groß, und mein Zorn war ohnmächtig. Ich fragte: »Wie das?«

»Der Platz war leer. Hast du es nicht bemerkt?«

Jetzt wurde mir klar, daß der Herr unverfroren log. Ich ließ ihm mitteilen, daß ich keinen Lagerplatz gesehen hatte und weder mir noch Pantje wäre so etwas entgangen. Der Herr lächelte nachsichtig. Klein-Möng-Schui, erfuhr ich, liege abseits des Weges. Einer seiner Männer sei dort gewesen. Er habe berichtet, der Platz sei leer und der Herr Oberst habe sein Quartier verlegt; dorthin ritten wir jetzt.

Einen Augenblick überlegte ich, ob es nicht das beste wäre, die Pistole zu ziehen und mich der drei Räuber zu entledigen. Ich war gewiß, daß ich es mit Lumpenpack zu tun hatte, dazu brauchte ich nicht einmal mehr Pantje anschauen, der in stummer Verzweiflung den Blick senkte. Auch Larson fiel mir ein. Aber ich hatte seinen Rat, gleich mit Schießen anzufangen, nicht befolgt. Jetzt war es zu spät. Man kann nicht auf Leute schießen, die sich keines Bösen gewärtigen. Ich lächelte daher, und ich sagte: »Ist es noch weit bis zu dem neuen Quartier des Herrn Oberst?«

»Wir werden vor Mitternacht dort sein.«

»Wie heißt der Platz?«

»Man nennt ihn ›Segensreiche Unterkunft‹.«

Tjang zuckte zusammen; das fiel mir auf. Vielleicht war ›Segensreiche Unterkunft‹ auch ein Räubernest. Vorläufig gab es keine Gelegenheit, ihn danach zu fragen, und so zogen wir weiter. Nach drei Stunden stieg der Weg, und wir brauchten eine weitere dazu, um auf ein felsiges Hochplateau zu gelangen. Im Mondlicht sah ich eine langgezogene Bergkette im Westen. Wir befanden uns höchstens eine halbe Stunde unter dem gezackten Gipfelgrat. Dann fiel der Saumpfad ziemlich rasch über ein Geröllfeld zu Tal. Wir mußten im Zick-Zack gehen. Unter uns lag eine Hochebene still und leer und mit weiter nichts als dem Sternenhimmel darüber.

Am Fuß der Berge, wo es einen schmalen Streifen Schilf und Wasser gab, warteten zwei der vorangerittenen Männer. Sie sprachen kurz mit dem sanften Herrn, der durch nichts zu erschüttern war. Eine schlechte Nachricht stimmte ihn bloß heiter. Jedenfalls teilte er mir gelassen mit, der Herr Oberst habe sich leider entschlossen, auch das neue

Quartier zu wechseln. Er sei nach Hsing-Hsing-Hsia geritten, und morgen müßten wir ihm folgen. Gerade das sei aber besonders vorteilhaft, weil Hsing-Hsing-Hsia ein Ort sei, wo man alles kaufen könne, was ich brauche.

»Ausgezeichnet!« sagte ich wütend, und ich lächelte. »Ist ›Segensreiche Unterkunft‹ noch weit?«

»Fünfhundert Schritte, du kannst sie zählen.«

Pantje, der ein Stück geritten war, stieg ab. Wir gingen neben Tjang her. Die Reiter, mit Ausnahme des sanften Anführers, sprengten voraus. Bald tauchten ein paar Hügel auf und dazwischen ein steiniges Bachbett, dem wir folgten. Wasser war keines darin. Das Bachbett, das anfänglich breit war und einem ordentlichen Flußbett glich, wurde zusehends enger; links begann eine Rampe aus Steinblöcken, und als die Hügel rechts zurück blieben, öffnete sich vor uns ein Felsenkessel. Hohe, schwarze Wände stiegen senkrecht in den Nachthimmel. Wo sie anfingen, konnte man nicht gleich wahrnehmen, denn der Talgrund lag im Mondschatten. Es dauerte aber nicht lange, da bemerkte ich, daß am Fuß der Felsen etwa in der Mitte ein Feuer brannte. Sehen konnte man es nicht. Man sah nur den roten Widerschein, der sich an einer Höhlenwand brach und den abziehenden Rauch wie Gewölk beleuchtete. Aus der Höhle drang Lachen und das Gröhlen rauher Stimmen wie aus dem Vorhof der Hölle, wo es lustig hergeht, wenn sich die Teufel ein Fest machen. Als ich den unterirdischen Lärm hörte, blieb ich stehen.

»Wir schlagen das Zelt auf«, sagte ich zu Tjang.

»Wozu?« verwunderte sich der schwarze Herr. Er saß noch im Sattel. »Die Höhlen«, meinte er, »sind in ›Segensreicher Unterkunft‹ geräumig genug für alle. Das sagt schon der Name.«

Ich sagte laut: »Aha!« und ich schlug mit dem Daschior gegen den Stiefelschaft.

»So hieß dieser Platz früher«, erklärte Tjang schüchtern. Er stand neben mir, unsicher wie zwischen zwei Parteien, und er half sich mit einem verlegenen Grinsen. »Keine Besorgnis deswegen«, sagte er leise.

»Weswegen?« fragte ich laut.

»Ach so!« fiel der sanfte Herr gedehnt ein.

»Ich verstehe«, sagte er zutunlich und stieg ab.

»Nein, nein!« sagte er lachend, »mir scheint, ha, ha, du hast gehört, daß man dieses Tal gelegentlich auch ›Fallende Wand‹ nennt. Das hat nichts zu sagen. Nun, wie du willst. Du kannst dein Zelt ruhig hier aufstellen.« Und er lachte wieder. »Ganz, wie du willst.«

Damit ging er auf die Höhle zu, an deren Eingang soeben zwei Männer wie schwarze Schatten auftauchten. Sein Pferd zog er hinter sich drein.

»Diese Teufel!« knirschte Pantje ziemlich laut.

Tjang erwiderte nichts, und wir stellten das Zelt auf. Die Pflöcke mußten wir mit Steinen einschlagen, weil der Hammer fehlte. Dabei sprach keiner ein Wort. Tjang brachte stumm das Feuer in Gang. Pantje versorgte die Kamele, ich trug den Schlafsack und die Decken herein, und ich ordnete sie wie an jedem Abend. Als der Tee fertig war, und als jeder auf seinem Platz saß, zogen die Engel dutzendweise durchs Zelt. Pantje blies über die heiße Schale, der Tee schlug zornige Wellen und verbrühte ihm den Zeigefinger. Aber Pantje schwieg.

Wenn man täglich nur wenige Stunden schläft, sieht man die Fehler der Mitmenschen weit besser als die eigenen, die das Nachdenken sowieso nicht lohnen. Auch ich war zornig auf Tjang.

Konnte er nicht endlich zugeben, was nicht mehr zu verbergen war? Hatte er nicht selbst von ›Fallende Wand‹ erzählt, und was von den Leuten zu erwarten stand, die in den Höhlen hausten? Hielt er uns für so dumm, daß wir ein albernes Märchen glauben würden? Wahrhaftig, er hielt uns dafür.

Er sagte: »Du widerstrebst deinem guten Los, Dandjat, wenn du diese Männer für Räuber hältst. Sie wollen dir in

175

allem behilflich sein, und du denkst, sie seien Übeltäter.«

»Der Himmel weiß es«, antwortete ich vorsichtig, »du hast mir von ›Fallende Wand‹ Dinge erzählt, die nicht von Grenzsoldaten handeln. Seither sind vierundzwanzig Stunden vergangen. Was sollte sich in so kurzer Zeit geändert haben?«

»Zwischen dieser Zeit und jener, von der ich sprach, sind Jahre vergangen«, belehrte mich Tjang. »Jetzt ist ›Fallende Wand‹ eine Herberge für Grenzsoldaten, und sie heißt wie früher ›Segensreiche Unterkunft‹.«

Ich schwieg eine Weile, und dann erwiderte ich: »Zwischen deinem Sagen von gestern und deinem Sagen von heute ist ein sehr großer Unterschied. Gibt es einen Ausweg?«

»Du suchst einen Ausweg«, rief Tjang vorwurfsvoll, »wo kein Ausweg gebraucht wird. Mehr kann niemand dazu sagen.«

Jetzt schwiegen wir wieder zu dritt. Pantje hatte ohnehin nichts gesagt. Er verachtete Tjang als einen Verräter von der billigen Sorte, die sich vom Geld ködern läßt. Um Klarheit zu schaffen, machte ich einen letzten Versuch.

Zunächst stand ich auf und trat vor das Zelt. Meine Augen gewöhnten sich rasch an die Dunkelheit, und ich sah, daß kein Lauscher in der Nähe war. Dafür saß ein Wächter neben dem Eingang zur Höhle. Er hielt das Gewehr über die Knie gelegt, und er paßte auf, was ich machte. Die Pferde standen unterhalb der Felswand in einer Reihe. Da die Entfernung mehr als fünfzig Schritte betrug, ging ich ins Zelt zurück und setzte mich auf meinen Platz. Ich sagte leise: »Ein Mann sitzt vor der Höhle und bewacht die Pferde. Er bewacht auch uns. Trotzdem werde ich heute nacht alle Stunde einmal nachsehen, ob er noch dort sitzt. Sollte er sich schlafen legen, bin ich dafür, daß wir das Stück Fleisch nehmen, etwas Mehl und so viel Geld, wie wir tragen können. Dann wollen wir uns zu Fuß fortschleichen.«

»Dandjat«, sagte Tjang, »du denkst Unmögliches, und du

verlangst Dinge, die niemand tun kann. Sie haben Pferde, und sie werden uns einholen.«

»Wenn wir über Felsen gehen, werden sie unsere Spuren nicht wahrnehmen, wie sollten sie uns da finden?«

Tjang seufzte. »Und wenn es so wäre«, sagte er, »so wird der Zorn des Obersten der Grenzwachen auf uns fallen. Und wenn wir ihm entgehen, so entrinnen wir nicht dem Zorn des Tupans; er wird uns richten, weil wir uns gegen sein Gebot aufgelehnt haben.«

»Flucht ist keine Auflehnung«, gab ich zu bedenken.

Pantje zupfte mich von hinten am Rock, ich möchte doch schweigen, aber Tjang sagte: »Der Tupan kann auslegen, wie es ihm beliebt. Du kennst dieses Land nicht, aber ich kenne es. Und wenn der Gobernator dich nicht richtet, so wird er mich, einen Chinesen, nicht laufen lassen. Darum kann ich nicht tun, was du verlangst.«

»Du willst mich also glauben machen, daß diese Menschen, die in den Höhlen von ›Fallende Wand‹ hausen, Soldaten sind?«

Wieder zog mich Pantje am Rock, aber da hörte ich Schritte, und Tjang kam nicht mehr dazu, »Ja, so ist es« zu sagen. Der schwarze Herr schlug die Zeltwand beiseite.

»Ist es erlaubt?« fragte er höflich. Er strahlte Wohlwollen.

Ich bot ihm widerwillig den Ehrenplatz, den er unbefangen einnahm. In diesen Dingen war er mir über.

»Ich denke«, begann er, »daß du über die Verzögerung ungehalten bist. Deshalb will ich einem meiner Männer befehlen, vorauszureiten, damit er dem Oberst Kao-Scheng deine Ankunft meldet. So vermeiden wir, daß der Herr Oberst sein Quartier wieder wechselt. Ist dir das recht?«

»Du tust gut daran«, ließ ich ihm sagen.

Sofort erhob sich der schwarze Herr, schlug das Zelt beiseite und pfiff. Wir hörten Pferdegetrappel, und dann gab er einem, den er Jusup nannte, Anweisung zu reiten.

»Wie du befiehlst«, hörten wir Jusup sagen, und Tjang übersetzte unaufgefordert.

177

Von neuem ertönte Hufschlag, der sich nach dem Talausgang zu rasch entfernte, und Tjang blickte mich an, als ob er sagen wollte: ›Siehst du jetzt dein Unrecht ein?‹ Der schwarze Herr setzte sich lächelnd. Er war mit sich zufrieden, und er wollte auch uns dieses schöne Gefühl übermitteln.

»Du siehst«, sagte er, »deine Sache gedeiht zum Besten. Als wir uns trafen, und es war ein glückliches Zusammentreffen, konnten wir dir mit Mehl aushelfen. Dann trat eine Verzögerung ein, doch was bedeutet das? Das Große zögert, aber das Kleine kommt hilfreich herbei. Die Stockung wird vorübergehen. Es ist«, sagte der schwarze Herr bedeutungsvoll, »wie bei einem Landwirt, der sehnlichst auf Regen wartet. ›Es sieht nach Regen aus‹, sagt der Landwirt, und er beginnt zu hoffen. ›Wir werden Regen bekommen‹, sagt er am nächsten Morgen. ›Sieh da, es tröpfelt schon.‹ – ›Es regnet schon stark.‹ – ›Es regnet in Strömen.‹ – ›Es gießt!‹ rief der schwarze Herr begeistert, ›ich bin schon ganz naß.‹ So wirst du sagen, wenn in Hsing-Hsing-Hsia der Oberst Kao-Scheng dir zuteil werden läßt, wonach dein Herz verlangt.«

Der sanfte Herr hatte sich in Begeisterung hineingeredet, und Tjang übersetzte. Leider mangelte ihm die Überzeugungskraft, aber woher hätte er sie nehmen sollen? Pantje und ich hörten ihm ohne rechte Anteilnahme und mehr widerwillig zu. Wir rauchten eine Zigarette, und wir sprachen noch ein wenig über dies und das, und dann empfahl sich der Herr.

Er sagte: »Ich wünsche ruhigen Schlaf.«

Pantje ging noch einmal nach draußen, und als er zurückkehrte, teilte er mit: »Der Wachtposten hat gerade eben gewechselt.«

»Soldaten machen das so«, erklärte Tjang. Er wickelte sich in seine Decken, und bald atmete er ruhig wie ein Schlafender.

Ich lag noch eine Zeitlang wach, und neben mir lag Pantje.

Vielleicht wollte er mit mir sprechen, sobald er sicher war, daß Tjang wirklich schlief. Einmal stieß er mich mit dem Ellbogen an. Da wandte ich den Kopf zur Seite und flüsterte ihm ins Ohr: »Noch nicht!«

Die Nacht stand schweigend auch über diesem Tal. Wenn ein Geräusch entstand, eilte es zögernd die Felsen entlang, als ob es einen Ausgang suchte. Schließlich verebbte es wie eine ferne Klage. Als tief im Hintergrund der Schlucht ein Stein fiel, meldete sich zum erstenmal der Widerhall. Pantje stand leise auf und ging hinaus. Ich wartete lange auf seine Rückkehr, und darüber schlief ich ein.

Das erste, was ich hörte, war Gemurmel. Es war aber noch ganz dunkel. Ich erschrak, als ich merkte, daß dicht neben mir gemurmelt wurde, und ich fuhr hoch. Da saß Pantje, und er betete halblaut vor sich hin. Bei jedem ›Om mani‹ schob er eine Perle der Gebetskette mit dem Daumen über den Zeigefinger. Dann fiel sie, die Schnur hinabgleitend, auf die vorhergegangene, und da die Perlen von Pantjes Gebetskette abwechselnd aus kleinen, harten Nüssen und aus Wirbelknochen bestanden, gab es jedesmal ein Knakken.

»Warum sprichst du Gebete?« fragte ich.

»Du hörst auf Lügen«, sagte Pantje, »wie sollte ich da nicht beten?« Und er schob eine Kugel der andern nach, und er betete: »Om mani padme hum.« Nichts anderes, immer das gleiche.

»Höre, Pantje«, sagte ich leise, »Lüge und Wahrheit sind manchmal schwer zu unterscheiden.«

Pantje schob die Gebetskette über das Handgelenk.

Er antwortete: »Ich weiß das. Es kommt aber vor, daß die Lüge deutlich wird, und dann erkennt man die Wahrheit. Das ist vor einer halben Stunde geschehen.«

»Was ist geschehen?« fragte ich.

Ich setzte mich neben ihn, und weil ich die Pistole im Schlafsack liegen hatte, nahm ich sie heraus und steckte sie in die Tasche.

Ich sah nach Tjang, aber Tjang schlief fest, und ich sah auch nach der Uhr.

»Deiner Zeit nach wird es drei Uhr sein«, sagte Pantje.

»Es ist drei Uhr«, sagte ich.

»Ich war hinausgegangen«, begann Pantje, »und als ich wieder ins Zelt kam, da warst du eingeschlafen. So habe ich gewacht, und das war gut. Eine Stunde verging, da kam der Reiter zurück, der Jusup heißt und den der Anführer dieser Menschen fortgeschickt hatte. Er ritt leise unter den Felsen entlang. Dann ging er in die Höhle, und gleich darauf hörte ich lautes Gelächter. Der Mann am Eingang aber rief in die Höhle hinein, daß sie still sein sollten, und da hörten sie mit Lachen auf. Das ist alles, und seither bete ich.«

»Du hast gut getan, zu wachen«, sagte ich, »jetzt sollst du schlafen. Ich werde aufbleiben, bis es hell wird. Ruhe dich aus, damit wir morgen, wenn sich eine Gelegenheit gibt, zusammen den Räubern entfliehen. Sage mir, ob dir das recht ist.«

»Großen Dank!« flüsterte Pantje, und das war ein Wort, das die Mongolen selten sagen.

Er legte sich folgsam nieder, zog einen Zipfel des Mantels über das Gesicht, und kaum hatte ich ihm die Füße zugedeckt, hörte ich die regelmäßigen Atemzüge, die in den Schlaf hinüberleiten.

Ich setzte mich neben den Zeltausgang, und ich warf den Fellmantel über die Schultern. Vorn knöpfte ich ihn zu. Hin und wieder schob ich das Zelttuch beiseite. Dann spürte ich, wie kalt es draußen war, und wie schön warm die Luft im Zelt blieb, auch wenn sie nach kalter Asche, nach Fellen, Menschen und nach Kamelmist roch.

Die Talwand gegenüber lag im vollen Mondlicht. Aus der Steinrampe, die bei unserem Einzug den Rand des Bachbettes begleitet hatte, war eine steile Felsengalerie geworden mit vielen Furchen und Geröllbändern, von denen jedoch nur eines oder zwei zu einem halsbrecherischen

Aufstieg getaugt hätten. Der Fels selbst war wie eine hohe Mauer, auf der das Bergmassiv lagerte, das wir von der andern Seite umgangen hatten. Hoch oben erkannte ich den Gipfelgrat mit den vielen Scharten. Hinten, wo die Felswände zusammentraten, mußte die Schlucht beginnen, von der Tjang gesagt hatte, daß es auf ihrem Grund einen Bach gebe mit Gras und mit Bäumen. Davor aber lagen riesige Steinblöcke, und neben ihnen lagen die Schatten der Nacht. Das weiße Mondlicht machte sie tief und ganz schwarz. Selbst die Traumlandschaft eines Räuberhauptmanns konnte nicht erschreckender aussehen. Hier hätte Rinaldo Rinaldini sein Dorado gefunden. Statt seiner lag ›in den Höhlen tiefversteckt‹ ein glatter Herr im schwarzen Rock mit Goldknöpfen und mit sanften Redensarten, die erst dann in Zorn umschlugen, wenn einer der Bande grob gegen seinen Willen verstieß. Ein kleiner Beamter also oder ein kleiner Räuberhauptmann, der den ersten großen Fang gemacht hatte und nicht recht wußte, wohin damit.

Tjang fiel mir ein, und ich überdachte, was er behauptete. Aber Tjang war zweigesichtig geworden. Seine widersprechende Darstellung der Bewohner von ›Fallende Wand‹ und der Ort selbst waren nicht vertrauenerweckend. Auch Larson fiel mir ein. Er war vierzig Jahre im Land, und er kannte sich mit Menschen aus. Im stillen wiederholte ich seine Worte, und ich fragte mich allen Ernstes, ob ich gut getan hätte, mit Schießen anzufangen, wenn mein Gewehr bei der fatalen Begegnung nicht am Sattel gehangen hätte. Schließlich gab ich es auf, das Wenn und Aber abzuwägen. Als der Mond unterging, schwand die letzte Einbildung von Wärme. Die Felsen wurden grau, die Schatten lösten sich auf, ich fror, und da es nichts mehr zu sehen gab, fing ich endlich an, nach einem Ausweg zu suchen. Ich fand keinen. Ich fand nur, daß ich den Wunsch hatte, die Ungewißheit der Gefangenschaft in Freiheit zu verwandeln, und daß ich dazu jede Gelegenheit benützen wollte. Dieser Entschluß machte mich ruhig.

Der Morgen kam spät. Lange vor dem Licht kroch eine große Kälte durch die Zeltwand. Ich saß unbeweglich und wartete. Auf den Knien hatte ich das Kartenblatt liegen, und in der Hand hielt ich ein Stückchen Bindfaden. Damit wollte ich die Entfernung messen, bevor Tjang aufwachte und beobachten konnte, was ich anstellte. Pantje schlief fest.

Endlich graute ein trüber Tag. Der Himmel hatte sich in den letzten Morgenstunden bezogen, und statt der Sonnenstrahlen tropfte ein düsteres Grau von den Felsen. Ein Bodennebel schwebte über dem Grund.

Auf der Karte fand ich mich rasch zurecht. Die Provinzgrenze zwischen Kansu und Sinkiang war eingezeichnet, und die Feste Möng-Schui lag dicht vor dem gelben Strich. Dann kam ein Gebirgszug, von dem ich annehmen durfte, daß wir uns mittendrin befanden. Wo er zu Ende ging, begann eine ausgedehnte Hochebene, die mit einer Höhe von 1400 m angegeben war. Sie senkte sich langsam gegen einen Ausläufer des Karlyk-tag-Gebirges, und nachher war es nicht mehr weit bis Hami. Ich maß die Entfernung, und ich kam auf 250 km. Als ich die Brunnen nachsehen wollte, wachte Tjang auf. Er gähnte und rieb sich die Augen, und ich faltete die Karte zusammen.

»Weshalb wachst du?« fragte er.

»Die Kälte hat mich aufgeweckt«, sagte ich, »da habe ich die Pferde der Grenzsoldaten gezählt. Mit dem Packpferd sind es elf.«

»Das kann nicht sein«, rief Tjang so laut, daß Pantje erwachte. »Einer ist fortgeritten, also sind es nur zehn Pferde.«

»Du kannst zählen«, schlug ich vor.

Tjang stand auf. Er warf den Mantel über, und dann sah ich, wie er vor dem Zelt stand und mit dem Finger zählte: »Eins, zwei, drei, vier . . .« Er ging zehn Meter weiter und zählte noch einmal. Eine Weile stand er unschlüssig und mit hängenden Armen, bis ihn ein plötzlicher Entschluß vorwärts trieb. Er ging sehr rasch, und die letzten Schritte lief er. Dann bückte er sich und verschwand in der Höhle.

»Pantje«, sagte ich, »auf meinem Geländebild steht, daß es bis Hami fünfhundert Li sind. Kannst du fünfhundert Li mit den Füßen gehen?«

»In der Wüste sterben«, antwortete Pantje, »ist besser als von den Händen dieser Räuber.«

»Gut!« sagte ich, »so will ich auf meinem Geländebild nach Brunnen suchen.«

Ich entfaltete die Karte, aber Pantje, der den Kopf zum Zelt hinausstreckte, warnte mich. »Sie kommen«, sagte er.

Da steckte ich die Karte wieder ein, und dann hörten wir auch schon Tritte, und Tjang schlug das Zelttuch beiseite. Der schwarze Herr stand neben ihm.

»Wir haben kein Feuer«, ließ ich ihm mitteilen, »entschuldige das kalte Zelt.«

Tjang, den das anging, machte sich sofort daran, die Asche wegzuräumen und Feuer zu machen. Ich sammelte meine wenigen chinesischen Brocken, weil es mir darauf ankam, mich gerade jetzt zuvorkommend zu zeigen.

Ich sagte: »Tausend Dank für Kommen so früh.«

»Ich belästige dich«, antwortete er, »entschuldige vielmals.«

»Du verschwendest viel Herz«, sagte ich zweimal hintereinander.

Dann lächelten wir uns an, weil ich nicht mehr weiter wußte. Tjang hustete, denn das Feuer qualmte, doch da schob ihn Pantje weg und übernahm das Anblasen der Flamme und das Aufsetzen von Teewasser.

»Der Herr ist gekommen«, begann Tjang, »weil er dir sagen möchte, daß sein Bote in der Nacht den Weg verfehlt hat und umkehren mußte. Der Herr ist untröstlich darüber.«

»Ich nehme an, das verdirbt nichts an der Sache«, erwiderte ich, obwohl ich lieber gesagt hätte, daß bis vier Uhr früh der hellste Mondschein Weg und Steg beleuchtet hatte und daß Gelächter im allgemeinen kein Zeichen großer Trauer ist.

»Du hast recht«, erfuhr ich, »es hat wirklich nichts zu sa-
gen, außer daß wir leider gezwungen sind, schon in einer
Stunde aufzubrechen, damit wir den Herrn Oberst in
Hsing-Hsing-Hsia nicht verfehlen. Es sind ohnehin zwei
Tagesritte.«

»Wir werden uns beeilen«, sagte ich, und ich ließ merken,
daß ich die Unterredung für beendet hielt. Der Herr erhob
sich sofort, und ich begleitete ihn höflich zehn Schritte weit.
Nach dem Tee, zu dem wir das letzte Stück Fleisch verzehr-
ten, führte Pantje die Kamele zur Tränke. Wie er mir später
erzählte, gab es einen kleinen Bach in der Schlucht, der ein
kurzes Stück weit zutage trat und dann wieder versickerte.
Es gab auch Derresgras und einige dürftige Schwarzpappeln. Leider mußten unsere Kamele hungrig den Platz
verlassen, denn der Herr trieb zur Eile. Während Pantje
und Tjang das Zelt niederlegten, machte ich einen Gegen-
besuch in der Höhle. Sie war geräumig, aber es gab nichts
darin, was auf einen ständigen Aufenthalt schließen ließ.
Ein dunkler Nebengang war halb verschüttet. Man hätte
hindurchkriechen müssen, um weiterzugelangen. Die
Männer sattelten, und ich war allein mit dem freundlich
lächelnden Herrn. Wir rauchten und wir tranken Tee, und
als wir ins Freie traten, sah ich erstaunt, daß die Hilfsbereit-
schaft unserer Begleiter größer war, als ich erwarten durfte.
Sie hatten die Einzelstücke unserer Traglast unter sich verteilt, so daß für jeden von uns ein Reitkamel frei wurde und
das Lastkamel nur noch das Zelt zu tragen hatte. Ich sah,
wie einer meinen Schlafsack vor sich auf den Sattel legte
und sich zufrieden die Knie damit bedeckte. Jeder der Kerle
hatte ein Stück an sich genommen. Bloß den Kochkessel,
das eiserne Dreibein und das Wasserfaß wollte keiner haben, und Tjang mußte die drei Gegenstände zusätzlich auf
dem Zelt festbinden. Das Wasserfaß wurde vorher geleert.
»Keine Besorgnis deswegen«, ließ man mich wissen, »wir
kennen Wasserstellen genug; daran wird es nicht man-
geln.«

Pantje war von alledem ebenso überrascht wie ich. Er erwartete vielleicht, daß ich eingreifen würde, aber als er sah, wie ich mich sogar bedankte, wandte er sich ab. Er hielt meine Satteltaschen mit dem Geld fest in beiden Händen.

»Gut!« flüsterte ich ihm zu.

In dem allgemeinen Wirrwarr, den die Verteilung unserer Habe mit sich brachte, suchte ich vergeblich nach meiner Feldflasche. Als ich sie nicht fand, ließ ich den schwarzen Herrn zu mir bitten, und ich verlangte eine Nachschau. Da stellte sich heraus, daß er sie selbst am Sattel hängen hatte.

»Du verschwendest dein Herz wegen meiner«, sagte ich lächelnd, und dann erbat ich die Feldflasche durch Tjang zurück.

Ich erhielt sie mit einer artigen Verbeugung. Es war ein halber Liter Kognak darin.

Während wir zum Aufbruch rüsteten, lief Tjang unruhig herum. Er schien von einer geheimen Angst befallen, die ihn da- und dorthin jagte. Ich sah ihm an, daß er mitteilungsbedürftig war, allein das Aufladen nahm ihn in Anspruch, und auch das Aufpassen beschäftigte ihn, wohin die einzelnen Gegenstände und vor allem seine eigenen Schlafdecken geraten waren. Seine Augen wanderten von einem Reiter zum andern, und wenn sie mich mit einem Blick streiften, vermeinte ich Abbitte und eine Gesinnungsänderung darin zu lesen. Ich täuschte mich gründlich.

Als alle in den Sattel stiegen, und als der schwarze Herr mich liebenswürdig aufforderte, ein gleiches zu tun, sagte Tjang mit leisem Vorwurf: »Siehst du jetzt, Dandjat, daß sie es ehrlich mit uns meinen?«

Das hätte mich eigentlich in Wut bringen können, aber es brachte mich nicht dazu. Eher hatte ich Mitleid mit dem schrecklich leichtgläubigen Tjang, denn ein Komplott mit den Räubern, wie Pantje in seiner schonungslosen Offenheit gesagt hatte, traute ich Tjang doch nicht zu.

Allein auch darüber sollte ich belehrt werden. Es ging Schlag auf Schlag.

Als wir die Schlucht verließen, fing ich einen Blick und ein Lächeln auf, das mir das schönste Einverständnis zwischen ihm und dem schwarzen Herrn zeigte. Da gab ich Tjang auf. Mochte er es mit den Räubern halten. Ich hielt zu Pantje. Pantje war in der Steppe und in der Wüste aufgewachsen; er war ein Mongole, und folglich kannte er die Regeln, nach denen in der Gobi Räuber und Gendarm gespielt wurde. Von uns dreien mußte er am besten wissen, wen wir da vor uns hatten.

Es war nicht schlecht, nach der langen Fußwanderung wieder zu reiten. Die Kamele schritten ruhig aus, und Tjang, der nur das eine leichtbeladene Lastkamel zu führen hatte, sang vor sich hin. Da wurde ich zornig auf ihn. ›So ein Schuft‹, dachte ich, und ich wiederholte das Wort ein paarmal für mich. Wir ritten dem gleichen Talausgang zu, durch den wir ›Fallende Wand‹ betreten hatten, und auch die Marschordnung blieb vorläufig die gleiche. Vorne trabten die sieben Männer mit dem Packpferd, dann folgten Tjang, Pantje und ich. Den Beschluß machte der schwarze, wohlwollende Herr mit zwei bewaffneten Begleitern. Es war ein regelrechter Gefangenentransport.

Zuerst ritten wir das steinige Bachbett entlang, dessen ansehnliche Breite vermuten ließ, daß es einmal viel Wasser geführt hatte. Wann war das gewesen? Jahre zählen in der Wüste Gobi wenig. Vielleicht war hier einmal vor Jahrhunderten während eines Gewittersturms ein reißender Fluß aus dem Gebirge gestürzt, hatte das Bett gegraben, das Geröll hergeführt, und am nächsten Tag gab es bloß noch Tümpel und Pfützen. Oder hatte es früher einen richtigen Wasserlauf gegeben, der aus ›Fallende Wand‹ kam und einen Namen hatte wie jeder Fluß? Am Ende wußte Tjang etwas davon.

Ich ritt nach vorn, um ihn zu fragen. Gleichzeitig wollte ich probieren, wie unsere Sache stand. Sie stand aber schlecht. Kaum hatte ich nämlich ein paar Worte mit Tjang gewechselt, ritt auf einmal der schwarze Herr neben mir. Ich hatte das vorausgesehen, und wenn es noch eines Beweises bedurft hätte, so lieferte ihn mir jetzt das Mißtrauen des kleinen Räuberhauptmanns. Offenbar wollte er verhindern, daß Tjang schwach wurde und, einer plötzlichen Regung folgend, mir die Wahrheit gestand oder mir einen Wink gab, der mich gewarnt hätte.

Tjang zog den Kleinen sogleich ins Gespräch. Da er selbst nie etwas von einem Fluß gehört hatte, der aus ›Fallende Wand‹ kam, schien es nur natürlich, daß Tjang einen fragte, der sich in der Gegend auskannte.

»Ach!« ließ mich der schwarze Herr bedauernd wissen, »das sind Dinge, um die sich hier niemand kümmert. Solche gelehrte Fragen«, und er machte eine leichte Verbeugung, »werden hierzulande leider vernachlässigt. Ich kann nicht darüber hinwegkommen, daß ich keine Auskunft geben kann.«

»Sage dem Herrn«, bat ich Tjang, »daß ich ihm tausendmal danke. Seine Antwort ist mir wertvoll.«

Ich hielt mein Kamel an, ich langte in die Satteltasche, und ich zog das Tagebuch heraus. Dann begann ich zu schreiben. Tjang und der kleine Räuberhauptmann ritten verblüfft weiter. Ich notierte aber nicht viel mehr, als daß der sechste Dezember angebrochen war und daß wir die Nacht in ›Fallende Wand‹ zugebracht hatten. Einen Augenblick lang überlegte ich, ob es nicht an der Zeit wäre, einen Abschiedsgruß, etwa ›Lebe wohl, liebes Tagebuch‹, oder sonst etwas Passendes zu vermerken. Dann mußte ich über mich selber lachen, und ich ritt dem betrübten Pantje nach.

»Diese Gauner«, belehrte ich ihn, »muß man mit freundlichen Worten sicher machen.«

»Man muß sie von den Pferden schießen«, knurrte Pantje, »einen nach dem andern und ganz schnell.«

»Wir wollen damit bis zum Abend warten«, schlug ich vor. Pantje sagte: »Dann wird es zu spät sein.«

Gegen Mittag gab es einen kurzen Halt. Zwei Männer des Vortrupps waren im Galopp davongeritten, und als sie wiederkehrten, brachten sie einen vollen Ziegenschlauch mit Wasser. Es wurde Tee gekocht, und ich merkte am Geschmack, daß es der unsrige war. Ich fragte Tjang: »Woher bringen diese Soldaten das Wasser?«

Aber Tjang wußte es nicht. »Ich wage nicht zu fragen«, sagte er, »sonst halten sie dich für einen Spion.«

»Haben sie denn etwas zu verbergen?« fragte ich.

Tjang verstummte, denn wie aus dem Boden gewachsen stand der schwarze Herr neben mir und mahnte zum Aufbruch.

Wir ritten weiter über eine graue Kiesebene, die den Himmel widerzuspiegeln schien. Das Gelb des Sandes hatte sich verkrochen, und wo es zum Vorschein kam, war es matt und farblos. Nachdem wir am Vormittag das Bachbett verlassen hatten waren wir etwa eine Stunde lang einer Karawanenstraße gefolgt, die in gerader Nord-Süd-Richtung verlief. Dann ging es ohne Weg weiter, und Tjang konnte sich nur nach dem Vortrupp richten, der weit voraustrabte, aber darauf achtete, daß er eben noch zu sehen blieb. Da wir im allgemeinen nach Süden ritten, vermutete ich, daß wir uns parallel zu der Karawanenstraße bewegten und sie bloß deshalb verlassen hatten, um ungesehen zu bleiben. Spät am Abend bewahrheitete sich meine Vermutung.

Die niederen Hügelzüge im Osten rückten näher, und auch die Berge und Felsengipfel, die es im Westen gab, schlossen sich enger an die Kiesebene. Man wußte nicht, was aus ihr werden würde. Die Sonne stand purpurrot hinter dämmergrauen Wolken, als das letzte Licht gewaltsam die Schleier zerriß. Wie durch ein Fenster schossen lange Sonnenstrahlen schräg über die Wüste und verwandelten sie. Freund und Feind warfen lange schwarze Schatten auf den in ein zartes Violett verfärbten Boden. Die Hügel im Osten wurden hell, ganz hell und braun, und dazwischen leuchteten gelbe Sandstreifen. Von vorn ertönte ein vielstimmiger Jubelschrei.

Wie auf Kommando stob der ganze Vortrab im Galopp davon und auch die beiden Begleiter des schwarzen Herrn wurden von dem Geschrei ihrer Kameraden mitgerissen. Rechts und links preschten sie an uns vorüber. Der zornige Befehl ihres Hauptmanns verhallte wirkungslos. Als er ihnen nachschrie, blickte ich mich um, und ich sah, wie er nach meiner Winchesterbüchse langte. Er wollte sie aus dem Karabinerschuh ziehen, aber er ließ sie verlegen lächelnd los, weil ich mein Kamel anhielt, den Mantel zurückschob und mit großem Ernst in die Rocktasche griff. Für einen Augenblick verschwand sein Lächeln. Wir blickten uns böse an, bis er begriff, daß ich beim Schießen der Schnellere sein würde. Da lächelte er wieder, und er zog die Zügel. Ich war aber nicht mehr gewillt, ihn hinter mir reiten zu lassen. Auch das begriff er bald. So ritten wir nebeneinander, und ich nahm die Hand langsam wieder aus der Rocktasche. Aber den Mantel knöpfte ich nicht mehr zu. Von da an hatten wir genug zu tun, uns gegenseitig zu beobachten.

Wir waren noch keine hundert Schritte geritten, als Pantje plötzlich nach Osten wies. Dort zog am Fuß der hell beleuchteten Hügel eine Karawane mit etwa fünfzig Kamelen. Sie erschien mir wie ein Wink des Himmels. Jetzt kam es darauf an, ob Pantje mitmachte.

»Unsere Leute!« rief ich laut.

Ich zog am Nasenstrick, mein Kamel blieb stehen, und ich verständigte Pantje mit einem raschen Blick, daß ich etwas vorhatte. Er sah mich verwundert an, aber ich hatte keine Zeit für Erklärungen. Ich ließ den Strick fallen, spornte mein Kamel mit gutgemeinten Tritten gegen den Bauch und war bei Tjang, bevor Pantje den Mund auftun konnte. Der schwarze Herr hielt sich an meiner Seite. Um meinen Worten den genügenden Nachdruck zu geben, ließ ich die Hand wie von ungefähr wieder in die Rocktasche gleiten. Dann sagte ich zu Tjang: »Dort drüben zieht eine Karawane. Sage dem Herrn, daß es eine Abteilung unserer Expedition ist. Erinnere dich, daß Doktor Norin und Bergman sich von uns getrennt haben; ich will sie sehen.«

»Mister Norin hat nur zwanzig Kamele mitgenommen«, widersprach Tjang, »dieses aber sind mehr.«

»Er hat welche dazugekauft«, sagte ich zornig, »auf jeden Fall reite ich jetzt mit Pantje dorthin.«

Tjang übermittelte widerstrebend meine Worte, die den kleinen Herrn in große Verlegenheit brachten. Er blickte in die Runde, aber seine Leute waren fort. Sogar die Staubwolke am Horizont war verweht. Schließlich blieb sein Blick fragend auf mir haften.

»Wir reiten«, sagte ich kalt.

»Ich komme mit«, ließ er mich wissen.

Dann wies er Tjang an, weiterhin der Spur seiner Männer zu folgen. Der Lagerplatz für die Nacht sei nahe, sagte er. Tjang nickte gehorsam. Er schaute sich nicht mehr nach uns um, er ritt davon, und er zog das Lastkamel hinter sich drein. Als ich mich nach einigen hundert Metern im Sattel wandte, war er in der einfallenden Dämmerung verschwunden.

Auch die Karawane vor uns zog wie ein Schatten in die Ferne. Da hob der kleine Mann plötzlich den Daschior und sprengte voraus. Er wollte sich Gewißheit verschaffen, wen wir vor uns hatten. Er rief mir etwas Ähnliches zu, aber ich wußte es besser: er hatte die Nerven verloren.

Was er Pantje und mich seit seinem Dazwischentreten an ständiger Bedrohung hatte fühlen lassen, gab ich ihm in diesen wenigen Minuten zurück. Ich war boshaft genug, die Hand in der Rocktasche zu lassen, wo ich das kalte Eisen spürte. Ich kostete das Gefühl der Überlegenheit, ich war frei, und zudem hatte ich ihn in der Hand. Leider vergaß ich darüber das Nächstliegende, und als mir endlich der treffliche Gedanke kam, ihn mit vorgehaltener Waffe zum Absteigen und zur Herausgabe meiner Büchse zu zwingen, war er mit ihr davon. Er wurde kleiner und kleiner, und als er fast nicht mehr zu sehen war, hielt ich an, und Pantje hielt neben mir. Die Enttäuschung, eine Gelegenheit verpaßt zu haben, ließ mich die zweite um so klarer erkennen.

»Es ist Zeit«, sagte ich, »willst du mit mir gehen?«

»Wir haben nichts zu essen«, erwiderte Pantje kleinlaut.

Ich wurde hart. Ich sah ihm ins Gesicht und sagte: »Dann gehe ich allein. Hast du mir nicht gesagt, daß in der Wüste sterben besser ist als von Räubern umgebracht werden?«

»Sie sind Teufel«, sagte Pantje fest, »ich reite mit dir.«

»Reiten taugt nicht. Wir müssen mit den Füßen gehen.«

Pantje war entsetzt, ich sah es ihm an, aber ich wandte mein Kamel. »Schnell!« rief ich, »mir nach, so schnell du kannst!«

Zum erstenmal nahm ich den Daschior und schlug mein Kamel. Es schrie, und dann lief es Galopp. Ich stellte mich vornübergebeugt in die Steigbügel, um leicht zu sein. Meine Augen hefteten sich auf die Spuren, die ich nicht verlieren wollte. Ich trieb mein Kamel, und es galoppierte schneller, viel schneller als ein Pferd. Das Kamel ist ein herrliches Tier.

In kürzester Zeit erreichten wir den Platz, an dem wir Tjang verlassen hatten. Die Kamele waren erschöpft. Sie hatten grünen Schaum vor den Mäulern und zitterten. Ich stieg ab, nahm Pantjes Kamel am Strick und band beide zusammen. Pantje stand neben mir und schaute zu. Er verstand überhaupt nichts. Gerne hätte ich ihm jetzt etwas Stärkendes gesagt, etwas, das ihm Mut gemacht hätte, mein verzweifeltes Unternehmen vertrauenerweckend zu finden. Aber so etwas gab es nicht.

Ich sagte: »Wir werden jetzt zu Fuß nach Hami gehen. Ich habe einen halben Liter Schnaps, und ich habe zwanzig Zigaretten. Was hast du?«

»Ich habe das Glas mit dem Hammeltalg«, sagte Pantje, »und ich trage es bei mir im Mantel.«

»O Pantje!« rief ich, »das ist eine ausgezeichnete Sache.«

»Mut!« rief ich, und auf einmal kam mir unser Wagnis wie das bestorganisierte Reiseunternehmen vor. Meine Stimmung übertrug sich auf Pantje. Mir schien, als ob auch er fröhlich wurde.

»Diese unsere Sache ist jetzt eine sehr gute Sache!« rief ich, »wieviel Geld kannst du tragen?«

»Soviel du willst«, behauptete Pantje. Er hatte sich an meinem Freudengeschrei emporgerankt.

»Nein«, sagte ich, und ich versuchte, in der gebotenen Eile möglichst vernünftig zu handeln.

Zunächst dämpfte ich meine Stimme. »Ich habe achthundert Silberbatzen«, sagte ich, »alle miteinander sind eine zu schwere Last. Wir nehmen die Hälfte mit, die andere bleibt hier. Die Kamele bleiben auch hier, weil wir über das Gebirge gehen müssen, wohin uns kein Reiter folgen kann. Wenn diese Menschen Räuber sin...«

»Es sind Räuber«, sagte Pantje.

»Gut, dann sollen sie für die Mühe, die sie mit uns hatten, auch etwas kriegen. Sind sie aber verdammte Soldaten, dann erhalten wir die Kamele und vielleicht sogar etwas von dem Geld zurück. Jetzt wollen wir gehen.«

»Jabonah!« sagte Pantje.

Es war eine Freude, wie er mitmachte. Er band die Kamele, wie ich es haben wollte, an einer Tamariske fest, aber als wir schon ein paar Schritte gegangen waren, kehrte er noch einmal um und holte das Schaffell, das er statt einer Satteldecke auf dem Kamelrücken liegen hatte.

Dann machten wir uns in westlicher Richtung davon. Die Nacht brach herein.

Siebtes Kapitel
wie Pantje und ich mit den Füßen gingen

Es schien, als ob der Himmel unsere Flucht begünstigen wollte. Da ich von vornherein eine Art Wissenschaft daraus machte, zählte ich still die Schritte, die wir tun mußten, bis unsere beiden Kamele in der Dunkelheit verschwanden. Ich kam bis einhundertzwanzig, da verschwammen ihre Schatten. Ich war sehr zufrieden.

»Hast du einen Plan?« fragte Pantje.

»Ich habe einen Plan«, antwortete ich, »und ich will ihn dir sagen. Wir gehen jetzt so lange nach Westen, bis wir die Berge erreichen. Sie sind nicht weit. Heute nacht oder morgen früh, wenn die Spitzbuben uns verfolgen, sollen sie eine Spur finden, die nach Westen weist. Sobald wir aber in den Bergen sind, wenden wir uns nach Norden. In den Steinen werden sie vergeblich nach weiteren Spuren suchen.«

»Und dann?« fragte Pantje.

»Dann sind wir sie los«, sagte ich, »wir müssen nur schnell gehen.«

»Ich denke«, sagte Pantje nach einer Weile, »daß das ein guter Plan ist, aber was machen wir nachher, ich meine, wenn wir sie los sind?«

»Das ist doch einfach«, sagte ich. »Im Norden müssen wir notwendig wieder auf die Baumwollstraße stoßen, die wir verlassen haben. Auf ihr gehen wir dann nach Hami, und weil es an jeder Karawanenstraße Brunnen gibt, werden wir auch Wasser finden. Wasser ist das einzige, was wir brauchen«, sagte ich, »oder Eis.«

Da war Pantje beruhigt. Wir gingen nebeneinander her, und wir scheuten uns nicht, in dem lockeren Kies eine Spur zu hinterlassen, die keiner erst suchen brauchte. Wenn ich zurückblickte, sah ich, daß sie schnurgerade war. Hin und wieder zog ich den Kompaß.

»Keine Besorgnis deswegen«, sagte Pantje.

Ich wunderte mich, wie er trotz des bedeckten Himmels die Richtung hielt, und ich fragte ihn, wie er das mache.

»Das spürt man doch«, sagte Pantje.

Wir gingen mit wachen Sinnen, und wir machten große Schritte. Bald bemerkte ich, daß die Dunkelheit sich lichtete. Die Sicherheit, die sie uns gegeben hatte, schwand, aber keiner sagte etwas darüber. Wie auf Verabredung gingen wir rascher. Der Himmel färbte sich grau und ein bißchen rosa, doch das war nur für ein paar Minuten. Dann wurde es einfach hell. Wir sahen die Berge vor uns, und nach einer halben Stunde kämpften sich die ersten Sterne durch. Die übrigen folgten, und im Osten stieg ein runder, großer Mond empor. Die letzten Wolken trieben nach Norden. Auf einmal waren sie weiß, und sie strahlten im Mondlicht. Ich ging schneller und schneller. Pantje zog die Stiefel aus, damit er mir folgen konnte. Da fing ich an zu laufen. Wenn die Banditen entschlossene Leute waren, und bei ihrem Beruf mußte ich das annehmen, konnten sie uns auf der Spur nachgaloppieren. Hindernisse gab es keine, und der Mond war ihr stiller Verbündeter.

Hinter mir keuchte Pantje.

Ich hörte ihn ein paarmal »Dandjat!« rufen, und jedesmal gab es mir einen Stich. Pantje tat mir leid. Er hatte es schwerer als ich, er trug unförmig dicke Fellkleider, und er war nicht gewohnt zu laufen. Aber ich mußte hart bleiben. Als ich so den Herzlosen spielte, arbeitete sich Pantje mit großer Anstrengung voran, bis er neben mir lief. Er trug die Stiefel unter den Armen, die langen Mantelenden hatte er in den Gürtel gestopft.

»Was tust du«, stieß er hervor, »wenn sie kommen?«

Wir liefen nebeneinander her wie die Wiesel. Ich wußte gut, was er hören wollte, und darum ließ ich ihn laufen und

schnaufen und noch einmal fragen. Ich schrie ihn an:
»Dann schieße ich.«

»Bolna!« seufzte Pantje erfreut, und dann fiel er wieder
zurück.

Aber wir waren schon in der Nähe der Berge. Die ersten
Felsplatten lagen flach unter dem angewehten Sand. In der
Mitte, wo sie erhöht und gebuckelt waren, gab es nackte
Steine, und Spuren hinterließen wir keine mehr. Da fing ich
wieder an zu gehen. Im Vorwärtsschreiten betrachtete ich
die zerklüfteten Vorberge, und ich freute mich, daß sie so
waren. Ein Tal, das aus dem Nordwesten kam, führte in
langsamer Steigung bergan. Soviel ich sehen konnte,
schlängelte es sich zwischen den Vorbergen hindurch. Es
war randvoll mit Steinen und Geröll, und also war es für
unser Vorhaben das beste, es zu benutzen. Vorher aber galt
es, unsere Verfolger irrezuleiten. Ich erklärte Pantje mit ein
paar Worten, was ich vorhatte, und dann überquerten wir
das Tal. Jetzt suchten wir weichen Boden und Sand.

»Du trägst ausländische Stiefel mit Absätzen«, sagte Pantje,
»du mußt fest auftreten.«

»Geh neben mir«, ermahnte ich ihn, »sonst zertrampelst du
meine Spur.«

Pantje war wieder in die Stiefel geschlüpft, und das machte
viel aus. Er sah zuversichtlicher drein, und er schnaufte
nicht mehr. So gingen wir am Rand der Berge entlang, die
ein Halbrund bildeten, das ich bald überblicken konnte. Ich
schätzte den Durchmesser auf einen halben Kilometer,
dann erst sprang der nächste Ausläufer so weit vor, daß er
unserer bisherigen Westrichtung glaubhaft den Weg ver-
legte.

»Es gibt keine Hilfe«, sagte ich, »wir müssen noch einmal
laufen.«

Pantje jammerte, aber er zog gehorsam die Stiefel aus, und
dann liefen wir. Die Sorge, plötzlich die Verfolger hinter
uns zu sehen, war mächtiger als die Müdigkeit. Wir keuch-
ten beide, und schließlich war unser Laufen auch nicht

mehr schneller als Gehen. Doch wir hielten durch, und wir wurden belohnt.

Als wir auf der Felsenrippe des Ausläufers standen, öffnete sich ein breites und ebenso steiniges Tal wie das, zu dem wir zurückkehren wollten, und es führte nach Westen. Besser hätten wir es nicht treffen können. Um die Täuschung des Feindes zu vollenden, ging ich bis in das Geröll hinein und kehrte, über verstreute Steine hüpfend, zu Pantje zurück. Er hatte die Stiefel wieder an den Füßen, und er war schon ein Stück vorausmarschiert. Über eine Stunde brauchten wir zur Rückkehr, weil wir jetzt an den Berghängen das ganze Halbrund ausgehen mußten. Wo es sandgefüllte Rinnen gab, zog Pantje das Schaffell mit kunstvoll schlängelnden Bewegungen hinter uns drein. Mit diesem Verfahren wollte er die feinen Wellenlinien erzeugen, die der Wind im Sand weit besser und müheloser hervorbringt. Ich hoffte, daß kein Verfolger die Wellenlinien Pantjes zu sehen bekam. Da wir ständig stiegen, erreichten wir unser Steintal in leidlicher Höhe und weit von unserm ersten Ausgangspunkt. Ich fühlte mich jetzt um vieles sicherer. Im Osten, wohin wir einen freien Ausblick hatten, rührte sich nichts.

»Sie schwatzen, statt zu reiten«, sagte Pantje verächtlich, »sie sind keine Mongolen.«

»Sie verteilen das Geld«, sagte ich, »mögen sie lange dazu brauchen.«

Von da an gingen wir unbekümmerter. Ich blickte nicht mehr so oft zurück, und als Mitternacht vorüber war, machten wir die erste Pause. In den hohlen Händen verborgen rauchten wir eine Zigarette. Nachher wanderten wir weiter. Am Himmel segelten friedlich ein paar weiße Wolken. Wenn aber eine am Mond vorüberzog und ihn plötzlich verdunkelte, jagte uns die Einsamkeit der stillen Berge in eine unerklärliche Furcht. Dann froren wir auch. Pantje stampfte hinter mir drein, und manchmal sagte er:

»Ich habe Durst«, oder »Ich habe wehe Füße«, immer abwechselnd. Als ob mir das neu wäre.

»Du mußt was anderes denken«, riet ich ihm, »dann vergeht es. Ich habe keine Füße, die wehtun, und Durst werde ich erst morgen haben.«

»Du hast es gut«, seufzte Pantje, und dann schwieg er für lange Zeit, weil er merkte, daß ich ihn anlog. Wenn aber die Stille überhand nahm, wenn kein Stein ins Rollen geriet, und wenn die Wolken eigensinnig am Mond vorbeizogen, jammerte Pantje wieder.

»Es gibt keine Hilfe«, tröstete ich, »wir sind beide sehr müde.«

Als der Mond unterging, hatte sich Pantje vollkommen in seine neue Rolle eingespielt. Ich war der Verantwortliche für unser Unternehmen, und mithin hatte ich besser standzuhalten.

Sooft ich es hören wollte, sagte er knurrend: »Ich bin ein Mongole.«

»Ach so!« sagte ich verwundert. Ich tat jedesmal erstaunt, damit er seinen Kernspruch loswerden konnte. »Was hat es«, fragte ich, mit euch Mongolen Besonderes auf sich? Seid ihr anders, als Menschen gewöhnlich sind?«

»Wir Mongolen«, erklärte Pantje, »haben die Beine zum Reiten bekommen und nicht zum Gehen.«

Als der Morgen nahte, hatte auch ich genug. Das Ziel, nämlich die Baumwollstraße, die ich still erhofft hatte, verbarg sich mit der Zähigkeit, der man die eigene vergeblich entgegensetzt. In der Gobi gilt bloß die Härte, doch wenn es darauf ankommt, hat sie stets den größeren Vorrat. Wir waren auf einer Höhe angelangt, die bei Tagesanbruch einen freien Blick nach Süden und Osten gewähren würde. Verstreute Steinblöcke lagen herum wie nach einem Erdbeben. Sie mochten sich gelegentlich von den Felsengipfeln lösen, die aufgereiht im Westen standen. Noch war es Nacht, aber das Grau des Morgens trübte die Sterne. Es fiel leise vom Himmel, es hing zwischen den Felsen, und es kroch am Boden entlang. Ich suchte einen Platz zum Schlafen. Mir wäre jeder recht gewesen, eine ebene Felsplatte zum Beispiel, aber die gab es hier nicht.

»Komm!« sagte Pantje, und er führte mich erst einmal aus dem Geröll heraus. Schließlich fanden wir unter der vorspringenden Kante eines Felsblocks eine eingesunkene Stelle, die mit feinem, spitzem Kies gefüllt war. Wir legten uns nebeneinander, Pantje breitete das Schaffell über die vier Stiefel, und dann schliefen wir fast augenblicklich ein. Die Kälte weckte uns. Ich schaute auf die Uhr, aber sie war stehengeblieben. Ein scharfer Morgenwind wehte, und die Sonne war noch nicht aufgegangen. Wir hatten eine halbe Stunde geschlafen oder weniger. Das entmutigende Grau der Steinberge war heller geworden, die Kiesebene leuchtete beinahe weiß, doch das kam, weil ein dunkel drohender Himmel darüber stand. Für ein paar Augenblicke wurde er am Rande hell und silbern.

»Die Sonne geht auf«, meldete Pantje.

Ich merkte, wie ihm das Sprechen Mühe machte. Da nahm ich zum erstenmal die Feldflasche vom Haken. Ich drehte das knirschende Gewinde auf, und ich hielt sie Pantje unter die Nase.

»Schnaps«, sagte ich, »guter Schnaps.«

Pantje nahm einen ordentlichen Schluck. Er schüttelte sich, und die Luft blieb ihm weg, aber er war dankerfüllt. Als auch ich getrunken hatte, wurden wir guter Dinge. Es gab nichts mehr, das schrecklich war, auch die Kälte nicht. Zunächst würden wir die Baumwollstraße finden und bald nachher Wasser, viel Wasser, einen ganzen Brunnen voll. Zum soundsovielten Male breitete ich die Karte aus, und ich zeigte Pantje, wo wir nach meiner Vermutung waren. Ich zeigte ihm die blauen Halbkreise, die Brunnen bedeuten, und zwei davon gab es auf dem Weg, sobald wir ihn fanden. Später gab es sogar einen Fluß.

»Wie heißt der nächste Brunnen?« wollte Pantje wissen. Ich las laut, was da stand: »Ya-Tze-Tschwang.«

»Was soll das heißen?« fragte Pantje.

»Es ist Chinesisch«, sagte ich, »darum weiß ich es auch nicht. Irgend etwas mit Ente«, sagte ich, als mir einfiel, daß ich das Wort Ya-Tze schon in Peking gehört hatte. Neben den singenden Tauben ist dort die Ente das berühmteste Tier.

»Ente paßt zu Wasser«, sagte Pantje, »wir wollen gehen, damit wir das Wasser finden.«

Wir rappelten uns auf. Meine Füße waren wie Eisklumpen, denn ich hatte Lederstiefel an, die nicht mit Filz ausgekleidet waren wie die Pantjes. Dafür hatte er es mit dem Gehen viel schwerer.

»Nach Norden«, sagte ich, »besser noch nach Nordwesten. Da kürzen wir ab.«

Pantje übernahm die Führung. Er ging schleppend voraus, und ich ließ ihn gewähren. Wenn wir erst einmal die Karawanenstraße gefunden hatten, mußten wir schneller gehen. Unterwegs gab es bloß zwei Brunnen und erst nach 120 Kilometern den Fluß bei Taschbulak, von dem ich nicht wußte, ob er Wasser führte. Jetzt im Winter schien mir das unwahrscheinlich. – Und was war Taschbulak? Bestenfalls standen dort ein paar Hütten.

Der Vormittag verging trübselig. Wir kletterten über Felsbarrieren, die im Wege waren, und wir mußten Umwege machen, wenn die Hindernisse zu groß wurden. Manchmal standen wir am Rand einer Schlucht und mußten zusehen, wie wir sie umgingen. Gegen Mittag blies der Wind heftiger. Er kam vom Westen, und er war schneidend kalt. Wir banden uns gegenseitig die Ohrenklappen unter dem Kinn fest, und von da an mußten wir uns schreiend verständigen.

»Wir haben sie!« brüllte Pantje plötzlich.

»Wir haben sie noch nicht!« brüllte ich zurück, aber ich lachte.

Wir hielten am Rand eines Absturzes, und unter uns zog das schmale weiße Band, das Karawanenstraße hieß. Es lief in der Mitte eines Tals, das kaum begonnen hatte. Nach Osten zurückblickend, sah ich die Paßhöhe, sie lag niedriger als die zerklüfteten Bergzüge hinter uns, und wir hätten am besten getan, auf der Felsengalerie, wo wir standen, rückwärts zu gehen. Soviel ich von unserm Platz aus sehen konnte, war sie gangbar, und sie verlief, immer niedriger werdend, schließlich in gleicher Höhe mit dem Paß. Aber wer geht schon gerne zurück, wenn er vorwärts will? Pantje schon gar nicht. Rückwärtsgehen vertrug sich schlecht mit seinen Ansichten über guten und bösen Ausgang einer Sache. Er war abergläubisch, und nichts überträgt sich leichter. Aberglaube ist die ansteckendste Krankheit. Ich war sofort einer Meinung mit ihm, und wir begannen eine Stelle zu suchen, die uns für den Abstieg brauchbar schien. Pantje war sogar bereit, seine Stiefel schon jetzt in das Tal vorauszuwerfen, damit er besser klettern konnte. Ich bat ihn, vorerst noch etwas zu warten.

Nicht sehr weit von unserm exponierten Standpunkt bot sich ein absteigendes Felsband geradezu einladend an. Zehn Meter nur, schätzte ich, dann kam eine Geröllhalde, die in erträglichem Winkel auf den Talboden führte. Schlimmstenfalls würden wir auf ihr polternd hinabfahren. Unten sah ich, wie die Karawanenstraße einen Bogen um den angehäuften Schuttkegel machte.

»Gib mir das Glas mit dem Fett«, sagte ich, als wir an dem Felsband anlangten und als ich die Stufen sah, die wir zu überwinden hatten.

Pantje gab es mir. Ich knöpfte es in meinen Rock ein. Die Mantelenden stopfte ich wie Pantje unter den Leibriemen. »Du mußt nicht hinunterschauen«, mahnte ich, »davon wird dir am Ende nicht gut.«

»Ich bin ein Mongole«, sagte Pantje, und er setzte sich. »Rutsche mir nach!« rief ich, »es geht bequem.«

Das Felsband war breit genug. Ich ließ mich über die erste Steilstufe hinunter, und weil ich den Boden nicht ganz mit den Füßen erreichte, ließ ich mich fallen. Es fehlten höchstens zwei Handbreit. Ich kam gut auf, aber ich spürte, wie meine Knie zitterten. Der lange Marsch war keine gute Vorübung für Kletterei.

Oben jammerte Pantje. Ich sah ihn nicht mehr, und ich konnte auch nicht weit genug zurücktreten, denn es kam eine zweite Stufe.

»Lebst du noch?« erkundigte sich Pantje.

Der Wind fegte in harten Stößen die Felswand entlang und machte Lärm.

Ich schrie: »Leg dich auf den Bauch, Pantje; mach die Augen zu und laß dich langsam herunter. Wenn dich einer an den Stiefeln packt, dann bin ich das.«

»Ich werde sterben«, kam als Antwort von oben.

»Es gibt keine Hilfe«, tröstete ich ihn brüllend, »es geht ganz geschwind.«

Aber Pantje kam nicht. Er redete vom Sterben und davon, daß er niemals lebend über diesen Stein käme. Zwischenhinein fragte er, ob ich noch da wäre. Ich gab keine Antwort. Ich mußte mir richtig Gewalt antun, nichts zu sagen, denn seine Stimme wurde jammervoll und dünn. Dann verstummte sie, und ich hörte nur, wie der Wind pfiff und zu heulen anfing.

Da schrie ich nach oben: »Jetzt sollst du kommen, Pantje!«

»Komm wieder herauf«, bat er mich, »wir wollen zurückgehen, auch wenn Rückwärtsgehen schrecklich schlecht ist.«

»Ich kann nicht mehr zurück«, ließ ich ihn wissen, »aber dein Plan ist gut. Geh oben allein bis zum Paß. Wir treffen uns dann im Tal.«

Daraufhin hörte ich Rutschen, es kamen Stiefel über den Felsrand, und sobald ich sie fassen konnte, hemmte ich sein Abwärtsgleiten. Als er an den ausgestreckten Armen hing, preßte ich ihn mit aller Gewalt gegen den glatten Stein und befahl ihm loszulassen. Es war ein harter Entschluß für Pantje, aber dann stand er aufatmend neben mir.

»Habe ich dir nicht gesagt, es geht ganz bequem?«

»Ich habe es nicht geglaubt«, erwiderte Pantje, »jetzt sehe ich, es ist wahr. Wir wollen weitergehen.«

»Bolna!« rief ich erfreut.

Die zweite Stufe war nicht ganz mannshoch, und Pantje kam mir sofort nachgerutscht. Dann wurde das Felsband schmal. Zum Glück wich die Neigung der Wand zurück, und wenn man sich mit ausgebreiteten Armen, flachen Händen und mit dem Rücken zum Tal an ihr entlangtastete, mußte es gut gehen. Jetzt empfahl ich Pantje, die Stiefel vorauszuwerfen, und er tat es ohne Zögern.

Er lachte sogar, als er sah, wie sie auf der Geröllhalde abwärts kollerten und erst in der Mitte liegen blieben. Er hatte Vertrauen gefaßt, und er ging hinter mir drein, als ob er Bergsteigen von je betrieben hätte.

Nach wenigen Metern gab es keine Schwierigkeiten mehr. Das Felsband lief in breiter Bahn auf die Geröllhalde aus. In seiner Freude über das wiedergeschenkte Leben tat Pantje, was er besser unterlassen hätte. Er sprang seinen Stiefeln entgegen. Dabei kamen einige Steine ins Rollen, und weil sie schwer waren, und weil sie ihm auf die bloßen Zehen fielen, ließ sich Pantje mit einem Schmerzenslaut fallen und kugelte drei Viertel des Steilhangs hinunter. Hinter ihm drein hüpften kleine Steine, und ich sah welche, die hart an seinem Kopf vorbeisausten.

»Bleib, wo du bist!« schrie ich ihm nach.

Meine Mahnung war überflüssig. Pantje rührte sich nicht, und als ich vorsichtig und schrittweise erst die Stiefel einsammelte und dann von der Seite her zu ihm kam, lag er mit dem Gesicht auf den Steinen. Ich klopfte ihm auf die Schultern.

»Steh auf, wenn du lebst«, sagte ich, »es gibt Sturm.«

Pantje setzte sich. Er schaute nach Westen, wo über den dunklen Felsgraten eine noch dunklere Wolkenbank lagerte. Der Wind pfiff leise, als ob man keine Sorge haben brauchte. Doch der angewehte Sand im Talgrund war fahl geworden, und der Kamelpfad schimmerte beinahe weiß.

»Wir haben nicht aufgepaßt«, sagte ich, »mach schnell, zieh die Stiefel an.«

»Davon werden die Zehen nicht ganz«, erklärte Pantje, »sie sind gebrochen, und man kann sie abschneiden.«

Ich tröstete ihn. »Sie wachsen wieder an; gebrochene Zehen«, sagte ich, »sind keine schlimme Krankheit. Zuerst mußt du sie bewegen.«

Pantje betrachtete seine Füße. Die Haut über den Zehenknöcheln war abgeschrammt, und die Knöchel bluteten der Reihe nach.

»Auf und ab bewegen geht nicht«, behauptete Pantje, »das siehst du doch.«

Ich widersprach: »Nicht, bevor du es probierst.«

Ich redete ihm zu. »Wir müssen fort«, sagte ich, »wer weiß, ob nicht grobe Klötze von den Bergen fallen, wenn der Sturm sie herunterwirft. Hier liegen genug herum. Vielleicht«, sagte ich düster warnend, »liegt irgendwo einer darunter, der sitzen blieb, weil er Zehen hatte, die ein wenig bluteten.«

»Meinst tu?« fragte Pantje; und er machte einen zaghaften Versuch.

»Deine Zehen sind gesund!« rief ich erleichtert.

»Ein bißchen gebrochen sind sie schon«, sagte Pantje, dem eine so rasche Genesung nicht gefiel. Aber er zog die Stiefel an.

Dann rutschten wir den Rest des Abhangs hinunter. Wir hielten uns an den Händen, und als wir heil unten anlangten, war ich sehr froh. Wir hatten die Karawanenstraße wieder unter den Füßen.

Jetzt hieß es nur noch marschieren. Ich fing auch gleich damit an, und es ging leicht. Der Kamelpfad war eine weiße und staubige Furche, in der fast nirgendwo Steine lagen. Die Hufe vieler tausend Kamele hatten sie im Lauf ebenso vieler Jahre beiseite geschleudert. Es ging auch stark bergab. Rechts und links wurden die Berge höher, und die Felswand, die wir verlassen hatten, stieg. Von da an war sie senkrecht. Das Tal wurde zusehends enger, und als wir einige Windungen hinter uns hatten, war eine Schlucht daraus geworden. Die Luft stand still.

»Warum rennst du so?« fragte Pantje, »gleich gibt es Sturm. Du läufst ihm nicht davon.«

Er war ein wenig außer Atem. Die schweren Stiefel schlurften am Boden, und eine Staubfahne zog hinter ihm her. Vielleicht schmerzten ihn auch die wunden Zehen.

Ich blieb einen Augenblick stehen. »Auf meiner Karte«, sagte ich, »heißt es, daß der nächste Brunnen da ist, wo diese Berge zu Ende gehen.«

»Ist es der mit dem langen Namen, in dem eine Ente vorkommt?«

Ich sagte: »Dieser ist es, und wenn wir laufen, kommen wir hin, bevor der Sturm losbricht. Wer weiß, wie lange er dauert.«

»Der Himmel weiß es«, gab Pantje zu.

Jetzt hielt er sich dicht hinter mir. Die Aussicht auf Wasser trieb ihn vorwärts, und als ich in einer Kluft den geborstenen Stamm einer Schwarzpappel erblickte, belebte sich meine Hoffnung. Ich schaute mich nach Pantje um, und er nickte zuversichtlich. Das Grundwasser war nahe; bald würde es zutage treten. Auch der Weg fiel nicht mehr so stark. Er war beinahe eben, doch er wand sich in vielen Krümmungen durch die Schlucht. Der Ausgang war nicht zu sehen, und plötzlich erkannte ich überhaupt nichts mehr, keine Felswand, keinen Karawanenweg und keinen Pantje. Für einen Augenblick spürte ich noch, daß er hinter mir stand, aber gleich darauf war er weg. Über uns brach eine schwarze Staubwolke herein, es wurde Nacht, und der Sturm heulte in allen Felslöchern. Er stürzte sich in die Schlucht, er warf sich brüllend gegen die Wände, und wo es lockere Steine gab, warf er sie herunter.

Ich flüchtete nach links, wo ich die Schwarzpappel gesehen hatte. Der Schatten Pantjes verschwand rechts. Vielleicht hatte er dort eine bessere Deckung gefunden. Ich hörte ein paar Steine zischend zu Boden schlagen, dann krallte ich mich an dem Stamm fest und zwängte mich an ihm vorbei in die Kluft.

Hier war es still. Ich lehnte mich gegen den Stein, und dann streckte ich vorsichtig die Hände aus. Als ich auch gegenüber auf Fels griff, ließ ich aufatmend die Arme fallen. Draußen tobte das Unwetter. Es schrie wie schrilles Kindergeschrei, und es brüllte wie Donner. Irgendwo krachte es dumpf, und darüber schlief ich ein.

Da meine Uhr nicht mehr ging, habe ich nie herausgebracht, wie lange ich stand und schlief. Es war dunkel, als ich aufwachte, aber Gebrüll war nirgends mehr. Es schrie auch kein Kind, es war ganz still, ganz fürchterlich still. Ich fror, und als ich mich aus meinem Verlies befreite, mußte ich mich anstrengen. Ein Bein nach dem andern mußte ich mit den Händen heben. Beide waren eingeschlafen und kribbelten.

Über der Schlucht lag eine schimmernde Dunkelheit, die nicht grau und nicht schwarz war. Irgendwo mußte der Vollmond scheinen, aber Sterne gab es keine. Es gab bloß das trostlos verschwommene Dunkel, das aussah, als ob es bald schneien würde.

Zunächst schlug ich die Arme auf dem Rücken zusammen, und als ich die Fingerspitzen wieder fühlte, probierte ich, die Zehen zu bewegen. Das war weit schwieriger, und während ich übte, rief ich einigemal nach Pantje. Ich gab es bald auf. Pantje meldete sich nicht, und das Rufen in dem stillen Felsental, allein und klein zwischen den starrenden Wänden, von denen es widerhallte, war nicht gut. Ich wollte es mir nicht eingestehen, aber dann fürchtete ich mich doch. Es ist schrecklich, auf einem verlassenen Karawanenweg zwischen Felsen zu stehen und zu schreien, und bloß der liebe Gott hört einen.

Ich begann nach Pantje zu suchen. Er war nach der andern Seite gelaufen, und da fand ich ihn auch. Er schlief fest. Wenn es drauf und dran kommt, haben uns die Mongolen stets etwas voraus. Sie beobachten schärfer, auch wenn es sich um Kleinigkeiten handelt, und es entgeht ihnen nichts. Pantje lag unter einem Felsvorsprung auf weichem angewehtem Sand. Das Schaffell hatte er über den Kopf gezogen, und als ich es wegnahm, wachte er noch lange nicht auf. Da stupste ich ihn mit der Stiefelspitze, und als das nichts half, rüttelte ich ihn munter.

»Hast du keine kalten Füße?« fragte ich ihn, als er erschrocken aufsprang. »Ich habe Durst«, sagte Pantje.

Wir tranken jeder einen Kognak, und dann trotteten wir den Weg entlang. Zum Sprechen hatte keiner Lust. Die Kehle war trocken, die Ränder schmerzten beim Atmen, die Zunge lag dumpf und dumm und auch schon trocken im Mund, und die Lippen begannen aufzuspringen, wo sie noch heil waren. Das war aber bloß oben. Ich spürte es, als ich mit der Zunge darüberfuhr. Man soll das nicht tun, aber es kam nicht mehr darauf an.

Nach wenigen Minuten stapften wir um die letzte Biegung. Die Felsen brachen jäh ab; einige verwitterte Vorposten ragten wie Zähne aus dem Grund, und zwischen ihnen lag ein schmales Schilffeld.

»Wasser!« schrie Pantje heiser.

Wir begannen sofort zu suchen. Wir brauchten uns nicht zu verständigen, was zu tun war. Jeder ging nach seiner Seite, und Schritt für Schritt suchten wir die Schilfwiese ab. Die dürren Blätter raschelten, und wenn es irgendwo eine dünne Eisschicht gab, bückte ich mich und betastete den Boden. Es war wie beim Spiel, bei dem ›heiß!‹ und ›kalt!‹ gerufen wird und bei dem man oft lange braucht, bis es ganz heiß wird. Es wurde aber nicht einmal warm. Als ich merkte, daß Pantje mir zutraute, ich könnte den Brunnen oder das vereiste Wasserloch übersehen haben, wechselten wir die Felder. Trotzdem blieb es dabei. Hier war Wasser, und hier war ein Brunnen gewesen, aber jetzt war er zugeweht, und bloß noch der Name stand auf der Landkarte, die Justus Perthes in Gotha gedruckt hatte, und etwas mit Ente war auch dabei. Wenn wir wenigstens den Spaten gehabt hätten. Ich glaube, Pantje und ich dachten das gleiche, aber der Spaten war bei Tjang, und Tjang brauchte ihn nicht. Tjang war in der Gesellschaft von Banditen, die Pferde ritten und geheime Wasserstellen kannten.

Wir setzten uns entmutigt an den Rand der Karawanenstraße. Ich fror, daß es wehtat, und Pantje hielt den Kopf zwischen den Händen. Auf dem langen Weg, der vor uns lag, gab es nur noch einen Brunnen, aber ob wir ihn finden würden, war ungewiß. Ich zog die Zigaretten aus der Tasche, und ich zählte sie, und weil es so wenige waren, zählte ich noch einmal.

»Von jetzt an müssen wir eine miteinander rauchen«, sagte ich.

»Diese Straße taugt nicht«, erklärte Pantje zornig, »die Brunnen sind verwahrlost, und wir werden keinem Menschen begegnen.«

»Wir müssen gehen, und wir dürfen auf niemand rechnen«, sagte ich, »es gibt keine Hilfe.«

»Wir sind verloren«, sagte Pantje.

»Wer sagt dir das?« rief ich. Jetzt, da es ausgesprochen war, reizte mich das böse Wort zum Widerspruch. »Bis zum nächsten Brunnen sind es achtzig Li oder neunzig. Ich habe auf dem Papier gelesen, was geschrieben steht, und mein Geländebild lügt nicht.«

»Wie heißt der Brunnen, von dem du sprichst?« fragte Pantje matt.

»Er hat einen mongolischen Namen, und er heißt ›Tagwasser‹.«

»›Tagwasser‹ ist ein guter Name«, sagte Pantje erfreut. »Es ist der Name für einen Brunnen, den man nicht ausgraben muß. Woher wissen die Leute in deiner Heimat Dinge, die keiner von uns kennt?«

»Das ist einfach«, setzte ich Pantje auseinander. »Männer, wie der Nojen einer ist, schreiben auf, wo es Brunnen gibt und wie sie heißen. Wenn sie nach Hause kommen, sagen diese Männer zu dem, der die Karten macht: ›Auf deinem Geländebild fehlt ein Brunnen. Ich habe ihn gefunden, und er ist da und da, und du sollst ihn dir merken.‹ Dann sagt der Kartenmacher, daß er sich freut, weil sein Geländebild nicht mehr so leer aussieht wie vorher.«

Pantje dachte eine Weile nach. Dann stand er auf und ging gebückt umher, bis er die Stelle fand, wo die dünne Eisschicht auf dem Boden lag. Er trat darauf herum und brachte einige losgebrochene Stückchen mit. Sie waren dünn wie Papier, und sie zerflossen zwischen den Fingern. »Ich habe das Eis schon probiert«, sagte ich, »wirf es weg, es schmeckt abscheulich.«

»Es ist kalt«, erwiderte Pantje, aber dann spuckte er aus. »Sage den Kartenmachern, wenn du nach Hause kommst, daß das Entenwasser nicht taugt. Es ist ein schreckliches Salz- und Bitterwasser, und mich wundert nicht, daß der Brunnen versandet ist, weil niemand daraus trinken kann.«

»Auf!« sagte ich.

Und wir begannen die Nachtwanderung. Eine niedere Bodenwelle führte aus der Senke heraus; nachher war alles eben und zum Fürchten leer. Wieder lag eine Kieswüste vor uns, mit feinen Steinsplittern besät, und der Karawanenweg war wie ein Kreidestrich und wie mit dem Lineal gezogen. Über den trüben Nachthimmel wanderte ein milchiger Fleck. Dahinter verbarg sich der Vollmond. Die Ränder der Wüste ringsum waren schwarz. Als wir die erste Pause machten, war auch das Felsengebirge hinter uns verschwunden, und die Ebene dehnte sich grenzenlos nach allen Horizonten. Ich holte die Uhr aus der Tasche, und ich zog sie auf. Ich stellte sie auf fünf Minuten vor Mitternacht, und dann zeigte ich sie Pantje.

»Woher weißt du das?« fragte er erstaunt.

»Ich weiß gar nichts«, erwiderte ich, »als daß wir jetzt nach der Uhr gehen wollen. Wir werden drei Viertel einer Stunde marschieren und dann eine Viertelstunde lang ausruhen. Ist dir das recht?«

»Bolna!« sagte Pantje ergeben. Ich war froh, daß er in mein System einwilligte. So hatten wir einen unparteiischen Mittler, und es konnte keinen Streit geben, wenn Pantje müde wurde. Ich brauchte dann nicht unbarmherzig scheinen; ich konnte die Schuld auf die Uhr schieben.

Als die Stunde voll war, stand ich auf; ich sagte: »Jabonah!«, und dann schlichen wir los. In den Pausen rauchten wir manchmal zusammen eine Zigarette, und manchmal ließen wir ein Stückchen Hammeltalg auf der Zunge vergehen. Etwas blieb auf dem Gaumen haften, und dann hatten wir Grund, einen Schluck Kognak zu trinken. Als meine Uhr sieben zeigte, war es noch immer Nacht.

Im Anfang hatte sich Pantje neben mich an den Wegrand gesetzt, jetzt ließ er sich fallen, wenn die Zeit da war. Er schlief trotz der Kälte, und als eine Stunde später der Morgen graute, lag er wieder und schlief. Ich blickte in das trübe Weiß des Himmels, und ich sah, wie es in Bewegung geriet. Von allen Seiten kam es auf uns zu. Seltsame graue Schleier wehten, und die große Ebene wurde klein. Ein Windstoß fuhr mir ins Gesicht, und dann wirbelten Schneeflocken. Ich begriff das holde Wunder sofort. Ich war dankerfüllt, und ich war dem Weinen nahe. Ich lachte, und ich trat Pantje gegen das Schienbein. Ich schrie: »Es schneit!«

Pantje fuhr auf. »Schnell!« rief er heiser, »Dandjat, du mußt schnell machen.«

Zuerst stopften wir uns den Mund voll Schnee, und dann folgte ich dem Beispiel Pantjes, der mit den Händen so viel zusammenfegte, wie er eben konnte.

»Gib deine Feldflasche«, sagte Pantje, aber ich hatte den Schraubverschluß schon geöffnet. Wir preßten den Schnee zwischen den Händen, und die Tropfen fielen und verwässerten den guten Kognak. Aber das kümmerte uns nicht, wenn er nur mehr wurde. Zwischenhinein aßen wir Schnee, und plötzlich war alles vorüber. Der Wind hörte auf, und die letzten Schneeflocken zogen mit ihm davon. Die Sonne stieg über die Ränder der Ebene, und über uns wölbte sich der blaue Morgenhimmel Asiens. Kein Lüftchen regte sich. Wir waren allein auf der weißen Hochfläche, und es war wie an einem der beiden Pole, wo alles eben und weiß ist, weil dort die Welt ein Ende hat. Wir sammelten immer noch Schnee, aber es war wenig, und das Wenige schwand unter den Händen. Die Erde sog es auf oder die Luft, vielleicht sogar die Steine. Man sah nicht, wohin es geriet, es war ein Hauch, der schwand. Ich hob den Blick und schaute nach Westen.

»Wir sind nur ein kleines Stück gegangen«, sagte ich, »wir müssen uns besser anstrengen.«

»Wieso?« wollte Pantje wissen.

»Weil man sonst sehr hohe und sehr große Berge sehen müßte, die Karlyk-tag heißen.«

»Man sieht sie doch«, sagte Pantje. Er zeigte nach Nordwesten, als ob da was wäre.

Zuerst schien mir bloß, der Schnee in der Ferne sei ein bißchen weißer, nachher sah ich, daß die Horizontlinie bewegt war, und dann erkannte ich, daß es Berge waren. Da war aber der Schnee um uns verschwunden. Die Steine waren wieder grau, der Staub des Pfades wurde weiß, und nur da, wo ein größerer Stein lag, schimmerte noch ein Fleckchen Schnee.

Doch nun hatten wir ein Ziel vor Augen. Ich zog die Karte aus der Tasche, und ich maß die Entfernung noch einmal.

»Von diesen Bergen«, sagte ich zu Pantje, »kommt ein Fluß. Wir müssen ihn morgen erreichen, denn es sind bloß zweihundert Li, wahrscheinlich sind es weniger.«

»Und der Brunnen ›Tagwasser‹?« fragte Pantje seufzend.

»Er liegt dazwischen«, antwortete ich, »wenn wir rascher gehen, sind wir zu Mittag dort. Mut!« sagte ich, »der Himmel hat uns Schnee beschert.«

Wir machten uns auf, und den Vormittag über gingen wir besser. Fast schien es, als ob wir die üblichen vier Kilometer, die eine Karawane im Durchschnitt zurücklegt, hinter uns brächten. Dann aber zweifelte ich daran. Obgleich wir während der Nacht nur geschlichen waren, hätte der Brunnen hier irgendwo sein müssen. Zum Schluß zweifelte ich auch an der Karte. Woher sollte in dieser Kiesebene Wasser kommen? Sie nahm kein Ende, nirgends gab es einen Hügel, es gab nur den Weg, an dessen Rand wir uns wortlos niederlegten, sobald die Uhr die Stunde wies. Jedesmal kämpfte ich mit dem Schlaf, den ich bisher Pantje allein überlassen hatte. Bis zum Brunnen ›Tagwasser‹ wollte ich durchhalten.

Am frühen Nachmittag bat mich Pantje um eine Stunde Rast. Auch wenn er den besten Willen hätte, und er habe ihn, sagte Pantje, so vermöge sein Wille nichts gegen das Unvermögen der Beine.

»Ich weiß«, sagte Pantje, »diese meine Rede ist nicht gut zu hören, aber Weitergehen ist ein Ding, das ich nicht mehr zuweg bringe. Ich bin ein Mongole.«

Ich sagte: »Das ist mir bekannt.«

»Eine Stunde Schlaf«, bettelte Pantje.

Er zog die Füße aus den Stiefeln, und er wies auf die großen Blasen zwischen den blutverkrusteten Zehen und auf die wunden Stellen am Hacken. Ich hatte auch welche, und ich sagte es Pantje.

»So wollen wir beide schlafen«, schlug er vor, »in der Sonne liegen und schlafen ist besser als hinter Felsen stehen und frieren.«

Ich widersprach noch einmal, aber es war schon nicht mehr ernst gemeint. Pantje merkte das. Er breitete einladend das Schaffell aus, und er behauptete, daß Schlafen nicht nur eine gute, sondern eine vernünftige Sache sei. Er sprach leise und heiser, aber er redete in einem fort.

»Sieh dir diese Gegend an«, sagte er, »und betrachte die Sonne, Dandjat. Die Gegend ist wie zum Schlafen gemacht, und die Sonne scheint warm. In einer Stunde wird die Wärme wieder kalt werden, und wir werden von alleine aufwachen. Dann werden wir marschieren, wie du es haben willst, und wir werden es besser tun können als jetzt.«

211

Ich willigte ein. Ich sagte »Bolna!« und ich schaute nach den fernen Bergen, die meine Karte als Viertausender bezeichnete. Sie sahen gar nicht so aus. Dann räkelte ich mich in der warmen Sonne. Der Gedanke, wie gewaltig wir in der kommenden Nacht marschieren würden, befriedigte mich vollends, und ich schlief neben Pantje ein.

Kurz vor Sonnenuntergang wachte ich auf. Ich hatte nichts anderes erwartet, aber schlimm war es doch. Wie sollten wir den Brunnen ›Tagwasser‹ in der Nacht finden, wenn es überhaupt einen gab! Ich weckte Pantje auf. Er murmelte betrübt, und er schüttelte den Kopf auf dem Schaffell. Er war schwer in Gang zu bringen. Das machten die wehen Füße. Weil ihm das Aufstehen Schmerzen bereitete, nahm ich mir vor, ihn von jetzt an zu betrügen und statt einer Viertelstunde nur zehn Minuten zu rasten, wenn die Zeit dazu gekommen war. Wir aßen ein ordentliches Stück Hammeltalg, und dann begannen wir die Wanderung.

Die Sonne sank langsam; es war herrlich wie am ersten Schöpfungstag. Eine fürchterliche Kälte machte sich breit. Die Erde war wüst und leer und grau, und die Sonne färbte sich rot. Wir waren noch keine zehn Minuten unterwegs, als sie den Horizont berührte.

Ich hatte weiter nicht auf den Weg geachtet. Ich hatte in die Sonne gestarrt, und ich war erstaunt, als Pantje mich anrief. Vor uns senkte sich plötzlich der Weg. Wo vorher nichts gewesen war, gab es auf einmal einen kiesgefüllten Einschnitt, ein ehemaliges Flußbett also. An den Rändern des Grabens lag Sand, und gegenüber, hundert Meter entfernt, erhob sich die andere Böschung. Dann war alles wie vorher. Die Ebene lief weiter, und die Sonne sank.

Als ich auf den dunklen Talgrund blickte, sah ich dort den runden, leuchtend grünen Sonnenreflex. Eigentlich wollte ich nach dem Weg schauen und ob er nirgends eine Abzweigung zu einem Brunnen machte, aber dann ließ ich es bleiben. Das würde Pantje besorgen. Ich schloß die Augen, und ich überließ mich dem herrlichen Spiel, die sma-

ragdgrüne Sonne auf dem feurigroten Grund der geschlossenen Lider zu betrachten, bis das Rot dunkler werden und
das Grün erlöschen würde. So weit kam ich aber nicht. Ich
sah, daß in der grünen Scheibe etwas Schwarzes steckte,
das aussah, als ob es sechs Uhr wäre, wenn großer und
kleiner Zeiger sich zu einer Geraden vereinen und das
Zifferblatt in zwei Hälften teilen. Das Phänomen war mir
neu. Ich hatte die Sonne hinter meine Lider genommen, als
sie eben den Horizont berührte, und jetzt war ein zittriger
schwarzer Strich in dem Bild. Ich öffnete die Augen. Da war
die Sonne zu einem Viertel in die Erde gesunken, und ich
sah, daß in ihr ein dünner Gegenstand steckte. Ich wollte
es Pantje sagen, aber Pantje begann gleichzeitig von seinen
Beobachtungen zu sprechen. Da die Verständigung darunter litt, verstummten wir beide.

»Du sollst reden«, sagte ich.

»Sprich du«, sagte Pantje höflich.

»Es gibt nichts, das einer Erwähnung wert wäre, ich sah
bloß einen Ast.«

»Der Weg geht nicht nach links und nicht nach rechts«,
seufzte Pantje, »er geht geradeaus. Hier gibt es kein Wasser.«

»Stell dich auf meinen Platz«, lud ich ihn ein, »und schau
in die Sonne. Siehst du den Ast? Oder ist es ein Zweig? Oder
ist es ein Pfahl, wie man ihn für den sprechenden Draht in
die Erde rammt?«

»Es wird eine Tamariske sein«, meinte Pantje, »Pfähle sind
dicker.«

»Merke dir die Richtung«, sagte ich, »wir wollen nachsehen.«

In Eile überquerten wir das trockene Flußbett.

»Tamarisken gibt es hier keine«, belehrte ich Pantje, »es
muß was anderes sein. Hast du die Richtung behalten?«

»Keine Besorgnis deswegen«, sagte Pantje, und ich wußte,
daß ich mich auf ihn verlassen konnte.

Als wir die jenseitige Böschung hinaufgeklettert waren,

verschwand die Sonne. Die letzten Strahlenbündel schossen über die Ebene, einige stiegen senkrecht in den Himmel, die fernen Berge leuchteten rot, aber auf alles das achtete ich nicht. Mir war nur noch der Ast wichtig, oder der Bengel, oder was es sonst sein mochte. Ich sah ihn auch bald, und dann brauchten wir nicht mehr weit zu gehen, da standen wir am Rand einer Senke. Sie war rund wie ein Krater, und da, wo wir sie erreichten, kam ein dicker Ast aus dem Boden und daneben einige dünnere. Miteinander bildeten sie die vom Sturm mitgenommene Krone eines kümmerlichen Baumes, der in einer Felsspalte Wurzel geschlagen hatte und zur Hälfte über den Rand des Kraters ragte. Da wir an der steilsten Stelle auf dem Felsen standen, lag die runde Senke offen vor uns. Wir sahen, daß sie mit Sand gefüllt war und daß es nirgends Spuren gab; bloß was unter uns war, vermochten wir nicht zu sehen.

»Horch!« rief Pantje plötzlich. Er war ganz verändert vor Freude.

Er schrie »Wasser!« und dann rannten wir dahin, wo der Boden eingesunken war und einen Zugang in den Krater freigab. Der Sand lag tief. Wahrscheinlich hatte ihn der Sturm der vergangenen Nacht mit vollen Händen in das Erdloch geworfen; aber bis an den Felsen reichte er nicht. Dort gab es einen überhängenden gewaltigen Stein, von dem auf den darunterliegenden ein steter Tropfen fiel. Einer folgte dem andern, und wenn es mehrere waren, verdrängte der nachfolgende den ersten, der dann ein Stückweit an dem Stein entlanglief, bevor er fiel. Die Tropfen machten eine herrliche Musik, und sie hatten eine Rinne ausgehöhlt, die voll Wasser war und überlief. Wir brauchten uns zum Trinken nicht einmal auf den Bauch zu legen, wir mußten uns bloß bücken. Zuerst tranken wir die flache Rinne leer.

»Wie die Kamele«, sagte Pantje.

Nachher tranken wir auch den verwässerten Kognak, damit die Feldflasche leer wurde.

»Hier ist ›Tagwasser‹«, sagte ich, »nun sind es bis zum Fluß bei Taschbulak nur noch einhundertzehn Li oder einhundertzwanzig. Wir sind nicht verloren.«

»Dein Geländebild ist ein ausgezeichnetes Geländebild«, lobte Pantje.

Ich war so stolz, als ob ich es selbst gemacht hätte. Zwei Stunden verbrachten wir an dem Brunnen ›Tagwasser‹. Die Tropfen fielen in die Feldflasche, die ich zwischen Steine eingeklemmt hatte, damit ich sie nicht zu halten brauchte. Wir saßen daneben, rauchten brüderlich eine Zigarette, und wir hörten zu, wie die Tropfen fielen. Dazwischen sagten wir uns, wie glücklich wir waren. Dann aßen wir das letzte Stückchen Hammeltalg, und als der Mond kam, warteten wir, daß der hohle Stein sich wieder füllen würde. Wir tranken ihn noch einmal leer und dann noch einmal. Das Wasser war herrlich und sehr kalt.

Ich rief: »Jabonah!«, und Pantje wiederholte das Zauberwort fröhlich. Dann zogen wir in die Nacht hinaus, und auf dem Weg, der dünn und weiß vor uns herlief, gingen wir Stunde um Stunde. Die fernen Höhen des Karlyk-tag waren im Dunkel und im Licht der Sterne versunken, und erst beim Morgengrauen erhoben sie sich über den Rand der Ebene.

Aber da schlichen wir nur noch, und wir stolperten viel. Im Lauf der Nacht hatte ich die Marschzeit bis auf die Hälfte vermindert, und trotzdem gab es kein Vorwärtskommen mehr. Wir froren auch. Schließlich machte ich es nicht besser als Pantje. Ich wartete, bis die Sonne ein wenig höher stand; dann legte ich mich neben ihn, wo wir gerade waren. Wir tranken aus der Feldflasche, und wir schliefen.

Ich erwachte zu Mittag, aber ich stand nicht auf. Ich schaute bloß nach dem Gebirge Karlyk-tag, und ich schätzte mit trägen Augen die Entfernung. Sie gefiel mir besser als am Tag vorher, und darum schlief ich ein kurzes Stück weiter. Es war nicht mehr als eine Stunde, denn als ich aufwachte, war die Sonne kaum aus dem Mittag gerückt, und der

Schatten Pantjes lag dort, wo er vorher gelegen war. Jetzt aber war ich munter. Mit der Rücksichtslosigkeit, die ein guter Schlaf verleiht, rüttelte ich Pantje wach. Erst als ich sah, daß in seinen Augen nichts Ausgeruhtes und nicht einmal etwas war, das aufgemuntert werden konnte, tat er mir leid. Es wurde mir auch Angst. Pantje blinzelte in die Wintersonne wie einer, der auf fremde Hilfe wartet.

»Es kommt keiner, der dich aufhebt«, sagte ich grob, »das mußt du selbst besorgen.«

»Geh allein«, bat Pantje, »aber laß mich liegen. Seit ich lebe, bin ich gerne aufgestanden; aber jetzt laß mich liegen.«

»Setz dich«, schlug ich vor, »wir wollen eine Zigarette rauchen.«

Ich hatte noch zwei, und dieses war die vorletzte. Ich hoffte, daß sie ein Mittel wäre, Pantje auf die Beine zu bringen, und zur Hälfte gelang es mir auch. Pantje setzte sich. Wir rauchten, und wir tranken einen Schluck Wasser. Dann sagte Pantje: »Vielleicht geht es jetzt.«

Ich sagte: »Es muß gehen.«

Ich griff ihm unter die Arme, und ich half ihm ein wenig beim Aufstehen, aber mehr noch beim Stehenbleiben. Dabei streifte mein Blick das Gebirge, und weil es mir nicht mehr fern schien, sondern ganz nah, begann ich zu reden, was mir gerade einfiel.

Ich sagte: »Von diesen Bergen stürzt das Wasser nur so zu Tal. Hörst du, Pantje? Es gibt dort Bäche und Wasserfälle, und wo sie zusammenkommen, entsteht ein Fluß. Diesen Fluß werden wir heute nacht sehen. Wir werden am Ufer liegen und trinken, soviel wir wollen, nicht bloß einen Mundvoll. Du kannst deine Füße ins kalte Wasser tunken, auch wenn es ein Fehler ist und nicht nützt, sondern schadet. Das kannst du alles tun und noch mehr. Aber jetzt geh!«

Und Pantje ging. Er schleppte sich hinter mir drein, und ich gönnte ihm wenig Ruhe.

»Vom Sitzen werden die Füße ungehorsam«, sagte ich.

Pantje nickte ergeben. Er ging mit dem Kopf voran wie ein

Wasserbüffel, der sehr schwere Arbeit tun muß. Wenn er schon nach einer Viertelstunde stumm mit den Augen um eine Pause bat, schüttelte ich unbarmherzig den Kopf. Ich gab ihm dann einen Schluck Wasser. Er trank, und hinterher schämte er sich, wenn er sehen mußte, daß ich den Verschluß wieder zuschraubte, ohne selbst einen Schluck zu nehmen. Dann ging er wieder.

Am Abend waren die Berge nicht mehr im Westen. Sie standen beinah schon im Norden, sie waren mächtig emporgewachsen, und ihre Flanken färbten sich rot. Auch der Schnee auf ihren Häuptern wurde zu Feuer. Nach unserm Sprachgebrauch hatten wir rechts das herrlichste Alpenglühen und links die verlassenste Einöde, ein Nichts aus grauem Kies. Es war die Wüste schlechthin.

Als die Sterne aufzogen, verschwanden die Berge, und mit ihnen verschwand das sichtbare Zeichen naher Hilfe. Von da an fürchtete ich, daß Pantje in der Nacht aufgeben würde; ich wollte nicht daran denken, aber ich tat es immer wieder, und das war schlecht. Gedankenübertragung ist bei vielen Mongolen so gut wie Reden.

»Hast du Angst wegen meiner?« fragte Pantje hinter mir, und ich wunderte mich nicht darüber.

»Du brauchst mir keine Antwort zu geben«, sagte Pantje. Ich gab ihm auch keine. Was hätte ich schon sagen sollen? Ich war froh, solange er wie ein Schlafwandler einen Fuß vorsetzte und den andern nachzog. Das Spiel mit der Uhr hatte ich aufgehört zu spielen. Jetzt wurde es ernst. Ich ließ Pantje gewähren, wenn er sich setzte, aber ich zwang mich, neben ihm als stumme Mahnung stehen zu bleiben. Es dauerte jedesmal länger, aber immer wieder erhob sich Pantje ächzend, und manchmal seufzte ich zur Gesellschaft mit. Das letzte Wasser tranken wir gemeinsam. Das war, als wir die letzte Zigarette rauchten.

»Aus?« fragte Pantje.

»Alles aus!« sagte ich.

Inzwischen war der freundliche Mond aufgegangen. Er

goß Sanftmut in meine Seele, er verjagte die Furcht, und ich sagte: »Der Mondhase will uns wohl. Wir dürfen ihn nicht durch Mutlosigkeit enttäuschen.«

Pantje nickte, aber ich merkte gut, daß solche Worte an ihm abglitten. Er machte auch keinen Hehl daraus. Er saß da mit aufgestützten Armen, der Kopf lag schwer in den Händen, und es sah aus, als überlegte er eine wichtige Sache. Plötzlich straffte sich seine Haltung. Er wolle einen letzten Versuch machen, sagte Pantje.

Ich nahm seinen Ausspruch nicht so ernst, wie er gemeint war. Mochte es der letzte oder der vorletzte Versuch sein; die Hauptsache war, daß Pantje sich in Bewegung setzte. Ich ließ ihn dicht vor mir hergehen, schon allein wegen der Staubwolke, die er mit den schlurfenden Stiefelsohlen aufwirbelte. Nach einer halben Stunde stieß er den Atem keuchend aus dem Mund. Im Mondlicht sah ich den Dampf; er kam in immer schnellerer Folge. Bei jedem Schritt fürchtete ich, daß Pantje nach rechts oder nach links umkippen und liegenbleiben würde. Aber er setzte sich bloß. Er tat sich Gewalt an, und als er wieder so viel Luft beisammen hatte, daß er nicht mehr röchelte, sagte er klar: »Ich kann nicht mehr.«

Nach dieser Mitteilung legte er sich zu Boden. Er ließ sich nicht fallen, er tat es mit langsamer Entschiedenheit, um mich wissen zu lassen, daß jeder Versuch, ihn wieder auf die Beine zu bringen, vergeblich sei.

Vorläufig ließ ich ihn bei seinem Glauben. Ich setzte mich neben ihn, schaute in den Mond, und ich fing an, mit Steinen zu spielen, um mich wach zu halten. Das Klickern der Kiesel, wenn ich einen traf, war das einzige Geräusch, das es gab. Trotz der Kälte schlief Pantje bald. Sein Atem ging wieder regelmäßig, und das beruhigte mich. Ich dachte zuerst, daß ich wenig und dann, daß ich gar keinen Grund zur Verzweiflung hatte. Der Mond schien schön und sehr hell. Ich zog die Uhr aus der Tasche. Eine Stunde wollte ich Pantje zubilligen. Dann würde ich mein Herz vor seinem gequälten Blick verhärten, und Klagen sollten überhaupt nicht gelten. Was hatten wir denn schon Großartiges geleistet? Wir hatten lange Märsche gemacht, wir hatten drei Tage lang nichts gegessen außer einem Stück Hammeltalg, aber wir hatten immer wieder Wasser zu trinken gefunden. Und wehe Füße waren nun einmal dazu da, daß sie schmerzten.

Es war schon so. Bald beobachtete ich Pantjes Schlaf nicht mehr mit so viel Mitgefühl. Nacheinander verwarf ich alles, was zu seiner Entschuldigung hätte vorgebracht werden können. Die Angst vor dem Ungewissen, dem wir entgegengingen, zählte nicht. Sie mußte bei einem Mongolen, der heute da- und morgen dorthin zieht und sich zu jeder Stunde unerwarteten Fährnissen ausgesetzt weiß, einen Teil des Lebensgefühls ausmachen. Der Durst war schlimm, aber er ging vorüber, der Hunger war bis jetzt erträglich, und die Kälte mußte hingenommen werden. Dafür war es Winter. Wenn ich die Blasen zwischen den Zehen dazunahm, war die Summe der Leiden rasch addiert. Sollte Pantje ein schwaches Herz haben? Das war möglich, aber ich war nicht gewillt, so etwas anzunehmen. Noch bevor die Stunde um war, verwünschte ich meine Langmut. Ich fror schon, als der Zeiger auf halb stand, und von da an schaute ich alle fünf Minuten, ob es nicht bald Zeit wäre, den unseligen Schläfer zu wecken. Ich glaubte, meine Knochen würden knacken, als ich aufstand. Sie taten es nicht, aber ich war zu einem Eisblock geworden.

»Setz dich«, sagte ich zu Pantje.

Ich hatte ihn wachgerüttelt, und ich sah, daß er bei guter Besinnung war. Er war auch nicht weinerlich. Vielleicht kam es ihm sonderbar vor, daß ich so zu ihm sprach, aber er setzte sich.

»Steh auf!« sagte ich, »auch im Sitzen kann man erfrieren.«

»Man kann es ebensogut im Stehen«, sagte Pantje, »denke an die Geschichte der beiden Freunde aus Wei.«

Ich freute mich, daß Pantje so munter war, und ich sagte:

»Die Freunde aus Wei hatten bloß ein paar Strohsandalen, da kann so etwas passieren. Wir haben jeder ein paar Stiefel, und darum müssen wir gehen, bis wir die Hunde im Lande Wu bellen hören.«

»Geh voran«, bat Pantje, »du hast mich mit Hinterdreingehen gehetzt, bis mir die Luft ausging. Ich war dem Tode nahe, aber jetzt ist er wieder fern.«

»Wenn es das war«, sagte ich, »so soll es nicht mehr vorkommen.«

Ich ging voraus, und Pantje kam zehn Schritte hinter mir her. Hin und wieder schaute ich zurück, ob er noch da war, doch Pantje winkte unwillig. Von einem letzten Versuch war keine Rede mehr. Wir waren stillschweigend übereingekommen, so lange zu gehen, bis einer von uns beiden umfiel.

Wenn wir eine Pause machten, sagte ich: »Sei still. Wir wollen hören, ob der Fluß rauscht«, und wenn wir unterwegs waren, blickten wir erwartungsvoll voraus.

Die Mitternacht ging still vorüber, der Mond stieg höher und leuchtete voller Versprechungen. Aber Pantjes Gang und mein eigener waren nichts mehr wert. Wir schwankten bloß noch, und wir stolperten. Der Blick haftete auf dem weißen Band des Kamelpfades, und wenn ich etwas denken wollte, wurde doch nichts daraus. Ich sah Sterne flimmern, wo keine waren, aber ich tappte vorwärts. Eins, zwei und wieder eins, zwei und immer langsamer und gebückter.

Plötzlich riß mich ein Schrei hoch. Pantje schrie. Natürlich war es Pantje; wer hätte sonst schreien sollen? Er schrie gellend einen langen Schrei.

»Bleib stehen!« schrie er. Dann war es still, und ich hörte, wie er nach Luft schnappte, nichts anderes.

»Horch!« rief Pantje erschöpft. Diesmal klang es wie der heisere Ruf einer Krähe, die sehr weit weg ist.

Ich tat, was er verlangte, und ich erwartete nichts Gutes. Aber schon kam Pantje, so eilig er vermochte, zu mir gelaufen. Da hörte ich es auch. Wir liefen, und wir stolperten. Pantje fiel über seinen langen Fellmantel, aber was schadete das? Das Rauschen wurde stärker, der Pfad senkte sich, die Ebene war zu Ende.

Vor uns lag ein steiniges Tal, wie wir schon viele gesehen hatten, aber es gab Bäume darin mit froststarren Ästen und einem Fluß, auf dem das Mondlicht glitzerte. Es hüpfte auf den kleinen eiligen Wellen, es glänzte auf dem Ufereis, und es beschien eine Sandbank, die mitten im Flußbett lag. Das alles sah ich nur für einen Augenblick. Dann rutschte ich mit Pantje die Böschung hinunter.

Als wir genug getrunken hatten, begann Pantje eifrig zu werden.

»Setz dich, Dandjat«, sagte er mit völlig veränderter Stimme. Ich konnte nicht begreifen, wie er zu solcher Frische kam. »Nein, nicht hier. Hier ist es steinig, aber drüben auf der Sandbank ist es weich.«

Wir überquerten also den Fluß. Dazu brauchten wir bloß drei oder vier Schritte zu machen, und weil es genug Steine in dem seichten Wasser gab, blieben die Stiefel trocken.

»Nein«, sagte Pantje streng, »ich habe geschlafen, und du hast nicht geschlafen. Jetzt sollst du ein wenig ruhen.«

Um ihn nicht zu kränken, mußte ich sitzenbleiben und zusehen, wie er abgefallene Äste und Teile geborstener Stämme herbeischleifte. Das Wasser hatte sie an unsere Insel geschwemmt und am Rand liegen lassen. Es sah ganz so aus, als ob Pantje Vorrat sammelte, um hier zu überwintern. Als ein tüchtiger Holzstoß beisammen war, zündete er ihn an. Eine mächtige Flamme schlug in den Nachthimmel. Das Wasser wurde rot davon, und wir mußten uns vor der Hitze auf das Ende der Sandbank zurückziehen. Wir zogen sogar die Mäntel aus und hingen sie über den Rükken, wo die Kälte zudringlich blieb.

»Das wird bald anders«, versprach Pantje.

Er hatte mit Bedacht den Holzstoß über einem großen Rechteck gebaut, und als das trockene Holz verbrannt war und nur die Glut wie ein feuriger Teppich am Boden lag, fing er an, Sand darauf zu schütten. Jetzt durfte ich ihm helfen. Von beiden Seiten warfen wir viel Sand, und wir verteilten ihn. Pantje versprach mir ein warmes Bett, wärmer als im Zelt und besser als jede Lagerstatt. Ich wurde bald gewahr, daß er nicht übertrieb.

Wir legten uns auf den weichen warmen Sand, ich zog den Rock aus, und wir konnten uns mit dem, was wir anhatten, zudecken. Über uns glänzte der späte Mond in dem Geäst der Schwarzpappeln, der Fluß rauschte über die vielen Steine, und alles war freundlich. Selbst die kalte Pracht der Sterne wurde zutraulich. Ich spürte dankbar, daß ich keinen Durst mehr hatte und daß ich liegen durfte, wo es warm war. Zudem fiel mir ein, daß ich jetzt aufs genaueste wußte, wo ich war. Ich lag auf dem Schnittpunkt der Baumwollstraße mit dem Flüßchen, das vom Karlyk-tag kommt. Bis Hami blieben 90 Kilometer.

Achtes Kapitel
Von dem einsamen Mann

Wir schliefen fest und getröstet. Pantje wachte als erster auf, und als er mich weckte, hatte er blanke Augen und eine große Neuigkeit. Er rief: »Heute werden wir den Himmel sehen!«

Ich war noch schläfrig, aber ich fand mich rasch zurecht. Ich sah die Sonne und den blauen, wolkenlosen Himmel, der Sand unter mir war angenehm warm, und ich war ungehalten, daß Pantje mich weckte, bloß um mir mitzuteilen, daß schönes Wetter war. Ich sagte ihm das.

»Horch!« rief Pantje ungeduldig. »Du mußt gut aufpassen. Hörst du nichts?«

Ich sagte: »Der Fluß rauscht, das hat er heute nacht auch getan. Bestimmt! Ich erinnere mich.«

Pantje schüttelte den Kopf. Das wäre es nicht, sagte er aufgeregt, und dann mußte ich ihm den Gefallen tun und mich aufsetzen. Zur Unterstützung meiner Aufmerksamkeit kniete er neben mich und hob den Zeigefinger. Ich dachte, er wollte den Wind prüfen, und woher er kam, aber da knuffte mich Pantje, und ich hörte ein fernes Krähen. Vor lauter Freude umarmten wir uns.

Ich rief: »Im Lande Wu bellen die Hunde!«

»Die Hähne!« rief Pantje, »im Lande Sinkiang krähen Hähne. Hörst du es, Dandjat? Es ist ein Hahn.«

»Also Menschen«, sagte ich.

»Also Essen«, vervollständigte Pantje.

Da zog ich schleunigst meinen Rock an. Ich spürte auf einmal einen gewaltigen Hunger, und er trieb mich, den schönen Platz auf der Sandbank schnell wie ein Undankbarer zu verlassen. Ich sprang über den jenseitigen Wasserarm, der unsere Insel umschloß und Pantje stampfte einfach durch. Die kleinen kalten Wellen rauschten, aber wir lauschten auf das Krähen, und als es sich wiederholte, drangen wir durch die Bäume und durch das Knieholz und bald entdeckten wir den Platz, woher es kam.

Er lag auf einem niedrigen, abgeflachten Hügel oberhalb des Flusses, und die Lehmhütte, die dort stand, war in wildes Buschwerk gebettet. Weiter hinten gab es eine schützende Felswand. Auf dem freien Platz vor der Hütte standen ein Esel und zwei Ziegen im zottigen Winterfell; ein paar Hühner liefen herum, und der Hahn flatterte vom flachen Dach, als er uns kommen sah. Einen Hund entdeckte ich nirgends. Die Tiere hoben die Köpfe, aber sie blieben gelassen stehen, und ein alter Mann, der im Sonnenschein auf dem Boden hockte, rührte sich auch nicht. Er lehnte mit dem Rücken gegen die Hüttenwand. Erst als wir uns näherten und schon fast vor ihm standen, griff er nach einem Stock, den er neben sich liegen hatte. Er erhob sich mit einer drehenden Bewegung unvermutet rasch. Dabei stützte er sich mit dem Gewicht des ganzen Oberkörpers auf den Stock. Er ließ ihn auch nicht aus der Hand, als er uns den Gruß entbot.

Ich antwortete ihm chinesisch, aber dann deutete ich auf Pantje, der etwas mehr konnte als bloß ›Guten Tag‹ sagen. Der Alte hörte aufmerksam zu, was Pantje stockend vorbrachte. Er lächelte ein wenig, und er hustete. Er spuckte auch. Dann humpelte er entschlossen in die Hütte, wo die Wände schwarz von Ruß waren und wo man nicht viel sah, weil ein mit allerlei Papier verklebtes Fenster den Raum mit einem ärgerlichen braunen Licht mehr verdunkelte als erhellte. Zum Glück blieb die Tür offen stehen.

Der Alte entzündete wortlos ein Feuer, und er wies auf den Kang aus Lehmziegeln, wo wir es uns bequem machen sollten.

»Setzt euch!« rief er, als wir nicht gleich taten, was er wollte. Pantje zwinkerte mir belustigt zu, und wir setzten uns folgsam auf das gemauerte Ofenbett. Es nahm die Hälfte der Hütte ein, und es lag nichts darauf als eine geflochtene Strohmatte. In der andern Hälfte werkte der Alte. Vielleicht schien die Sonne aufs Kamin, oder es gab sonst ein Hindernis. Jedenfalls füllte sich die Hütte mit beißendem Qualm, der erst unter der Decke hing, dann aber langsam nach unten schwebte. Ein Teil zog zur Tür hinaus, aber das meiste blieb. Der Alte hustete, und dadurch merkten wir, daß er noch da war.

»Geh!« flüsterte ich Pantje ins Ohr, »laß dir Mehl geben und mach Nudeln für uns. Der alte Mann ist keine Gäste gewohnt.«

»Er wird mich zum Teufel jagen«, sagte Pantje, aber er glitt von seinem Sitz und verschwand in dem Qualm.

Ich ging schleunigst zur Tür hinaus und erwartete draußen das Ergebnis. Ich atmete auf. Die Tiere standen friedlich beisammen, die Hühner liefen herum und pickten aus einem Haufen verstreuter Spreu, was sie da fanden, und die Sonne schien. In der Hütte hörte ich den Alten husten und schimpfen. Pantje fand wohl nicht die richtigen Worte. Schließlich riß beiden die Geduld. »Sprich mongolisch, du Tropf!« hörte ich den Alten schreien, »ich verstehe das mongolische Wort.«

»Alter Herr«, schrie Pantje zurück, »was läßt du mich im Dunkel tappen, der du meine Worte verstehst?«

»Weil ich sehen wollte, was für ein Stück Mensch du bist.«

»Du willst also mich, eine gute Person, betrügen? Dabei sage ich dir die ganze Zeit, daß mein Dandjat sogar bezahlen will, was wir verzehren.«

»Du beleidigst mich schon wieder. Hier ist keine Wirtschaft.«

Auf diese Weise unterhielten sie sich, bis beide nur noch husteten. Da kam aber der Qualm nicht bloß aus der Tür; er drang in dünnen Fäden unter dem Dach hervor, und er zwängte sich durch die Fugen des Fensterkreuzes. Zuerst stürzte Pantje heraus.

»Es ist nicht auszuhalten«, rief er zwischen zwei Husten-
anfällen, »dieser Spitzbube spricht mongolisch.«

»Ruhe«, bat ich Pantje, »ich bitte dich, sei still.«

Dann erschien der Alte. Als ob nichts vorgefallen wäre,
setzte er sich mit der gleichen drehenden Bewegung nieder.
Mir kam vor, als lachte er im stillen über Pantje. Vielleicht
gab es hier nicht oft Gelegenheit zu Späßen. Sowie er den
Stock beiseite gelegt hatte, rückte er ein wenig nach, bis er
gegen die Wand lehnte. Da war der Friede wiederherge-
stellt. Alles war wie zuvor.

»Geh hinein«, bat ich Pantje, »hänge das Fenster aus, oder
stoße es auf. Du weißt, das geht leicht. So entsteht Zugluft,
und du kannst Nudeln kochen.«

Pantje grinste bereitwillig. Er war viel zu gutmütig, den
Streit mit dem Alten zu erneuern. Er nahm ihn auch nicht
ernst. Zudem hätte ihn die Aussicht auf Essen zu ganz
andern Dingen befähigt.

Er verschwand in dem Qualm, und gleich darauf bewegte
sich der Fensterrahmen. Einige der angeklebten Papiere
flatterten zu Boden, und der Rauch zog in Schwaden durch
die Öffnung.

»Nimm den Stock«, sagte der Alte mit einer Stimme, die
zwischen Ärger und Belustigung schwankte.

Ich hob ihn auf und klemmte ihn als Stütze zwischen die
Hüttenwand und den Fensterrahmen, der oben in zwei
Lederscharnieren hing. So blieb das Fenster offen, und
Pantje konnte mit der Arbeit beginnen. Ich hörte ihn drin-
nen rumoren.

»Setz dich«, sagte der Alte. Er wies auf den Platz links
neben sich am Boden.

»Ich bin unwert«, murmelte ich höflich.

»Keine Redensarten«, rief der Alte. Er schien wenig Wert
auf gutes Benehmen zu legen. Am Ende dachte er, daß in
der Wildnis nicht der richtige Ort dafür wäre, oder er hielt
mich für einen der Fremden, die sowieso nie lernen, was
sich in China gehört. Von dieser Meinung hätte ich ihn gern

kuriert. Aber er gab mir keine Gelegenheit dazu; er war gleich so barsch.

Eine Zeitlang saßen wir nebeneinander in der Sonne. Aufstehen konnte er nicht, solange der Stock als Fensterstütze diente. So hatte ich Zeit, nach einem Anknüpfungspunkt zu suchen. Der Esel schien mir sehr geeignet.

»Wir haben einen langen Fußmarsch gemacht«, sagte ich, »ist es noch weit bis Hami?«

»Einhundertachtzig Li«, antwortete er kurz.

»Das ist weit«, bemerkte ich, »möchtest du mir nicht deinen Esel verkaufen?«

»Ich brauche ihn selbst«, knurrte der Alte, der meine Frage wörtlich nahm.

»Entschuldige«, bat ich, »ich vergaß dein ehrwürdiges Alter.«

Es folgte eine Pause. Der gute Alte schien nicht zu merken, daß ich bloß Konversation machen und ihm beibringen wollte, daß auch ein Europäer eine Ahnung zumindest von mongolischer Höflichkeit haben kann.

»Befindet sich dein Körper wohl?« fragte ich arglos.

»Mein Körper« rief der alte Mann böse. Er sah mich an, als ob ich etwas Ungehöriges gesagt hätte.

Dann wandte er den Blick von mir weg und starrte vor sich hin. Er trug die gewöhnliche Winterkleidung chinesischer Bauern. Der blaue Rock und die blauen Hosen waren wattiert und in Karos gesteppt. An den Füßen trug er Strohschuhe, die neben meinen plumpen Stiefeln beinahe zierlich aussahen; fast zu klein für einen Mann seiner Größe. Er schnaufte ein bißchen, und endlich begann er mit leiser Stimme zu reden.

»Was sollen deine höflichen Reden?« sagte er, »ich brauche sie nicht. Ich bin allein, und ich will allein bleiben. Dein Begleiter ist böse geworden, weil ich seine Sprache mit ihm sprach. Ich wollte ihm einen Gefallen tun. Jetzt sehe ich, ich hätte besser geschwiegen.«

Er sprach das Mongolische geläufig, viel besser als ich, und es gab Worte in seiner Rede, die ich still für mich aus dem Stegreif ergänzen mußte, weil ich sie nicht kannte. Er vermochte sogar das R wie ein Mongole zu rollen. Bisher war ich keinem Chinesen begegnet, der das zuwege gebracht hätte. Er mußte lange mit Mongolen gelebt haben.

Ich schaute auf den sonnenbeschienenen Platz und auf die Tiere und dann wieder auf die wunderlich kleinen Füße in den Strohschuhen. Und plötzlich hörte ich mein Herz schlagen, ganz laut und ganz rasch.

Ich sah den alten Mann nicht an, aber ich sagte: »Mondschein läßt dich grüßen.«

Ein Blitz, der neben uns einschlug, hätte keine andere Wirkung getan. Sein Kopf fuhr herum, und unsere Blicke trafen sich. In seinen Augen stand sprachloses Entsetzen. Es wich der Furcht, und als ich lächelte, der Freude. Ich legte den Finger auf den Mund, damit er den Freund erkenne, und ich sagte: »Mondschein lebt. Ich bin ihm begegnet, aber jetzt kehrt er in seine Heimat an der mandschurischen Grenze zurück. Er läßt dir seine Freude sagen, wenn es dir gut geht, und seinen Unwillen, wenn du ein erbärmliches Leben führst.«

»Es geht mir gut«, flüsterte der Alte. Große helle Tränen fielen aus den Augen auf die Hände. Er senkte den Kopf.

Ich schaute wieder geradeaus, aber ich blickte nicht mehr nach den kleinen Strohschuhen. Die Ziegen knabberten an den kahlen Zweigen der Büsche, der Esel stand verlassen, und die Hühner scharrten. Ich hörte die kratzenden Geräusche, mit denen sie den heimlichen Frieden von Sonnenschein und Wildnis erhöhten. In der Hütte begann Pantje, mit dem Nudelwalker zu arbeiten. Ich warf einen Blick nach dem Fenster. Einige lose Papierfetzen hingen an dem Holzgitter. Sie waren voll Ruß und schwarzer Spinnwebfäden. Aber der Rauch hatte sich verzogen.

»Was weißt du von mir?« fragte der alte Mann. Er wischte mit dem Handrücken die Tränen aus den Augen. »Verzeih«, flüsterte er, und dann war er ganz ruhig.

»Ich weiß, daß du der Mann bist, der Glück heißt und den die Leute Ohnezehen nennen.«

»Ist das alles?«

»Es ist nicht alles«, gab ich zu, »du hast einen Neffen.« Ohnezehen machte eine unwillige Bewegung. »Ich habe diesen Burschen vergessen«, sagte er.

»Er hat dich, seinen Onkel, nicht vergessen«, erwiderte ich, »er suchte dich in Hsing-Hsing-Hsia, aber da warst du auf einem Esel fortgeritten.«

»Dort steht er«, sagte Ohnezehen, und er lachte ein wenig schalkhaft und bitter zugleich.

Da lachte auch ich, und ich fuhr fort: »Vor zwei Jahren hat dieser, dein gehorsamer Neffe, die Tochter deiner Schwester, seine Base, besucht.«

»Meine Schwester ist schon lange tot«, sagte Ohnezehen kalt.

»Es gibt das kleine Mädchen, deine Nichte«, gab ich zu bedenken. »Sie lebte als ein Waisenkind in Peking, aber jetzt ist sie groß und verheiratet. Sie ist die Frau eines wackeren Mannes, und sie sendet dir diesen Brief.«

Ich langte in die Rocktasche, und dann zog ich die Besuchskarte der Dame Yü heraus. Ohnezehen las, was da stand, aber er schüttelte den Kopf.

»Zu spät«, sagte er mit fester Stimme und so, daß kein bißchen Bedauern darin war. »Du mußt wissen, daß es Dinge gibt, die sich zu spät ereignen. Dieses ist eines davon.«

Ich widersprach: »Du treibst dich an der Grenze des Himmels umher und willst Endgültiges tun. Ich habe gehört, daß endgültig etwas machen wollen nicht gut ist.«

Ohnezehen blickte mich an, als ob ich von einem andern Stern käme, um ihm Vorhaltungen zu machen, die er längst bedacht und als unnütz befunden hatte.

»Woher weißt du solche Dinge?« fragte er.

Ich sagte: »Ich reise in Gesellschaft von vielen, die jetzt nicht mit mir sind. Wir wollen später von ihnen reden, denn ich brauche deinen Rat. Es sind Landsleute von mir, und es sind auch Chinesen dabei, die hohe Schulen besucht haben und die deine Landsleute sind. Diese haben mich solche Dinge gelehrt, und sie sagten auch, daß wenn etwas da ist, das man betrachten kann, es dann auch etwas gibt, das Vereinigung schafft.«

»Gib mir meinen Stock«, sagte Ohnezehen, »ich will aufstehen.«

Ich dachte, daß die Dame Yü einen harten Onkel habe, aber ich stand auf, hob das Fenstergitter hoch und zog den Stock darunter weg. Dann ließ ich das Fenster langsam fallen. Die Rußfäden flogen davon.

»Licht!« rief Pantje von drinnen.

»Du siehst genug zum Nudelmachen«, knurrte Ohnezehen. Dann humpelte er, sozusagen festen Schrittes, in die Hütte.

»Ich dachte mir gleich«, tadelte er Pantje, »daß du gewöhnliche Nudeln machen willst. Daraus wird nichts. Geh weg!«

»Fängst du schon wieder an?« rief Pantje zornig.

Ich stand unter der Tür, und ich gab ihm hinter dem Rücken Ohnezehens einen Wink.

»Der alte Herr«, sagte ich, »wünscht selbst zu kochen.«

Ich nahm Pantje mit vor die Hütte, und damit wir nicht leise zu reden brauchten, legten wir uns auf den freien Platz in die Sonne.

Es war gut zu sehen, daß Ohnezehen diese Lichtung mit Bedacht gewählt hatte. Sie war von Buschwerk und Bäumen umschlossen, und sie lag auf einer Terrasse, die der letzte Ausläufer des Gebirges vor sich hergeschoben und hier liegen gelassen hatte. Nachher begann die große Ebene. Man sah sie aber nicht, und die Karawanen, die unten vorbeizogen, konnten die Hütte nicht einmal ahnen. Hinter ihr versperrte ein Streifen Unterholz und Gestrüpp den Zugang zu dem Felsen, der die Lichtung nach Norden abschloß. Von ferne hörte man das leise Rauschen des

Flusses, ich bemerkte einen Pfad, der zu ihm hinunterführte, und dann bemerkte ich, daß Pantje mich anblickte, als ob er soeben eine ungewöhnliche Neuigkeit erfahren habe, etwas Unerhörtes, von dem er später erzählen konnte, daß er dabei gewesen war.

Ich schwieg noch eine Zeitlang, und dann sagte ich obenhin: »Ich habe etwas herausgekriegt, wovon nicht extra gesprochen zu werden braucht.«

»Ich habe auch etwas herausgekriegt«, sagte Pantje, »aber sprich du zuerst.«

Da merkte ich, daß Pantje schon alles wußte, und die ganze Freude war mir verdorben.

»Erinnerst du dich«, fragte ich zögernd, »an die Dame, die in dem Käfig reiste und die mir Mohnkuchen schenkte?«

»Das ist die«, sagte Pantje, »die ihren Onkel suchte. Ist es am Ende dieser krächzende Alte?«

»Er ist es, und ich habe ihm die Botschaft der Dame ausgerichtet und die Grüße des Pilgers.«

»Du kannst Mondschein ruhig beim Namen nennen. Ich verrate ihn nicht.«

Ich sagte: »Ich habe Mondschein versprochen, seinen Namen zu bewahren.«

»Ich werde ihn nicht nennen, außer wenn wir beide allein sind. Mondschein ist ein Mongole wie du und ich.«

»Von welchem Stamm?« fragte ich. »Sei so gut und sage mir das, damit ich es erfahre.«

Aber Pantje war nicht zu Scherz aufgelegt. Es war ihm Ernst mit dem, was er sagte.

»Du und ich«, erklärte er, »wir beide waren verschiedenen Sinnes, und was wir voneinander wußten, war von weit her. Jetzt siehst du mich an, und mein Denken ist dir offenbar; und ich weiß, was du sagen willst, ohne daß davon gesprochen werden muß. Ich hatte den Mann, den man Ohnezehen nennt, vergessen. Aber vorhin, als du auf das Rauschen des Flusses hörtest, erfuhr ich, daß er in deinen Gedanken war. Also bist du ein Mongole geworden, denn bei uns ist das so: Man redet nicht viel, aber man weiß.«

Auf diese Weise wurden wir zwei Verschworene, und da wir schon Freunde waren, wurden wir noch bessere. Pantje versprach mir, in allem zuzustimmen, was ich vorbringen würde, um den Alten von seiner Verstocktheit zu heilen. Ohnezehen, so machten wir aus, sollte morgen früh mit uns nach Hami aufbrechen.

Als wir mit unserm Komplott so weit gediehen waren, rief er uns zum Essen. Er lächelte. Er stand unter der Hüttentür wie einer der alten chinesischen Weisen, die mehr erfahren haben, als man in einem gewöhnlichen Leben an Erkenntnissen zu sammeln vermag. Meine Mitteilungen mochten ihn für ein paar Augenblicke überwältigt haben. Die Vergangenheit war aufgerissen worden, und die Zukunft, an die er keinen Gedanken mehr verschwendet hatte, sollte auf einmal etwas sein, mit dem es sich zu beschäftigen lohnte. Das war jetzt vorüber. In seinem Gesicht stand keine Ablehnung; etwas viel Ärgeres war darin zu lesen. Ich glaubte, Pantje las es auch. Er blickte mich unsicher von der Seite an.

Wahrscheinlich würde der Alte neben hinaus zur Tür horchen und auf das Kratzen der Hühner, wenn ich von der Dame Yü sprechen würde. Und unsere Zumutung, er solle sich auf den Esel setzen und uns nach Hami begleiten, um von dort nach Kutschen-Se weiter zu reisen, würde an seinem Ohr vorbeirauschen, ohne aufgenommen zu werden. Jedenfalls war sein Beschluß anderer Art als der unsere, und wir waren nicht die Leute, ihn umzustimmen.

Während wir beim Essen saßen, wurde nicht gesprochen. Es gab Nudeln. Die Hütte hatte nichts anderes zu bieten, und wir hatten auch nicht mehr erwartet. Aber was für Nudeln! Mondschein hatte nicht übertrieben, als er uns von dem Gasthaus erster Ordnung erzählte, das Ohnezehen in Hsing-Hsing-Hsia betrieben hatte. Wir aßen, weil wir Hunger hatten, und wir aßen noch mehr, weil die Zubereitung höchstes Lob verdiente. Ich sagte das auch. »Ihr sollt jetzt schlafen« lenkte Ohnezehen sachlich ab. »Was euch nottut, ist Schlaf.«

Da wir sowieso schon auf dem Kang saßen, brauchten wir bloß die Stiefel auszuziehen und uns auszustrecken.

Ich verschob das Gespräch über die Reise nach Kutschen-Se leichten Herzens auf eine andere Stunde, und da es warm war und weil wir auf der Sandbank nicht lange geschlafen hatten, fielen uns die Augen von selber zu. Ich verschlief den Nachmittag, den Abend und die ganze Nacht dazu, und neben mir schlief Pantje ebenso tief und noch länger.

Ich erwachte, als der Morgen die Hütte mit einem unfreundlichen braunen Nebel füllte. Ich hörte Ohnezehen husten, aber da öffnete er das Fenster, und strahlender Sonnenschein fiel durch den Ausschnitt. Er stieß auch die Türe auf. Irgendwo in der Nähe krähte der Hahn, die Hennen gackerten und scharrten, und Ohnezehen wünschte mir einen guten Morgen. Er stand schon wieder am Kamin, wo es dampfte und rauchte, aber so schlimm wie gestern war es nicht. Da weckte ich Pantje, und dann tranken wir Tee. Ohnezehen hatte kleine Honigkuchen in schwimmendem Fett gebacken, und er sagte, daß er uns welche auf den Weg mitgeben würde. Man könne sie auch kalt essen, und eigentlich seien sie dann noch besser.

Das hielt ich für eine passende Gelegenheit, und ich sagte: »Da wir nun einmal weiterziehen müssen... «

»Es ist alles bereit«, unterbrach mich Ohnezehen, »darf ich dich bitten, die Beförderung dieses Briefs zu übernehmen? Es wird schwierig sein«, entschuldigte sich Ohnezehen, »und ich bürde dir eine Last auf, die ich kaum wage, auf deine Schultern zu legen.«

»Ein Brief ist keine Last«, sagte ich, »man steckt ihn in die Tasche, und dann muß man nur aufpassen, daß man nicht vergißt, ihn herauszunehmen, wenn das Postamt in der Nähe ist.«

»Heutzutage«, warnte Ohnezehen, »muß man achtgeben, daß andere das nicht besorgen. Du mußt den Brief gut verstecken, denn ich habe von meinem Freund in Taschbulak gehört, daß es unruhige Zeiten geben wird.«

»Was sagst du da?« rief Pantje erschrocken. »Willst du damit sagen, daß es Krieg geben wird?«

Eben das wollte er uns mitteilen, gab Ohnezehen lächelnd zu.

Ich war nicht weniger erschrocken als Pantje. Wenn die Expedition ahnungslos in einen beginnenden Bürgerkrieg hineinmarschierte, konnte mehr passieren, als uns bisher geschehen war. Ich bat Ohnezehen zu sagen, was er wisse. Vorher schilderte ich ihm kurz, weshalb wir ausgesandt waren und was uns unterwegs zugestoßen war.

»Das ist stets der Anfang«, bestätigte Ohnezehen. »Wenn es unruhige Zeiten gibt, sind die Räuber die ersten, die aus ihren Schlupfwinkeln kriechen. Zu meiner Zeit gab es das nicht. Da brauchte Dampignak nur den Finger zu heben, und wenn das nicht genügte, sandte er Mondschein oder Donnerkeil.«

»Donnerkeil lebt nicht mehr«, teilte ich mit, »er liegt an dem See, der Tengri-Nor heißt, und seine Knochen bleichen im Mondlicht.«

Ohnezehen seufzte. Er blickte zur Tür hinaus und weil er schwieg, sagte ich auch nichts. Pantje kaute Honigkuchen, aber ich wußte, daß er deshalb nicht minder um Donnerkeil trauerte. Für ihn war die Bande Dampignaks eine Heldenversammlung, und die ersten Paladine dieser Ritterschaft waren Männer, um die der Sang der Lagerfeuer brauste. Ihre Namen standen schwarz auf chinesischen Steckbriefen, aber das besagte nichts. Leuchtend und rot standen sie in den Sternen der Wüste.

Ohnezehen wandte sich uns zu. »Wenn die aufrechten Krieger sterben«, sagte er leise, »erheben die Verräter ihr Haupt. Es gibt in Kansu einen General, der heißt Feng-Yu-Shiang. Er ist ein furchtloser Mann, aber er hat seinen

Freund Wu verraten, als der in Not war. Was kann man von so einem Menschen erwarten! Nein, es bedarf keiner Antwort«, sagte Ohnezehen, »die Antwort gab der Himmel. Feng ist geschlagen worden, doch jetzt erzählt man auf allen Straßen, daß er zu neuem Krieg rüste, um Sinkiang zu überfallen. Deshalb hat der alte Gebieter in der Hauptstadt die Armee aufgerufen, und man sagt, daß Hami voller Soldaten liege. Ich habe sie nicht gesehen«, sagte Ohnezehen, »aber sie werden bald weiter zur Grenze vorrücken. Darum rate ich euch, nicht in die Stadt zu gehen.«

»Es ist unser Auftrag«, wandte ich ein, »wir müssen Mehl kaufen, und wir müssen Kamele mieten.«

»Geht zu meinem Freund Egämbärdi nach Taschbulak. Er wird euch geben, was ihr braucht, und dann verlaßt dieses Land, so schnell ihr könnt. Dieses alles habe ich auch meiner Nichte mitgeteilt. Jetzt ist nicht die richtige Zeit, um Besuche zu machen.«

»Alter Herr«, meldete sich Pantje, »du muß wissen, daß wir beide, mein Dandjat und ich, keine Angst haben. Wir haben uns das abgewöhnt. Doch wir wollen deinem Rat folgen, wenn du glaubst, daß es wirklich Krieg gibt.«

»Die Anzeichen sind da«, sagte Ohnezehen, »sollte es wider Erwarten beim Frieden bleiben, so mag mich meine Nichte das wissen lassen. Ich werde sie gerne besuchen und nachher desto lieber hierher zurückkehren. Dann könnt ihr auch nach Hami marschieren. «

Ich murmelte: »Tausendmal tausend Dank für gute und schlechte Nachrichten.«

Ohnezehen lächelte, und Pantje sagte: »Bevor wir gehen, verzeih mir, alter Herr, meinen Zorn. Das Herz meinte es anders als der Mund.«

Aber Ohnezehen wehrte ab. »Es geht um wichtigere Dinge«, sagte er. »In drei Stunden seid ihr von hier in Taschbulak. Fragt nach Egämbärdi, und man wird euch zu ihm weisen. Egämbärdi wird euch geben, was ihr braucht, und er wird euch borgen, wenn euer Geld nicht reicht. Sagt ihm, daß Ohnezehen euch schickt. Und meinen Brief sollst du nicht im Postamt abgeben. Gib ihn Egämbärdi, er wird einen Weg wissen, ihn sicher zu befördern.«

»Ist es so schlimm?« fragte Pantje. Und er sagte noch einmal: »Mein Dandjat und ich, wir haben keine Angst, mußt du wissen.«

»Geht«, antwortete Ohnezehen, »wenn ein Heer sich naht, gilt der einzelne wenig.«

Da standen wir auf, und vor der Hütte verabschiedeten wir uns. Der Esel, der angepflockt neben dem Spreuhaufen stand, hob den Kopf.

»Er ist dein«, sagte Ohnezehen.

Ich erschrak, denn ich erinnerte mich an meine Frage vom Tag vorher. Sie war nicht ernst gemeint gewesen, aber woher sollte Ohnezehen das wissen? Nirgends und besonders nicht in China soll man nach Dingen fragen, die man nicht haben will. Man bekommt sie mit unfehlbarer Sicherheit.

Ich machte schüchterne Einwände, und Pantje schüttelte den Kopf und begriff überhaupt nichts. Wenn es etwas gab, das meine Weigerung, den Esel anzunehmen, unterstützte, dann war es Pantjes Gesicht. Er hielt mich für leicht irr, aber er schwieg.

»Der Esel ist dein«, wiederholte Ohnezehen fest. »Gestern warst du müde, da wolltest du ihn haben. Heute bist du ausgeruht, da denkst du an Wandern und nicht mehr an Reiten. Aber du wirst wieder müde werden, und dann wird dir der Esel nützlich sein.«

Jetzt begriff Pantje. Ein freudiges Lächeln breitete sich über sein Gesicht. Er wandte sich dem Esel zu, und er betrachtete ihn bereits mit Wohlwollen. Da erhob ich den letzten Einspruch.

»Wie«, fragte ich, »willst du ohne ein Reittier auskommen? Du hast selbst gesagt, daß du den Esel brauchst.«

Ohnezehen war nahe daran, beleidigt zu werden. »Das laß meine Sorge sein«, sagte er kurz, »ich habe alles bedacht.«

Pantje, der bisher sein Schaffell über der Schulter trug, legte es kurzerhand dem Esel auf den Rücken. Als er so in meinem Namen Besitz ergriffen hatte, verneigte er sich tief vor dem Alten. »Ich habe leider keinen Haddak bei mir«, sagte er entschuldigend, »und mein Dandjat hat auch keinen, weil er ihn in der Satteltasche gelassen hat, und die Satteltasche ist hin. Verzeih die Formlosigkeit.«

Pantje erhob sich mit dem Gefühl, die Situation gerettet zu haben. Das sah ich ihm an. Trotzdem war ich in großer Verlegenheit. Irgendein Gegengeschenk für die heroische Gabe des alten Mannes schien mir unerläßlich. Aber Geld durfte es keines sein. Also hakte ich die Feldflasche vom Gürtel, nahm sie in beide Hände und verneigte mich.

»Verachte meine geringe Gabe nicht«, bat ich mit Wärme.

»Sie ist wertvoll für den, der auf Reisen ist«, widersprach Ohnezehen, »ich habe hier mein Zuhause.«

»Du wirst bald deine Nichte besuchen«, sagte ich, »dann wird dir die Flasche von Nutzen sein.«

Da weigerte sich Ohnezehen nicht länger. Er führte mein Geschenk zur Stirn, und dann brachte er noch einen Sack voll Futterbohnen für den Esel. Dahinein taten wir die schweren Silberbatzen, die wir bisher mit uns geschleppt hatten, und weil es ein schöner, warmer Morgen war, legte ich meinen Mantel obendrauf. Ohnezehen war glücklich.

»Siehst du«, sagte er, »man muß einen Esel haben. Ein Esel erleichtert das Reisen ungemein. Zudem wird er euch den Weg weisen. Er kennt ihn.«

Pantje griff nach dem Halfter, und wir verabschiedeten uns mit Segenswünschen.

Allein der Esel wollte nicht mit uns gehen. Er machte die Beine steif, wandte den Kopf nach seinem Herrn und versuchte es mit einem kläglichen Geschrei. Ohnezehen lächelte.

»Ich weiß, was ihm fehlt«, sagte er.

Er trippelte eilfertig auf den Fersen herbei, stützte sich auf den Stock und versetzte dem Esel einen wohlgezielten Tritt.

Da setzte sich das wegweisende Tier in Bewegung, ohne sich umzusehen, ob wir ihm folgten.

»Geht hinter ihm drein«, riet Ohnezehen, »er wird euch sicher nach Taschbulak und vor Egämbärdis Haustor führen.«

Wir verneigten uns noch einmal, und Pantje wünschte eine geruhsame Zeit. Dann eilten wir dem Esel nach, der das Unterholz bereits durchquert hatte und mit ruhigen Schritten den Abhang zur Karawanenstraße hinunterstapfte. Die Hütte Ohnezehens verschwand hinter den Bäumen, und bald zeigte sich, was uns in Erstaunen setzte.

Ich sagte mir zwar, daß es billig sei, wenn in einem Land der Rechtgläubigen auch die Bauwerke von ihrem Vorhandensein kündeten, aber sie kamen mir trotzdem wie ein Wunder aus Tausendundeiner Nacht vor. Über dem leuchtenden Graugelb der Wüste erhob sich in der Ferne ein spitzer Bergkegel, der als Bekrönung eine Kuppel und zwei schlanke Minarette trug. Die goldenen Halbmonde blitzten in der Sonne. Menschen aber waren nirgends zu sehen, und ein dazu gehöriges Dorf oder wenigstens ein paar Häuser gab es auch nicht. Der Berg war nackt und rot, und die Moschee schien um ihrer selbst willen da zu sein.

Pantje betrachtete sie aus einem andern Gesichtswinkel. »Ein Kloster auf einem Berg«, sagte er, »von dem man vorher nichts erfahren hat, zeugt von eigener Nachlässigkeit, und also deutet es auf Schwierigkeiten, die man haben wird.«

»Was sagst du da?« rief ich entrüstet. »Woher willst du wissen, daß das ein Kloster ist? Vielleicht ist es nur ein Wallfahrtsort. Die Leute hierzulande haben keine Klöster.«

»Auch dann ist es ein schlechtes Zeichen«, beharrte Pantje, »du wirst schon sehen.«

»Meinetwegen«, sagte ich frevelhaft, und dann gingen wir hinter dem Esel her, der den Weg nach Taschbulak wußte. Wir marschierten eine Stunde und noch eine. Der Berg rückte näher, und die goldenen Halbmonde stießen herrisch in den blauen Himmel. Man sah ihnen an, daß sie gewohnt waren, über die Wüste zu gebieten. Der Karawanenweg lief tief unten am Fuß des Berges geradeaus nach Westen, immer geradeaus. Er war klar zu erkennen. Plötzlich bog unser Esel nach rechts. Ein kleiner Pfad, den ich fast übersehen hätte, trennte sich von der Straße und führte nach Norden in ein ansteigendes Hügelland. Der ortskundige Esel folgte ihm, und also gingen wir hinter ihm drein. Nicht einmal Pantje äußerte Bedenken.

»Ein braves Tier«, sagte er anerkennend. »Man muß sich über ihn und über alle Esel wundern. Sie sind selbständig und klug. Dieser hier ist gewohnt, nach Taschbulak und zurück zu gehen. Er macht seine Sache vortrefflich.«

Ich sagte: »In meiner Heimat hält man Esel für dumm.«

»Wie kann das sein?« rief Pantje, »sind sie am Ende anderer Art? – Aber nein«, sagte Pantje, »die Esel der zehntausend Staaten sind überall...«

Er brachte den Satz nicht zu Ende. Vor uns erhob sich eine Staubwolke, ein Wölkchen nur, aber es war leicht zu sehen, daß ein galoppierender Reiter darinsteckte. Pantje blinzelte mir zu, und er deutete vorwurfsvoll auf die Moschee, die weiß und goldglänzend auf uns herabsah. »Es gibt keine Hilfe«, sagte er, »die schlechte Sache beginnt.«

»Nur keine Angst«, tröstete ich, »der da kommt, ist bloß einer.«

»Er hat ein Gewehr«, machte Pantje aufmerksam.

»Keine Besorgnis deswegen. Ich habe eine Pistole.«

Am wenigsten schien der Esel den heransprengenden Reiter ernst zu nehmen. Er ging ruhig weiter, und wir folgten seinem Beispiel. Als der Reiter näher kam, atmete Pantje auf.

»Er ist ein Torgot-Mongole«, flüsterte er mir zu, »und dann parierte der fremde Krieger sein Roß. Er warf es gewaltsam herum, und eine Unmenge Staub wirbelte auf. Er wollte Eindruck auf uns machen.

»Stehenbleiben!« rief er barsch.

»Ich sehe«, sagte Pantje freundlich, »du hast es eilig. Wir wollen dich nicht aufhalten. Du darfst weiterreiten.«

»Hundesohn!« schrie der Mann.

Dieses Wort verdroß uns beide. Der Fremde mußte es in Turkestan aufgelesen haben, denn Mongolen schimpfen anders.

»Selber ein Hundesohn!« rief Pantje, nachdem er begriffen hatte, wovon die Rede war. Offenbar wollte er sich der Landessitte anpassen. Weil er aber vor Stammverwandten nicht die geringste Angst hatte, fügte er geschwind die fehlenden Freundlichkeiten der Tschachar-Mongolen hinzu. Sie waren ihm geläufig, und er schrie sie nur so heraus. Das mißfiel dem andern, und er sprang vom Pferd. Beide standen sich zornig schnaufend gegenüber. Sie hatten genug geschrien. Jetzt mußten Tätlichkeiten folgen. Das war so, und deshalb schob ich Pantje beiseite.

»Bist du leicht und gut hierhergeritten?« erkundigte ich mich. Ich hob die Fäuste zum Gruß, und ich verbeugte mich auch.

Der böse Krieger vergaß, daß er eigentlich zornig war. Er grinste verlegen, und er erwiderte meinen Gruß. Aber die Schnupftabaksflasche ließ er im Gürtel.

»In allen Zelten«, sagte ich, »hat man mir erzählt, daß die Torgot-Mongolen höfliche Leute wären.«

»Sie sind höflich«, erwiderte der Kriegsmann finster, »aber sie sind unzufrieden mit euch beiden, weil ihr als Feinde kommt.«

»Entschuldige«, sagte ich, »wir müssen unserm Esel nachgehen. Komm aber ein Stückchen mit uns und erkläre mir, weshalb wir Feinde sind. Ich weiß es nämlich nicht.«

»Erklären steht nicht bei mir«, knurrte der Mann. Er betrachtete abwechselnd die Goldknöpfe seiner Felluniform und den Messingknauf des russischen Säbels, den er im Gürtel stecken hatte. Auf dem Kopf saß eine hohe, braune, ganz und gar herrliche Bärenfellmütze. Plötzlich warf er sich aufs Pferd.

»Hast du es schon wieder eilig?« fragte Pantje teilnehmend.
»Geh zum Teufel!« schrie der wilde Krieger.

Er hob drohend den Daschior und sprengte zurück, woher er gekommen war. Als er an unserm Esel vorbeigaloppierte, versetzte er ihm einen Hieb. Das arme Tier schlug mit gestreckten Beinen hoch nach hinten aus. Der Futtersack, mein Mantel und das Schaffell flogen herunter, und der Esel rannte seitwärts in die Hügel. Vor uns sahen wir bloß noch zwei Staubwolken, aus denen Hufschlag ertönte. Zum Glück verhaspelte sich der Esel in dem Strick, mit dem Pantje die Last festgebunden hatte. So mußte er nach hundert Metern stehenbleiben. Er machte ein paar unbeholfene Bocksprünge, als Pantje ihn einfing, und ich las die verstreuten Gegenstände auf. Schließlich hatten wir alles wieder beisammen. Da war der Reiter am Horizont verschwunden, der Himmel strahlte blau, die Halbmonde auf dem Berg blinkten in der Sonne, und ich wünschte den wilden Mongolen ebenso herzlich zum Teufel wie er uns. Viel lieber wäre ich einem frommen Muselmann begegnet mit langem Bart und mit würdigem Gebaren.

»Was hatte er bloß?« fragte Pantje. »Dieser Mensch, den ich nie gesehen habe, sagte, wir seien seine Feinde. Verstehst du das?«

»Ich verstehe es auch nicht«, tröstete ich, »aber mir scheint, unsere Sache steht zu neun Zehnteln schlecht.«

Pantje versicherte, daß er es ebenfalls dächte.

Eine Zeitlang standen wir ratlos, und Pantje hielt den Esel am Halfter. Er streichelte ihn.

»Laß ihn los«, sagte ich, »er ist ein wegweisendes Tier. Er will uns nach Taschbulak führen, und wir wollen ihm seinen Willen lassen. Vielleicht sind wir dort, bevor dieser wütende Mensch wiederkehrt und andere mitbringt, die um nichts besser sind.«

»So ein Hundesohn«, sagte Pantje. Das neue Wort schien ihm zu gefallen. Dann ließ er den Esel frei. Er war wirklich ein braves Tier. Er nahm unverdrossen den Weg wieder auf, und wir folgten ihm. Mit der Zeit ging er ein bißchen schneller, und ich vermutete, daß daran die Nähe Taschbulaks schuld sei. Pantje dachte das auch.

»Dandjat«, sagte er vergnügt, »unser Esel merkt den Stall. Noch eine Weile, und wir sind gerettet.«

»Der Himmel weiß es«, warnte ich vorsichtig.

Gerade als ich das sagte, verdunkelte er sich. Die Staubwolke, die sich jetzt vor uns erhob, war größer als vorher, und sie wälzte sich uns mit Geschrei entgegen. Pantje eilte dem Esel nach und hielt ihn fest. Als ich zu den beiden kam, war das Unwetter schon ganz in der Nähe, und der Hufschlag von hundert Pferden übertönte das Geschrei der Reiter. Im nächsten Augenblick waren wir von ihnen umringt. Es gab eine Menge Staub und das Geklirr von Steigbügeln, die aneinanderprallten. Die Rösser schnaubten, und die Reiter brüllten aus schierer Lust am Getöse. Uns war nicht so heiter zumut, aber gerade das schien ihnen Spaß zu machen.

Sie verstummten aber, als einer der ihren, der sich durch einen blauen Knopf an der Bärenfellmütze auszeichnete, vom Pferd sprang. Er verneigte sich zuvorkommend, und er erkundigte sich, ob wir leicht und gut hierher gekommen wären.

»Wir hatten einen sehr leichten Weg«, erwiderte ich, »was bringst du für Neuigkeiten?« Dabei verneigte ich mich ebenfalls, obgleich Pantje mich knuffte. Er hatte in der vordersten Reihe unsern Feind von vorhin entdeckt, der sich höhnisch grinsend über das Sattelhorn beugte, damit ihm ja nichts entging.

Der Anführer mit dem blauen Knopf überlegte. Er lächelte ein wenig nachsichtig, dann griff er in die Mantelfalte, und während er das tat, trat eine beinah feierliche Stille ein. Nur die Pferde schnaubten, und das Zaumzeug klirrte. Als die Hand wieder zum Vorschein kam, war ein chinesisches Telegrammformular darin. Der Anführer entfaltete es mit der Achtung, die einem wichtigen Schreiben gebührt, und dann sagte er langsam: »Heißt du Mi-Lan-We?« Aller Augen waren erwartungsvoll auf mich gerichtet.

»Das ist mein Name«, gab ich zu.

Der Erfolg war ungeheuer. Ein einziger Schrei aus hundert Kehlen begrüßte meine Namensnennung. Ein paar Pferde stiegen erschreckt und brachen aus, die Reiter fluchten, die meisten aber brüllten vor Freude, und in dem allgemeinen Tumult verstand ich nur den immer wiederkehrenden Jubelruf: »Wir haben ihn!« Ich schien eine gesuchte Persönlichkeit zu sein.

Der Anführer allein blieb beherrscht. Er verneigte sich lächelnd. »Große Freude!« sagte er, »große Freude! Wir sehnten uns lange nach deinem Anblick. Darf ich bitten, mir zu folgen. Wir sind gleich da.«

»Wo?« fragte ich.

»In Tsin-Schönn.«

Das war der chinesische Name von Taschbulak, und dagegen hatte ich nichts einzuwenden. Schlimm war, daß Pantje und ich zum zweitenmal Gefangene wurden. Auf solche Leute hat man ein besonderes Auge. Zu gern hätte ich erfahren, was eigentlich los war, aber das schien eine sehr geheime Sache zu sein. Ich verstand nur so viel, daß ich in dem mir völlig unbekannten Lande Sinkiang große Popularität genoß. Vermutlich prangte mein Steckbrief als Staatsfeind Nummer Eins an vielen Straßenecken. Ich hatte also Grund, mehr denn je auf mein Gesicht zu achten.

»Deine freundliche Einladung«, sagte ich zu dem Anführer, »übersteigt jede Erwartung. Ich werde dir nie genug danken können.«

Wir sagten uns noch einige Liebenswürdigkeiten, wir lächelten uns zu wie alte Freunde, die sich nach langer Trennung wiedersehen, und dann setzte sich der Zug in Bewegung. Die Hälfte der Reiter preschte voraus, um unsere Ankunft zu melden. Einige feuerten Freudenschüsse ab. Der Anführer war höflich genug, nicht mehr aufzusteigen. Er ging neben uns her, und er versicherte mir in einem fort, daß ein angenehmes Zelt bereitstünde und daß ich darin die Unannehmlichkeiten der Wüstenreise bald vergessen würde.

Ich sah nicht viel, wohin es ging. Vor und hinter uns waren Reiter, der Haufe vergrößerte sich, und die neu Ankommenden stießen die andern beiseite, um Pantje und mich sehen zu können.

Auch der Esel fand Beachtung. Als wir einen Hügelkamm überschritten, ertönten Trompetensignale.

Die Reiter stürmten davon, und ich erblickte vor uns ein Heerlager. Es zog sich eine Anhöhe hinauf. Zelt stand neben Zelt, und oben gab es ein paar alte Bäume und einige Häuser. Das war Taschbulak. Die wenigen Einwohner standen verschüchtert vor den weißgekalkten Lehmmauern und rührten sich nicht. Sie überblickten gleich mir den Strom der Krieger, der aus allen Zelten quoll, sich im Tal sammelte und Kopf an Kopf bereitstand, um von dem großartigen Einzug von Pantje, mir und dem Esel ja nichts zu verpassen. Rechts und links war das Lager von Kanonen flankiert, und auch auf der Anhöhe stand eine Reihe von Geschützen. Überall wehten Banner.

Ich warf einen Blick auf Pantje. »Was denkst du von dieser Sache?« fragte ich ihn.

»Diese Menschen muß man bedauern«, erwiderte Pantje achselzuckend. Er war nicht mehr verzagt, und er war auch nicht wütend.

»Wenn sie dich fragen«, sagte er leise, »so mußt du sagen, daß du sie nicht verstehst. Bolwo?«

»Bolna«, stimmte ich zu, »ich will tun, was du sagst.«

Dann durchschritten wir das lange Spalier neugieriger Soldaten. Es gab junge und alte und vielerlei Sorten. Die Chinesen steckten in grauwattierten Uniformen; die Mohammedaner hatten keine. Man sah ihnen an, daß sie in Eile und wahllos aufgeboten waren. Irgendwo hatte man sie aus ihren Dörfern gerissen; es gab Krieg, und also mußten sie marschieren, ob sie wollten oder nicht. In Sinkiang gab es keine Altersgrenze. Ich sah auch Greise. Unser mongolischer Anführer ging jetzt voraus. Wenn sich die Menschenmauer nicht teilen wollte, hob er drohend den Daschior. Das half. Von der andern Seite kämpften sich seine Reiter durch die Menge, und schließlich war die Bahn zum unteren Teil des Zeltlagers frei. Mehrere mongolische Filzjurten standen da, und gleich vor der ersten wurde haltgemacht. Es zeigte sich, daß der Anführer nicht zuviel versprochen hatte. Das Zelt stand am Bachrand, wir mußten nur den einen berühmten Schritt machen, dann ging alles ohne unser Zutun. Dem Esel wurde unser Gepäck abgenommen und ins Innere der Jurte gebracht. Darauf hob der Anführer einladend den Teppich vom Eingang.

»Dies ist dein Zelt«, sagte er, »das Feuer brennt, die Decken liegen bereit, ich wünsche angenehme Ruhe.«

Pantje und ich traten nacheinander ein. Der Vorhang fiel, und hinter uns hörten wir zwei Wachen aufziehen. Wir hörten auch, daß ihnen leise Befehle erteilt wurden. Wieder waren wir Gefangene, und diesmal machte niemand einen Hehl daraus.

»Diese Menschen wollen uns Angst machen«, sagte Pantje, »hast du welche?«

Ich sagte: »Keine Besorgnis deswegen, aber ich denke an den Nojen Hedin und daß wir eigentlich jetzt wieder bei der Karawane sein müßten.«

»Sie haben Kamele«, tröstete Pantje, »man kann auch Kamelfleisch essen.«

»Und mein Gesicht?« fragte ich.

Da wurde Pantje traurig. Er antwortete nicht, aber er begann geschäftig die Jurte so herzurichten, wie es seiner Meinung nach notwendig war. Rund um die Feuerstelle lagen Sitzkissen, die auf einen baldigen Besuch schließen ließen. Dem Eingang gegenüber lag auch eines. Pantje erhöhte es sofort durch ein zweites.

»Hier ist dein Platz«, sagte er.

Als ich widersprach, legte er ein drittes obendrauf. Er sagte:

»Diesen Leuten muß man zeigen, wer du bist.«

»Mir scheint, sie wissen es«, sagte ich.

Pantje überhörte das. Er war darauf aus, mein Gesicht, das in der vergangenen Stunde so sehr gelitten hatte, mit neuem Glanz zu versehen. »Setz dich«, lud er ein, »und wenn einer hereinkommt, der nicht mindestens ein General ist, so stehst du nicht auf.«

Er gab mir noch mehr solche Verhaltensregeln, und dann legte er Tamariskenholz auf das Feuer. Damit war alles getan, und Pantje sah sich vergeblich nach einer andern Betätigung um. Ich bat ihn, sich neben mich an den gewohnten Ehrenplatz zur Linken zu setzen, aber er schlug mein Ansinnen rundweg aus. Pantje setzte sich rechts, wo im Zelt die schlechten Plätze sind.

»Wie sollten diese Söhne und Enkel verschiedener Teufel erkennen, daß du ein großer Nojen bist? Man muß es ihnen zeigen. Vielleicht begreifen sie dann, daß sie vor dir das Knie beugen sollen.«

»Sie werden es bleiben lassen«, sagte ich.

»Man muß sie so weit bringen«, behauptete Pantje. »Ich habe mir diese Sache überlegt, und jetzt sehe ich die Steine auf dem Grund des Wassers liegen.«

»Zeige sie mir«, bat ich.

»Erinnere dich«, begann Pantje leise, »was Ohnezehen vom General Feng-Yu-Shiang gesagt hat.«

»Ich erinnere mich. Der General will, so sagt man, Sinkiang erobern.«

»Auch Tjang«, machte Pantje aufmerksam, »sprach ab und zu von ihm und auch davon, was man schon in Kalgan hinter dem Rücken des Nojen Hedin gemunkelt hat. Man erzählte, ihr alle gehört heimlich zur Armee Fengs.«

»Auch davon weiß ich«, gab ich zu, »es ist ein großartiger Unfug, den niemand ernst nimmt.«

»Schau dich um«, forderte mich Pantje auf, »ist das etwa kein Ernst?« Er wies auf die runde Jurte, die mit dem Kreuzgestänge und mit dem verschlossenen Ausgang einem Käfig glich. Draußen hörte man die Schritte der Wachen.

»Das heimliche Geflüster von eurer Verbindung mit Feng«, fuhr Pantje fort, »hat das Ohr des Alten Gebieters in Urumtschi erreicht. Da hat er seine Soldaten aufgerufen und zum Kampf an die Grenzen des Landes geschickt. Er glaubt, ihr seid Feinde, und wir alle miteinander gehören zur Vorhut von Fengs Armee.«

»Pantje«, sagte ich verblüfft, »du bist klüger als ich. Du bist eine Schatztruhe der Weisheit. Aber kannst du mir auch sagen, was ich tun soll?«

»Ich habe es schon gesagt«, erinnerte Pantje. »Du mußt wissen, daß unter diesen Kerlen kein hoher Offizier ist. – Ich meine einen General«, sagte Pantje. »Der General sitzt in Hami. Vielleicht ist hier ein Oberst dabei, aber ein Oberst zählt nicht. Darum sollst du auf alles, was sie fragen werden, erwidern: ›Diese Sache verstehe ich nicht.‹ Und wenn sie mich fragen, werde ich antworten: ›Ich bin ein geringer Diener, und ich weiß nichts. Doch mein Dandjat, den ihr hier seht, ist ein Nojen. Er ist aber gewohnt, nur mit seinesgleichen zu reden.‹ Dann werden sie wütend werden, aber was schadet das? Sie werden einen hohen Beamten oder einen General aus Hami holen müssen, damit er mit dir spricht. Ihm magst du dann antworten. Sprichst du aber mit diesem Haufen Strolche, so werden sie alles verdrehen, was du ihnen sagst, sie werden Lügen loslassen, um sich wichtig zu machen, und sie werden dich einige Monate hier im Zelt festsetzen. Der schnellste Weg, von hier wegzukommen, braucht ein paar Tage Geduld und Schweigen.«

»Schweigen ist schwer«, sagte ich seufzend.

»Aber es nützt«, sagte Pantje.

Um mir ein Beispiel zu geben, nahm er die Gebetskette vom Hals, senkte den Blick und war in wenigen Augenblicken weit fort. Mein Pantje besaß die wundervolle Fähigkeit der Asiaten, sich auf das Gebet oder auf einen Gedanken zu konzentrieren und darüber jede Kümmernis zu vergessen.

Ich kramte derweil betrübt meinen Kalender aus der Tasche, und als ich ihn hatte, begann ich zu rechnen. Ich fand, daß wir den zwölften Dezember schrieben. Wir waren achtzehn Tage unterwegs, Hami lag in weiter Ferne, und bei der Karawane Hedins erwartete man vergebens die Hilfe, die wir bringen sollten.

Neuntes Kapitel
von dem Krieg, der nicht stattfand

Am zwölften Dezember blieben wir allein und eingesperrt, und am dreizehnten kam auch niemand. Ein Soldat brachte uns regelmäßig zu essen, er brachte guten chinesischen Tee, er brachte sogar Gebäck, aber er sprach kein Wort. Solange der Soldat im Zelt war, ließ mich Pantje nicht aus den Augen. Er hatte Angst, daß meine Geduld reißen würde und daß ich irgend etwas täte, was meiner Würde nicht gemäß war. Kurz, er hatte mich im Verdacht, noch immer ein Europäer zu sein.

»Keine Besorgnis deswegen«, sagte ich, »die Leute wollen, daß Ungeduld und Zorn bei mir entsteht, aber das werden sie nicht fertig bringen.«

»Du sprichst, wie man sprechen soll«, lobte Pantje, »mit der Zeit wirst du ein guter Mongole werden.«

Endlich am vierzehnten Dezember frühmorgens hoben die Wachen den Eingangsteppich von unserem Zelt. Eine Menge Besucher strömte herein, und der Anführer der Mongolen, die uns gefangen hatten, war auch dabei. Da ich ihn schon kannte, bot ich ihm den Ehrenplatz zu meiner Linken, aber er lehnte ab und dirigierte einen chinesischen Offizier in schwarzer Uniform auf das Kissen. Der Offizier trug einen Orden. Seiner Uniform nach schätzte ich ihn auf einen Polizeihauptmann. Die übrigen waren Türken und Chinesen in Uniform und in Zivil. Sie setzten sich artig in der Reihenfolge, die ihrer Bedeutung zukam. Dadurch wurde es mir leicht gemacht, die dampfenden Teetassen, die der Soldat auf einem Lacktablett hereinbrachte, richtig zu verteilen. Ich spielte unbefangen den Hauswirt, wie Pantje mich geheißen hatte, und meine Gäste bemerkten es verwundert. Der Soldat, dem ich das Tablett einfach aus der Hand genommen hatte, wunderte sich auch. Nach einigem Zögern verschwand er dann.

Da saßen wir nun und schwiegen. Ich zählte acht Männer, und jedem lächelte ich freundlich zu. Der mongolische Anführer schenkte mir dafür einen Haddak, und einer der Türken hatte auch einen für mich mitgebracht. Vielleicht hatte er schon gehört, daß ich ein Mongole geworden war. Als ich mich bei ihnen bedankt hatte, räusperte sich der Polizeihauptmann, denn er war der Vorsitzende des Tribunals. Er hatte das breite Gesicht eines wohlwollenden Mannes, aber er legte es in strenge Falten.

Er sagte: »Ei ja! Ei ja!«

Nachher ließ er mir eine Weile Zeit zum Nachdenken, und dann sagte er wieder: »Ei ja!«

»Ist der Herr«, fuhr er fort, »einer, der Chinesisch versteht?«

Ich bedauerte mit Kopfschütteln. »Die Reich-Mitte-Sprache«, sagte ich, »verstehe ich nicht.«

»Ich höre, daß Ihr ausgezeichnet Mongolisch sprecht?«

»In dieser Sprache vermag ich einige Worte holpernd hervorzustoßen.«

Der Polizeihauptmann setzte seine Tasse nieder, und die übrigen Herren machten es ihm nach. »Ei ja!« rief er, »so sagt mir, wo der General Feng-Yu-Shiang sein Hauptquartier hat.«

Ich antwortete, wie Pantje mir geraten hatte: »Diese Sache verstehe ich nicht.«

»Und du, Bursche!« schrie der Polizeihauptmann Pantje an, »was weißt du davon? Sprich die Wahrheit, denn dieses ist sozusagen eine ernste Angelegenheit.«

»Ich bin ein geringer Diener«, sagte Pantje demütig, »wie sollte ich etwas wissen? Mein Dandjat, den ihr hier seht, ist ein Nojen. Deshalb ist er gewohnt, nur mit seinesgleichen zu reden. Ich bitte um weiterzige Vergebung.«

Ein Sturm der Entrüstung brach los. Alle schrien durcheinander, und es war gut, daß sie vorher die Tassen auf den

Boden gestellt hatten. Sie bedrohten Pantje mit den Fäusten, aber Pantje lächelte stumm, demütig und unerschrocken.

Der Polizeihauptmann wurde wütend. Er bediente sich der unfeinsten Ausdrücke, und als er Pantje damit versehen hatte, wandte er sich an mich. Der Orden zitterte auf seiner Brust. »Siehst du nicht, daß ich ein Nojen bin?« schrie er böse, »wer bist denn du?«

Ich sagte: »Du kennst meinen Namen, darf ich um den deinen bitten?«

Er brüllte: »Ich bin der Oberst Kao-Scheng!«

Pantje und ich wechselten einen Blick. Mir wurde so leicht zumute, daß ich beinahe gelacht hätte. Ich verbarg meine Fröhlichkeit zwischen den rasch erhobenen Fäusten, und ich verneigte mich ehrerbietig nach seiner Seite.

»Verzeiht meine Unkenntnis«, bat ich, »ich wußte nicht, daß der befehlende Herr eine Exzellenz ist.«

»Nun, nun«, knurrte Kao-Scheng unwirsch, »bist du am Ende auch eine Exzellenz?«

»Mein Dandjat«, ließ sich Pantje vernehmen, »war noch nie etwas anderes.«

»Dann«, sagte Kao-Scheng erleichtert, »wollen wir von jeder Höflichkeit absehen. Hast du eine gute Reise gehabt?«

»Sie war ausgezeichnet«, bestätigte ich, »fühlst du dich leicht und gut?«

»Sehr gut«, gab Kao-Scheng zu, »mein Glück stützt sich auf das deine.«

Es folgte eine Höflichkeitspause, aber dann kam Kao-Scheng auf das fatale Thema zurück. Nicht so direkt und unfein wie das erstemal. Er sagte: »In diesen unwürdigen Zeiten begegnet man schlechten Menschen ohne Zahl. Ist es nicht so?«

Die anwesenden Herren gaben bekümmert ihre Zustimmung durch Kopfnicken und Gemurmel: »Ja, so ist es«, zu erkennen.

»Ei ja!« rief Kao-Scheng, und dann wandte er sich besorgt

an mich. »Ich hoffe«, sagte er, »du bist von Strauchdieben, Steuerbeamten und Soldaten verschont geblieben. Ich meine fremde Soldaten, sozusagen feindliche Truppen.«

»Das Schicksal meinte es gut mit mir«, beruhigte ich ihn, »es sandte mir bloß einen hungernden Pilger zu, der auf dem engen Pfad der Tugend nach Lhasa wandelte. Leider hat er das Ziel nicht erreicht, weil sein Reisekamerad unterwegs erschlagen wurde.«

»Da haben wir's«, rief Kao-Scheng, »der Unfriede ist groß, Anstand und Güte schwinden, und der Friede ist nirgendwo, mit Ausnahme unserer Provinz, wo er sich aufhält, damit wir ihn schützen.«

»Der Pilger, von dem ich sprach«, warf ich bescheiden ein, »mußte viel Ungemach erdulden, zum Beispiel in Hsing-Hsing-Hsia.«

»Wie?« rief Kao-Scheng entrüstet, »dieser Ort gehört zu unserer Provinz und sogar zu meinem Bezirk. Bei mir braucht niemand über Widerwärtigkeiten zu klagen.«

»Sie waren nicht sehr groß«, tröstete ich, »soviel ich hörte, gab es nur eine geringe Anzahl Tote.«

Kao-Scheng runzelte die Stirn. »Ich erinnere mich«, sagte er, »es war in der ›Zufriedenen Heiterkeit‹. Aber das ist lange her.« Kao-Scheng pfiff durch die Zähne. »Hat sich«, fragte er, »dieser dein Pilger an der Wirtshaus-Schlägerei beteiligt?«

»Er wurde gegen seinen Willen hineingezogen.«

»Man hat auf den frommen Mann geschossen«, warf Pantje ein.

»Na, na«, meinte Kao-Scheng, und er fragte listig: »Weißt du, wie dieser Wallfahrer heißt?«

Pantje zuckte die Achseln. »Ich bin ein geringer Diener«, wiederholte er, »wie sollte ich so etwas wissen?«

Ich sagte langsam: »Der Name des Pilgers ist belanglos. Seine näheren Freunde nennen ihn Pfötchen. Es ist ein Höflichkeitsname.«

Der Oberst bekam einen leichten Schrecken. Er räusperte

sich, er wurde ein wenig blaß, aber er faßte sich schnell. »Ei ja«, knurrte er, »von diesem Menschen habe ich noch nie gehört. Wie sollte ich auch? Es ist ein Elend mit diesen Höflichkeitsnamen. Niemand weiß, wer dahintersteckt.« Er wandte sich lächelnd den übrigen Herren zu. »Da soll man«, sagte er, »Verbrecher fangen, und wenn man einen hat, ist es der Verkehrte. Ei ja! Ei ja!«

Und dann langte er nach der Teetasse.

»Meine Herrn«, sagte Kao-Scheng würdevoll, »für dieses erste Mal ist es genug. Ich werde nach Hami berichten; es ist sozusagen eilig.«

Er trank den Tee aus, und die andern leerten die Tassen nach seinem Beispiel. Alle standen auf. Ich wollte hinauseilen, wie es die Höflichkeit erfordert, aber der Oberst hielt mich am Rockknopf fest. »Hast du Wünsche?« fragte er, und dabei behielt er den Ausgang im Auge, durch den sich nacheinander die Besucher ins Freie zwängten. »Fehlt dir nichts zu deiner Bequemlichkeit?« fuhr er fort, »oder frierst du am Ende und zitterst? Das würde ich niemals dulden. Verstehst du? Was würde der Alte Gebieter sagen, wenn wir dich, eine Exzellenz, schlecht bedienten? Wie ist das Essen? Nein, du brauchst nicht zu antworten; ich weiß, es ist miserabel. Aber das werde ich ändern. Ich gehe, ich eile jetzt in die Küche. Ha!« schrie der Oberst, »sie sollen mich kennen lernen, diese Tagediebe. Was sagst du da? Sie haben dir noch kein Festessen bereitet, die Halunken? Nun, nun«, tröstete er, »morgen, das heißt übermorgen sollst du mein Gast sein. Ei ja!« rief er schmerzlich, »jetzt muß ich dich verlassen.«

Hinter dem letzten Besucher war gerade der Teppich über den Türrahmen gefallen.

»Ich komme wieder«, flüsterte Kao-Scheng hastig, »da wollen wir über Pfötchen reden. So ein Strolch, so ein Lump, so ein guter Freund!«

Er nahm den Teppich hoch, machte ein feierliches Gesicht und verneigte sich förmlich. Draußen warteten seine Begleiter. Pantje und ich standen mit zur Stirn erhobenen Fäusten und mit ernst geneigtem Haupt, bis der Teppich fiel.

Dann schmunzelte Pantje. »Du hast einen gewaltigen Berg zum Einsturz gebracht«, sagte er anerkennend, »unsere Sache steht zu acht Zehnteln gut. Wie kommt es, daß du den Höflichkeitsnamen Mondscheins weißt?«

»Das kommt«, sagte ich, »weil wir Freunde geworden sind. Da vertraut man sich solche hilfreichen Dinge.«

Am Nachmittag kam der Soldat, der das Essen brachte. Er schleppte einen Korb mit vielen Speisen. Gesottenes und Gebratenes war darin, süße Fleischklöße, gefüllte Taschen und die herrlichen faulen Eier, die nicht faul sind, sondern nur ein wenig dunkel und grüngeädert wie guter alter Schafkäse. Sie schmecken auch so ähnlich. Wir aßen, und Pantje wurde übermütig.

»Noch eine kleine Länge«, sagte er, »und sie werden dich ehren.« »Ei ja!« seufzte ich wie Kao-Scheng, »was für eine Art zu reden ist das?«

»Die meine«, sagte Pantje siegessicher.

Kurz nach Sonnenuntergang kam Kao-Scheng. Im Rauchloch der Jurte glänzte ein Stückchen türkisblauer Abendhimmel, aber im Innern des Filzzelts war es fast dunkel. Ein Neugieriger, der von draußen hätte hereinspähen wollen, würde nur ein verschwommenes Dämmergrau in der Mitte wahrgenommen haben und ein bißchen erwärmte Luft, die zitternd nach oben schwebte. Das Feuer war aus, die Glut begann sich mit einem Anflug von Asche zu decken.

Am Rand, wo es finster war, kniete Kao-Scheng nieder, und Pantje stieß mich in die Rippen. Da meine Augen an das Dunkel gewöhnt waren, bemerkte ich gleich den Haddak, den Kao-Scheng auf die Hände breitete. Ich sah auch, wie er was obendrauf legte. Das konnte nur ein Geschenk sein.

»Verschmähe meine geringe Gabe nicht«, hörte ich den Gewaltigen mit unterdrückter Stimme sagen.

Da beeilte ich mich, ebenfalls niederzuknien, und ich nahm

das Geschenk und das Seidentuch ehrfürchtig entgegen. Ich führte es, so langsam ich konnte, zur Stirn, denn ich war in schrecklicher Verlegenheit. Kao-Scheng hatte mir einen Ring geschenkt, das spürte ich. Wo um Himmels willen blieb meine entsprechende Gegengabe? Die Feldflasche hatte ich für den Esel weggegeben, und der Esel war auch nicht da. Vielleicht fütterten ihn die Zeltwachen. Jedenfalls war er nicht das richtige Geschenk für einen Oberst der Grenztruppen. Dreimal führte ich die Fäuste dankend zur Stirn, und es wollte mir noch immer nichts einfallen. Ich murmelte Segenswünsche, und ich langte verzweifelt in den Gürtel, um wenigstens einen der leeren Haddaks herauszuziehen, die ich geschenkt bekommen hatte. Vielleicht war es rührend, wenn ich meine augenblickliche Armut erwähnte, aber dann fiel mir rechtzeitig ein, daß Armut unter Standespersonen kein Gesprächsgegenstand ist. Ich sah keine Hilfe. Also zerrte ich den Haddak heraus, doch das letzte Ende wollte nicht. Es steckte in der Gürteltasche fest, und Ziehen half nicht. Ich mußte in die Tasche greifen, und auf einmal hielt ich das prächtigste Geschenk in der Hand. Mit einer feierlichen Gebärde, die leider im Finstern verloren ging, legte ich meinen Taschenkompaß auf den Haddak und bat Kao-Scheng, das minderwertige Ding nicht zu verachten.

»Der Spätergeborene«, beteuerte der Oberst, »ist deiner dicken Gabe unwürdig.«

Er verneigte sich, und ich steckte den umfangreichen Ring an den Daumen. Dann versicherten wir uns der gegenseitigen Wertschätzung durch eine Anstandspause, bis ich merkte, daß es genug war. Wir setzten uns, und ich schob dem Oberst schnell noch ein zweites Kissen unter.

»Sage mir«, bat Kao-Scheng leise, »wie geht es meinem Freund, wie befindet sich der Strolch, den ich meine, der sehr gute Mensch, nach dem ich seit Jahren mit Sehnen suche?«

Da berichtete ich von Mondschein, was ich wußte, und ich

sprach mit gedämpfter Stimme, denn schließlich standen draußen die Wachen, die der weite Freundeskreis des Herrn Oberst nichts anging.

Kao-Scheng seufzte, als ich mit dem Bericht zu Ende kam. »Zu neun Zehnteln«, sagte er, »dachte ich mir, daß Pfötchen am Werke war, als man mich damals nach Hsing-Hsing-Hsia rief. Es war das«, sagte Kao-Scheng, »eine traurige Sache. Mehrere Tote lagen herum, aber was soll man dazu sagen? Hatten die unverschämten Yamenbüttel aus Kansu bei uns was zu suchen? Ich sage nein. Sie wollten den Wirt der ›Zufriedenen Heiterkeit‹ verhaften. Und warum? Wegen einer alten Geschichte, und weil sie es nicht ertragen können, wenn es einem in Sinkiang gut geht, der in Kansu erbärmliche Tage erleben mußte. Ach!« seufzte Kao-Scheng, »wo mag der wackere Ohnezehen stecken? Lebt er noch, oder ist er ein abgeschiedener Geist, der seine Heimat vergeblich sucht?«

»Er hat eine neue Heimat gefunden«, sagte ich, »vor drei Tagen bin ich ihm begegnet.«

»Ei ja!« rief Kao-Scheng so laut, daß er über sich selbst erschrak. Er dämpfte geschwind seine Stimme. Er sagte: »Du bist mein Freund. Jawohl, das bist du, aber du sollst keine Lügen loslassen, auch wenn du mein Herz trösten möchtest. Meine Leute haben dieses Land von oben nach unten gekehrt, aber Ohnezehen fiel nicht heraus.«

»Er ist ein Einsiedler geworden«, gab Pantje zu bedenken, »Einsiedler leben im verborgenen.«

»Das ist es ja, woraus das Böse kommt«, rief Kao-Scheng betrübt, »wie soll die Welt regiert werden, wenn die großen Krieger das Mönchsgewand anlegen und die klugen Wirte keine Gäste mehr haben wollen. So muß notwendig Verwirrung entstehen.«

»Sie ist groß geworden«, warf ich bedeutungsvoll ein.

Kao-Scheng nickte ernst. Er schien für ein vertrauliches Gespräch zugänglich zu sein.

»Ich würde mit Freuden deinen Rat empfangen«, schlug

ich vor. Kao-Scheng nickte mehrere Male heftig, und sein Orden zitterte auf der Brust.

»Sage mir aufrichtig«, bat er, »ob ihr zu der Armee des Generals Feng gehört.«

»Keiner von uns kennt den General. Wir haben nie ein Wort mit ihm gewechselt; er ist: Ich weiß nicht wo.«

»Wie kommt es aber, daß ihr zweihundert Mann stark seid oder mehr?«

»Wir sind achtzehn Männer«, stellte ich richtig, »und ich habe ein Bild bei mir, da kannst du uns sehen.«

»Das wäre gut«, gab Kao-Scheng zu, »aber es ist dunkel, und man sieht nichts.«

»Ich werde das Feuer anfachen«, erbot sich Pantje.

Er nahm etwas Reisig, und während er das Feuer in Gang brachte, fragte ich Kao-Scheng, wie er darauf käme, daß unsere Expedition zweihundert Mann stark wäre.

»Man hat euch am Edsin-Gol beobachtet«, eröffnete Kao-Scheng, »und man hat zwanzig Zelte gezählt. Da in jedem Zelt bequem zehn Männer schlafen können, ist diese Sache klar. Außerdem habt ihr fünfundzwanzig Kamele mit schweren Bomben, von denen ein Kamel zur Not zwei Stück tragen kann. Das sind fünfzig große Bomben, und diese Sache ist auch klar. Sie ist aber gefährlich. Wenn man obendrein bedenkt, daß jeder von euch ein Gewehr hat mit ungezählten Patronen, und wenn man nicht weiß, was in den vielen hundert Kisten steckt, die ihr mit euch führt, so merkt man, daß ihr einen Kriegszug vorhabt.

Im Winterchen-Monat seid ihr vom Edsin-Gol aufgebrochen. Ihr gingt aber nicht auf der Baumwollstraße und auch nicht auf der Seidenstraße. Ihr seid verborgene Wege an der nördlichen Grenze entlanggeschlichen, und weil ihr listig seid, habt ihr Kundschafter vorausgeschickt auf verschiedenen Wegen.

Ich habe sie selbstverständlich alle festnehmen lassen, denn ich bin mit scharfen Augen und mit hörenden Ohren begabt. Wenn der Alte Gebieter sagt: ›Man muß einen Spion fangen‹, dann geht die Tür seines Yamen auf, und ich sage: ›Exzellenz, der böse Mensch sitzt bereits.‹ Auch dich haben wir jetzt, obwohl du meinen zehn Mann Schlafmützen entkommen bist.«

Kao-Scheng knurrte verdrießlich. Er blickte in die kleinen Flammen, die an dem Reisig entlangliefen, und ich merkte, daß er noch etwas sagen wollte. Er suchte bloß nach Worten. Als er sie nach einer Weile fand, sagte er bedauernd »Ich bitte dich, mir weitherzig zu verzeihen, du bist mein guter Freund, denn du bist der Freund Pfötchens, und du bist der Freund des wackeren Mannes Ohnezehen. Ei ja!« rief er plötzlich, »wie konnte ich vergessen. Sage mir vor allen andern Dingen, wo Ohnezehen steckt.«

Kao-Scheng blickte mich erwartungsvoll an, aber weil im gleichen Moment Pantje hustete, als ob ihm der Rauch zu schaffen mache, antwortete ich: »Auch ich bitte dich um weitherzige Vergebung. Gestatte mir, diese Frage zuletzt zu beantworten. Ich möchte dir alles der Reihe nach erklären.« Der Oberst nickte enttäuscht. »Ich lausche deinen Worten«, sagte er.

»Unser großer Nojen«, begann ich, »ist ein Gelehrter hoher Grade und vieler Wissenschaften. Man nennt ihn Sven Hedin, und jedermann kennt ihn.«

»Dann kenne ich ihn auch«, sagte Kao-Scheng, »ich habe ihn nur noch nicht gesehen.«

»Er hat achtzehn Männer bei sich, und sie sind ebenfalls Gelehrte, bloß ich bin keiner.«

»Mein Dandjat«, ließ Pantje vernehmen, »verwaltet die Schatztruhen und alles Silbergeld. Er ist so gut wie ein Minister und eine Exzellenz.«

»Genau wie ich«, sagte Kao-Scheng.

»Da die Gelehrten«, fuhr ich fort, »alles beobachten müssen, was es auf der Erde, im Wasser und in der Luft gibt, braucht jeder ein Zelt für sich. Darin wohnt er ganz allein. Ich sage dir das, weil du ein hervorragend gebildeter Mann bist und diese notwendige Sache begreifst. In den zwei übrigen Zelten leben die Mongolen, die uns begleiten, und die chinesischen Köche.«

»Aha!« sagte Kao-Scheng, »aber wie steht es mit den Bomben?«

»Die Bomben sind weit schwieriger zu erklären«, gab ich zu, »und ich bitte um deine besondere Aufmerksamkeit. Weißt du vielleicht«, fragte ich, »warum der Himmel blau ist?«

»Das ist seine Eigenschaft«, erklärte Kao-Scheng.

»Es ist nicht seine einzige«, gab ich zu bedenken.

»Freilich nicht«, sagte Kao-Scheng, den die Sache zu interessieren begann, »manchmal ist der Himmel grau oder schwarz, und dann regnet es. Aber das ist leider selten, denn bei uns jagt der Wind die Wolken fort, und dann regnet es woanders.«

»Bravo!« rief ich erfreut. »Ich sehe, die Gelehrsamkeit hat dich ergriffen. In unsern Tagen will man herausbringen, wieso das kommt und woher die Stürme wehen, die dir unten auf der Erde ins Gesicht blasen, aber die Wolken oben gehen den verkehrten Weg statt den richtigen. Um das herauszukriegen, hat man verschiedene Uhren erfunden. Es gibt eine Uhr für Kälte und Hitze, es gibt eine Wind-Regen-Uhr, und man hat eine dritte für Trockenheit und Nässe. Diese drei Uhren bindet man an eine dünne Haut, und dann füllt man sie mit einer leichten Luft, bis sie rund wird wie eine Kugel. Nachher steigt sie hoch hinauf und fliegt mit den Uhren fort, die von selber aufschreiben, wie es da oben zugeht. Die Luft dazu haben wir in den Bomben mitgenommen, weil man sie in der Wüste nirgends kaufen kann. Du siehst also, es sind keine gewöhnlichen Bomben, sondern es ist Luft darin, die zischt, wenn man sie herausläßt, aber diese Luft kann keinen Schaden anrichten, und sie knallt auch nicht.«

»Sie knallt«, widersprach Kao-Scheng, »ich habe solche Blasen gesehen. Sie sind blau und rot, und sie fliegen fort, wenn man sie nicht festhält. Aber darauf sitzen kann man nicht, sonst knallen sie.« Ich gab das zu. »Aber«, sagte ich, »sie dienen der Wissenschaft, und der Knall ist ungefährlich.«

»Aha!« bemerkte Kao-Scheng, »aber was habt ihr in euern Kisten?«

»Sie waren einmal voll«, sagte ich, »aber jetzt sind sie leer, denn wir haben aufgegessen, was darin war, und deshalb ist Pantje mit mir vorausgegangen, und wir bitten dich, uns Mehl zu verkaufen und Kamele zu leihen, damit der Nojen Hedin und die andern Kameraden nicht hungern müssen.«

»Sieh hier!« sagte ich, und ich langte das Bild aus der Tasche, das unser Kameramann Lieberenz am Edsin-Gol aufgenommen hatte, bevor wir uns in verschiedene Gruppen trennten. »Da sind alle drauf, und in der Mitte steht der große Nojen Hedin.«

Kao-Scheng betrachtete das Foto befriedigt. »Den und den«, sagte er, »kenne ich. Auch diesen da habe ich festnehmen lassen, und jetzt sind sie in Hami in einer guten Unterkunft, versteht sich, aber man muß sie bewachen, weil der Verdacht des Kundschaftens auf ihnen lastet. Sie marschierten nämlich auf verschiedenen Wegen, und dein Nojen schleicht den Pfad der Nachdenklichkeit entlang. Wie steht es damit?«

»Die Wissenschaft«, erklärte ich, »ist wie ein weitverzweigter Baum, von dem man den Stamm und die dicken Äste kennt. Das sind die großen Karawanenstraßen und die Karrenwege. Von den vielen Zweigen und Pfaden abseits weiß man aber wenig oder gar nichts, und darum folgen wir ihnen.«

»Aha!« sagte Kao-Scheng, »ich merke, ihr vergeudet Mühe und Geld. Im Vergleich zu dem, was ihr treibt, gibt es Besseres. Weshalb kommt dein Nojen nicht zu mir, der alle Pfade und sämtliche Wasserstellen über und unter der Erde kennt? Ich bin gewohnt, Berichte abzufassen, und ich hätte deinem Nojen jede Frage beantwortet und jeden Schlupfwinkel gezeigt, denn mir ist keiner verborgen.«

Pantje hustete, und weil das Feuer jetzt mit heller Flamme brannte, setzte er sich auf seinen Platz. Wahrscheinlich wollte er mich unbemerkt in die Rippen stoßen, aber das war unnötig.

Ich sagte:»Da wir von Schlupfwinkeln reden, wage ich kaum, dir zu berichten, daß die neue Heimat Ohnezehens etwa einen halben Tagesritt von hier entfernt liegt. Du wirst den Ort ohnehin kennen.«

»Selbstverständlich«, sagte Kao-Scheng betreten, und ich beeilte mich hinzuzufügen:»Vermutlich wolltest du mich auf die Probe stellen?«

»Genau das wollte ich«, sagte Kao-Scheng, »allein unter Freunden ist so etwas nicht mehr notwendig. Es wäre beleidigend, und was das anlangt, kannst du beruhigt sein.«

»Ohnezehen wäre mit uns gekommen«, erklärte ich, »er möchte seine Nichte in Kutschen-Se besuchen, aber er fürchtet den Krieg.«

»Welchen Krieg?« fragte Kao-Scheng erstaunt.

»Man munkelt, es gebe bald einen. Hier zum Beispiel«, sagte ich, »sehe ich viele Soldaten, und Kanonen stehen auf dem Berg. Es gibt viele Zelte und unzählige Pferde, und deshalb gestatte ich mir die Frage: Wie steht es damit?«

Kao-Scheng lachte herzlich. »Ei ja!« rief er, »Ei ja! Der Krieg ist aus.«

»Er hat«, sagte Kao-Scheng vertraulich, »sozusagen gar nicht angefangen, also braucht er auch nicht aufzuhören. Der Alte Gebieter hat viele Männer zu Soldaten gemacht, sobald er von euch hörte, daß ihr mit dem General Feng verbündet seid und Sinkiang erobern wollt.

Wie ich sehe, ist es nichts damit, und also werde ich schleunigst einen Rapport verfassen, daß man die Straßen wieder freigeben kann, die man gesperrt hat. Dann können die Karawanen, die in Hami liegen, endlich nach Osten weiterziehen.«

»Du steckst mir ein großes Licht auf«, sagte ich, »jetzt

begreife ich, warum wir niemand begegnet sind. Ihr habt die Baumwollstraße gesperrt?«

»Und die Seidenstraße dazu«, sagte Kao-Scheng stolz, »und es geschah auf meinen Rat. Man kann doch einer feindlichen Armee nicht extra Proviant und Kamele entgegenschicken. Nun«, sagte Kao-Scheng, »das ist vorbei; ich werde alles in die Wege leiten, dann können die Soldaten wieder nach Hause gehen.«

»Sie werden sich freuen«, sagte ich.

»Und Ohnezehen«, fügt Kao-Scheng hinzu, »kann seine Nichte ohne Besorgnis besuchen — oder war es sein Neffe? So einen hat er nämlich auch.«

»Du meinst den Mann, der Glück heißt und der mit dem Lastwagen des Alten Gebieters fährt?«

Kao-Scheng blickte mich entgeistert an. »Du redest von Menschen«, rief er, »die in einem Land wohnen, das du noch nie betreten hast. Vielleicht bist du doch ein Spion?«

»Aber nein«, sagte er entschuldigend, »ich kann mir ja denken«, und er schlug sich mit der flachen Hand auf die Stirn, »woher du das weißt. Die Nichte hat es dir erzählt oder Ohnezehen selbst. War das nicht so? — Nun, siehst du. Und Glück ist ja auch mein Freund, und jetzt bedarf es großer Eile, damit wir das Fest der Vereinigung aller Verlorenen feiern. Es gibt nur noch eine Sache, über die wir zwei Worte reden müssen. Vielleicht«, sagte Kao-Scheng schlau, »würde Ohnezehen erschrecken, wenn ich meine Soldaten zu ihm schickte. Meinst du nicht auch?«

»Es ist besser, du reitest selbst«, schlug ich boshaft vor.

»Sage das nicht«, rief Kao-Scheng, »Ohnezehen würde umfallen, wenn er mich plötzlich erblickte. Er müßte ja denken, ich wäre ein irrender Geist. Dich«, sagte Kao-Scheng bedauernd, »und deinen Begleiter kann ich leider nicht mitnehmen. Ihr seid noch der Ruhe bedürftig und müßt euch pflegen. Man muß also nach einem andern Mittel suchen.«

Kao-Scheng schwieg, und jetzt ließ ich ihn nicht länger

zappeln. »Es gibt dieses Mittel«, sagte ich, »und es ist einfach. In Taschbulak wohnt ein Mann, der heißt Egämbärdi.«

»Bei dem wohne ich«, rief Kao-Scheng, »er besitzt ein Haus mit einem großen Aiwan, in dem man Feste feiern kann, wie wir eines vorhaben. Es ist sozusagen ein Palast.«

»Sprich mit Egämbärdi«, riet ich, »er wird dich gerne zu Ohnezehen begleiten.«

Kao-Scheng sprang auf. »Heute nacht werde ich reiten. Sofort werde ich satteln lassen. —Welche Freude!,« rief der Oberst, und der Orden hüpfte auf seiner Brust, »welche Freude! Du hast mein Herz weitgemacht und das deine verschwendet.«

Er verneigte sich tief. »Zehntausendfachen Dank«, murmelte er, und dann stürzte er hinaus.

»Er hat dein Bild mitgenommen«, erinnerte Pantje, als wir allein waren.

»Er braucht es«, sagte ich, »er muß es herzeigen können, damit jeder sieht, daß wir keine Armee sind.«

»Wir sind eine«, sagte Pantje lächelnd, »wir haben diesen Krieg gewonnen.«

Nach dem Besuch Kao-Schengs wurde es still. Der fünfzehnte Dezember ging vorüber, und wenn ich durch das Rauchloch in den Winterhimmel blickte, sah ich hie und da ein weißes Wölkchen auf der Reise. Sonst gab es nichts. Meine Ungeduld mehrte sich. Wenigstens hätte sich Kao-Scheng sehen lassen können und sagen: ›Ich habe Ohnezehen gefunden, und er ist bei mir.‹ Aber Kao-Scheng kam nicht.

Nach wie vor hielt Pantje streng darauf, daß ich mit dem Soldaten, der das Essen brachte, nicht sprach.

»Du bist ein Nojen«, sagte er, »und ein Nojen verschwendet keine Worte; ein Nojen ist ein großer Mann, und ein großer Mann ist eine Exzellenz. Vor einer Exzellenz macht man den Fußfall der Verehrung, und wer das nicht tut, ist ein Lümmel. Hast du etwa bemerkt, daß der Soldat das Knie beugte? Er weiß nichts von guter Sitte, und also muß man es ihm beibringen.«

»Trotzdem«, erwiderte ich, »hätte ich gern erfahren, wie das mit uns beiden steht und ob wir bald von hier wegkommen.«

»Dandjat«, beschwor mich Pantje, »in der Eile sind Fehler. Deine Fragen magst du dem befehlhabenden General vorlegen, sobald er kommt, aber niemand anderem. Nicht einmal den Oberst Kao-Scheng darfst du nach dem Tag der Abreise fragen. Er könnte ja nicht antworten, denn um das zu entscheiden, ist er zu gering. Du würdest ihn bloß in Verlegenheit bringen.«

Ich seufzte, und ich zuckte die Achseln; ich ging zwei Schritte hin und zwei Schritte her, und das Warten schien mir unerträglich.

»Dandjat«, bat Pantje, »setz dich, wie ein sinnender Buddha sitzt; das hilft. Sonst geht es dir wie dem Floh, der seine Wette vor lauter Ungeduld verlor.«

Ich blieb stehen, und ich fragte: »Wie war das mit dem Floh?«

»Setz dich«, sagte Pantje unnachsichtig.

»Weil du es so haben willst«, gab ich nach, und ich setzte mich auf das Kissen, wie ein Buddha sitzt.

»Als es in den Bergen noch Wälder gab«, begann Pantje, »kamen der Floh und die Laus überein, das Holz für den nahenden Winter gemeinsam zu schlagen und klein zu hacken. Der Floh sprang hin und her, aber die Laus arbeitete bedächtig.

›Man muß traurig sein‹, sagte die Laus, ›wenn man sieht, wie du zappelst. Du wirst dir die Finger abhacken.‹

›Man kommt außer sich‹, schrie der Floh, ›wenn man bedenkt, wie lange du brauchen wirst, das Holz nach Hause zu schaffen. Darüber wird es Frühjahr werden.‹

›Wir wollen wetten‹, sagte die Laus.

›Es gilt!‹, schrie der Floh.

Also wetteten sie um eine Schale fetter Milch, und weil sie

beide auf dem gleichen Berg wohnten, machten sie zwei Holzbündel zurecht und stellten sich am Fuß des Berges zum Wettlauf auf.

›Es geht los‹, sagte die Laus und krabbelte.

›Ich bin schon fort‹, schrie der Floh, und er machte einen gewaltigen Sprung.

Da fielen ihm die ersten Holzscheite vom Rücken, und beim zweiten Sprung die nächsten, und als er zum drittenmal sprang, mußte er umkehren, weil er das ganze Holz verloren hatte und wieder auflesen mußte.

Die Verwandten des Flohs waren alle gekommen, um seinen Sieg feiern zu helfen. Als sie nun sahen, daß die Sache schief ging, hüpften sie aufgeregt hin und her. ›Hier liegt ein Scheit‹, riefen sie, ›und da liegt auch eins.‹ Sie wollten ihrem Neffen beim Aufsammeln helfen, und sie machten entsetzlich hohe Sprünge. Dabei stießen sie in der Luft mit den Köpfen zusammen und fielen haufenweise betäubt zu Boden. Da lagen sie, und es war ein Glück, daß auch die Verwandten der Laus gekommen waren. Die gutmütigen Leute nahmen sich der ohnmächtigen Flöhe an, sie renkten ihnen die Beine ein, und sie schütteten ihnen kaltes Wasser über die Köpfe, und sie sagten: ›In der Eile sind Fehler.‹

Am Nachmittag kam die Laus bei ihrer Jurte an, und sie hatte kein Scheit verloren. Der Floh aber war noch mit Holzauflesen beschäftigt.

›Jedes Ding muß man lernen und ausüben‹, sagte die Laus, und dann trank sie die Milchschale unter dem Siegesgemurmel ihrer Verwandten leer.«

»Deine Geschichte«, sagte ich, »ist alt und viele Jahre her. Seitdem hat sich manches geändert.«

»Es ist immer noch so, daß in der Eile die Fehler passieren«, behauptete Pantje, und er langte nach der Gebetskette.

In der folgenden Nacht gab es wenig Ruhe. Schon am Abend war es draußen lebhaft geworden, aber da der Lärm des Lagers bei Dunkelwerden nachließ, schlief ich ein. Ich wurde bald von neuem Gelauf und Getrappel geweckt, das um Mitternacht begann und bis zum Morgen anhielt. Kamele schrien; in unserer Nähe wurden Zeltpflöcke eingeschlagen, Reiter kamen und gingen, man hörte Karren fahren und schlecht geölte Räder kreischen, und Pantje, der auch nicht schlafen konnte, sagte: »Diese Hundesöhne ziehen ab.«

»Es sind neue angekommen«, widersprach ich, »sie haben Zeltpflöcke eingeschlagen, und sie sprachen türkisch.«

»Das waren nur wenige, drei oder vier Stück. Der Himmel möge die Bestien zerschmettern.«

Pantje schwieg, und er sagte auch nicht mehr viel. Nur hin und wieder murrte er ein paar unfreundliche Worte. Erst als es gegen Morgen ruhiger wurde, teilte er mir sein abschließendes Urteil mit.

»Der Himmel«, sagte er, »hat diese Menschen dazu verdammt, in einem Land zu leben, wo keiner des andern Sprache versteht. Eines Tages werden sie sich gegenseitig totschlagen, und es ist ein Jammer, daß Dschingis-Khan das nicht schon besorgt hat. Man muß Mitleid mit ihnen haben.«

Als Pantje so gesprochen hatte, wickelte er sich in sein Fell, und dann schliefen wir, bis uns der Soldat das Essen brachte. Es war aber gar nicht der Soldat.

Ich merkte nicht gleich, daß es wer anderer war, denn durch Pantjes dauernde Ermahnungen war ich daran gewöhnt, die Ankunft des Essenträgers unbeachtet zu lassen und ihn selbst als nicht vorhanden zu übersehen. Weil aber der Kerl nicht gehen wollte, schaute ich ihm ins Gesicht. Da war es Tjang.

Tjang stand da, und er ließ den Kopf und die Arme hängen. Vor ihm am Boden stand der Korb, in dem das Frühstück war, aber Tjang machte nicht Miene, es auszupacken. Er stand einfach da. Ich richtete mich auf, und ich merkte, wie ich vor Verlegenheit rot wurde. Tjang rührte sich noch immer nicht. Er sah aus wie ein Denkmal des Vorwurfs.

Ich sagte: »Verzeih, daß ich dich für einen schlechten Menschen hielt, ich sehe, du bist keiner. Bist du leicht und gut hierhergekommen?«

Da war es mit dem eisernen Tjang vorbei. Er stürzte zu Boden und weinte, und davon wachte Pantje auf. Er war wohl genau so verwundert wie ich, aber er war weit unversöhnlicher. Er entschuldigte sich mit keinem Wort. Das war auch nicht seine Sache. Schließlich war ich der Dandjat, der das merkwürdige Unternehmen begonnen hatte, das jetzt und hier seinen Abschluß fand.

»Was plärrst du da?« fragte Pantje, als ob nichts vorgefallen wäre, das einer Erwähnung bedurfte. Gestern war wie Heute, und Vorgestern gab es für Pantje nicht.

Tjang aber weinte nur lauter.

Ich warf Pantje einen unwilligen Blick zu, und ich gab ihm einen Wink. Da besann sich Pantje. Er verneigte sich leicht, und er grüßte: »Hast du eine gute Reise gehabt?«

Tjang nickte und schüttelte den Kopf in einem. Er brachte kein Wort heraus, und weil er so viel schluchzte und immer noch auf den Knien lag, hob ich ihn auf und setzte ihn auf ein Kissen.

»Bitte weitherzig verzeihen«, murmelte Tjang. Dann verstummte er wieder.

Pantje und ich sahen ein, daß vorläufig nicht mehr aus ihm herauszubringen war. Ich begann den Frühstückskorb auszupacken, Pantje räumte die Asche unter dem eisernen Dreibein weg und machte Feuer, und während alledem saß Tjang vornübergebeugt und starrte vor sich hin. An diesem Morgen war der Küchenzettel besonders reichhaltig. Man merkte, daß der gewaltige Oberst Kao-Scheng sein Versprechen wahrgemacht hatte. Es gab warme Pastetchen, Mohnkuchen und aus gebranntem Zucker hergestellte Süßigkeiten. Als das Teewasser Blasen warf, hielt ich es für die richtige Zeit, die stille Trauer Tjangs zu begraben.

Ich sagte: »Jedes Ding hat einen Anfang und ein Ende. Wir wollen Tee trinken.«

»Du kennst das Ende nicht«, sagte Tjang düster.

Pantje, der im Tee rührte, ließ den hölzernen Bengel fallen. Ich erschrak auch, aber ich sagte mit einiger Zuversicht: »Ich kenne das Ende. Du bist zurückgekehrt, und also sind wir vereint. Der Oberst Kao-Scheng schickt uns dieses Essen, weil wir seine Freunde sind, und was die Grenzsoldaten anlangt, denen Pantje und ich davonliefen, so brauchst du dir keine Sorgen zu machen. Sie sind Untergebene des Herrn Oberst.«

»Das ist es eben«, seufzte Tjang, »sie sind keine Soldaten, sie sind Räuber.«

»Dandjat!« rief Pantje hocherfreut, »ich weiß keine Art von Bestien, der man diese Spitzbuben zuzählen könnte. Sie sind Hundesöhne.«

»Wie das?« fragte ich Tjang.

»Er hat es so herausgefunden«, rief Pantje triumphierend, »ist das nicht genug?«

Ich sagte: »Laß Tjang reden. Er soll uns sagen, wie es ihm erging.«

Tjang schluckte ein paarmal, aber weil es sein mußte, begann er: »Als es damals Nacht wurde, war der Lagerplatz weit und nicht nah, wie der Leutnant gesagt hatte...«

»Leutnant?« rief Pantje, »meinst du den Strolch im schwarzen Rock?«

»Den meine ich«, bestätigte Tjang, »er sagte, er wäre ein Leutnant, und als er kam, war es spät, und der Mond stand am Himmel. Da der Leutnant allein kam, wußte ich gleich, was passiert war. Er trat nach mir, und er schrie, ich sei schuld daran, daß ihr ohne förmlichen Abschied davongegangen wart. Er brachte auch eure beiden Kamele mit, und er brüllte in einem fort, daß man euch verfolgen und totschießen muß, weil ihr Kundschafter seid. Seine Soldaten...«

»Soldaten?« unterbrach ihn Pantje, »du vergißt schon wieder, daß sie keine Soldaten sind.«

»Damals waren sie welche«, behauptete Tjang, »und sie sagten zu dem Leutnant, daß es jetzt Nacht wäre und daß die Nacht zum Schlafen gemacht sei und nicht zum Kund-schafterfangen. Einer von ihnen ging vom Feuer weg, und als er wiederkam, schleppte er die Satteltaschen des Dandjat, und da sahen alle das viele Silbergeld darin. Das Buch, in dem du die Tage aufschreibst, wollten sie ins Feuer werfen, aber ich nahm es, und sie lachten; denn sie waren mit Geldzählen beschäftigt.

Dann teilten sie das Silber, und sie sagten: ›Was machen wir mit dir, du Hund?‹ Die meisten waren für Totschlagen, aber der Leutnant hatte Angst, daß der Dandjat vielleicht mit dem Leben davonkommt und nachher den Tupan fragen wird, was mit mir passiert ist. So ließen sie mich leben, aber sie drohten mir mit Totschießen, wenn ich etwas anderes sagen würde, als daß die Satteltaschen leer waren, als sie sie fanden.

Am nächsten Tag ritten wir nach Hsing-Hsing-Hsia, doch der Oberst Kao-Scheng war schon wieder fort. Da sandte der Leutnant einen Blitzbrief durch den eisernen Draht nach Hami, und darin stand, daß ihr in der Nacht entflohen seid und daß man euch überall suchen muß, weil ihr ge-fährliche Ausbrecher und Spione seid. Das ist alles, und jetzt bin ich da, aber was soll ich tun?«

»Du sollst mit uns Tee trinken«, sagte ich.

»Aber das Geld«, jammerte Tjang verzweifelt. Er langte in den Gürtel, und er zog zwanzig Silberdollars heraus, die er vor mich auf den Boden der Feuerstelle legte. »Sieh hier«, sagte er, »das ist übriggeblieben.«

»Es ist nicht viel«, gab ich zu, »aber wie kommt das Geld in deinen Gürtel, da sie doch alles genommen haben?«

»Es ist mein Schweigegeld«, bekannte der eiserne Tjang. »Vorgestern in Huan-lu-kang verabschiedeten sich die Sol-daten und der Leutnant von mir, und jeder gab mir zwei Silberbatzen. ›Dies ist dein Anteil‹, sagten sie, ›und es ist ein großer Anteil. Aber du mußt schweigen, sonst drehen wir dir das Gesicht zur Wand. Wir kennen dich jetzt, und du entgehst uns nicht.‹ Wirst du sie anzeigen, Dandjat?«

»Sie sind Räuber«, sagte Pantje kalt, »und also muß man ihnen den Kopf abschlagen.«

Ich nahm das Geld, und ich ließ es durch die Hände laufen. Die Münzen klingelten schön silbern.

»Von Anzeigen und Kopfabschlagen kann nicht gesprochen werden«, sagte ich, »das will der Nojen Hedin nicht haben, und ich will es auch nicht. So ist das, was ich euch jetzt sagen werde, wie ein Befehl des Nojen selbst: Ihr sollt über diese Sache den Mund halten.«

»Mundhalten ist schwer«, gab Pantje zu bedenken. »Von solchen Räubern muß man die Welt befreien. Glaubst du wirklich, daß der Nojen Mundhalten haben will?«

»Ich bin ganz sicher«, erwiderte ich.

»Bolna!« seufzte Pantje, »es sei«; und Tjang nickte, und er murmelte auch: »Bolna!«

»Da du«, wandte ich mich an Tjang, »erbärmliche Tage erleben mußtest; und indem du«, sagte ich zu Pantje, »auch nicht viel Spaß gehabt hast, so erlaubt, daß ich euch beiden für das Durchbeißen danke.«

Ich zog einen Haddak aus dem Gürtel, und ich bot ihn kniend Tjang. Vorher legte ich zehn von den Silberbatzen darauf. Tjang sprang auf und faßte mich unter die Achseln, um mich emporzuziehen, aber da fragte ich ihn, ob er mich beleidigen wolle.

»Ich bin unwürdig«, rief Tjang, und dann weinte er wieder, und er sagte, daß ich mein Herz verschwende und daß ich mich über Billigkeit herabließe, und er warf sich statt auf eins auf beide Knie, und endlich nahm er das Geschenk. Er war unglücklich, daß er keinen Haddak zum Zurückschenken hatte, aber Pantje hatte ja auch keinen.

Nachher bat ich Pantje, die andern zehn Silberbatzen als eine geringe Gabe nicht zu verachten, und Tjang steckte ihm geschwind den Haddak zu, den er von mir bekommen hatte. Da gab Pantje ihm den seinen.

So bekam ich beide wieder, und als wir uns auf diese Weise reihum Geschenke gemacht hatten, wurden wir fröhlich.

Wir aßen die Pasteten, die nur noch lauwarm waren, und wir tranken Tee, und Pantje erzählte Tjang, daß er gelernt habe, wie eine Bergziege zu klettern, und ich hätte ihm das beigebracht.

»Wo wart ihr während des Schneesturms?« erkundigte sich Tjang.

»Es muß in der Nähe der Hölle gewesen sein«, versicherte Pantje, »oder nicht weit davon, denn man hörte schreckliches Schreien und Brüllen, und nachher war der Brunnen, der dort sein sollte, in die Erde verschwunden, obwohl er in dem Geländebild des Dandjat verzeichnet steht und vorher ein guter Brunnen war und einen langen Namen hatte, in dem Enten vorkamen. Aber jetzt muß man den Brunnen aus der Karte tilgen, weil er nicht mehr taugt. So ein Sturm und eine Hölle war das.«

»Ich kenne das Entenwasser«, sagte Tjang, »es war schon immer ungenießbar, und die Gegend ist unerfreulich. In jener Nacht habe ich nicht zu hoffen gewagt, euch lebend wiederzusehen.«

»Wir sind dauerhaft«, erklärte Pantje stolz, »und du mußt dir merken, daß, wer geht, wiederkommt und daß ein Wanderer in der Gefahr beharrlich sein muß. Wo warst denn du, als der Himmel in tausend Stücke barst?«

»In Hsing-Hsing-Hsia in der ›Zufriedenen Heiterkeit‹.«

»Das habe ich erwartet«, rief Pantje, »dir geht es immer gut.«

»Es ging mir ausgezeichnet«, sagte Tjang trocken. »Wir kamen am Nachmittag an, und die Soldaten warfen mich aus der warmen Wirtsstube hinaus ins Freie, wo die Tauben gefroren vom Himmel fielen. Da sah ich das Unwetter aufsteigen, und ich deckte die Kamele mit den Filzen zu. Dann ging ich in den Stall, wo die Pferde standen, aber es war ein offener Stall, und wenn nicht einer der Besitzer des Gasthauses gekommen wäre, wäre ich vor Kummer und Kälte gestorben. Er brachte mir heißen Tee, und er tröstete mich, und als der Sturm losbrach, führte er mich in seine

Kammer. Dort schlief ich, und der zweite Besitzer des Gasthauses kam auch, denn die Soldaten hatten alle andern Räume besetzt.«

Ich sagte: »So warst du also bei Kasim und bei dem andern, der Ungemach heißt?«

»Woher weißt du das?« rief Tjang entsetzt, »du warst in der Schlucht am Entenwasser, und ›Zufriedene Heiterkeit‹ ist weit weg in Hsing-Hsing-Hsia. Wie geht das zu?«

»Die Dame Yü«, erklärte ich, »hat mir einen Brief geschrieben, in dem vieles steht. So erfuhr ich Dinge, die dir unbekannt sind. Ich will sie dir sagen.«

»Nicht notwendig«, wehrte Tjang ab, »Kasim und Ungemach haben mir erzählt, was es mit Ohnezehen auf sich hat. Er kam in unverschuldete Bedrängnis und kehrte doch zum Gesetz zurück. Allein das Licht verfinsterte sich abermals, und Ohnezehen stürzte in die Tiefen der Erde. Kasim und Ungemach beweinen ihn als einen Toten.«

»Man muß ihnen einen Brief schreiben, damit sie mit Weinen aufhören«, schlug Pantje vor.

»Ohnezehen lebt«, sagte ich, »er hat uns zu essen gegeben, als wir hungrig waren, und er hat uns einen Esel geschenkt.«

»Der Dandjat und ich«, bekräftigte Pantje, »wir waren zu neun Zehnteln nicht mehr am Leben, aber Ohnezehen kochte einen ganzen Tiegel voll Nudeln, so brauchten wir nicht mehr auf die Fingerknöchel beißen. Er verdient das Lob aller Gutgesinnten.«

»Er wohnt nicht weit von hier«, teilte ich mit, »vielleicht werden wir ihn bald wiedersehen.«

Wir gerieten ins Plaudern, und der alte unbeschwerte Ton, den wir im Steinbachtal eingebüßt hatten, kehrte wieder. Keiner mehr mußte dem andern mißtrauen, und also mußte keiner hinterm Berg halten weder mit Erlebnissen noch mit Meinungen.

Als Tjang das leere Geschirr in den Eßkorb packte, bat er uns, ihn zu begleiten.

»Wir dürfen nicht«, erklärte Pantje, »die Soldaten vor dem Zelt sind Wachsoldaten, und wir sind Gefangene.«

»Davon weiß ich nichts«, sagte Tjang, »ich habe keinen Wachposten gesehen außer einem, aber der sitzt auf dem Hügel. Warum solltet ihr nicht nach Belieben spazierengehen?«

Mir kam vor, als ob wir in eine Freiheit taumelten, die wir bisher nie gekannt hatten, so weit war die Erde, und so blau war der Himmel, und die Luft war wie ein frischer Trank. So geht es einem, wenn man eingesperrt war, und sei es bloß für ein paar Tage.

Die Hügellehne, die wir mit Zelten überdeckt gesehen hatten, war leer, und von dem wimmelnden Heerhaufen waren zwanzig mongolische Reiter übriggeblieben. Sie lagerten auf halber Höhe in zwei Filzjurten, und einer saß auf dem Hügel, der nach Taschbulak führte. Er schaute auf uns herab und auf das blaue Reisezelt, das fünfzig Schritte von unserm Käfig am Bachrand stand. Neben dem Zelt lagen vier Kamele, und ich sah gleich, daß es die unsrigen waren. Pantje stand schon bei ihnen. Am liebsten hätte er sie gestreichelt, aber weil ein Mongole das nicht tut, fuhr er ihnen bloß über die Schnauzen.

»Meine Lieben!« sagte Tjang, »laßt euch nicht stören, meine Guten. Freßt, soviel ihr könnt, und wenn es nicht mehr geht, sollt ihr noch lange nicht aufhören.«

Auch die Kamele hatten einen Feiertag. Die abziehenden Truppen hatten ihnen Heu vorgeworfen, und das war ihnen noch nie passiert. Sie konnten im Liegen fressen, und sie hatten übergenug.

Im Zelt lag mein Schlafsack, die Decken Pantjes waren da, meine Satteltaschen hatte Tjang zur Dekoration neben der Winchesterbüchse an die vorderste Tragstange gehängt, und das Tagebuch war darin. Bis auf das Geld fehlte nichts. Die zwei Begleitsoldaten, die Tjang in Huan-lu-kang übernommen und hierher gebracht hatten, waren nach Taschbulak geritten.

273

»Sie müssen dem Herrn Oberst Bericht erstatten«, teilte Tjang mit. »Gestern hatten sie es furchtbar pressant, und jetzt ist nichts mehr eilig. Nun«, sagte Tjang, »ich kenne das.«

»Was kennst du?« fragte Pantje.

»Wie das bei den Soldaten ist«, knurrte Tjang.

Den Vormittag über lagen wir am Bachrand im dürren Gras und in der Sonne, und wenn ich aufstehen und nach Tasch-bulak gehen wollte, bat mich Pantje, Geduld zu haben. Geduld, sagte er, sei das einzige Mittel, um hier wegzukom-men.

Tjang pflichtete ihm bei: »Je länger es vorher dauert, um so rascher geht es nachher – besonders bei den Soldaten«, fügte er wissend hinzu.

Also blieb ich liegen. Ich hatte den hellsten blauen Himmel über mir, und wenn ich die Lider schloß, hatte ich noch genug Helligkeit, damit ich den Tag spürte. Eine wohltu-ende Wärme floß in der trägen Luft, die nichts vom Winter an sich hatte. Dabei fiel mir ein, daß es Dezember war, obgleich es gar nicht den Anschein hatte, und nachher fiel mir das Datum ein, und dann konnte ich nichts anderes mehr denken als: ›Es ist der Sechzehnte.‹

Als es Mittag wurde, kochte Tjang bei uns im Zelt den Tee. Wir schlugen die Dreieckstücher vom Eingang. So hatten wir einen freien Ausblick auf den roten Felsenberg mit der Moschee. Die goldenen Halbmonde blitzten, die Schatten fielen klein und hart, aber Menschen gab es auch heute keine zu sehen. Das Land war fremd und still. Nur aus den Mongolenjurten hörten wir ab und zu Gelächter oder ein paar Worte, bis auf einmal eiliges Getrappel laut wurde. Von Taschbulak her kam einer im Galopp geritten.

Es war Kao-Scheng, und er war ganz aufgeregt. Als wir uns begrüßt hatten, bat ich ihn, eine Schale Tee mit uns zu trinken, aber er entschuldigte sich tausendmal mit Zeit-mangel. Er zerrte einen großen roten Briefumschlag aus der Mantelfalte, und er überreichte ihn mir mit der Ehrfurcht, die so einem Schreiben zukommt. Ich führte den Brief, auf dem ich in schöner Pinselschrift meinen Namen erkannte, zur Stirn, aber ich machte den Umschlag nicht auf.

Ich sagte: »Leider vermag ich nicht zu lesen. Ich bitte um Vergebung für sträfliches Nichtwissen.«

Kao-Scheng lachte verschmitzt. »Ich würde dir gerne Wort für Wort vorlesen«, sagte er, »aber du entschuldigst mich wegen Eile. Es ist eine Einladung, und du sollst zum Palast Egämbärdis kommen, wenn die Sonne sinkt. Das ist, was darin geschrieben steht, und es ist eine ausgezeichnete Nachricht.«

»Großen Dank für unerwartetes Glück«, sagte ich, und ich verneigte mich.

»Ei ja!« rief Kao-Scheng plötzlich, »da sind sie schon.«

Er schwang sich aufs Pferd und sprengte geradewegs den Hügel empor, über den ein Reitertrupp von der andern Seite heraufkam. Es war ein großartiger und sehr kriegerischer Anblick. Pferde und Reiter standen gegen den Himmel, sobald sie die Kuppe erklommen hatten, und voraus ritt einer mit einer grünen Fahne. Nachher kamen zwei Schwertträger mit den breiten Richtschwertern, die eine blanke und grausame Gerechtigkeit verkündeten. Aber dann ging es erst richtig los, denn die Trompeter sind bei so was die Hauptsache. Sie bliesen alle miteinander auf einmal, als sie die Zelte erblickten. Es hallte wie ein Schuß über das Tal, und die Trompeten blitzten wie die Halbmonde auf der Moschee gegenüber. Zuerst schmetterten sie gemeinsam, dann gerieten sie etwas durcheinander, und weil zum Schluß jeder für sich blies, mußte man aufpassen, wem von den Bläsern der Preis gebührte. Nach der Musik kamen die Herren, wegen denen sie gemacht wurde, und am Schluß ritten viele Soldaten mit Gewehren.

Kao-Scheng hatte sich beeilt. So kam er zur Begrüßung der Herren zurecht. Er war abgesprungen, und als sie vorübertrabten, verneigte er sich sehr tief. Da fanden sich die Trompeten zu einem hell ansteigenden Ton zusammen. Es war ein Jubelruf, und er flog steil in den Himmel. Ein anhaltendes Geschmetter folgte, aber dann krachte ein jäher Paukenschlag, und alles war zu Ende. Die Rösser trabten, die Fahne wehte voran, und bald verschwand sie zwischen den Häusern und Bäumen von Taschbulak.

»Schade«, sagte Pantje bedauernd, »man muß Mitleid mit diesen Menschen haben.«

»Wieso?« fragte Tjang scharf.

Ich merkte, daß ein innerpolitischer Meinungsaustausch bevorstand und daß Pantje seine Ansicht über die viel zu große Milde Dschingis-Khans zum besten geben wollte. Deshalb sagte ich geschwind, daß ich kein reines Hemd anhatte. »Ich werde es waschen«, erklärte Tjang bereitwillig, »du mußt es bloß ausziehen.«

Pantje, der stets ein Einsehen hatte, wenn es um mein Gesicht ging, suchte Brennmaterial zusammen. Auf einmal waren wir voll beschäftigt. Tjang schrubbte den Teekessel, und als das Hemd darin gekocht war, benutzten wir ihn als Waschschüssel.

»Ihr müßt mich begleiten«, teilte ich Tjang und Pantje mit. Da ich mich gerade rasierte und angestrengt in den runden Taschenspiegel auf dem Boden schaute, sah ich nicht, was für Gesichter sie machten. Sie schwiegen aber, und als sie nach einer Weile noch immer nichts sagten, nahm ich das als Zustimmung. »Es ist wegen meines Gesichts«, gab ich zu bedenken.

»Wir verstehen das«, sagten Pantje und Tjang gemeinsam.

»Du kannst nicht ohne Diener auftreten«, gab Tjang zu, »du bist so gut wie eine Exzellenz oder beinah so.«

»Der Dandjat ist eine Exzellenz«, erklärte Pantje, »das habe ich ihnen mit Mühe beigebracht.«

»Dann müssen wir uns waschen«, machte Tjang aufmerksam. Er war zu jedem Opfer bereit.

Also richteten wir uns her wie zu einem Sonntagsausflug in die Stadt, zu dem man ein übriges tut, damit man nicht auffällt. Wie viele Mongolen besaß Pantje als einzigen Reinigungsgegenstand eine Zahnbürste, und er lieh sie Tjang, der keine hatte. Pantje besaß sogar einen Beutel mit Zahnpulver. Meine Seife und der Kamm gingen reihum, und mit dem Daschior klopften wir den Sand aus den Mänteln.

»Hier sind fünf Silberbatzen«, sagte ich zu Tjang, »eine Exzellenz verteilt die Trinkgelder nicht selber, sondern sie hat einen Haushofmeister, der das macht. Ich überlasse dir die Verteilung, aber dem Koch mußt du einen ganzen Silberbatzen geben.«

Tjang war sehr geschmeichelt, doch Pantje knurrte etwas von Verschwendung.

»Es gibt keine Hilfe«, belehrte ich ihn, »da du mich zu einer Exzellenz gemacht hast, müssen wir Geld ausgeben, wie Exzellenzen tun.«

»Es gibt auch sparsame Exzellenzen«, sagte Pantje nachdrücklich.

Ich überhörte seinen Einwand. »Hier sind drei Silberbatzen«, sagte ich, »geh zu den mongolischen Soldaten, sei ausnahmsweise nett zu ihnen, und bitte sie, uns drei Pferde zu leihen. Wir können doch nicht«, sagte ich, »zu Fuß nach Taschbulak gehen.«

Das sah Pantje ein. Er wurde plötzlich eifrig. »Da du es so haben willst«, sagte er, »werde ich ihnen das viele Geld in den Rachen werfen. Du kannst dich auf mich verlassen, Dandjat.« Er stand auf und ging. »Du wirst schon sehen!« rief er zurück, und dann stampfte er davon.

Kurz vor Sonnenuntergang war alles bereit. Drei Pferde mit blinkendem Zaumzeug und mit silberbeschlagenen Sätteln standen vor dem Zelt. Sie hatten rote Schleifchen in den Mähnen, die wilden Stirnlocken waren in winzige Zöpfe geflochten und – wie waren sie gestriegelt! Selbstverständlich war ein Schimmel dabei, den ich reiten sollte, aber mein Hemd war noch feucht.

»Wir werden schnell reiten«, tröstete Pantje, »da wird es unterwegs trocken.«

Also saßen wir auf, und als die Sonne sank, trabten wir los.

Vor den Mongolenzelten standen die Soldaten. Sie winkten, und sie schrien, und einer kam herbeigerannt, weil noch etwas fehlte, was Pantje bestellt hatte. Das war ein rotgefärbtes Roßhaarbüschel, und es wurde an der Beizäumung vor die Brust des Schimmels gehängt. Jetzt erst war ich eine fertige Standesperson mit zwei Dienern, die so vornehm waren, daß sie auch auf Pferden ritten und einige Schritte hinter mir auf mich achtgaben.

In Taschbulak standen die Einwohner vor den Häusern wie ein paar Tage zuvor. Da hatte das Geschrei des Heerlagers die Luft erschüttert, und wir waren Kriegsgefangene, die zu Fuß gehen mußten. Jetzt ritten wir durch das abendstille Dorf, wo junge Mädchen mit gestickten Mützen und schwarzglänzenden Zöpfen gegen das Hoftor lehnten und die Kleinen mit flach aufgelegten Händen vor dem bösen Blick des Fremden bewahrten. Die Männer gaben sich streng. Sie trugen kleine buschige oder wallende Bärte, und man konnte sich nicht vorstellen, daß sie auch lachen würden. Die Frauen ließen sich nicht blicken. Vielleicht schauten sie durch ein Loch im Papierfenster nach den Leuten, die so viel Unruhe, Angst und unnötigen Lärm nach Taschbulak gebracht hatten.

Vor dem Haus Egämbärdis steckte die Lanze mit der grünen Fahne im Boden, und neben ihr stand Kao-Scheng. Er schien sich mächtig zu freuen, als er uns so glänzend daherreiten sah. Von aller Weite verneigte er sich zum Gruß, und das war das Zeichen für einen Hornist, der irgendwo im verborgenen wartete. Gleich schmetterte er los, und Kao-Scheng winkte, daß wir langsamer reiten sollten, damit das Trompeten-Solo nicht unterbrochen werden mußte, und damit die Herren, denen es galt, rechtzeitig erscheinen konnten. Sie kamen aus dem Innern des Hauses, und der Empfang klappte prächtig. Als ich vor dem Eingang die Zügel zog, standen dort drei Herren mit einigen Schritten Abstand vor den vielen andern, die den Türrahmen füllten. In der Mitte stand aufrecht und lächelnd ein chinesischer Offizier. Ich hielt ihn für einen General, und er hatte nichts dagegen. Rechts stand ebenfalls ein Herr in Uniform, und ich sah, daß er ein Mongole war. Links, aber das erfuhr ich erst später, stand der mächtigste Mann, der unauffällig bestimmte, was hier in der Gegend zu geschehen hatte. Er hieß Jollbars-Khan, der Tigerfürst, und man sah es ihm an. Er trug einen herrlichen schwarzen Vollbart, der die Blässe seines Gesichts unterstrich, und alles, was er anhatte, war auch schwarz und aus Seide. Als ich absteigen wollte, kam Pantje von hinten gelaufen und nahm mir die Zügel ab, als ob das bei uns alltäglich der Brauch wäre.

»Vergiß nicht«, murmelte er, »daß du eine Exzellenz bist.« Der unsichtbare Trompeter blies immer noch. Statt des wilden Schmetterns im Anfang schickte er jetzt klingende Abschiedsgrüße an den scheidenden Tag über den Hof, und so stieg ich ohne Hast aus dem Sattel. Ich verneigte mich dreimal und sehr tief vor den Herren. Sie erwiderten meinen Gruß ebenso feierlich, und ihre Verneigungen waren der meinen ganz gleich. Da begann ich zu hoffen.

Es war leicht zu sehen, daß der chinesische Offizier als der Gastgeber galt, wozu hätte er sonst in der Mitte gestanden. Er lächelte einladend, doch da blies der Trompeter gerade so schön, und es war unmöglich, etwas anderes zu tun, als zuzuhören.

»Ausgezeichnet!« sagte ich leise, aber so, daß alle es hören konnten.

Nachher blinzelte ich Tjang geschwind zu, damit er beim Trinkgeldverteilen den Bläser nicht vergesse, und dann war es Zeit, den Palast Egämbärdis zu betreten. Der Offizier bat mich darum; ich verneigte mich zum viertenmal, und ich murmelte: »Ich bin zu gering.« Aber da stand ich schon auf der Schwelle.

Der Aiwan Egämbärdis war ein Prunkraum mit geschnitzten Holzsäulen. Natürlich waren die Säulen dünn. Sie hatten ja bloß das Holzdach zu tragen und den viereckigen Raum in der Mitte zu begrenzen, den man braucht, um die

Stiefel auszuziehen und dort stehenzulassen. Ich wußte nicht recht, wie ich mich in einem türkischen Aiwan zu benehmen hatte, aber Kao-Scheng machte mir alles vor. Er brachte auch gleich ein paar gestickte Pantoffeln, und als wir in der vorgesehenen Ordnung auf dem teppichbedeckten Kang saßen, hatte ich die drei Würdenträger mir gegenüber und eine Menge Leute zur Seite, die ich nicht kannte. Es gab gute und kräftig gewürzte Speisen, und einer nach dem andern forderte mich auf, mehr zu essen, als ich wollte. Die chinesischen und die mongolischen Gäste tranken mir mit warmem Reiswein zu, aber Jollbars-Khan trank nicht. Er sagte auch nicht viel. Hin und wieder sprach er ein paar Worte mit Kao-Scheng, und als aus den Worten längere Sätze wurden, sah ich, daß Kao-Scheng das Foto aus der Tasche zog und es Jollbars-Khan zum Anschauen gab. Das Bild machte die Runde, und weil es viel darauf zu sehen gab, dauerte es lange, bis jeder herausgefunden hatte, wo ich war, und manche tippten auf einen Falschen und wurden von denen ausgelacht, die es besser wußten. Das war aber nur im Anfang. Später mußten die Nichtswisser zur Strafe einen Becher leeren, und so wurde ein hübsches Gesellschaftsspiel daraus. Man riet, wer Sven Hedin und wer Larson war, aber keiner fragte, wie es ihnen ginge, und je fröhlicher die Gesellschaft wurde, um so tiefer sank meine Hoffnung auf ein sachliches Gespräch.

Als ob ein chinesisches Gastmahl dazu da wäre! Es ist für Fröhlichkeit gemacht oder für ein Gespräch zwischen Männern, die sich was zu sagen haben, oder für beides.

Daß dieses hier ein Ankunftsfest für mich im Lande Sinkiang und zugleich ein Abschiedsfest von Taschbulak sein sollte und daß die würdigen Herrn aus lauter Höflichkeit von Hami geritten kamen, begriff ich erst, als Kao-Scheng am andern Morgen mit Egämbärdi zu mir ins Zelt kam und mir eröffnete, daß Pferde für den nächsten Tag bereitstanden, um mich nach Hami zu bringen.

»Zuerst warst du heiter«, sagte Kao-Scheng, »und wir freuten uns, daß es dir in unserer Gesellschaft gefiel. Aber dann fiel dir die Kinnlade herunter, und wir fragten uns verzweifelt, ob es am Essen liege oder am Aiwan Egämbärdis oder an uns. Denn daß deine Sache gut steht, mußtest du längst gemerkt haben. Der Krieg ist doch zu Ende.«

»Ich bin einer von denen«, erklärte ich, »die deiner weitherzigen Vergebung wegen Ungeduld und Nichtverstehens bedürfen. Sage mir bitte noch einmal, ob meine Sache gut steht, damit ich es glaube.«

»Sie steht ausgezeichnet«, behauptete Kao-Scheng, »das wirst du morgen früh erkennen, und übermorgen auch und in acht Tagen, wenn wir uns wiedersehen.«

Egämbärdi nickte bedächtig. Er war ein stiller Mann mit einem blanken Kahlkopf und mit einem grauen Bart. Zahllose Falten und Fältchen durchzogen sein Gesicht, und die meisten trafen an der Nasenwurzel zusammen, wo sie dicht übereinanderlagen wie Wellen. »Mein Haus ist auch dein Haus«, sagte er freundlich. »Da ich eine Reise vorhabe, werde ich nicht daheim sein, wenn du wiederkehrst. Verweile, solange es dir beliebt, und gib meinen Dienern Befehle, damit sie gehört werden.«

Kao-Scheng übersetzte die Einladung, aber zu einer Erklärung ließ er sich nicht herbei. Er rief: »Was bedarf es der Worte? Der Krieg ist aus. Wir sind Freunde, und mit Freunden leben wir gemeinsam wie mit Brüdern.«

Zehntes Kapitel
von der Stadt Hami, vom Tal ohne Wiederkehr
und von dem, was Larson sagte

Am achtzehnten Dezember standen vier Pferde im Hof
Egämbärdis. Es war noch dunkel, und Diener mit Laternen
und Windlichtern kamen und gingen. Vor dem Tor standen
mehr Pferde, aber die gehörten den mongolischen Soldaten, die uns nach Hami bringen sollten. So ganz traute man
uns doch nicht. Kao-Scheng sprach zwar von einer Ehrengarde, allein er zwinkerte listig mit den Augen wie über
einen Scherz, mit dem man, da er nun einmal begonnen
hatte, nicht gleich aufhören konnte. Auch die Behörde hat
ein Gesicht, auf das sie achtgeben muß.

Pantje und ich verabschiedeten uns von Tjang, der mit den
Kamelen nachkommen sollte. Als wir schon aufgesessen
waren und uns wunderten, wozu vier Pferde gesattelt standen statt zwei, trat Egämbärdi reisefertig aus dem Haus. Es
fehlte aber noch einer.

Die Diener mit den Laternen stellten sich neben der Haustür auf, und dann hörten wir den letzten Reisekameraden
kommen.

Mit einem Satz sprangen Pantje und ich aus dem Sattel. Wir
kannten das harte Klopfen, das den Flur entlang klappte,
und wir standen vor der Tür, als Ohnezehen erschien.

»Sei gegrüßt, alter Herr!« rief Pantje.

»Wir sahen uns lange nicht«, sagte ich, »meine Freude ist
groß.«

Ohnezehen stand lächelnd auf seinen Stock gestützt im
Schein der Laternen. Er drohte mir, und er sagte:»Wahrlich,
daß du, ein Fremder von jenseits der Meere, mich dahin

und dorthin und nach Kutschen-Se schickst; wer hätte das gedacht.«

»Mein Dandjat«, erwiderte Pantje verschmitzt, »ist einer, der diese Sache versteht. Auch zu mir hat er gesagt: »Geh dahin und geh dorthin, und so haben wir dich gefunden.« Tjang, der abseits gestanden hatte, näherte sich zögernd. Er grüßte so ehrfurchtsvoll, wie ich Tjang noch nie hatte grüßen sehen. Er sagte: »Die vortrefflichen Männer Kasim und Ungemach sind in großer Angst um dich, ehrwürdiger Alter! Darf ich ihnen zwei Worte über dein Wohlergehen senden, damit sie ihre Sorge mäßigen?«

»Nicht nötig«, mischte sich Kao-Scheng ein, »ich werde morgen nach Hsing-Hsing-Hsia aufbrechen, um meine zehn Mann Schlafmützen aufzurütteln. Da werde ich Kasim benachrichtigen und Ungemach erfreuen. Ich muß schon wieder überlegen«, sagte Kao-Scheng, »wie ich das anstelle, damit die beiden vor freudigem Schreck nicht umfallen.«

»In dieser Sache bist du ein Meister«, sagte Ohnezehen lächelnd, und dann wurde sein Pferd vorgeführt. Tjang hielt es am Zügel, und Egämbärdi half ihm beim Aufsteigen.

Als wir zum Tor hinausritten, war es noch immer dunkel. Tjang rief: »Jabonah! Sä jabonah!!« und Kao-Scheng nahm einem Diener die Laterne aus der Hand. Er schwenkte sie und er rief: »Wiedersehen! – Wiedersehen in acht Tagen! – Wiedersehen in Taschbulak!«

Die Laterne hüpfte auf und nieder wie ein Irrlicht, aber da ritten wir den Hügel hinab nach Westen. Es war ein Sonntagmorgen. Die Mongolen saßen auf und folgten uns. Bald ritten sie voraus, wie die Grenzsoldaten es gemacht hatten, und als der Tag anbrach, waren wir allein auf dem staubigen Karrenweg nach Hami. Noch herrschte die Wüste. Es gab Sand, und es gab Kies, und hie und da gab es kümmerliche Tamarisken. Allein das erste Zeichen westlicher Zivilisation begleitete unsern Ritt. Seit Taschbulak standen

Telegrafenpfähle an der Straße, und wenn auch nur ein Draht über die oftmals zerbrochenen Porzellanglocken lief, so verband er doch das unbedeutende Nest mit der Bezirkshauptstadt Hami. Dieser Draht hatte unsere Flucht und unsere Gefangennahme gemeldet. Er hatte die hohen Herren aus Hami herbeigerufen, die so liebenswürdig zu mir gewesen waren, und jetzt zeigte er unsere Abreise an. Ich war überzeugt, daß wir von jeder Station aus weitergemeldet wurden. Soweit der Draht reichte, standen wir unter Beobachtung.

Der Vormittag verging, und ich begann im Sattel hin und her zu rutschen. Wir hatten gute Pferde, und die Sättel waren auch gut, aber sie waren aus Holz, und wer das nicht gewohnt ist, hat bald genug. Ich sah nach Pantje, aber Pantje schien der Sattel nichts auszumachen. Und ich schaute nach Ohnezehen, aber Ohnezehen saß aufrecht und lächelte vergnügt. Er merkte aber, wo es mir fehlte.

»Du mußt es anders machen«, riet er mir, »du mußt die Seiten wechseln, sonst hältst du es nicht einmal bis Huan-lu-kang aus. Es ist ein weiter Weg.«

Ich tat folgsam, was Ohnezehen mir riet, aber ich war froh, als wir in Huan-lu-kang anlangten. Da war es Nachmittag geworden, und noch blieben drei Stunden bis Hami. Die Mongolen erwarteten uns im einzigen Gasthaus. Sie hatten ihre Pferde getränkt und gefüttert, sie hatten selbst gegessen, und nun trieben sie zur Eile.

»Der General wünscht dich heute noch zu sehen«, sagten sie, und ich verwünschte den Telegrafendraht.

»Der General kann warten«, sagte Ohnezehen kalt. Er ließ sich von niemand einschüchtern.

Huan-lu-kang war das erste große Dorf, das ich in Sinkiang zu sehen bekam. Es war arm, und in dem Gasthaus waren die Wände schwarz und die Papierfenster lange nicht mehr erneuert worden. Die leeren Fenstergitter waren auch schwarz, und die Kochkessel waren verrußt. Aber es gab Tee, und da Egämbärdi ein Muselmann war, hatte er zu essen mitgenommen und teilte aus. Auch der Wirt und seine Kinder hielten fröhlich mit.

Ohnezehen saß draußen in der Sonne mit dem Rücken gegen die Hauswand. Das war nun einmal sein Platz. Er hatte den Stock neben sich liegen, und er winkte mir, mich neben ihn zu setzen.

»Ich habe einen langen Weg nach Kutschen-Se«, sagte er. »Egämbärdi begleitet mich, aber ich muß auch an den Rückweg von Taschbulak nach Hause denken.«

»Das mußt du«, sagte ich ahnungslos.

Ohnezehen blickte mich lächelnd an. Er schien eine bessere Antwort erwartet zu haben, und er ließ mir Zeit zum Nachdenken. Ich überlegte eilig, was er im Sinn habe, und als es mir einfiel, zog ich den Brief aus der Tasche, den er mir zur Beförderung anvertraut hatte.

Ohnezehen nahm ihn, aber »Das ist es nicht«, sagte er, »es ist etwas anderes. Möchtest du mir nicht deinen Esel verkaufen?«

»Meinen Esel?« rief ich erstaunt.

»Er steht im Stall bei Egämbärdi«, teilte mir Ohnezehen mit, »ich sah ihn dort angebunden, und es geht ihm gut. Er ist nicht der jüngste, aber für mich wäre er gerade passend.«

Ich griff in die Gürteltasche, um einen Haddak herauszufischen, aber Ohnezehen hielt meine Hand fest. »So geht es nicht«, sagte er, »ich weiß, daß dir ein gewisser Jemand den Esel geschenkt hat. Da darfst du ihn nicht wieder zurückschenken. Du darfst ihn aber verkaufen.«

»Er ist mir mehr als Geld wert«, sagte ich.

»Recht so!« rief Ohnezehen erfreut, »ich biete dir mehr als Geld. Sieh hier!« Er öffnete seine Rechte, und ich erblickte eine kleine schwarze Kupfermünze mit einem viereckigen Loch in der Mitte.

»Es ist ein Ding, das Glück bringt«, sagte Ohnezehen, »ich fand es auf der Karawanenstraße, als ich Besitz und Mut verloren hatte und nichts mehr erhoffte als einen baldigen Tod. Seither habe ich mehrfach die Wiederkehr von Gut und Böse erfahren, aber jetzt habe ich Glücks genug. Es wird Zeit, daß ich einen Esel dafür einhandle. Ist dir dieser Handel recht?«

»Ich werde dir nie genug dafür danken können«, erwiderte ich.

»Man braucht an solche Glücksbringer nicht glauben«, sagte Ohnezehen, »aber sie festigen den Mut. Wenn du die Münze betrachtest, so denke daran, daß sie aus der Zeit stammt, als die Männer von Han über das Reich der Mitte herrschten. Viele taten es gut, und einige machten ihre Sache schlecht, aber keiner verlor den Mut.«

»Mir scheint«, sagte ich, »ich habe den Esel zur rechten Zeit verkauft. Ist es noch weit bis Hami?«

»Fünfundsiebzig Li«, sagte Ohnezehen.

»So werde ich das Kaufgeld in einem fort betrachten müssen, denn mein Mut zum Weiterreiten ist geschwunden. Im Sattelsitzen geht nicht mehr, und mit den Füßen gehen ist nicht möglich. Wie soll ich da nach Hami gelangen?«

Pantje, der still herbeigeschlichen war und mich jammern hörte, begann zu scherzen. Er lächelte, und er sagte: »Du hast mich gelehrt, mit den Füßen zu gehen. War das nicht so, Dandjat?«

»Es war notwendig«, sagte ich verdrießlich.

»Erlaube, daß ich dir das Reiten beibringe.«

»Ich kann reiten«, sagte ich, »aber dieser chinesische Holzsattel ist ein Ding, das nicht taugt.«

»Er taugt nicht viel«, gab Pantje zu, »aber die Freunde aus Wei hatten bloß ein Paar Strohsandalen. Trotzdem hörten sie die Hunde im Lande Wu bellen. Wir aber haben jeder ein Pferd.«

Da stand ich auf, und ich sagte: »Jabonah!«

»Jabonah!« rief Pantje fröhlich.

Und dann ritten wir aus Huan-lu-kang hinaus durch das letzte Stück Wüste. Wir ritten in einer Staubwolke, denn jetzt blieben die Mongolen bei uns. Sie ritten vor und hinter uns, und zeitweise galoppierten sie aus lauter Lust am

Reiten, und sie schrien dazu. Dann galoppierten wir mit ihnen, und das war für mich am erträglichsten. Ich stellte mich in die breiten Steigbügel, und ich lachte, wenn Pantje sich nach mir umdrehte, und ich rief: »Keine Besorgnis deswegen.«

Aber dann kam Hami in Sicht, und weil es ein klarer Abend war, standen die hohen Schneeberge wie ernste Wächter über der Stadt. Vor den Toren gab es ein Gewirr kleiner Gärten, die ahnen ließen, wie es im Frühjahr hier aussehen mochte, wenn blaugekleidete Bauern das Erdreich hackten und die berühmten Melonenkerne dem Boden anvertrauten. Jetzt säumte kahles Buschwerk die Felder, die Ablaufgräben waren voll mit Eis, und dazwischen standen die hohen Pappeln nicht anders wie struppige Besen, die man umgekehrt in die Erde gesteckt hatte.

Ein Stückweit ritten wir an der gewaltigen Stadtmauer entlang, und wir galoppierten, denn die Sonne stand tief im Westen. Die Mongolen deuteten mit dem Daschior nach oben, und sie lachten. Sie machten mich aufmerksam, was ein Feind zu gewärtigen hatte, der die feste Stadt Hami zu stürmen unternahm. Auf dem Mauerkranz waren statt der Brustwehren der Reihe nach kleine Häuschen gebaut, die über dem Abgrund schwebten. Dahinein setzten sich die Einwohner der stolzen Stadt, wenn sie dem Gegner ihre Verachtung bekunden wollten. Sie taten es aber auch im Frieden.

»Reite nicht zu nah an der Mauer!« riefen die Mongolen.

»Nimm dich in acht«, warnten sie, »sonst kriegst du was auf den Kopf.«

Und sie lachten und galoppierten wieder.

Im Tor standen die Stadtsoldaten, die auch gerne zeigen wollten, daß sie wer waren. Sie hatten die Seitengewehre aufgepflanzt, und einer blies in ein Horn. Aber das Blasen half nichts. Die Mongolen kümmerten sich nicht um die Bajonette und nicht um den Trompeter. Sie fegten im Karacho über das Kopfsteinpflaster des Torwegs, und da wir mit

zur Gesellschaft gehörten, brausten auch wir in die Stadt
hinein. Der Hufschlag dröhnte, und die Stadtsoldaten
mußten flink zur Seite springen. Ohnezehen, der nicht so
gut galoppieren konnte, hatte Mühe, im Sattel zu bleiben.
Hinter dem Tor fielen die Pferde in Schritt.

Wir waren keinen Augenblick zu früh gekommen. Während wir gemächlich durch die stillen Straßen ritten, hallte
der Kanonenschuß über die Dächer, der das Sinken der
Sonne und das Schließen der Stadttore anzeigt. Die Einwohner, die vor den Häusern am Straßenrand saßen, beachteten uns nicht. Sie blickten in den goldenen
Abendhimmel. Einige saßen unter den Vordächern neben
glimmenden Kohlenbecken. Sie hielten die Hände darüber,
und sie sahen gebannt auf das Schachbrett, das vor ihnen
auf dem Boden lag. Sie blickten nicht einmal auf, als wir
vorüberritten. Mongolische Reiter waren ein gewohnter
Anblick, und bis einer herausgefunden hätte, daß der gesuchte Staatsfeind unter ihnen ritt, waren wir eine Straße
weiter und am Tor des Yamen angelangt. Hier erwartete
man uns.

Wieder blies ein Trompeter, und die Wache stürzte heraus.
Unsere Mongolen stiegen ab, und ihr Anführer ließ sich
bescheinigen, daß er Pantje und mich richtig abgeliefert
hatte. So hatten wir Zeit, uns von Ohnezehen und von
Egämbärdi zu verabschieden.

»Euer Weg eben Friede«, wünschte ich.

»Möge uns ein Wiedersehen beschieden sein«, sagte Egämbärdi.

»Ich werde nicht aufhören, an dich zu denken«, sagte Ohnezehen, »lebe wohl!«

Pantje sagte den einfachen Gruß aller Mongolen: »Euer
Weg sei leicht und gut.«

Als die Soldaten das hörten, stimmten sie ein. Im Chor
riefen wir den Davonreitenden noch einmal den schönen
Gruß nach und dann noch einmal, und dabei standen wir
vornübergeneigt und mit zur Stirn erhobenen Fäusten.

Als ich mich aufrichtete, stand ein chinesischer Offizier in schwarzem Zivil neben mir. Er trug eine Hornbrille, und weil er englisch sprach, sagte er: »How do you do?« und er verneigte sich lächelnd.

Das hatte ich in Hami nicht erwartet. Ich verneigte mich, so tief es ging, und dann schüttelten wir uns freimütig die Hände. Ich sagte ihm, daß sein Englisch ein ausgezeichnetes Englisch sei und daß ich ihn zu seinen Kenntnissen aufrichtig beglückwünsche. Er wies das weit von sich.

»Die paar Brocken«, antwortete er wegwerfend, »sind nicht der Rede wert. Bitte entschuldigen Sie meine entsetzliche Aussprache.«

»Gerade Ihre herrliche Betonung«, erwiderte ich, »beschämt mich zutiefst. Ich wage kaum zu hoffen, daß Sie mein Gestammel verstehen.«

Der liebenswürdige Offizier versicherte mich des Gegenteils. Er sagte: »Ihre Worte tönen rein wie Glockenton. Wie soll ich armer Nichtskönner da bestehen?«

»Herr Oberst!« rief ich, »ich muß Ihnen leider mitteilen, daß ich des Englischen wegen schon im ersten Jahr aus der höheren Schule hinausgeworfen wurde. Ermessen Sie daran die Tiefe meiner Bildungsschlucht.«

Da lächelte der Oberst, und dann teilte er mir mit, daß er gar kein Oberst sei.

»Herr General«, sagte ich mit Überzeugung, »das kann nicht sein.«

»Doch, doch«, erklärte er mir ruhig, »ich bin der Postmeister von Hami.«

»Herr Chen!« rief ich, »du meine Güte, Sie sind Herr Chen! Haben Sie tausendfachen Dank für die Umleitung der Briefe, die wir am Edsin-Gol erhielten, und für die Grüße, die Sie als Unbekannter beifügten.«

Herr Chen lächelte diskret. »Sie verstehen«, sagte er, »daß die augenblicklichen Umstände verbieten, daß darüber gesprochen wird. Kommen Sie. Der General Liu erwartet Sie.«

»Steht meine Sache denn schlecht?« fragte ich besorgt, und ich blieb vor dem Torweg stehen, in dem sich eine Reihe von Soldaten mit Gewehren aufgestellt hatte.

Herr Chen beruhigte mich. »Oberst Kao-Scheng«, sagte er, »hat denkbar günstig über Sie berichtet, und auch Jollbars-Khan befürwortet Ihre Wünsche. Sie werden das sofort bemerken. Kommen Sie.«

Wir gingen zusammen durch das Portal, und Pantje kam zwei Schritte hinterdrein, als plötzlich ein Kommando ertönte und die Soldaten präsentierten. Da merkte ich, daß, wie Herr Chen sich gewandt ausdrückte, alles o. k. war.

Der General Liu war tatsächlich ein General. Er empfing uns aufs liebenswürdigste. Wir aßen Salzmandeln und Bonbons, und wir unterhielten uns über den Sturm, der auch in Hami Schaden angerichtet hatte, und über die Beschwerden einer Reise im allgemeinen. Zum Glück, und ich nahm das als ein gutes Zeichen, erwähnte der General seinen Standesgenossen Feng-Yu-Shiang mit keinem Wort. So ersparte er mir die Beteuerung, daß wir mit diesem Herrn nichts zu tun hatten. Der Postmeister machte den Dolmetscher. Sobald er aber merkte, daß ich den General etwas fragen wollte, hielt er mich mit den Augen fest, wie Pantje das in Taschbulak gemacht hatte, wenn ich den Essenträger gern was gefragt hätte. Ich nahm dann eine Salzmandel, und die Frage unterblieb. Pantje saß während des Gesprächs bescheiden in der Nähe der Tür, aber obgleich der General kein Wort an ihn richtete, schien er zufrieden mit sich und mit mir.

Als der Tee kam, verabschiedete ich mich korrekt, und Herr Chen begleitete uns. Im Torweg des Yamen wartete ein Laternenträger, denn mittlerweile war es dunkel geworden. Er schritt uns voraus, und er machte auf jede Unebenheit der Straße im vorhinein aufmerksam. So wurden wir vor allem Übel bewahrt, und es war beinah selbstverständlich, daß uns vier Wachsoldaten in angemessenem Abstand folgten.

»Es ist eine Ehrengarde«, erklärte Herr Chen, und ich sagte ihm, daß ich das bereits von Kao-Scheng erfahren hatte.

Vor einem Hof in der Chinesenstadt machten wir halt, und als der Riegel fiel, gab es ein großes Hallo. Hier waren die fünf Expeditionskameraden untergebracht, die der tüchtige Oberst Kao-Scheng auf ihren verschiedenen Anmarschwegen verhaftet hatte. Sie waren ihm ebenso ahnungslos in die Hände gelaufen wie ich, und nun saßen sie fest, und ich saß mit ihnen genau so fest, denn eine zehn Mann starke Wache hielt das Tor besetzt. Der freundliche Herr Chen blieb noch eine Weile bei uns. Ich erzählte, wie es mir ergangen war, und jetzt konnte ich die Sorgen um das Schicksal der großen Karawane auf viele Schultern verteilen. Aber die Hauptlast blieb mir doch.

Herr Chen tröstete mich. »Sie haben einen Umweg gemacht«, sagte er, »aber das Ergebnis wäre das gleiche geblieben. Vielleicht kommen Sie schneller hier weg, als Sie denken. Ich glaube, nicht gegen die Satzungen zu verstoßen, wenn ich Ihnen mitteile, daß in den letzten Tagen ein reger Telegrammverkehr zwischen Hami und Urumtschi stattgefunden hat. Bewahren Sie noch etwas Geduld.«

»Ich weiß«, sagte ich, »sonst geht es mir wie dem Floh.«

Der Postmeister verneigte sich. »Ihre Kenntnisse sind bewundernswert«, lobte er, »ich habe nichts mehr hinzuzufügen.«

Genau einen Monat, nachdem wir vom Ichen-Gol aufgebrochen waren, erlaubte man uns die Rückreise. Das war am 25. Dezember. Vielleicht wollte uns der Alte Gebieter eine Weihnachtsfreude machen. Frühmorgens verabschiedete ich mich von den Kameraden. Im Hof standen zwanzig ausgesuchte, kräftige Kamele, die lauter Mehlsäcke trugen. Dazu kamen drei Reitkamele für Tjang, für Pantje und für mich. Das letzte Kamel mußte das Wasserfaß tragen, das eiserne Dreibein und unser blaues, geflicktes Reisezelt.

Hinter Huan-lu-kang stellten wir das Zelt zum erstenmal

auf, und zum Einschlagen der Pflöcke benutzten wir den neuen Hammer, den Tjang in Hami gekauft hatte. Eine neue Schöpfkelle hatten wir auch. Jetzt störte mich nur noch der Telegrafendraht. Er paßte nicht zum Zelt und nicht zur Wüste, und außerdem verwünschte ich ihn wegen der falschen Nachrichten, die er gleichmütig nach Urumtschi geleitet und damit ein ganzes Land in Unruhe versetzt hatte.

»Der sprechende Draht ist eine Erfindung des Teufels«, sagte ich.

Pantje und Tjang schauten sich an, und Pantje sagte entschuldigend: »Bei uns ist er nicht erfunden worden.«

Am nächsten Abend feierten wir das Wiedersehen mit Kao-Scheng in Egämbärdis Haus. Der Oberst erwartete uns vor dem Tor, und er führte uns in den Aiwan, wo die Diener lautlos ein Festessen auftrugen. Ich brauchte ihnen das nicht anzuschaffen. Das besorgte Kao-Scheng, und er besorgte noch mehr. Er war einer, der Anordnungen traf, einer, der vorbereitete und vorausdachte. Durch seine Hand liefen viele Fäden, an denen er zog und zupfte, und wenn die richtige Lade aufsprang, freute er sich.

»Es ist mir berichtet worden«, sagte er, »daß die Karawane des Nojen Hedin auf dem Weg nach Daschito zieht. Sie kommt aber nur langsam voran, weil Daschito hoch in den Bergen liegt, wo es viel Schnee gibt. Du wirst sie trotzdem bald treffen, denn ich gebe dir den besten meiner Soldaten als Führer mit.«

»Als Ehrengarde?« fragte ich.

»Ein einzelner Soldat ist keine Garde«, belehrte mich Kao-Scheng, »und leider ist dieser Soldat auch kein Soldat mehr. Ach!« seufzte Kao-Scheng, »seit er den Dienst verließ, habe ich nur noch Tagediebe, und es ist ein Elend. Der, von dem ich spreche, wohnt nämlich in Hsing-Hsing-Hsia, und weil man die Leute nicht mit plötzlichen Nachrichten erschrecken darf, trat ich in seine Wirtsstube, und ich sagte: ›Was tust du für den, der dir gute Nachricht von Ohnezehen

bringt?< Da rief er: >Gott ist groß! Alles, was du verlangst.<
<<
»Er spricht von Kasim«, flüsterte mir Tjang ins Ohr.
Und so war es auch. Ein würdiger Mann mit einem leuchtend schwarzen Bart trat ein. Er kreuzte die Hände vor der Brust, und er grüßte: »Sallam!«
Kao-Scheng blickte mich an wie ein Zauberer, dem sein neuestes Kunststück besonders gut gelungen ist.
So wurde Kasim unser Führer über die Pässe des Karlyktag, und weil es Hochwinter war, erzählte er an den langen Abenden am Feuer die einfache Geschichte seines Lebens, die die Geschichte all derer ist, die Einsamkeit und Wildnis um sich haben, die grelle Sonne über sich und nachts den Mond. Und es war gut, daß wir Kasim bei uns hatten. Denn unsere Sache ging nicht schnell, wie Kao-Scheng gemeint hatte, sondern sehr langsam.
Die große Karawane hatte sich teilen müssen. Den Haupttrupp trafen wir am Neujahrstag, aber Sven Hedin war nicht bei ihnen. Er war krank zurückgeblieben, und Larson hatte sich irgendwo in der Gobi eine Burg aus Kisten gebaut, weil die Kamele so erschopft waren, daß sie keine Lasten mehr tragen konnten.
So wurde es Februar, bis wir alle in Hami vereint waren.
Als letzter kam Larson mit dem Gepäck. Ich hörte ihn von aller Weite singen:
»Kleines Schaf! Kleines Schaf! Hast du keine Woll'?
Doch Herr! Doch Herr! Drei Säcke voll.«
Wenn Larson Kinderlieder sang, war er guter Laune, und so ging ich ihm entgegen. Da hörte er auf zu singen.
Er rief: »O du lieber Augustin! Habe ich dir nicht gesagt, du sollst gleich mit Schießen anfangen?«
»Doch«, gab ich zu, »aber dann hätte ich Grenzsoldaten totgeschossen.«
»Wer redet von Totschießen?« rief Larson entsetzt, »hierzulande schießt man, damit es knallt. Das solltest du doch wissen.«

Sven Hedin stand lächelnd daneben. »Frans August«, sagte er, »ich bin dafür, daß du dich das nächstemal etwas klarer ausdrückst.«

»Habe ich das nicht?« wunderte sich Larson. Er ging zwei Schritte, blieb stehen und winkte mir. »Ahoi!« sagte er, »da hat mir einer in Taschbulak was für dich mitgegeben. Egämbärdi heißt er, und ich soll dich grüßen und von dem andern auch, und da war noch einer. Mir scheint, du hast einen großen Bekanntenkreis.«

»Mit der Zeit«, sagte ich, »hat sich das so ergeben.« Ich nahm den zerknitterten Briefumschlag, den Larson mir gab, und ich machte ihn auf, und es war weiter nichts darin als die Visitenkarte der Dame Yü. Auf der Rückseite stand klein und zierlich: Tausendmal tausend Dank. Ich bin so glücklich.

Später, es muß irgendwo zwischen Hami und Turfan gewesen sein, und wir ritten nebeneinander her, erzählte ich Larson meine Geschichte vom Anfang bis zum Ende.

»Und da wunderst du dich noch?« fragte Larson, »Ich bin nicht abergläubisch«, sagte Larson, »aber als ich das Tal ohne Widerkehr vor mir sah, bin ich darum herumgeritten.«

»Auf welcher Seite?«, fragte ich.

»Oben, wo das Obo ist«, sagte Larson, »und ich bin abgestiegen, und ich habe einen Stein darauf gelegt.«

»Das habe ich auch getan«, sagte ich.

»Dein Glück!« sagte Larson.

*»Also bist du ein Mongole geworden, denn bei uns ist das so:
Man redet nicht viel, aber man weiß.«*

Auf dem Pfad der Nachdenklichkeit

Fritz Mühlenweg zwischen erinnerter Mongolei, Dichtung und Schreibarbeit.

Nachwort von Ekkehard Faude

»Wichtiger als die Frage nach Realität und Fiktion sind andere Dinge, jene, die Mühlenwegs Attraktivität ausmachen: Tonfall, Witz und menschliche Wärme. Der Weg von den Räubern vom Liang-Schan-Moor zu denen am Pfad der Nachdenklichkeit ist kurz, und ohne zur Chinoiserie zu verkommen, stehen Mühlenwegs Romane von Tonfall und Durchführung her damit in einer ganz anderen Tradition. (...)

Es gibt Bücher, zu denen man periodisch wiederkehrt, weil einem sonst etwas fehlen würde – die wahren Klassiker. Vielleicht haben sie etwas, was es sonst nirgends gibt, und diese periodische Wiederkehr hat nicht unbedingt etwas mit absoluter Qualität (?) zu tun, sondern mit Vorlieben, mit einem bestimmten Tonfall, einer Stimme, die man wiederhören möchte. Die höflich, heiter und gelassen von Dingen erzählt, die es nach den Verheerungen der letzten sechzig Jahre nicht mehr gibt, oder die lange Zeit brauchen werden, um wieder sichtbar zu sein.
Auf Onkel Ohnezehens Gemüseland befindet sich eine chinesische Agrarkommune; der Pfad der Nachdenklichkeit streift Chinas Atomtestgelände; und weiter nördlich, in der ›eigentlichen‹ Mongolei, hat die Gastfreundschaft gegenüber Europäern arg nachgelassen, seit dort 40 Jahre lang eine Viertelmillion Sowjetsoldaten stationiert war. Ich weiß nicht, ob es Nostalgie oder Eskapismus ist, aber für mich ist seit drei Jahrzehnten ein Jahr, in dem ich nicht die Mühlenwege ins Grasland gehe und nicht zu den Büchern greife, eine trübe Vorstellung.« (Gisbert Haefs, Nachwort zur Neuauflage 1992)

Ein Text auf Bestellung

Im Oktober 1951 nimmt Fritz Mühlenweg eine Auftragsarbeit
an: Der Herder Verlag, bei dem er im Jahr zuvor seinen ersten
Roman veröffentlicht hat, plant eine neue Buchreihe und lädt
seine erfolgreichsten Autoren ein. Es sollen schmale Bände im
Umfang von 80 Seiten werden, übersichtliche Projekte auch
für die hauseigene Druckerei. Herder ist ein Buchimperium,
das seine Wertschöpfung vom Druckbetrieb über einen inter-
national operierenden Verlag bis zu eigenen Buchhandlungen
organisiert.

Dabei weiß Mühlenweg, dass seinem Schreiben wie auch seiner Malerei erst einmal wochenlange Unterbrechungen be-
vorstehen. Seine Auftritte werden ständig gefragter, seit sich
»In geheimer Mission durch die Wüste Gobi« zum Überra-
schungserfolg entwickelt. Den ganzen November hindurch
wird er auf Lesereise sein, voll besetzte Audimax-Säle in Frei-
burg, Göttingen und Bonn, über 2000 Hörer melden sich allein
in Düsseldorf zu seinem Vortrag an.

Denn Mühlenweg macht zunächst keine Lesung, er zeigt hundert Dias aus der Gobi, die meisten selbst fotografiert, und erzählt von Land und Leuten, wie er sie auf großen Reisen durch
die Innere Mongolei kennengelernt hat: Im Jahr 1927/28 als
Buchhalter (»Rechnungsführer«) der wissenschaftlichen Expedition, die der weltberühmte Asienforscher Sven Hedin von
Peking aus bis nach Sinkiang unternahm. Und ab 1931 als Karawanenführer; fünfzehn Monate lang arbeitete er mit bei
Wettermessungen in der Gobi.

Herder vermarktet Mühlenweg als einen Erzähler, der so
spannend wie Karl May schreibt, aber eigene Erfahrungen aus
einem exotischen Land verarbeitet hat. Dass es bei Mühlenweg um China geht, bindet die Buchwerbung geschickt mit
dem Interesse der Deutschen an der gerade erfolgten Beset-
zung Tibets durch das kommunistische Riesenreich; auf seiner Vortragsreise konkurriert er in manchen Städten mit den
Tibet-Experten Heinrich Harrer und Wilhelm Filchner.

Schreiben im Wildwuchs

Nach der Lesetournee geschieht im Winter 1951/52 dann, was Mühlenweg schon einmal erlebt hatte: Die neue Erzählung wächst ihm weiter. Bald meldet er seinem Lektor Theo Rombach mehr als hundert Druckseiten, und noch sei die Geschichte weit von ihrem Zielpunkt entfernt.

Aber im März 1952 steht die nächste Lesereise an, drei Wochen zwischen München, Bamberg, Leverkusen ... Und danach will er im April seinen alten Chef, den 87-jährigen Sven Hedin, in Stockholm noch einmal besuchen, die beiden sind sich seit der Mongoleizeit nicht mehr begegnet. Mühlenweg hat noch einen besonderen Grund zur Dankbarkeit: Sven Hedin hatte ihm im Sommer 1950, ohne seinen Text zu kennen, ein begeisterndes Vorwort für seinen ersten Roman geschrieben; das ungebrochene Renommee des Asienforschers war eine Starthilfe besonderer Art.

Insgeheim – aber das kann Mühlenweg seinem Lektor nicht schreiben – verfolgt er mit seiner Reise nach Stockholm noch etwas anderes. Denn gerade hat ihm der Äthenäum Verlag ein Projekt angeboten, das ihn reizt: Er soll eine Geschichte der Erforschung Asiens durch die Europäer schreiben. Hedin war der Zeitgenosse, der aus Jahrzehnten eigener Forschungsreisen berichten konnte und manchen der epochemachenden Forscher persönlich kannte.

Ein Autor beginnt eine Erzählung, die zum Roman weiterwächst, daneben übernimmt er ein noch viel umfassenderes Schreibprojekt ... An dieser Stelle lohnt sich ein biographischer Umweg. In welchen Lebensumständen und gesellschaftlichen Veränderungen verlief der Prozess, in dem der Maler Fritz Mühlenweg überhaupt zum Schriftsteller wurde?

Vom privaten Schreiben zur Publizistik

Seine Erzählerbegabung lässt sich schon in seinen Briefen von der Wüstenoase Edsingol im Winter 1931/32 finden. Wenn er beschreibt, wie ihn die mongolischen Kamelmänner über europäische Sitten ausfragen, entwickelt er aus der wortkargen Unterhaltung, aus Erheiterung und dem Staunen der Mongolen über die Zustände in einer fernen Welt, schon Ansätze eines Schreibstils, der später zum Mühlenweg-Sound wird. Jene schlackenlose Sprache, die eine Schlichtheit sucht, in der auch nomadische Lebensformen respektvoll aufgenommen werden.

Sein Schreiben hätte privat bleiben können. In der Mongolei noch hatte er beschlossen, sein künftiges Leben als Maler zu versuchen. Als er sich mit seiner Frau – er hatte die österreichische Malerin Elisabeth Kopriwa an der Wiener Akademie kennengelernt – in Allensbach am Bodensee niederließ, mussten sie sich beide als freie Künstler erst einen Namen machen. Ein schwieriger Beginn in einer Gegend ohne private Galerien und mit nur einem Kunstverein im nahen Konstanz.

Fritz Mühlenweg machte sich mit Lichtbilder-Vorträgen über die Mongolei bekannt; die Öffentlichkeit dazu verschafften ihm Ruderclub und Alpenverein, deren Mitglied er während seiner Drogistenjahre gewesen war und die seine Expeditionsjahre als Erweis sportlicher Tüchtigkeit verfolgt hatten.

Seine Vorträge eröffneten ihm ab 1935 die Zeitungsseiten. Mit Artikeln zur Bodensee-Kulturgeschichte, zu zeitgeschichtlichen Entwicklungen in China, über die Mongolei und Sven Hedin war Mühlenweg in der »Deutschen Bodensee-Zeitung« zu lesen. Dem in Konstanz erscheinenden Blatt, das vor der Gleichschaltung der Presse in der Hitlerdiktatur eine katholische Zeitung gewesen war, kamen seine Artikel zupass – gegen das aggressiv werbende NS-Kampfblatt »Bodensee-Rundschau« versuchte die DBZ mit erweitertem Feuilleton eine schwindende Leserschaft zu binden.

Literarische Erfindungen. Spracharbeit eines Malers
Es ging, pragmatisch, auch ums Geldverdienen durch Publizistik, aber zugleich lotete der Maler in den Jahren des glücklichen Neuanfangs mit literarischem Schreiben eine Doppel-

begabung aus. Kinderbuch, Drama, Gedichte, Roman – er versucht alles, in einer Mischung aus Ehrgeiz und einem anfänglichen Dilettantismus im besten Sinn des Wortes.

Ein erstes Buchprojekt realisiert er gemeinsam mit seiner Frau – eine Zusammenarbeit, die bis in ihr letztes Lebensjahr zum Glück ihrer Ehe gehören wird. Er schreibt den Text eines Märchens, in dem das Mädchen Nuni in die Welt entführt wird und einen Heimweg finden muss, bei dem ihm in jeder Nacht ein anderes Sternbild weiterhilft; Elisabeth Mühlenweg illustriert die Geschichte. Schon in diesem ersten literarischen Text geht es um eine Wegsuche und die Gefahr, dass der Einzelne verlorengehen kann. Ein Motiv aus Angst und Errettung, das er in seinen Romanen und noch in der spätesten Erzählung (»Der Familienausflug«, 1958) immer wieder aufnimmt.

Der Otto Maier Verlag in Ravensburg lehnt das Kinderbuch »Nuni« 1936 ab. Auch ein ABC-Buch mit ganzseitigen Bildern von Elisabeth und Versen, die wohl von ihm stammen, fällt durch. Kein leichter Anfang.

Während sich das Allensbacher Künstlerpaar mit Otto Dix und Familie im nahen Hemmenhofen anfreundet und mit Konstanzer Malern eine Gruppe zur Vermarktung ihrer Bilder gründet: übersetzt Mühlenweg zugleich Gedichte aus dem chinesischen Shijing (Schi-king) und verfasst ein erstes, im zeitgenössischen China spielendes Theaterstück. Er schreibt auch hundert Seiten eines Romans um den Mongolen-Führer Dampignak und dessen Kampf gegen die chinesische Zentralmacht. Leider gibt er das ehrgeizige Projekt wieder auf – viel später wird er diesen Dampignak in »In geheimer Mission durch die Wüste Gobi« als dunkel strahlende Figur entwickeln.

Seine autodidaktischen Schreibprozesse klärten ihm nach und nach Erfahrungen, auf die er nicht gefasst gewesen war, als er zehn Jahre zuvor in sein ostasiatisches Abenteuer geriet. Ein Aussteiger, gewiss, aber mit der Sichtweise europäischer Überheblichkeit. Eine neue Aufmerksamkeit, dann Bewunderung für die uralten Kulturtraditionen Chinas waren ihm bald gewachsen. Was er zudem aus Lebensformen und Weltsicht der mongolischen Kamelmänner zog, hatten seine Distanz zum geldfixierten Denken der kapitalistischen Welt und zur technischen Beschleunigung noch verstärkt. Im Malen wie im Schreiben suchte er seinen Abstand neu zu bestimmen.

Postenstehen und Gedichte
Der Krieg unterbrach diese überaus produktive Phase. Noch 1939 hatte Mühlenweg in der Zeitschrift »Deutscher Kulturwart« über Gedichte der chinesischen Frühzeit und über die Asienfahrten Sven Hedins schreiben können. Dann setzte die Einberufung des Vierzigjährigen als Hilfszöllner seinem Malen, Schreiben und dem Leben im Alltagsgemenge einer wachsenden Familie bis ins Frühjahr 1945 ein Ende.
Später erinnerte er sich daran, dass er beim Postenstehen (am Bodenseeufer, im Hafen von Bordeaux) weiter an den Gedichtübertragungen gefeilt hatte. Eine Spracharbeit, die seinem Schreibstil als Erzähler zugute kam: leicht wirkende, streng gearbeitete Sätze, wenig Adjektive; dazu der nuancierte Blick des Malers.
Seine Übertragungen aus dem Shijing – unter dem Titel »Tausendjähriger Bambus« – erschienen bei dem in Hamburg lizensierten Dulk-Verlag, die im Nu verkauften fünftausend Exemplare der Erstauflage machten ihn auch überregional als literarischen Autor sichtbar. (Der junge Hartmut von Hentig lernte 1948 diesen Gedichtband kennen und blieb beeindruckt; über 40 Jahre später wählte er eines dieser Gedichte für die von Marcel Reich-Ranicki herausgegebene »Frankfurter Anthologie« aus.)

Eine Freundschaft, auch über die Freuden des Schreibhandwerks
Während Fritz Mühlenweg im Allensbacher Haus wieder Bilder malte und immer zu wenig für eine wachsende Nachfrage fertig hatte, verband ihn mit Nelly Dix in Hemmenhofen

eine mit Scherz, Satire und tieferer Bedeutung aufgeladene Freundschaft, die auch seiner Entwicklung als Autor zugute kam. Der faszinierenden (und wild belesenen) Zwanzigjährigen, die er »Ziehtochter« nannte, hatte er zu Weihnachten 1944 das Typoskript von »Tausendjähriger Bambus« geschenkt; sie schickte ihrem »Ziehvater« ein eben beendetes Lustspiel. Sie wechselten Briefe, die jeweils dem ganzen Haus vorgelesen wurden. In ihnen schildert Mühlenweg, wie bei einer Wohnzimmerlesung aus einem neuen, wieder in China spielenden Theaterstück die Freunde einschlafen oder in Zigarettenpausen flüchten. Und Nelly Dix schreibt amüsiert von einem Plagiat, das sie im »Bodenseebuch« des Jahrs 1946 entdeckt hatte: Wilhelm von Scholz, der auch nach seinen Nazijahren den Dichterfürsten gab, hatte sich dort einer Erzählung Tolstois bedient und als eigenen Text veröffentlicht. Literaturbetrieb in seiner regionalen Variante, den beide aus ironischer Distanz betrachteten.

Nelly Dix las ihre ersten Erzählungen – geistreiche, freche, Ideologie unterlaufende Geschichten nach biblischen Motiven – im Allensbacher Haus vor; gut möglich, dass Mühlenweg dadurch motiviert wurde, sich wieder fiktionaler Prosa zuzuwenden.

Veränderte Medienlandschaft und die Anfänge eines Romans
Beide nahmen 1947 auch mit neu verfassten Gedichten am Lyrik-Wettbewerb der im Konstanzer Südverlag erscheinenden Literaturzeitschrift »Die Erzählung« teil – und sahen sich auf gegenüberliegenden Seiten abgedruckt.

Diese Zeitschrift war ein kurzlebiger Leuchtturm in der veränderten Verlagslandschaft am Bodensee. Im nahen Konstanz waren ab 1945 um die neu gegründete Tageszeitung »Südkurier« und den dazugehörigen »Südverlag« ehemalige Ullstein-Journalisten tätig, die sich aus dem zerstörten Berlin an den See abgesetzt hatten.

Dass Mühlenwegs »Tausendjähriger Bambus« fernab in einem

beachtlichen Verlagsprogramm erschienen war, wird Ludwig Emanuel Reindl, dem erfahrenen Schriftleiter der Literaturzeitschrift, imponiert haben; Reindl, der das Feuilleton des »Südkurier« leitete und Elisabeth Mühlenweg manchen Illustrationsauftrag gab, ermutigte ihn zu erzählerischer Prosa. Im Frühjahr 1948 begann Mühlenweg, den seine Kinder ohnehin gern drängten, von seinen Mongolei-Abenteuern zu erzählen, eine Geschichte zu schreiben: Sie nahm ihren Anfang in Peking mit einer unfreiwilligen Zugfahrt und führte zwei jüngere und zwei ältere Männer per LKW und dann auf Kamelen durch die Wüste Gobi ...

Als sein Text zum Mongolei-Roman von schließlich 750 Seiten wuchs, gehörte Nelly Dix zu den ersten Lesern; professionelle Bestätigung bekam er durch ein Lektoratsgutachten aus dem »Südverlag«. Aber der Verlag war in finanziellen Schwierigkeiten, die Literaturzeitschrift fast schon eingestellt, als Mühlenweg »In geheimer Mission durch die Wüste Gobi« 1950 beendete.

Ein Autor für alle Lesealter gerät in ein Marketing-Korsett

Der Autor wusste, dass er für Leser »zwischen 10 und 70 Jahren« gleichermaßen interessant geschrieben hatte. Als er den Stoff großen Belletristik-Verlagen anbot, hoffte er, mit Buchhonoraren jenen Verdiensteinbruch auszugleichen, den seit der Währungsreform im Juni 1948 seine Frau aufgefangen hatte. Seine eigenen Bilder waren fast unverkäuflich geworden, als die (West-)Deutschen, die in den Besatzungsjahren ihre unsichere Reichsmark gern in Kunst angelegt hatten, ihre neue D-Mark lieber in die Warenwelt trugen. Elisabeth Mühlenweg hielt, während ihr Mann einer ausufernden Romanerzählung nachging, mit gut bezahlten Aufträgen für religiöse Kunst und Kunsthandwerk die Familie über Wasser.

Im Frühjahr 1950 lehnte der Rowohlt Verlag sein Manuskript ab; und im Haus wurde es nach der Geburt eines siebten Kindes noch enger. So griff Mühlenweg zu, als Herder, für dessen katholisch geprägtes Programm seine Frau als Illustratorin arbeitete, den Roman trotz seines ungewöhnlichen Umfangs für ein expandierendes Jugendbuch-Segment wollte und ein sofortiges Monatsfixum von 350 DM anbot. Dann eben erst einmal »Jugendbuchautor«. In welchem Ausmaß er damit in seiner literarischen Produktion festgelegt war, realisierte er erst später.

Rascher Ruhm in einem geschäftstüchtigen Verlag
Dass er mit seinem Roman zufällig bei Herder landete, brachte Vorteile; er wurde Autor eines vertriebsstarken Verlags mit aktiv betriebener Werbung. Ab Herbst 1950 kam er so zu unerwarteten, wenn auch schmal bezahlten Aufträgen: Buchvorstellung vor Sortimentern, ein Exposé für die Verfilmung eines Jugendbuch-Klassikers (»Nonni«), auch Texte für hauseigene Zeitschriften (z. B. »Der Buchfink«, »Büchertisch«). Die Vortragsreisen schließlich, so anstrengend sie waren mit öffentlichen Verkehrsmitteln und den vom Verlag eng gesetzten Terminen, wurden für Jahre eine relativ sichere Einnahmequelle.
Im Herbst 1951 also, als sein Verlag bei ihm wegen einer längeren Erzählung anfragt, hat Mühlenweg mit den Mühen des unerwarteten Ruhms zu kämpfen. Auch mit den Freuden: Ein Vertrag für eine holländische Ausgabe seines Romans ist fertig und von Pantheon in New York meldet sich Kurt Wolff, der renommierte Verleger will sich die Übersetzungsrechte für den angelsächsischen Buchmarkt sichern.
Aber eigentlich beschäftigt sich der 53-Jährige neben dem Alltag der Großfamilie wieder lieber mit seiner Malerei. An Elisabeth Mühlenweg, die ihre österreichische Verwandtschaft besucht, schreibt er am 25. September: *»Ich bin abends vom Malen und vielleicht auch von der Gartenarbeit sehr müde, so bleibt das Schreiben liegen und ich fürchte nur, wenn es das zu lange tut, schläft es ein.«* Ihn drängt, soweit wir wissen, kein neues literarisches Projekt; so nimmt er den Schreibauftrag für ein schmales Buch als willkommenen Zwang. Wie drin-

gend er Umsätze braucht, um die monatlichen Garantiezah-
lungen des Verlags durch Buchhonorare wieder auszugleichen, weiß er inzwischen.

Sein größtes Abenteuer noch einmal erzählen
Am einfachsten schien der Griff nach einem älteren Stoff, den
er schon einmal zu Papier gebracht hatte: das Abenteuer auf
dem mongolischen »Pfad der Nachdenklichkeit«. Er hatte sie
selbst erlebt, jene Wochen im November und Dezember 1927,
in der winterkalten Gobi, weit vom Edsingol und noch weiter
von der nächsten Stadt Hami entfernt, als er mit dem Mongolen Pantje und dem Chinesen Tjang für die notleitende Expedition Nahrungsvorräte besorgen sollte. Als sie von bewaffneten Männern aufgegriffen wurden, wagte er mit Pantje einen
tollkühnen Fußmarsch durch die Wüste. Das Erlebnis jener
Flucht und Wegsuche hatte sich für ihn mit inneren Bildern
verbunden, die in den Jahren danach mehrdeutiger geworden
waren.
Alles ließ sich in der Ich-Form erzählen. Manche Problematik
eines allwissenden Erzählers war ihm erst während der Lesereise klar geworden: Als sich sein Publikum nach dem weiteren Leben von »Großer Tiger« und »Kompass Berg« erkundigt
hatte. Die jungen Leser hatten die Erzählerperspektive von »In
geheimer Mission durch die Wüste Gobi« mit seinem Vortrag
über die Mongolei zusammengeführt und die Fiktion für bare
Münze genommen. Spielte die Handlung nicht auf einer
Route, die er selbst geritten war? Und er zeigte doch das Foto
eines Mongolen namens Naidang vor seine Jurte, der im
Roman als Vater von Siebenstern auftrat ...
Mit einem autobiographischen Stoff, dessen Hauptfiguren alle
gelebt hatten, schien manches einfacher zu werden.

Ein Anfang in Belletristik
Der Ich-Erzähler, den Mühlenweg im Schreiben entwickelte,
zielte zunächst intuitiv auf erwachsene Leser. Im Mühlenweg-

Nachlass, den das Bregenzer Felder-Archiv bewahrt, haben sich zehn handschriftliche Seiten erhalten, undatiert, aber mit großer Wahrscheinlichkeit ein verworfener Ur-Anfang aus dem Spätherbst 1951. In ihnen bringt die Erzählerstimme mit einem Vergleich aus der Praxis der Farbkomposition etwas zur Sprache, das Mühlenweg seit einem Vierteljahrhundert immer wieder nachgegangen war und das er nun im Text als Spannungsmoment einsetzen konnte: Wie hatte es damals bei Möng-Schui dazu kommen können, dass er Soldaten für Räuber hielt und die Flucht durch die Gobi wagte?

Er begann seine Erzählung so:

»Es ist nicht von großem Belang, in welcher Helligkeitsstufe ein Bild gemalt wird. Viel wichtiger ist das Verhältnis der Farben zueinander. Hat man erst das richtige Grau gefunden, das dem Zitronengelb einer Hausmauer und dem tiefen Rot von Briefkästen standhält, kann man getrost das Bild zu Anfang und zu Ende malen. Irgend ein passendes Grün findet sich und Schwarz dient als markanter Lückenbüßer. Nur darf es nicht überhand nehmen, wie an dem Abend, als ich den Ichen Gol verließ. Warum musste sich beim Abschied der alte Larson mit dem dreißigjährigen Gewicht seiner Mongolei-Erfahrung vor mir aufbauen und sagen:

Hören Sie zu, Ritter.

Ich höre.

Wenn Sie Leuten auf Kamelen begegnen, so ist es gut. Es sind Menschen wie Sie und ich. Treffen Sie aber Berittene, ich meine Kerls auf Pferden, dann passen Sie auf; dann sind es Räuber.

Leben Sie wohl, Ritter.

Leben Sie wohl, Ritter, sagte auch ich. Ich wollte ihm zeigen, dass mich die Räuber kalt ließen.«

Mühlenweg kann im Spätjahr 1951 noch nicht weit gekommen sein mit seiner Erzählung. In seinem Weihnachtsbrief an den Verleger Theophil Herder-Dorneich wird seine Unruhe unübersehbar: *»Von mir kann ich in diesem Jahr nur berichten,* *dass ich viel angefangen und nichts beendet habe. Daran ist mein langsames Arbeiten schuld und die Angewohnheit, das Geschriebene noch zweimal zu schreiben. Das ist nun keine besondere Gewissenhaftigkeit, sondern eher eine notwendige Korrektur vorheriger Lässigkeit.«*

Eine Perspektivik für offene Wahrnehmung?
Wie gut Mühlenweg daran getan hat, diesen Malerei-affinen Anfang aufzugeben, sehen wir inzwischen genauer.

Gegen die eindimensionale Einstimmung aus dunklen Vorwarnungen des landeskundigen Larson setzte er eine Abfolge von Zeichen, die dem Leser erst einmal die Deutung offen ließen. Das »Ich«, das er im Schreiben seiner Abenteuererzählung modellierte, konnte die Mehrdeutigkeit von Alltagswahrnehmungen im inneren Monolog aushandeln: die unsichere Bedeutung von chinesischen Schriftzeichen am Weg, die Interpretation von Räuberzivil bei unbekannten Reitern, Vertrauen oder Misstrauen, wenn es um Übersetzung aus fremder Sprache ging.

Indem Mühlenweg seinen Roman mit einer Szene um Pantje begann, gewichtete er sein Erzählen neu. Leser finden sich nun darauf eingestimmt, dass ein Europäer den eigentümlich indirekteren und zeichenhaften Kommunikationsstil der Mongolen ernst nimmt und, weil er die Regeln des Spiels kennt, diese auch spielerisch anwenden kann. Zugleich macht der Ich-Erzähler so entschlossen Pantje zu einem eigenwilligen Partner, der ihm unterwegs mongolische Lebensart und Kenntnisse vom Überleben in der Wüste vermitteln kann.

In welchem Maß Mühlenweg den historischen Verlauf seines Abenteuers mit Freiheiten der Erfindung mischt, wäre eine Studie wert. Einen »einfachen Griff« auf den älteren Erlebnisstoff konnte es ohnehin nicht geben.

Wenn er sich damals ein Vierteljahrhundert nach dem Erlebten vergewissern wollte, hatte er ein Gemisch aus faktischen Relikten und aus Erinnerungen, die sich nicht nur durch eine

früh einsetzende mündliche, dann schriftliche Überliefe-
rungsgeschichte verformt haben mochten. Er wusste, dass
sich sein Abenteuer, das mit der kritischsten Phase der Hedin-
Expedition verknüpft blieb, seither mit ganz anderen Bedeu-
tungen auflud. Selbst seine Erfahrung mit Schaffensproble-
men der Malerei reicherten die Facetten erinnerter Wirklich-
keiten an. Die Mehrdeutigkeit eigener Wahrnehmungen, be-
ginnend mit den Farben, die einer unter geschlossenen Lidern
sehen kann, Kraft einer unwillkürlichen wie subjektiven Ge-
staltung (»*Ich schloss die Augen, und ich überließ mich dem
herrlichen Spiel, die smaragdgrüne Sonne auf dem feurigroten
Grund der geschlossenen Lider zu betrachten, bis das Rot dunkler werden und das Grün erlöschen würde.*« *s. o. S. 212f.*).

Erinnerungshilfen beim Schreiben
Die Realia, zu denen er beim Schreiben greifen konnte, waren
ein Tagebuch und Fotos. Die knappen Notizen im Expediti-
onstagebuch, das er seit dem Aufbruch der Karawane im Frühjahr 1927 geführt hatte, wiesen nur die eine Lücke auf: vom 9.
Dezember, an dem in Möng-Schui seine Flucht mit dem Mongolen Pantje begann und er Tagebuch, Fotoapparat und Geld
zurücklassen musste, bis hin zu den Weihnachtstagen in
Hami, als ihm der Chinese Tjang seine Habe wieder brachte.
Auf selbst geschossenen Fotos sah er Szenen wie das Aufhac-
ken einer vereisten Quelle oder die Begegnung mit dem Pilger, der aus Tibet kam.
Aus seinen Erinnerungen ergänzte er sich nicht nur die kargen Tagebucheinträge; für die entscheidenden drei Tage des
Gewaltmarschs mit Pantje und die Anfangszeit bei den Grenztruppen in Hami – also das letzte Drittel, das dem Buch die Rezeption eines Survival-Romans eröffnete – blieben ihm nur
sein Gedächtnis und die nachschaffende Phantasie.

Leerstellen in der Ur-Erzählung
Man wüsste gern, wie Mühlenweg sein Abenteuer beim ers-

ten Mal den Expeditions-Kollegen erzählte, die auf ihn in Hami warteten.

Denn spätestens beim Eintreffen in der Grenzstadt musste ihm klar geworden sein, dass er nicht so einfach auf eine Heldentat zurückschauen konnte, wie damals im September 1919, als er auf eigene Faust aus einem französischen Gefangenenlager geflohen war und in fünf Nachtmärschen allein den Weg an die Rheingrenze glücklich geschafft hatte.

Waren doch auch die anderen Expeditionsteilnehmer, die sich seit dem Aufbruch am Edsingol mit unterschiedlichen Aufträgen in Richtung Hami oder Urumtschi vom Hedin-Tross gelöst hatten, von Grenzsoldaten aus Sinkiang festgesetzt worden; aber sie hatten sich ergeben.

Die Frage behielt für Mühlenweg einen Stachel: Welche Beobachtungen und Einschätzungen hatten ihn zu einer Flucht veranlasst, die für zwei Menschen lebensgefährlich werden konnte und sich schließlich als überflüssig erwies?

Schon die Leerstelle im Brief, den er Ende Dezember 1927 an die Mutter in Konstanz schrieb, ist bezeichnend: »*Unsere Reise war abenteuerlich genug, doch davon später einmal.*« Es klingt, als ob er sich damals das Erlebte erst noch selbst ausdeuten musste.

Mühlenwegs früheste Deutung steht in seinem Brief an Sven Hedin, geschrieben zehn Tage nach seinem Eintreffen in Hami. Er musste annehmen, dass der Expeditionsleiter von den Missgeschicken erfahren hatte, die seinen Auftrag unerfüllt ließen, und schrieb zur Erklärung: »*... glaubte ich doch, einem geschickt angelegten Schwindel in die Hände gefallen zu sein.*« Seinem Chef gegenüber gab er sich selbst die Schuld daran, dass er die Soldaten für Räuber gehalten hatte. Pantje und dessen suggestive Angst vor Räubern werden nicht einmal erwähnt. In der Schlussformel versuchte er eine eher gequält-humorvolle als heiter gemeinte Wendung: »*In der Hoffnung, Absolution für meine Sünden zu empfangen ...*«

Ein dramatischer Hintergrund jenseits des Romans
Mühlenwegs Brief verdeckte alle Aversionen, die sich in ihm
damals gegen Hedin aufgestaut hatten. In Hami, besonders
unter den deutschen Expeditionsteilnehmern, war die Stimmung schlecht. Einige von ihnen wurden schon mehrere Wochen festgehalten. Und alle waren über den desolaten Verlauf
der Expedition erbittert: Viele Kamele waren verendet, man
musste sogar mit dem Scheitern der Unternehmung rechnen.
Mühlenweg war nicht der einzige, der in sarkastischen Brief-
kommentaren Hedins Fehlplanungen die Schuld gab. Hedins
viel zu optimistische Einschätzung von Reisezeit und Provi-
antbedarf wurden kritisiert, vor allem der zu späte Aufbruch
vom Edsingol, kurz vor Beginn der Winterstürme. (Mit einer
milde geschönten Zeitangabe zu Anfang des Romans ver-
wischt Mühlenweg diese Ursache: »*Seit dem Edsin-Gol, den
wir vor einem Monat verlassen hatten ...*« (s. o. S. 14). De facto
war die Expedition erst am 8. November aufgebrochen und litt
schon nach zwei Wochen unter Proviantmangel.)
Wenn er seine Geschichte über die Erlebnisse auf dem Pfad
der Nachdenklichkeit damals niedergeschrieben hätte:
schwer vorstellbar, dass er Hedin am Anfang und am Schluss
als die serene Figur hätte auftreten lassen, von der wir nun
lesen.

Hedin erzählt als Erster
Freilich konnte Mühlenweg gar nicht in Versuchung kommen,
sein Abenteuer zu veröffentlichen. Für die Dauer der Expedition hatte sich der alte Schwede alle Verwertungsrechte gesi-
chert, kein anderer Teilnehmer durfte über Vorkommnisse
der Reise schreiben.
Sven Hedin selbst schickte Einzeltexte von unterwegs an seinen Verleger Brockhaus, der schon 1928 ein Buch zusam-
menstellte und Auszüge daraus an Zeitschriften weiterver-
kaufte. Was auf sechs Seiten in Hedins »Auf großer Fahrt.
Meine Expedition mit Schweden, Deutschen und Chinesen

durch die Wüste Gobi 1927–1928« als seine Version eines Berichts von Mühlenweg gedruckt erschien, lasen die Deutschen zuerst in »Die Gartenlaube« im November 1928 unter dem reißerischen Titel: »Abenteuer unter mongolischen Räubern«. Pantje kommt in dieser frühen Erzählversion als derjenige vor, der die Soldaten für eine Räuberbande hält und damit Mühlenwegs lange Zeit unentschlossene Einschätzung in die falsche Richtung lenkt. Vielleicht war dies eine Deutung des Chefs, die den deutschen Rechnungsführer entlasten sollte.

Der Akkord, den Hedins erster Satz anschlug, passte zu Ideologien des rechtsnationalen Hugenberg-Konzerns, dem das Massenblatt »Die Gartenlaube« inzwischen gehörte: *»Nur ein Teufelskerl wie Mühlenweg konnte einen solchen Marsch ausführen.«*

Mühlenweg wird diese Metapher einer Freikorps-Romantik kaum erfreut haben. Das Durchhalten unter körperlichen Strapazen war er als Ruderer, Skifahrer und Bergkletterer gewohnt, den Fußmarsch durch die Gobi mit wenig Proviant hatte er sich – mit dem notwendigen Glück – als eine extreme sportliche Anstrengung zutrauen können.

Die erste eigene Fassung

Erst später, vermutlich in den mittleren Dreißigerjahren, formte Mühlenweg sein großes Abenteuer in einem eigenen Text. Die stilistische Angleichung an die erfolgreichen Reiseberichte Hedins, durchsetzt mit erfundenen Dialogen, ist unübersehbar; manche eher hölzerne Wendung macht eine Niederschrift noch vor der Spracharbeit an seinen Lyrikübersetzungen und dem Dampignak-Fragment wahrscheinlich. Er hätte es gern publiziert, aber dem Verlag, dessen Stempel das Typoskript im Nachlass aufweist (»Abdruckrechte nur durch Andreas Rohrbacher Verlag, Berlin Lichterfelde«), ist eine Veröffentlichung nicht gelungen.

Gedruckt wurde der Reisebericht dann doch, mitten im vierten Kriegsjahr in Riga. An die dortige »Deutsche Zeitung im

Ostland« war nach dem Verbot der »Deutschen Bodensee-Zeitung« jener Schriftleiter Hermann Baumhauer versetzt worden, der in Konstanz Mühlenwegs erste Texte veröffentlicht hatte. In 15 Fortsetzungen gestückelt erschien die Erzählung ab Januar 1943 unter dem Titel »Mongolisches Abenteuer. Mit Sven Hedin in der Steppe«. Der Mongole Pantje taucht in der Zeitungsserie erst gegen Ende der zweiten Fortsetzung auf.

Die »Deutsche Zeitung im Ostland« hatte damals ein politisches Interesse, Erzählungen von Strapazen mit gutem Ausgang zu drucken: In eben jenen Wochen war die Niederlage der Wehrmacht bei Stalingrad unübersehbar geworden. Dass die Zeitung Sven Hedin im Titel und durch Fotos heraushob, entsprach der propagandistischen Linie: Der unverbrüchliche Deutschenfreund war ein vom NS-Regime hofierter Vorzeige-Ausländer. Hedin hatte an der Berliner Olympiade eine Rede gehalten, und gerade im Januar 1943 ließ er sich in München feiern, anlässlich der Gründung des »Sven-Hedin-Institut für Innerasienforschung«.

Veränderte Einschätzungen

Für Mühlenweg hatte die publizistische Nähe zu Hedin eine lebensgeschichtlich andere Bedeutung. Schon bald nach der ersten Expedition hatte sich sein Verhältnis zum »Chef« ins Positive gewendet. Das mag nicht nur mit der vierwöchigen gemeinsamen Rückreise von Urumtchi nach Berlin im Frühjahr 1928 zusammenhängen und mit dem überschwänglich positiven Zeugnis, das Hedin ihm für Bewerbungen in Übersee schrieb. Im November 1929 trafen sich beide in Kalgan: Das nachtlange Gespräch mit Hedin wurde wohl ausschlaggebend für seine fortan bewundernde Haltung dem vielseitigen Forscher gegenüber.

Mühlenweg machte zudem während seines letzten und längsten Mongolei-Aufenthalts 1931/32 Erfahrungen, die ihm den unglücklichen Verlauf der ersten Reise in anderem Licht erscheinen ließen. Fünfzehn Monate Arbeit für den pedantischen, menschlich ungeschickten und an nichts außer Messungen interessierten deutschen Meteorologen Haude können ihm Hedin als Gegenbild eines Chefs verklärt haben: immer konziliant, erfahrungsoffen, den unterschiedlichen Ansprüchen von Mongolen und Chinesen aufmerksam begegnend, zudem begeisterungsfähig für Literatur und Malerei.

Vor allem hat wohl der freundschaftliche Umgang mit dem Chahar-Mongolen Märin ihm jene Affinität zur Lebenseinstellung der Nomaden vertieft, zu der fünf Jahre vorher die Wüstenwochen mit Pantje den Grund gelegt hatten. Gut möglich, dass ihm irgendwann seine Flucht durch die Wüste auch als schlagendes Beispiel dafür erschienen ist: dass in der Eile Fehler sind ...

Techniken der Fiktionalisierung

Es ist dennoch wenig wahrscheinlich, dass Mühlenweg jene »Erstfassung« seines Abenteuers überhaupt zu Rate zog. Er hatte schon für seinen ersten Roman mit den Expeditionstagebüchern gearbeitet und z. B. die Route, auf die er seine Romanfiguren Großer Tiger und Kompass Berg schickte, aus Wegstücken zusammengesetzt, die er selbst in ganz getrennten zeitlichen Kontexten erlebt hatte.

Zitiert er oben *(S. 29, 35, 65, 83, 93, 101, 108, 138, 141, 160, 187, 273)* nicht oft genug aus dem Tagebuch? Ich habe das bei meiner ersten, ganz der leisen Spannung folgenden Lektüre geglaubt. Aber wer die Zitate überprüft – man kann das, die Expeditions-Tagebücher sind inzwischen in »Drei Mal Mongolei« ediert – merkt bald: Mühlenweg spielt mit einem erfundenen Tagebuch, weit entfernt von den kargen Notizen des Jahrs 1927. Alle Zitate sind angepasst an eine Erzählerstimme, die er für den Roman erst modelliert hat.

Dieses Spiel mit dem Tagebuch treibt einer, der sich in seinem privaten Leben vom Tagebuchschreiben ferngehalten hatte. Die Funktion im Roman ist denn auch vielfältig: Das erfundene Tagebuch ironisiert den Gestus des Schreibens in der

Wüste, simuliert Aufzeichnungen von wörtlicher Rede oder
will ganze Erzählungen beglaubigen (wie die vom »Tal ohne
Wiederkehr«). Es erlaubt auch erzähltechnische Vorgriffe *(s.
o. S. 35)* – bezeichnenderweise bei der Einführung einer kom-
plett fiktionalen Nebenhandlung: Denn Mühlenweg ist zwar
Karawanen begegnet, hat auch tatsächlich wegen zu hoher
Forderungen den Kauf von Mehl abgelehnt – aber die chinesische Dame, auf deren Spur eine bemalte Scherbe führt, ist
eine schöne Erfindung, mit der er die Figur des »Onkel Ohnezehen« verknüpfen will.

Alte Bekannte
Dieser »Onkel Ohnezehen« war, wie der aus Lhasa kommen-
de Pilger »Mondschein« (auch »Pfötchen« genannt), schon in
Mühlenwegs »In geheimer Mission durch die Wüste Gobi«
eine markante Figur. Und an dieser Stelle bedauern wir, dass
der Autor kein »Writer's Notebook« geführt hat. Wir wüssten
sonst, was ihn bewogen hat, nach fast hundert Seiten seiner
Erzählung, Charaktere seines ersten Romans wieder aufzu-
nehmen.
Wollte er Figuren, die für ihn aus unbekannten Gründen em-
blematisch waren (der gerade noch einmal davongekomme-
ne Pilger; der zu Unrecht zum Verbrecher gestempelte Unglückliche ...), mit einer glücklicheren Zukunft ausstatten?
Oder versuchte er so, auf diskrete Anfragen zu reagieren, die
eine Fortsetzung seines Erfolgsbuchs erwarteten?
Dass die Anknüpfung in den Augen der Verlagsleute nicht gelungen war, zeigte am deutlichsten die Reaktion von Kurt
Wolff; der amerikanische Verleger, der mit »Big Tiger and
Christian« so erfolgreich war, dass er die Übersetzung auch an
Jonathan Cape in England verkaufen konnte, reagierte im Dezember 1952 in einem ausführlichen Brief an den Autor enttäuscht. Wolff hatte eine Fortsetzung mit den Hauptpersonen
erwartet, befürchtete negative Käuferreaktionen auf ein »An-
ticlimax«-Buch und nahm den Roman nicht ins Programm.

Mühlenweg hatte aber auch andere marktkonforme Erwartungen nicht bedient. Noch 1956 lehnte G. Bell & Sons in London das Buch zunächst wegen seiner fiktionalen Handlungsstränge ab – als landeskundlich hervorragender Reisebericht hätte es ins Programm (»non fiction for the older child«) gepasst, die Mischung aus historisch realistischer Beschreibung und romanesker Fiktion schien dem Verlag nicht geheuer. Schon das Lektoratsgutachten des Herder Verlags aus dem Sommer 1952 lässt eher Vorbehalte erkennen; wohl nicht nur, weil Mühlenweg den kalkulierten Umfang von 192 Seiten deutlich überschritten hat: »Leserkreis: Ab 14 Jahren, nach oben nicht begrenzt. Jüngere Leser werden in dem Buch vermissen, dass keine Jugendlichen vorkommen. Auch ist es sachlicher erzählt als das erste Buch, so dass das Lesealter etwas höher rückt. Der Band schließt sich altersmäßig organisch an das Lesealter des ersten Buches von Mühlenweg an; deswegen werden vor allen Dingen die Käufer des ersten Buches angesprochen werden können. (...) Geeignet als Zusatzlesestoff für Erd- und Völkerkunde.«

Als der Roman im Oktober 1952 unter dem Titel »Das Tal ohne Wiederkehr« als Jugendbuch erscheint, ist er 236 Seiten stark und kostet 6,80 DM. Der hohe Preis für ein Jugendbuch – heute wären es fast 25 € – hat den Erfolg im Weihnachtsgeschäft aber nicht behindert. Noch im November kann Herder die erste Zehntausender-Auflage voll aufbinden.

Der Roman wird 1957 ins Schwedische und Niederländische übersetzt, und noch im Jahrzehnt nach Mühlenwegs Tod verkauft Herder mehr als 200.000 Exemplare des Jugendbuchs.

Von heute aus gesehen

Als wir 1992 – kurz nach einem schmalen Band mongolischer Erzählungen – mit diesem Roman die Wiederentdeckung eines fast vergessenen Autors ernstlich begannen, sagten wir uns: Wenn wir den Erzähler Fritz Mühlenweg aus seiner Marketingfestlegung der 50er-Jahre lösen und vom undeutlichen

Image eines Jugendbuchautors befreien wollen, sollten wir, allen Bedenklichkeiten der Tradition zum Trotz, das Buch mit einem anderen Titel für neue Lesarten und Zielgruppen öffnen. Aus der Korrespondenz des Autors mit dem Herder Verlag und den erhaltenen Manuskriptstufen lässt sich rekonstruieren, dass Mühlenweg den Titel »Das Tal ohne Wiederkehr« erst in der zweiten handschriftlichen Fassung verankert hatte: in den zusätzlich geschriebenen, nun letzten 22 Zeilen, in denen er das nicht gerade zentrale Motiv des nächtlich umschrittenen Tals mit seiner schaurigen Legende noch einmal herausstellte.

Mühlenweg hatte sich damals ein weiteres Mal auf der Produktlinie eines »besseren Karl May« platzieren lassen. 1951 war im Bamberger Karl May Verlag gerade die Neuausgabe von »Im Tal des Todes« erschienen, an dessen Cover-Illustration hatte sich Elisabeth Mühlenweg mit ihrem Einband für »Das Tal ohne Wiederkehr« deutlich orientiert.

Der neue Titel »Fremde auf dem Pfad der Nachdenklichkeit« entsprach dem Inhalt – die abenteuerliche Geschichte der wirklichen Expedition wie des Romans hatte ihre Dynamik dadurch entwickelt, dass auf dem abseitigen Wüstenweg »Pfad der Nachdenklichkeit« Fremde aufeinander trafen, die sich wechselweise falsch einschätzten. Zudem gab der neue Titel Signale in jene Richtung der Rezeption, die wir diesem nachdenklichen, im Kontext der deutschsprachigen Literatur seiner Zeit unverwechselbar eigenartigen Erzähler wünschten. Ein wundersam enigmatisches Umschlagbild von Rotraut Susanne Berner half dieser neuen Ausrichtung des Buchs ebenso wie ein Nachwort von Gisbert Haefs.

Seit über zwanzig Jahren – den Umschlag haben wir mehrfach verändert, derzeit inszeniert ein Gobi-Foto das Wüstenthema dieser Survival-Geschichte – findet der Roman in sorgsam sortierten Buchhandlungen mal in der Belletristik, mal unter »Östliches Denken« oder schlicht im China-/Mongolei-Fach der Reiseabteilung Platz. Und immer noch öffnet sich der Text jeder neuen Lektüre in anderem Licht.

Mühlenweg im Zeichen der Libelle

Fritz Mühlenweg
In geheimer Mission durch die Wüste Gobi
Roman. 780 S., Leinen, mit Wüstenfotos von Mühlenweg
und einem biographischen Nachwort von Ekkehard Faude
ISBN 978-3-909081-58-5

Fritz Mühlenweg
Mongolische Heimlichkeiten
Erzählungen und Weisheitssprüche aus der Wüste Gobi
160 S., Klappenbroschur
ISBN 978-3-909081-93-6

Fritz Mühlenweg
Der Christbaum von Hami
Eine Weihnachtsgeschichte am Rand der Wüste
mit Zeichnungen von F. W. Bernstein
und einem Nachwort von Ekkehard Faude
40 S., Broschur, fadengeheftet
ISBN 978-3-909081-40-0

Fritz Mühlenweg
Tausendjähriger Bambus
Nachdichtungen aus dem chinesischen Shijing
Gedichte mit einem biographischen Nachwort von Ekkehard Faude
96 S., gebunden
ISBN 978-3-909081-67-7

Fritz Mühlenweg
Drei Mal Mongolei
Dampignak und andere Erzählungen. Reisetagebücher
und Briefe aus der Sven-Hedin-Expedition durch die Mongolei.
Herausgegeben von Ekkehard Faude und Regina Mühlenweg
und mit einem Textbeitrag von Gabriele Goldfuß.
424 S., gebunden, 150 s/w-Fotos, 18 farbige Abbildungen, 5 Karten
ISBN 978-3-905707-03-8

Libelle Verlag, 8574 Lengwil • www.libelle.ch

Mühlenweg im Zeichen der Libelle

Fritz Mühlenweg
Nuni
Kinderbuch.
Mit Bildern von Rotraut Susanne Berner
und einem Nachwort von Ekkehard Faude.
144 S., gebunden, gedruckt in fünf Farben
ISBN 978-3-909081-83-7

Fritz und Elisabeth Mühlenweg
Der Familienausflug
Kinderbuch, zweisprachig (deutsch/mongolisch).
Mit Nachworten von Khulan Khatanbaatar
und Ekkehard Faude.
64 S., gebunden, vierfarbig, ISBN 978-3-905707-49-6

Fritz Mühlenweg
Malerei
Katalog der Retrospektive zum 100. Geburtstag
des Malers und Erzählers.
Mit einem kunsthistorischen Beitrag von Barbara Stark
und einem biographischen Essay von Ekkehard Faude
192 S., gebunden, 50 Farbtafeln, 78 s/w-Bilder
ISBN 978-3-909081-84-4

Ekkehard Faude
Fritz Mühlenweg – vom Bodensee in die Mongolei
Eine biographische Annäherung.
208 S., gebunden, mit 70 s/w-Fotos
ISBN 978-3-909081-01-1

Elisabeth Mühlenweg
Kochbuch für Liesel
Rezepte, mit 27 ganzseitigen aquarellierten Zeichnungen.
108 S., durchgehend farbig gedruckt, fadengeheftet,
küchenfest gebunden
ISBN 978-3-905707-42-7

Libelle Verlag, 8574 Lengwil • www.libelle.ch

Dieser zweite Roman von Fritz Mühlenweg
erschien erstmals 1952 unter dem Titel
»Das Tal ohne Wiederkehr«.

Wie es zu jenem karlmayesken Titel kam
und warum wir zu Beginn unserer Wiederentdeckung
anno 1992 das ungekürzte Buch als
»Fremde auf dem Pfad der Nachdenklichkeit«
auf den Markt brachten, ist im Nachwort *o. S. 314* erklärt,
auch: in welche Überlieferungen Mühlenwegs größtes Abenteuer geriet,
bis ihm aus Fakten und Fiktion sein Roman gelingen konnte.
Dieses Nachwort anlässlich der 6. Auflage 2013 macht auch erstmals
Hintergründe sichtbar zu den mäandrischen Wegen,
auf denen sich Mühlenweg in seinen Allensbacher Jahren
zum Schriftsteller entwickelte.

An mehr als einem Dutzend Einzelheiten hätten wir im Nachwort
Sternchen setzen können * – als Zeichen dafür, dass dazu
in dem seit 2012 eröffneten Mühlenweg-Museum in Allensbach
Ausstellungsobjekte oder weiterführende Zusammenhänge
anzuschauen wären ...
Es gibt dort, nur zum Beispiel, jenes Notizbuch zu sehen,
in dem Mühlenweg nach Gehör mongolische Wörter aufschrieb,
um die Sprache von Kamelmännern wie Tjang zu lernen *(s. o. S. 307)*.
Oder Mühlenwegs Weihnachtsgeschenk für Nelly Dix *(s. o. S. 302)*.
Auch Szenen aus dem authentischen Expeditionsfilm,
der 1927 in der Gobi gedreht wurde (sogar das *o. S. 142* erwähnte im
Wüstenwind davonflatternde Klopapier taucht kurz auf ...)

http://www.mühlenwegmuseum.de

Gedruckt und gebunden bei Pustet in Regensburg

6. Auflage 2013
© für den Romantext: Geschwister Mühlenweg
© 1992/2013 für die Buchausgabe und das Nachwort:

Libelle Verlag AG • CH 8574 Lengwil
Alle Rechte vorbehalten

ISBN 978-3-909081-53-0